Le sceau de la vérité

Un impitoyable piège

JENNIFER D. BOKAL

Le sceau de la vérité

Traduction française de
CHRISTINE BOYER

BLACK ROSE

HARLEQUIN

Collection : BLACK ROSE

Titre original :
UNDER THE AGENT'S PROTECTION

HARPERCOLLINS FRANCE
83-85, boulevard Vincent-Auriol, 75646 PARIS CEDEX 13
Service Lectrices — Tél. : 01 45 82 47 47

www.harlequin.fr

ISBN 978-2-2804-4040-0 — ISSN 1950-2753

Prologue

Wyatt Thornton ramassa un bâton et le lança avec force devant lui. Gus, son labrador, bondit aussitôt à sa poursuite, brisant au passage les dernières plaques de neige qui résistaient encore au redoux. Wyatt sourit. Au milieu de ces collines, avec son chien pour seule compagnie, il se sentait bien. Pour lui, cette immense propriété dans les Rocheuses représentait plus qu'un lieu de résidence ou un foyer. Ce petit coin perdu dans les montagnes était un refuge, un endroit où le monde extérieur ignorait jusqu'à son existence.

Un endroit où il pouvait vraiment être seul.

Gus revint et laissa tomber le bout de bois aux pieds de son maître. Après lui avoir tapoté les flancs pour le féliciter, Wyatt s'empara à nouveau du bâton. Cette fois, il le jeta plus loin encore, l'envoyant voler vers le ciel bleu. Avec un aboiement surexcité, le labrador s'élança pour le rattraper et disparut dans la pinède.

Tournant son visage vers le soleil, Wyatt ferma les paupières et prit une profonde inspiration. Après avoir travaillé plus de dix ans à Las Vegas dans les gaz d'échappement, la fumée de cigarettes et les relents de crème solaire, il avait encore du mal à s'habituer à l'air pur du Wyoming. Le contraste était trop grand. L'atmosphère polluée du Strip – la partie du Las Vegas Boulevard où se trouvaient la plupart des hôtels et des casinos – était partout ailleurs un sujet de plaisanterie. Mais Wyatt y avait vécu si longtemps qu'il était désorienté par les odeurs de pins, de terre et de neige.

Un jappement plaintif rompit soudain le silence matinal, et Wyatt sentit un poids tomber sur sa poitrine.

— Gus ?

Le cœur battant, il se précipita vers les arbres.

— Gus ! Où es-tu, mon chien ?

L'animal émit un faible glapissement lointain, et Wyatt sentit sa gorge se serrer. Pendant un horrible instant, il imagina tous les accidents dont son fidèle compagnon aurait pu être victime : l'attaque d'un ours affamé après des mois d'hibernation, un dérapage mal contrôlé sur une plaque de verglas se soldant par une patte cassée, une chute au fond d'un ravin…

Il s'arrêta et tendit l'oreille. Le silence était total, glaçant. Même le vent semblait retenir son souffle.

— Gus ? Où es-tu ?

Un aboiement lui répondit, bientôt suivi d'un autre, plus insistant. Le cœur de Wyatt s'accéléra encore. Se guidant aux appels du labrador, il gravit une petite colline.

Le sol meuble s'écroulait sous ses pieds, et il dut presque se mettre à quatre pattes pour parvenir en haut de la butte. À une centaine de mètres se trouvait l'ancienne école, le point le plus éloigné de son domaine.

Bâti il y a plus d'un siècle, l'édifice, constitué d'une seule pièce, était à moitié en ruine. Une partie du toit s'était effondrée, mais les fondations en pierre étaient intactes.

Gus se tenait sur le seuil, sain et sauf. À la vue de son maître, il battit de la queue.

Wyatt poussa un soupir de soulagement.

— Te voilà, dit-il tout en se hâtant vers l'école. Viens ici.

Au lieu d'obéir, le chien regarda derrière lui en geignant.

— Qu'y a-t-il, vieux ?

Dès qu'il le vit approcher, Gus se précipita à l'intérieur du bâtiment délabré. Wyatt fit quelques pas, mais il s'arrêta net quand une odeur pestilentielle le prit à la gorge. Un corps en décomposition se trouvait à proximité, comprit-il.

Repoussant son profond dégoût, il pénétra lentement dans l'école en ruine.

Gus s'élança vers un coin éloigné. Derrière lui, on devinait un corps recroquevillé contre le mur.

— Du calme, ordonna Wyatt à son chien. Viens ici, répéta-t-il.

Après un dernier regard vers la masse étendue sur le sol, Gus se plaça auprès de son maître.

S'il n'exerçait plus ses fonctions depuis des mois, les réflexes d'enquêteur acquis par Wyatt au cours de ces dix années passées à Las Vegas remontèrent aussitôt à la surface. Sans même y penser, il commença à répertorier mentalement tout ce qui concernait le mort.

Il s'agissait d'un Caucasien. Il avait entre 25 et 40 ans. L'écart était important, mais des marques, sans doute post mortem, altéraient son visage, rendant toute précision impossible, à ce stade.

Wyatt chercha des taches de sang sur les murs ou sur le sol.

Il n'y en avait pas.

Il s'approcha pour examiner le cadavre de plus près.

Vêtu d'une chemise en flanelle, d'un manteau en duvet et d'un jean, l'inconnu était habillé comme la plupart des habitants du Wyoming. En revanche, certains détails le distinguaient de la population locale : ses chaussures de randonnée étaient de qualité, d'un modèle qui n'était certainement pas à la portée de toutes les bourses. Elles étaient usées par endroits. Il portait également une montre haut de gamme au poignet. L'écran était vide.

Wyatt inspecta les mains du corps sans vie. Les ongles

étaient propres et soignés. Visiblement, l'homme n'avait pas exercé de son vivant un métier manuel.

Il ne portait aucun signe visible de violence. Aucune marque de coups, aucun impact de balle, aucune entaille sanglante… Comme s'il était venu se promener près de l'ancienne école et y était mort.

Non, se dit Wyatt, corrigeant sa pensée. Pas « comme si ». Il était certainement mort ainsi.

D'un arrêt cardiaque ? Peut-être.

Wyatt passa rapidement en revue plusieurs hypothèses. L'inconnu – un touriste fortuné, sans aucun doute – s'était peut-être égaré lors d'une randonnée en montagne. Peut-être avait-il cherché refuge dans l'ancienne école dans l'espoir de se protéger du froid. En vain, bien sûr.

L'absence de neige était trompeuse. Ces dernières nuits, les températures avaient chuté pour devenir fortement négatives, presque polaires. En tout cas, il faisait suffisamment froid pour que quelqu'un en meure. Ces drames étaient d'ailleurs si fréquents dans les Rocheuses qu'ils n'avaient droit qu'à un petit encart dans les journaux.

Cela dit, plusieurs détails intriguaient Wyatt. Le sol dallé était lisse et bizarrement propre comme s'il avait été balayé.

Pas d'empreintes de pas.

Pas de blessures.

Pas d'indices.

Il tira un portefeuille de la poche arrière de l'homme et y trouva un permis de conduire au nom d'Axl Baker, délivré dans l'Illinois. Un mélange d'adrénaline, d'appréhension et de nervosité s'empara de Wyatt, des sensations qu'il avait toujours éprouvées au début d'une enquête.

Pourtant, même si la scène semblait familière, cette fois, tout était différent. Cette fois, Wyatt n'aurait pas à s'occuper du cadavre étendu sur le sol, à s'interroger sur sa présence ici, à tenter de comprendre ce qui lui était arrivé.

Wyatt Thornton avait quitté le FBI pour une bonne raison. Et rien, pas même une mort inexpliquée, ne le déciderait à reprendre le travail.

1

Au volant de son camion, le shérif Carl Haak entendit crépiter sa radio avant de reconnaître la voix de la répartitrice du 911, chargée de gérer les appels d'urgence.

— Vous êtes là, shérif ? demanda-t-elle.

Carl regarda l'horloge sur le tableau de bord. Il n'était pas 7 heures du matin. Tout en continuant de rouler, il décrocha le combiné de la radio, et pressa un bouton :

— Allez-y, Rose. Je vous écoute.

— Je viens de recevoir un appel. Un corps sans vie a été retrouvé dans l'ancienne école.

Carl fronça les sourcils et il se gara sur le bord de la route. Il ne lui restait que quelques semaines à tirer avant la retraite et il n'avait aucune envie de les passer à enquêter sur une mort suspecte. Repoussant en arrière son stetson orné d'une étoile, il demanda :

— Un corps sans vie, dites-vous ? Et celui de qui ?

— D'un dénommé Axl Baker. Il venait de Chicago, dans l'Illinois.

— Que lui est-il arrivé ?

— Je n'en sais rien mais, d'après l'homme qui l'a découvert, il ne s'agit pas d'un acte criminel, si c'est ce qui vous inquiète.

— Et qui est cet homme bien informé ?

— Celui qui a acheté la propriété des Hampton, il y a quelques années, répondit Rose. Wyatt Thornton.

La famille Hampton avait quitté la région depuis des

lustres et pourtant Carl comprit tout de suite de quoi parlait Rose. D'ailleurs, il passait devant cette immense propriété tous les jours en se rendant à son travail.

— Pour lui, il ne s'agirait donc pas d'un crime ? répéta le shérif. Et qu'en sait ce M. Thornton ?

— Il m'a dit que le corps ne portait aucune trace de blessure. D'après lui, Axl Baker est probablement mort de froid.

La voix de Rose devint rêveuse, et Carl devina pourquoi. Depuis qu'il s'était installé dans la région, Wyatt Thornton passait l'essentiel de son temps sur ses terres. Très solitaire, il ne voyait personne. En revanche, ses rares apparitions en ville provoquaient chaque fois un certain émoi au sein de la gent féminine.

Rose poursuivit :

— Il était adorable au téléphone. Il est toujours si gentil. Et si séduisant qu'il pourrait être une star de cinéma.

— Que penserait votre mari s'il apprenait les sentiments que vous nourrissez à l'égard de M. Thornton, Rose ?

— Wyatt, corrigea-t-elle. Il m'a dit de l'appeler Wyatt. Quoi qu'il en soit, je ne fais rien de mal. Je regarde, c'est tout. Qui pourrait me le reprocher ?

Refusant d'en discuter, Carl demanda :

— À quel titre affirme-t-il qu'il s'agit d'une mort naturelle ? Est-il médecin ou quelque chose ?

Il n'entendit soudain plus que des parasites, de la friture. Apparemment, Rose n'était plus à son poste. Comme le silence se prolongeait, Carl se souvint qu'il ne savait pas grand-chose sur Wyatt Thornton. Lorsque ce dernier était arrivé à Pleasant Pines, le shérif Haak avait songé à mener quelques investigations sur lui, sur son passé.

Pourtant, Thornton ne buvait pas, ne se battait pas, ne dépassait pas les vitesses autorisées sur la route et il ne se rendait jamais coupable de tapage nocturne. En bref, il se comportait en citoyen modèle. Les fonctions de shérif n'étant pas de tout repos et comme il avait dû travailler sur des enquêtes plus importantes, Carl avait laissé tomber le sujet Thornton.

Maintenant, il se demandait si cette décision, prise il y a longtemps, n'avait pas été une erreur.

Enfin, Rose répondit :

— Honnêtement, je n'en ai pas la moindre idée. Il m'a paru très sûr de lui, voilà… En tout cas, il vous attend là-bas.

— J'y vais. Trouvez-moi tout ce que vous pouvez sur la victime.

— Bien sûr, shérif.

Allumant ses gyrophares et sa sirène, Carl manœuvra pour faire demi-tour sur la route déserte puis il pressa l'accélérateur. Un quart d'heure plus tard, il s'engageait sur le sentier qui menait à l'ancienne école. Envahi de ronces et de bois mort, le chemin était couvert de givre. Au loin se dressait le petit bâtiment en ruine.

En se rapprochant, il vit Thornton et son chien sur le seuil.

— Encore deux semaines avant de tirer ma révérence, marmonna-t-il.

Une fois à la retraite, Carl irait s'installer en Caroline du Sud, où il faisait tout le temps beau et chaud. Il y possédait un appartement à deux pas de la plage. Il s'arrêta et coupa le moteur. Les gyrophares s'éteignirent et la sirène se tut.

Il ouvrit la portière, puis sortit dans le froid. Les températures étaient glaciales, et il tira sur le col de sa veste.

L'odeur de la mort imprégnait l'air.

— Bonjour, monsieur Thornton, dit-il.

Thornton s'avança et lui tendit la main.

— Bonjour, shérif. Appelez-moi Wyatt.

Le shérif n'avait pas de temps à perdre en mondanités. Il alla droit au but.

— Bien, Wyatt, pouvez-vous me dire ce qui s'est passé ?

Wyatt lui expliqua qu'il se baladait comme tous les matins avec son chien quand ce dernier avait trouvé un cadavre.

— Comme le corps ne porte aucune trace de blessure ou de traumatisme, je ne pense pas qu'il s'agisse d'un meurtre.

Carl tira sur la ceinture de son jean pour le remonter.

— Et qu'en savez-vous ?

— J'ai un peu d'expérience en la matière, répondit son interlocuteur d'un ton laconique.

Carl attendit que Thornton en dise davantage mais, rien ne venant, il lança :

— Êtes-vous médecin ou quelque chose comme ça ?

Wyatt secoua la tête.

— Non, je ne suis pas médecin.

— Acteur de cinéma ?

— Non plus, répondit Thornton avec un petit rire.

Après quelques instants, il ajouta :

— J'ai longtemps travaillé pour le FBI, au Département des Sciences comportementales, pour être précis.

— Vraiment ? Pourriez-vous le prouver ? demanda Carl.

— Que j'ai travaillé au FBI ? J'ai toujours mes anciennes accréditations au fond d'un tiroir. Je vous les montrerai si vous voulez.

— Oui, cela m'intéresserait. Je pars à la retraite bientôt, ajouta-t-il. Dans deux semaines j'aurai pris mes quartiers en Caroline du Sud.

Il attendit que Wyatt dise quelque chose, le félicite peut-être. Mais là encore, rien ne vint et Carl s'éclaircit la gorge.

— Une chose est sûre : Rose va être épatée d'apprendre que nous avons un vrai James Bond, un espion en chair et en os, à Pleasant Pines.

— Si cela ne vous ennuie pas, je préférerais que vous

n'en parliez pas. Ma carrière au FBI appartient au passé. J'ai tourné la page.

— Je respecte ce désir de discrétion.

D'un geste, Wyatt l'invita à entrer dans l'ancienne école.

— Venez jeter un œil à l'intérieur.

Lorsque Wyatt franchit la porte, Carl le suivit. Son regard se posa aussitôt sur le corps sans vie recroquevillé à l'autre bout de la pièce. Ses yeux vitreux le fixaient.

Il s'approcha pour l'examiner. Bien sûr, il avait souvent eu à travailler sur des cadavres au cours de sa carrière, mais quelque chose le dérangeait avec celui-ci.

Mais Wyatt poursuivait :

— J'aimerais vous faire remarquer un détail qui me semble bizarre… Le sol est propre.

À travers un trou dans le toit, un rayon du soleil matinal éclairait les dalles du bâtiment délabré. Carl se serait attendu à y voir de la terre, des feuilles mortes, mais il n'y avait rien.

— Bizarre, reconnut Carl. À croire que l'endroit a été balayé.

— D'accord avec vous, répondit Wyatt.

— Comment l'avez-vous identifié ? poursuivit Carl.

— J'ai trouvé son portefeuille dans sa poche. Il contenait un permis de conduire de l'Illinois. Je l'ai laissé près de lui.

Carl s'accroupit pour s'en emparer. Sortant le permis de conduire, il compara la photo qui y figurait avec le visage du mort. Sans l'ombre d'un doute, il s'agissait du même homme.

Il se releva et se tapota les mains sur son jean.

— Selon toute vraisemblance, le mort se nomme Axl Baker.

— Bon. Maintenant, et à moins que vous n'ayez besoin de moi, dit Wyatt en se dirigeant vers la porte, je vous laisse.

— Il me faut une déclaration officielle, répondit Carl

en lui emboîtant le pas. Passez à mon bureau demain à 11 heures.

— Très bien, dit Wyatt.

Il siffla son chien, et partit.

Carl les suivit des yeux jusqu'à ce qu'ils disparaissent derrière la colline. Retournant à son camion, il prit la radio.

— Rose, êtes-vous là ?

— Oui, shérif. En quoi puis-je vous être utile ?

— Appelez le Dr Lambert. Dites-lui de venir examiner et emporter le corps.

— Bien sûr, dit-elle. Quoi d'autre ?

— Avez-vous trouvé la famille d'Axl Baker ?

— Oui. Il avait une sœur, une certaine Everly Baker, également de Chicago.

Carl nota le numéro sur un bout de papier. Puis il le composa sur son téléphone portable.

Lorsqu'une femme décrocha, il lança :

— Everly Baker ?

— Oui. Qui est à l'appareil ?

Carl prit une profonde inspiration. Les appels comme celui-ci étaient le pire côté de son métier.

— Shérif Haak de Pleasant Pines, dans le Wyoming. Je suis désolé de vous déranger mais j'ai une terrible nouvelle à vous annoncer…

Le lendemain

Aux yeux d'Everly Baker, Pleasant Pines semblait sortir d'une illustration de conte de fées. Entourée de pins, la petite ville lui parut pittoresque avec son belvédère et ses réverbères en fer forgé. Le panneau qui souhaitait la bienvenue aux visiteurs précisait qu'elle ne comptait que trois mille deux cents âmes. Plusieurs commerces animaient le centre, une épicerie, un restaurant, un hôtel, un cabinet de dentiste et le journal régional. Les gens allaient et venaient, occupés à leurs affaires. Des flocons tourbillonnant sur la route. Dans d'autres circonstances, Everly aurait trouvé l'endroit charmant.

Après avoir reçu l'appel du shérif, elle avait pris un vol Chicago-Cheyenne. De là, elle avait loué une voiture. Après près de vingt-quatre heures de voyage, Pleasant Pines lui parut coupée du reste du monde, perdue au diable Vauvert.

Tout en descendant la rue principale, Everly frissonna. Elle ne parvenait toujours pas à croire à la réalité de ce cauchemar, à la mort d'Axl. L'idée que son frère soit parti pour toujours – et qu'elle se retrouve toute seule – était trop accablante.

Après s'être garée devant le bureau du shérif, Everly coupa le moteur. La gorge serrée, elle sentit une nouvelle vague de chagrin et d'angoisse la submerger. Elle prit une profonde inspiration et attendit que ces émotions se dissipent.

À l'aide du rétroviseur, elle vérifia rapidement son apparence. Ses yeux verts étaient gonflés de larmes, ses joues marbrées. Elle avait noué ses cheveux auburn en queue-de-cheval mais une mèche s'en était détachée. Elle était loin d'être séduisante mais comment aurait-il pu en être autrement ? Elle avait reçu l'appel du shérif Haak alors qu'elle se préparait à partir travailler et elle portait toujours les vêtements de la veille : un legging noir, des bottes en peau de mouton et un long pull de couleur crème.

Il était 11 h 10. Dans vingt minutes, elle avait rendez-vous avec le shérif.

Elle décida de profiter de ce laps de temps pour tenter d'en apprendre davantage sur la tragédie. Des années d'expérience dans les relations publiques lui avaient appris à ne jamais assister à une réunion sans avoir réuni au préalable tous les éléments permettant de comprendre les faits. Et pour Everly, rien n'était plus important que de découvrir ce qui était vraiment arrivé à son frère.

Son sac sous le bras, elle sortit dans le vent mordant pour se rendre à l'hôpital, situé à deux pas. Le cœur battant, elle descendit au sous-sol et longea un long couloir carrelé de blanc. Des gouttes de sueur perlaient à son front quand elle parvint devant la porte de la morgue.

Consciente que la vérité se trouvait derrière, Everly inspira profondément pour se donner du courage, et entra.

Plusieurs tables métalliques étaient alignées dans la grande salle. Sur l'une d'elles se devinait une silhouette sous un drap.

Bien sûr, le shérif avait dit à Everly qu'un corps sans vie avait été retrouvé et identifié comme celui d'Axl. Pourtant, elle ne pouvait s'empêcher de se demander ce qui se passerait si Axl n'était pas sous le tissu, s'il s'agissait d'une erreur. En tout cas, elle était sûre d'une chose : l'hypothèse selon laquelle son frère serait mort de froid – la plus probable, d'après le shérif – était absurde.

Elle tendait une main tremblante vers le drap lorsqu'une voix lança derrière elle :

— Puis-je vous aider ?

Un homme avec des lunettes et une barbichette se tenait près de l'évier, de l'autre côté de la pièce.

Surprise, Everly sursauta et recula.

— Je l'espère, répondit-elle. Je suis la sœur d'Axl Baker. Le shérif Haak m'a demandé de venir identifier le corps de mon frère.

Sa voix se brisa sur ces derniers mots, et elle se mordit les lèvres, s'efforçant de réprimer ses émotions.

— Je suis le Dr Lambert et je vous présente mes sincères condoléances. Je ne vous attendais pas avant midi, ajouta-t-il en la regardant par-dessus ses lorgnons. Mais dès que le shérif sera là, nous procéderons à l'identification.

— Êtes-vous le médecin légiste ?

— Légiste, pédiatre, généraliste, parfois chirurgien…

— Si cela ne vous dérange pas, j'aimerais voir mon frère maintenant, dit-elle.

— Le shérif Haak n'apprécierait pas cette précipitation, répliqua le Dr Lambert. En outre, s'il vous a priée de le retrouver ici, il ne devrait pas tarder.

— Il ne m'a pas demandé de venir à la morgue, répondit Everly. Mais maintenant que je suis ici…

Secouant la tête, le médecin répéta :

— Désolée, mademoiselle, mais il ne me paraît pas…

— Je vais être honnête avec vous, le coupa-t-elle. Il y a eu une erreur, j'en suis persuadée.

— Une erreur ? Comment ça ?

— Je ne pense pas que ce soit mon frère, dit-elle en désignant la silhouette sous le drap.

— Nous avons trouvé son permis de conduire sur lui. De plus, il avait réservé une chambre à l'hôtel qu'il a payée avec une carte de crédit à son nom.

— Mais si le shérif m'a fait venir pour… l'identifier, c'est qu'il subsiste un doute, non ?

— Peut-être devrais-je appeler Haak, dit-il.

— Y a-t-il une loi dans le Wyoming qui exige la présence d'un agent des forces de l'ordre pour voir un corps ?

— Euh, non. Mais le shérif Haak est un peu tatillon et…

— Sans vous offenser, répondit Everly, je voudrais seulement savoir si Axl est mort ou non. Cette requête me semble légitime, non ?

Avec un soupir, le Dr Lambert céda.

— Comme aucune loi ne l'interdit, je suppose que vous pouvez le voir sans attendre.

Il s'approcha de la table d'examen et rabattit le drap, dévoilant la tête et les épaules du mort.

La gorge serrée, Everly sentit un profond chagrin s'abattre sur elle avec violence, la submerger, menaçant de l'engloutir. Comme elle s'apprêtait spontanément à toucher les cheveux de son frère, elle s'interrompit pour plaquer la main contre sa bouche et réprimer un hurlement de douleur.

Refoulant les larmes qui brûlaient ses paupières, elle regarda le corps sans vie, hébétée.

— C'est bien lui, murmura-t-elle. C'est bien Axl.

Sidérée, elle ne parvenait pas à en croire ses yeux.

— Que lui est-il arrivé ? balbutia-t-elle.

— Je ne le saurai pas avant d'avoir pratiqué une autopsie, mais il semble que votre frère ait été surpris par la nuit dans la forêt et qu'il soit mort de froid. C'est assez courant, malheureusement, dans la région. C'est navrant mais naturel.

La mort de son frère – son roc depuis tant d'années – la bouleversait, anéantissait Everly. Mais malgré son profond désarroi, elle était certaine d'une chose : le Dr Lambert se trompait. Axl n'était pas mort de façon naturelle.

Et elle avait bien l'intention de découvrir ce qui lui était vraiment arrivé.

En quittant la morgue, Everly repartit vers la place du village, vers le bâtiment qui abritait les bureaux administratifs du comté. Celui du shérif était au premier étage.

Comme elle en ouvrait la porte, elle se retrouva nez à nez avec un grand brun qui s'apprêtait à sortir de la pièce. Surprise, elle bondit brusquement en arrière et, dans le mouvement, son sac à main se renversa à moitié. Son smartphone et son trousseau de clés tombèrent avec fracas sur le sol. Alors qu'elle se penchait pour les ramasser, son rouge à lèvres, ses lunettes de soleil, son portefeuille, des tickets de caisse et un paquet de chewing-gums se répandirent à leur tour par terre.

Agacée, elle se baissa pour tout remettre en place.

L'inconnu laissa la porte du bureau du shérif se refermer et s'agenouilla à côté d'elle.

— Laissez-moi vous aider, dit-il.

Elle attrapa son téléphone au moment où il s'en saisissait. Lorsque leurs doigts s'effleurèrent, un frisson la parcourut.

— Merci, murmura-t-elle. Je vais me débrouiller.

— J'y tiens, répliqua-t-il en lui tendant le tube de rouge à lèvres. C'est ma faute.

— Ce n'est la faute de personne. Je n'ai pas besoin d'aide, d'accord ?

Il leva les mains en signe de reddition.

— D'accord, d'accord.

Pourtant, il ne partit pas.

Tout en rassemblant ses affaires, Everly l'observa à la dérobée. Très grand et large d'épaules, il était aussi musclé. Quant à son visage, il était plus que séduisant. Racé, charismatique, cet homme était irrésistible, pensa-t-elle. Lorsqu'il posa sur elle ses yeux noirs et brillants, le cœur d'Everly s'accéléra dans sa poitrine.

La tenue de ce beau brun ne ressemblait pas à l'idée qu'elle se faisait d'un uniforme de shérif. Mais dans une petite ville reculée comme Pleasant Pines, perdue au fin fond du Wyoming, tout était possible.

— Êtes-vous le shérif Haak ?

— Non, désolé. Il est à l'intérieur, ajouta-t-il en désignant le bureau derrière lui.

Les joues d'Everly s'enflammèrent. Elle n'avait aucune raison de se sentir gênée pour cette erreur et, pourtant, elle le fut. Immédiatement, elle comprit pourquoi. Elle avait secrètement espéré avoir rendez-vous avec ce beau ténébreux. Il émanait de lui une force tranquille qui correspondait bien à un représentant des forces de l'ordre.

Tu deviens grotesque.

L'inconnu lui tendit la main pour l'aider à se mettre debout, mais Everly l'ignora et se redressa seule, prenant le temps de fermer son sac. Des larmes brûlaient ses paupières, et elle baissa la tête, les yeux rivés au sol. Quand elle finit par lever le nez, l'homme s'éloignait dans le couloir.

Avec un gros soupir, Everly entra dans le bureau du shérif dont les fenêtres donnaient sur la place et le belvédère. Au fond de la pièce se trouvait une table jonchée de dossiers.

Assis derrière, le shérif Haak portait un uniforme brun foncé et une cravate de couleur kaki. Une étoile en étain et un fusil complétaient sa tenue. Âgé d'une soixantaine d'années, chauve et doté d'un ventre proéminent, il se leva en la voyant.

— Everly Baker, je présume, dit-il. Je suis navré de vous rencontrer dans de si terribles circonstances.

Trop émue pour parler, elle se contenta de hocher la tête.

— Asseyez-vous, je vous en prie, poursuivit le shérif Haak. Une autopsie sera nécessaire pour déterminer la cause exacte du décès mais d'abord vous devrez voir le corps et l'identifier. Je vous préviens, cette épreuve peut se révéler difficile, douloureuse…

— Je sais, l'interrompit Everly. Je reviens à l'instant de la morgue. J'ai rencontré le Dr Lambert et identifié le cadavre. Il s'agit bien de mon frère, ajouta-t-elle avec un soupir.

— Ce n'est pas ainsi que nous procédons par ici, dit le shérif.

— Je l'ai appris, répondit Everly. Mais je me moque des procédures. Tout ce qui m'intéresse est de découvrir ce qui est arrivé à Axl.

— Comme le légiste le confirmera, à mon avis, votre frère a sans doute succombé à une hypothermie provoquée par les températures glaciales qui sévissent par ici la nuit. Malheureusement ce genre d'accident n'est pas rare. Chaque année, de nombreux touristes ne mesurent pas le danger des montagnes et meurent de froid.

— Vous vous trompez, répondit-elle. Axl n'est certainement pas mort de froid. Il travaillait comme photographe animalier. Il avait l'habitude de vivre dehors. Il connaissait la nature, la montagne en particulier. Il ne se serait jamais aventuré seul dans un lieu inconnu. Il a été assassiné, conclut-elle.

— Assassiné ? répéta le shérif, abasourdi. Pardonnez-moi, mademoiselle, mais, avec tout le respect que je vous dois, Pleasant Pines n'est pas une banlieue de Chicago où les gens se font descendre à tous les coins de rue. C'est un village tranquille. Je comprends qu'il soit très difficile pour vous d'accepter la réalité mais…

— Mon frère photographiait la faune sauvage depuis plus de douze ans. Même s'il s'était perdu dans la forêt par une nuit froide, il aurait su quoi faire. Axl a photographié le Denali National Park en Alaska en plein hiver. Pour vous dire !

Elle devait absolument le convaincre.

— Et qu'en est-il de son appareil photo ? poursuivit-elle. Avez-vous regardé les derniers clichés qu'il avait pris ? D'une manière ou d'une autre, ces photos vous apporteront certainement la preuve de ce que j'avance.

— Il n'y avait pas d'appareil photo près du corps.

Deux ans plus tôt, Everly avait offert à son frère pour son trentième anniversaire un appareil haut de gamme, qui lui avait coûté une petite fortune. Axl ne s'en séparait jamais.

— En êtes-vous sûr ?

Le shérif lui tendit une feuille de papier.

— Voici la liste de ce qu'il avait sur lui. J'ai tout noté moi-même. Il n'y avait pas d'appareil photo, je suis formel.

Le cœur d'Everly se mit à battre à grands coups dans sa poitrine tandis qu'elle parcourait la liste des yeux.

— Cela n'a aucun sens. Si Axl ne prenait pas de photos, que faisait-il dehors au milieu de la nuit ?

— Même un amoureux de la montagne comme lui a pu se perdre, mademoiselle. J'exerce les fonctions de shérif depuis plus de quarante ans et d'après mon expérience, dans de tels cas, l'alcool est souvent en cause. Et si votre frère avait bu…

Malheureusement, l'explication du shérif était plausible. Bien sûr, Axl avait soigné sa dépendance à l'alcool il y a des années. Mais plus d'une fois depuis sa cure de désintoxication, il était retombé dans ses vieux démons. Pourtant, Everly refusait de renoncer si vite à sa théorie.

— Avez-vous cherché cet appareil photo ? demanda-t-elle.

— Jusqu'à présent, j'ignorais que je devais en chercher un. Mademoiselle Baker, pourquoi ne pas me laisser faire mon travail ? ajouta-t-il avec un gros soupir.

Everly serra les mâchoires. Cet homme ne lui serait d'aucune aide, comprit-elle. Ce serait donc à elle de découvrir la vérité.

— Très bien. Dites-moi où se trouvait le corps de mon frère. Je chercherai moi-même.

— Il m'est impossible de vous donner ce renseignement.

Une colère froide balaya son chagrin mais elle parvint à garder son calme.

— Et pourquoi ?

— Premièrement, vous risqueriez de contaminer la scène. Mais surtout, votre frère est mort sur une propriété privée. Il vous faut l'autorisation du propriétaire pour vous promener sur ses terres. C'est d'ailleurs lui qui a découvert Axl Baker et prévenu les autorités.

Les mâchoires toujours serrées, elle demanda :

— Pourriez-vous me présenter à ce propriétaire ?

— Vous l'avez déjà rencontré. Il s'agit de Wyatt Thornton, l'homme qui vous a presque renversée devant ma porte.

Sans se soucier de le saluer, Everly sauta sur ses pieds

et se précipita dans le couloir. Prendre congé d'un shérif aussi grossièrement n'était sans doute pas une bonne idée, mais il lui fallait à tout prix rattraper Wyatt Thornton afin d'apprendre tout ce qu'il savait.

Mais où était-il passé ?

Une fois dans la rue, elle promena les yeux autour d'elle. Heureusement, Wyatt Thornton était grand et donc facile à repérer. Il se tenait de l'autre côté de la place, des bidons de gas-oil dans chaque main. Elle se précipita vers lui.

— Monsieur Thornton ! J'aimerais vous parler !

Il accéléra le pas.

S'arrêtant près d'un pick-up, il rangea les bidons à l'arrière, avant de sortir un trousseau de sa poche.

— Monsieur Thornton, dit-elle, le souffle court en arrivant à sa hauteur, j'ai besoin de votre aide.

Sans un mot, il ouvrit la portière.

— Vous avez dit que vous ne vouliez pas de mon aide.

— Écoutez, je vous prie de m'en excuser. Mais je dois absolument vous parler. C'est important, monsieur Thornton.

— Wyatt, dit-il. Appelez-moi Wyatt.

— D'accord, Wyatt. Voilà : le shérif vient de m'apprendre que c'était vous qui aviez trouvé le corps de mon frère, hier. Je voudrais vous poser quelques questions à ce sujet.

Comme il restait silencieux, elle poursuivit :

— Axl était photographe animalier. S'il était dehors au milieu de la nuit, c'était sans doute pour son travail. Avez-vous trouvé son appareil photo ?

Secouant la tête, Wyatt déclara :

— Non, mais je ne savais pas qu'il fallait en chercher un.

Le shérif lui avait donné la même réponse.

— Avec votre permission et quelques indications, j'aimerais jeter un coup d'œil à l'endroit où vous l'avez trouvé. Je ne vous dérangerai pas, je vous le promets.

— Désolé, mais non.

— Non ? répéta-t-elle, abasourdie. Pourquoi non ?

— J'ai tout raconté au shérif. L'enquête est de sa responsabilité, à présent.

— Je veux simplement voir l'endroit où se trouvait son corps. Cela pourrait m'aider à comprendre ce qui s'est passé. Il était mon frère, ma seule famille.

Elle s'interrompit, se reprochant de se justifier, et surtout de s'abaisser à le supplier.

— J'ai vraiment besoin de réponses. Je vous en prie.

Wyatt ne répondit rien pendant un long moment. À ses mâchoires serrées, à son regard sombre, Everly devina qu'il était la proie d'un profond conflit intérieur.

— Je vous en prie, Wyatt…

— Je suis désolé, dit-il enfin. Je refuse de m'impliquer dans cette histoire et, de toute façon, vous laisser venir chez moi ne vous rendrait pas votre frère.

— Que suis-je censée faire ?

— Le médecin légiste livrera ses conclusions dans la journée, ou demain au plus tard. Vous aurez alors les réponses dont vous avez besoin.

Une certitude traversa soudain Everly. Wyatt Thornton lui cachait quelque chose.

— Que ne me dites-vous pas ?

— La montagne est meurtrière, même pour des randonneurs chevronnés. Les accidents sont fréquents. La mort de votre frère est une telle tragédie pour vous que vous voudriez lui donner une explication à la hauteur de votre désarroi. Mais il s'agit très probablement d'un malheureux concours de circonstances. J'espère que l'autopsie vous apportera les réponses qui vous apaiseront, répéta-t-il.

— Et si ce n'est pas le cas ?

— Rentrez chez vous, quand même. Vous n'avez rien à espérer ici, dit-il, non sans sympathie.

Sur ces mots, Wyatt Thornton s'installa au volant de son pick-up et démarra. Pétrifiée, Everly le regarda s'éloigner.

Il lui conseillait de retourner chez elle, de renoncer à enquêter sur la mort d'Axl ? Eh bien, s'il espérait ainsi se débarrasser d'elle, Wyatt Thornton se trompait lourdement.

2

Everly se gara devant le Pleasant Pines Inn, un grand bâtiment en pierre de la fin du XIXe siècle qui dominait la ville. C'était le seul hôtel à des kilomètres à la ronde et, même s'il ne s'agissait pas d'un établissement cinq étoiles, il avait beaucoup de charme et il lui conviendrait parfaitement.

Traînant sa valise derrière elle, elle s'approcha de la réception. Une femme grande et musclée, aux cheveux blonds tirés en un chignon serré, la salua avec un sourire.

— Bonjour, madame. En quoi puis-je vous être utile ?

— J'ai besoin d'une chambre, répondit Everly, énonçant l'évidence.

— Avez-vous réservé ?

Dans sa hâte de quitter Chicago, Everly n'avait pas pris la peine de le faire.

— Non. En auriez-vous malgré tout une de disponible ?

Dans le cas contraire, elle devrait se rendre à Cheyenne, à trois heures de route.

La réceptionniste pianota sur un clavier d'ordinateur.

— Vous avez de la chance. Il nous en reste une au deuxième étage. Nous proposons également à nos clients un bar et un restaurant. Tous deux ouvrent à 17 heures. Soyez la bienvenue à Pleasant Pines.

Sans conteste, de toutes les personnes qu'elle avait rencontrées depuis son arrivée à Pleasant Pines, cette employée – dénommée Darcy, à en croire son badge – était la plus aimable.

— Darcy, pouvez-vous me dire si Axl Baker avait pris une chambre ici ?

La grande blonde promena les yeux autour d'elle avant de répondre à voix basse.

— Oui… Mais le shérif Haak en a interdit l'accès.

Everly avait au moins la certitude que son frère était descendu dans cet hôtel. Maintenant, il lui fallait réussir à fouiller sa chambre. Le shérif ne l'y autoriserait certainement pas. Elle devait donc se débrouiller pour trouver un moyen, légal ou non, d'y entrer.

Comme elle n'avait pas beaucoup de temps pour élaborer une stratégie sophistiquée, elle décida de faire simple. Pourtant, sa ruse avait des chances de marcher.

Faisant mine d'être prise d'une violente quinte de toux, Everly demanda, tout en portant les mains à sa gorge.

— Auriez-vous la gentillesse de m'apporter un peu d'eau ?

— Bien sûr, répondit Darcy. Je vais vous chercher une bouteille dans la réserve.

Le cœur battant, Everly attendit que l'employée disparaisse dans un couloir. Sur la pointe des pieds, elle se pencha pour regarder par-dessus le comptoir. Il y avait des papiers, des stylos, un clavier d'ordinateur… Comme elle soulevait une pile de dossiers, elle tomba sur ce qu'elle cherchait : une carte plastifiée de la taille d'une carte de crédit, ornée de deux pins stylisés entrelacés, avec les mots « Pleasant Pines » en lettres dorées et, rajoutés au marqueur, ceux qu'elle espérait : « Réception. Passe-partout ».

Cette carte donnait accès à toutes les chambres !

Sans hésiter, Everly s'en empara et la glissa dans sa poche avant de remettre à la hâte les papiers à leur place. Elle se redressa au moment où Darcy revenait.

— Voilà, dit cette dernière en lui tendant une petite bouteille.

— Merci.

Saisissant la poignée de sa valise, Everly se détourna de la réception pour se diriger vers l'escalier. Combien de chambres il y avait-il dans cet hôtel et, plus important encore, laquelle son frère avait-il occupée ?

— Mademoiselle Baker ? appela Darcy derrière elle.

Everly pressa le pas comme pour tenter de fuir l'horrible vérité : telle une vulgaire voleuse, elle avait dérobé le passe de l'hôtel…

— Mademoiselle Baker ? Mademoiselle Baker ?

Zut, l'employée s'était sans doute aperçue de la disparition de la carte, et maintenant Everly allait devoir s'expliquer. Elle chercha frénétiquement une excuse. Aucune ne lui vint à l'esprit.

La bouche sèche, elle s'arrêta et se retourna.

— Oui ?

— Vous avez oublié votre clé, dit Darcy en agitant une carte magnétique, jumelle de celle qu'Everly avait dans sa poche, à l'exception de la mention manuscrite. Je vous ai donné la chambre 223 au deuxième étage. L'ascenseur est au bout du couloir.

Les jambes faibles, Everly parvint à lui sourire. Déterminée à découvrir ce qui était vraiment arrivé à son frère, elle était prête à enfreindre quelques règles, si nécessaire, pour aboutir. Mais elle n'était pas encore rodée pour vivre comme une criminelle. En revanche, à force de travailler dans les relations publiques, elle avait appris à sonder rapidement les reins et les cœurs. Elle était même plutôt douée dans ce domaine. Elle avait du flair et elle devinait que la dénommée Darcy était serviable, sympathique et pourrait donc lui être utile.

— Merci, dit-elle.

Puis elle demanda :

— Vous souvenez-vous d'Axl Baker ? C'est mon frère. Je veux dire : c'était mon frère.

La voix d'Everly se brisa sur le dernier mot.

Darcy baissa la tête.

— J'ai appris ce qui s'était passé. Je suis vraiment désolée.

Elle leva les yeux vers Everly.

— Je n'étais pas là à son arrivée mais je l'ai aperçu plus tard, alors qu'il traversait le hall pour se rendre au bar.

Au bar ? Axl avait-il décidé de boire une bière ? Ou davantage ? Ce n'aurait pas été la première fois qu'il aurait pensé qu'un verre ou deux ne lui ferait pas de mal. À tort. Voilà des années qu'elle craignait que ses excès en la matière ne lui soient fatals. Et le shérif lui avait dit que l'alcool jouait souvent un rôle dans ce type de mort accidentelle.

Dans l'hypothèse où la mort d'Axl avait été accidentelle… Ce qu'Everly refusait de croire.

— Avez-vous une idée de ce qu'il y faisait ?

— Je ne sais pas très bien, répondit Darcy en secouant la tête. Il n'y est pas resté longtemps – une petite demi-heure, tout au plus. La barmaid arrive à 16 heures, elle se souviendra peut-être de quelque chose.

Everly regarda l'heure sur son smartphone. Il n'était que midi. Qu'allait-elle apprendre dans quatre heures ?

Traversée par le doute, elle se demanda brusquement s'il était si important de découvrir ce qui s'était passé. Axl était mort et, quoi qu'elle apprenne, il ne reviendrait pas à la vie. Les propos de Wyatt Thornton remontèrent à sa mémoire. Everly cherchait-elle midi à quatorze heures parce qu'elle ne supportait pas qu'une telle tragédie personnelle ait une origine banale, accidentelle ?

Non. Elle devait la vérité à son frère et elle ne se pardonnerait jamais de ne pas avoir compris ce qui lui était arrivé.

— Si vous pouviez demander à cette barmaid ce dont elle se souvient, je vous en serais très reconnaissante. En tout cas, merci, ajouta-t-elle avec un petit sourire. Vous êtes la première personne à essayer de m'aider depuis mon arrivée ici.

Tournant les talons, elle s'éloigna dans le couloir principal, tapissé d'une moquette verte. Une douzaine de chambres se trouvaient au rez-de-chaussée et sans doute y en avait-il deux fois plus dans les étages. Des portes identiques s'alignaient de chaque côté, ornées de numéros en laiton, avec une fente pour la carte magnétique.

N'ayant aucune idée de la chambre qu'avait occupée son frère, Everly décida de procéder par étapes. Elle les fouillerait toutes, une par une, en commençant peut-être par les étages. Mais soudain quelque chose attira son attention. Une étiquette « Ne pas déranger » avait été placée sur l'une des poignées. Et surtout, une feuille à l'en-tête du bureau du shérif de Pleasant Pines était collée sur la porte :

Entrée interdite sur ordre du shérif.

Bingo !

Everly ne voulait pas attendre une minute de plus pour pénétrer dans la chambre de son frère. Jetant un bref coup d'œil par-dessus son épaule, elle s'assura que le couloir était désert. Elle tira alors le passe de sa poche et ouvrit la porte. Avant même d'y pénétrer, elle sut qu'elle était au bon endroit. L'odeur d'Axl flottait dans la pièce, un mélange de savon, d'herbe et de terre qui n'appartenait qu'à lui. Axl sentait toujours la nature, le grand air. Humer ses fragrances maintenant était à la fois cruel et bouleversant, et Everly se mordit les lèvres pour réprimer un nouveau flot de larmes.

Manifestement, les adjoints du shérif étaient déjà passés par là. Tous les vêtements avaient été retirés de la valise et entassés n'importe comment sur l'un des lits – ce qu'Axl, qui prenait soin de ses affaires, n'aurait jamais fait. De même, les placards étaient ouverts, les vestes de son frère jetées sur la pile.

Une fine poudre grise recouvrait la commode, la table de chevet et même la télécommande. Ils avaient sans doute cherché des empreintes digitales.

Se remémorant toutes les séries policières qu'elle avait vues à la télévision, Everly hésita. Était-elle en train de polluer une scène de crime par sa seule présence, d'y laisser des empreintes digitales, des cheveux, et donc de risquer de compromettre le résultat des investigations ? Mais de nouveau, elle comprit qu'elle n'avait pas le choix. Elle avait absolument besoin de comprendre ce qui s'était passé si elle voulait obliger le shérif à enquêter sur la mort d'Axl.

Mettant de côté sa valise, elle laissa la porte légèrement entrouverte. Les rideaux avaient été tirés et seul un rai de lumière s'immisçait à l'endroit où les deux pans de tissu ne se rencontraient pas. Dans la pénombre, elle promena les yeux dans la pièce : une commode sur laquelle trônait une télévision, un grand miroir mural sur la gauche, une chaise et une petite table dans un coin.

Il y avait aussi deux lits jumeaux. Tous deux étaient faits, mais sur l'un d'eux se trouvait la valise ouverte qui ne contenait plus qu'une trousse de toilette. Mais pas d'appareil photo. Après en avoir rapidement fouillé l'intérieur, elle tapota la pile de vêtements. Dans la poche d'une polaire, elle découvrit le smartphone d'Axl.

Aussitôt, une sonnette d'alarme se déclencha dans sa tête. De même qu'il ne se séparait jamais de son appareil photo, son frère n'allait nulle part sans son téléphone. Everly s'en empara. À une époque, seule l'empreinte du pouce d'Axl débloquait son smartphone. Mais était-ce toujours le cas ?

Elle pressa une touche sur le côté et, retenant son souffle, elle attendit. L'écran d'accueil apparut.

Du bout des doigts, elle fit défiler les textos – tous de nature professionnelle. Il n'y avait pas de messages vocaux. Elle vérifia l'agenda… et trouva un élément enregistré.

21 mars à 21 heures. Rendez-vous au bar.

Axl était donc allé au bar pour rencontrer quelqu'un. Mais qui ? Et surtout, le shérif avait-il raison ? Son frère avait-il trop bu avant de sortir se balader dans la nuit froide ?

Entendant des bruits feutrés derrière elle, Everly se retourna. Alors que son regard passait sur le miroir, elle y entrevit de manière fugace une ombre, une silhouette. Son sang se glaça dans ses veines et elle voulut hurler. Mais son cri mourut dans sa gorge tandis qu'une vive douleur traversait son crâne. Elle sentit ses jambes se dérober sous elle et elle trébucha en avant.

Un voile noir tomba sur ses yeux et elle perdit connaissance, happée par les ténèbres.

Wyatt gravissait la colline au volant de son pick-up. Le portail en fer forgé qui menait chez lui était ouvert et il aperçut au loin la terrasse de sa ferme. Les panneaux solaires nouvellement installés sur le toit scintillaient à la lumière de ce début d'après-midi. Au lieu de s'engager dans l'allée pour rentrer chez lui, il passa devant et accéléra, se maudissant de faire ce qu'il s'apprêtait à faire.

Trois ans plus tôt, il avait quitté le FBI parce qu'il s'était rendu compte que son instinct d'enquêteur n'était plus fiable. Alors, pourquoi retournait-il maintenant à l'endroit où il avait découvert le corps d'Axl Baker ? Ne faisait-il pas confiance au shérif ? La sœur de Baker l'avait-elle poussé à chercher quelque chose qui n'existait sans doute pas ?

Ou craignait-il que les similitudes de cette histoire avec sa dernière enquête lui prouvent qu'il était toujours enlisé dans son passé malgré toutes ces années ?

Wyatt n'aimait aucune de ces hypothèses.

Cette affaire ne le concernait en rien. Et pourtant, il ne parvenait pas à s'en désintéresser.

Il était presque midi lorsqu'il parvint aux abords de l'ancienne école. Il coupa le contact et, avec un dernier juron, il bondit de son pick-up. Le vent fouettait les montagnes et tournait en hurlant dans la plaine. Les mains dans les poches de sa veste, Wyatt se dirigea lentement vers le sentier.

Il s'agenouilla près d'un arbuste. Il mesurait une vingtaine de centimètres tout au plus, et pourtant il était cassé en deux. Wyatt se souvenait du camion du shérif. Son châssis était très haut. Il n'aurait pas pu briser ce petit arbre en roulant dessus.

Si ce n'était pas le véhicule de Haak, qui l'avait cassé ?

Wyatt remonta le chemin à pied. Toutes les plantes de plus de dix centimètres de hauteur avaient été fauchées. Par le châssis d'une voiture, plus bas que celui d'un camion. D'une berline sans doute. Mais s'agissait-il d'un indice évoquant quelque chose de louche, ou simplement d'une bizarrerie qui pouvait s'expliquer de façon rationnelle ?

Les nuages accrochés aux sommets des Rocheuses promettaient du froid, du vent et davantage de neige dans les heures à venir. En moins d'un quart d'heure, Wyatt parcourut les derniers mètres qui le séparaient de l'ancienne école.

En arrivant, il remarqua que l'odeur de la mort avait disparu. Une fois le cadavre enlevé, le vent l'avait emportée au loin. Des rubans de police jaune et noir en travers de la porte interdisaient l'accès du bâtiment délabré. Mais il s'agissait plus d'une mise en garde que d'un véritable obstacle, et Wyatt passa en dessous pour entrer. Sans le corps, l'espace semblait plus grand et plus lumineux. Moins inquiétant.

Wyatt consacra un moment à tenter d'imaginer la pièce à une époque révolue, avec une vingtaine d'enfants assis à leurs pupitres regardant leur maître gesticulant sur l'estrade devant le tableau. Mais il n'y parvint pas et très vite son esprit revint à ce qu'il avait vu la veille. Le corps, les pierres et le bois, les ombres et les lumières…

Un coup de vent secoua les murs et souleva une feuille morte sur le sol. Peu à peu, la nature reprenait ses droits, envahissait de nouveau la petite structure. Wyatt s'agenouilla pour ramasser la feuille. Tout en promenant les yeux autour de lui, il la tordit entre ses doigts. La veille, le sol était propre, à présent il ne l'était plus.

Il était passé à côté de quelque chose.

En repensant à l'insistance d'Everly Baker à propos des habitudes de son frère, Wyatt sortit de l'école en ruine et scruta les alentours à la recherche de l'appareil d'Axl. Il espérait voir briller un morceau de métal sous les rayons du soleil ou le verre de l'objectif réfléchissant la lumière.

Il n'y avait rien.

Le dos à la porte, Wyatt croisa les bras sur son torse et contempla l'horizon, les montagnes, les plaines, le ciel. Il était seul au monde, comme il l'avait voulu.

Pourtant, le mystère de la mort d'Axl Baker l'habitait, il faisait maintenant partie de lui. Les questions restées sans réponse tournaient en boucle dans son esprit : un corps dont l'origine du décès demeurait incertaine, inconnue, sans que rien n'indique non plus qu'elle ait été criminelle, le sol balayé, la végétation cassée sur le sentier, l'appareil photo disparu, la sœur tenant à tout prix à obtenir des réponses…

Chacun de ces éléments était une pièce d'un puzzle. Mais une fois réunies, formaient-elles une image ? Et d'ailleurs, étaient-elles seulement liées ?

Fallait-il s'intéresser à la végétation aplatie, par exemple ? Sans doute ce détail ne signifiait-il rien, d'autant que le médecin légiste avait, lui aussi, emprunté ce sentier quand il était venu chercher le corps. Les dalles balayées étaient plus difficiles à expliquer mais pas impossibles.

Et qu'en était-il d'Everly Baker ? Il avait le pouvoir de l'aider et que lui avait-il offert ? Des conseils d'une affligeante platitude. Il n'avait vraiment pas de quoi être fier de lui.

Il prononça son nom à haute voix. Everly Baker. Mais le vent emporta les mots avant qu'il ne puisse décider s'il aimait ou non leur sonorité.

La sensation qu'il avait éprouvée lorsqu'il l'avait effleurée accidentellement remonta à sa mémoire. Elle avait la peau douce. Il se remémorait aussi son parfum à la fois discret et sexy. Dans ses yeux émeraude, il avait vu se refléter sa tristesse et sa force.

Avec ce bref contact, il s'était passé quelque chose qu'il n'avait pas senti – ou voulu ressentir – depuis longtemps. Un lien, une connexion, avec une autre personne.

Trois ans plus tôt, il était venu s'installer au Wyoming pour fuir ses semblables. Il ne supportait plus les regards soupçonneux de ses supérieurs, les attaques des médias, le stress et, surtout, les doutes qui le hantaient jusque dans ses rêves.

Non, il n'allait pas s'impliquer dans cette histoire. La mort de cet homme ne le concernait pas. Traquer les assassins n'était plus de son ressort. D'ailleurs, Axl Baker avait sans doute perdu la vie pour une raison accidentelle, naturelle.

Quelques flocons de neige égarés dansaient dans le vent. Wyatt regarda les montagnes dont les sommets avaient à présent disparu, engloutis par les nuages. La tempête n'allait plus tarder à éclater dans la vallée, et Wyatt ne voulait pas être surpris par le gros temps alors qu'il se trouvait près de l'ancienne école.

Il redescendit le sentier, regagna son pick-up. De là, il prendrait le chemin du retour et retrouverait sa ferme, où il se sentait en sécurité, protégé.

Seul.

Everly flottait entre des eaux sombres et glacées. Elle devinait la surface au-dessus d'elle, à la fois proche et hors de portée.

Une voix l'appelait du rivage.

— Mademoiselle Baker ? Mademoiselle Baker ? M'entendez-vous ?

Elle voulut parler, mais sa bouche était remplie de vase. Cherchant à recouvrer son souffle, elle émergea enfin et s'aperçut qu'elle était étendue sur une moquette. Elle sentait son contact rugueux contre sa joue, mais rien d'autre ne semblait réel.

— Mademoiselle Baker ?

Une grande blonde était agenouillée à côté d'elle.

Et soudain, tout lui revint : la mort d'Axl, la disparition de son appareil photo, le vol de la carte magnétique pour entrer dans sa chambre. Mais pourquoi était-elle sur le sol ?

— Mademoiselle Baker, m'entendez-vous ?

C'était l'employée de l'hôtel. Elle s'appelait Darcy, Everly s'en souvenait maintenant.

— Que s'est-il passé ? balbutia-t-elle, la gorge sèche.

— Comme je passais dans le couloir, j'ai remarqué la porte entrouverte et j'ai cru qu'un des adjoints du shérif était passé. J'ai failli la refermer sans regarder, mais heureusement j'ai jeté un coup d'œil à l'intérieur et je vous ai vue par terre.

Everly s'assit avec difficulté. Le réveil de la table de chevet lui apprit qu'elle n'avait été évanouie que quelques instants.

— Quelqu'un m'a frappée, dit-elle, se remémorant l'ombre dans le miroir.

— Quelqu'un vous a frappée, répéta Darcy, sidérée. Qui ?

— Je n'ai pas vu son visage, dit Everly. Juste une silhouette.

— Êtes-vous sûre ? Il n'y avait personne dans le couloir. Ni dans le hall.

— Eh bien, je n'ai pas rêvé et je sais ce qui m'est arrivé, insista Everly.

— Attendez ici, dit Darcy en se levant. Je vais appeler le shérif Haak et le médecin aussi. Un coup sur la tête assez puissant pour vous assommer a probablement provoqué une commotion cérébrale.

Le shérif ? Jusqu'ici, Darcy n'avait pas demandé à Everly comment elle était entrée dans la pièce, sans doute parce que la réponse était évidente. Mais que dirait le shérif ? Elle avait enfreint au moins une loi lorsqu'elle avait volé la carte magnétique et pénétré dans une chambre qui n'était pas la sienne – au mépris de l'interdiction officielle sur la porte.

Pourtant, elle était prête à parier n'importe quoi que cette agression n'était pas due au hasard. Everly avait été ciblée. La grosse bosse à l'arrière de son crâne était un avertissement – rien de plus. Si quelqu'un avait voulu la tuer, il lui aurait été facile de parvenir à ses fins pendant qu'elle était inconsciente. Cette pensée la glaça.

Elle se tourna vers Darcy :

— Attendez, dit-elle en se levant lentement. En fait, je ne suis pas sûre d'avoir été frappée J'ai peut-être simplement perdu connaissance, je suis tombée et dans ma chute je me suis cognée sur le bord de la table de nuit.

— Il y a un instant, vous étiez certaine d'avoir été attaquée.

— Mon frère est mort subitement. J'ai quitté Chicago et j'ai voyagé toute la nuit pour venir ici. Lorsque je suis entrée dans sa chambre, j'ai reconnu son odeur et j'en ai été bouleversée. Anéantie.

Avec un soupir, Everly passa la main sur la bosse à l'arrière de son crâne. Elle grimaça.

— Pour être honnête, à l'heure actuelle, je ne suis plus sûre de rien.

— Vous devriez quand même parler au shérif.

— Je préfère vraiment qu'il ne soit pas impliqué.

Darcy secoua la tête.

— Vous traversez beaucoup d'épreuves et je ne veux pas vous créer de problèmes supplémentaires. Mais je vous en prie, n'en provoquez pas non plus. Le shérif Haak est un homme bon. Il découvrira ce qui s'est passé.

— Je l'espère, déclara Everly.

— Même si vous êtes seulement tombée, vous devriez consulter un médecin. Je peux le joindre pour vous.

— J'ai déjà rencontré le Dr Lambert. Je lui téléphonerai, une fois dans ma chambre, dit Everly, même si elle n'avait pas l'intention de contacter qui que ce soit.

— Êtes-vous sûre que ça va aller ? demanda Darcy.

Comme pour prouver qu'elle était en forme, Everly attrapa la poignée de sa valise et sortit de la pièce.

— Absolument certaine, répondit-elle. Merci encore pour tout.

Darcy suivit Everly et ferma la porte.

— Appelez la réception si vous avez besoin de quoi que ce soit… de légal.

Le rouge au front, Everly lui rendit la carte volée.

— Désolée de vous l'avoir « empruntée » sans vous avoir demandé votre avis, dit-elle.

Darcy récupéra le passe-partout magnétique.

— Ne recommencez pas et n'en parlons plus.

Après avoir salué la réceptionniste de la main, Everly se dirigea vers l'ascenseur. Dieu merci, elle savait raconter des histoires. En fait, son petit laïus sur l'évanouissement soi-disant provoqué par une chute accidentelle avait été si convaincant qu'elle finissait presque par y croire elle-même. Maintenant qu'elle n'avait plus à se préoccuper du shérif, elle devait découvrir qui voulait l'empêcher d'enquêter sur la mort d'Axl.

En réalité, elle n'avait qu'un seul suspect : l'homme qui voulait à tout prix la voir partir et qui – comme par hasard – était également celui qui avait découvert le corps de son frère.

Everly glissa la carte magnétique dans le boîtier et entra dans sa chambre. Oubliant sa bosse sur le crâne, elle s'assit devant le bureau, tira de sa valise son ordinateur portable et l'alluma. Elle tapa alors deux mots dans le moteur de recherche.

Wyatt Thornton.

Il n'y avait pas grand-chose sur Internet le concernant, mis à part l'achat d'une centaine d'hectares de terres dans la montagne. Et une annonce signalant qu'il avait adopté un chien à la fourrière.

Il devait y avoir plus. À notre époque, personne ne vivait en marge des réseaux sociaux. Sauf les gens qui avaient quelque chose à cacher.

Elle essaya encore. W. Thornton.

La recherche provoqua une question. « Voulez-vous dire l'agent spécial W. Thornton ? »

Lorsqu'elle répondit par l'affirmative, des centaines de pages apparurent. Elle passa rapidement en revue des dizaines de titres de presse traitant d'un tueur en série de Las Vegas qui avait défrayé la chronique, trois ans plus tôt, et du profileur du FBI chargé de l'affaire, W. Thornton.

Elle déplaça la souris pour survoler les articles. Jusqu'au moment où son regard se posa une photographie représentant plusieurs agents du FBI. L'un d'entre eux était sans aucun doute l'homme qu'elle avait rencontré plus tôt dans la journée, Wyatt Thornton.

Ses cheveux étaient plus longs maintenant que sur le cliché, pris des années plus tôt. Et il avait troqué son costume d'alors contre un jean, mais c'était bien lui.

Elle se demanda immédiatement pourquoi il était venu dans le Wyoming et, surtout, pourquoi il ne lui avait pas dit qu'il avait une opinion professionnelle sur la mort de son frère.

Elle cliqua sur un article, vieux de quatre ans. Une série de meurtres – tous des hommes célibataires – avait sidéré la ville, pourtant difficile à choquer, de Las Vegas. Le FBI, par l'intermédiaire de Thornton, son spécialiste du comportement, avait identifié un suspect. Mais ce dernier disposait en réalité d'un alibi pour l'un des assassinats. Ce fait avait été négligé, peut-être même effacé du dossier, par Thornton.

Les médias s'étaient alors déchaînés sur le malheureux agent du FBI qu'ils jugeaient incompétent, voire malhonnête. Thornton avait été crucifié. Et les meurtres ? Ils avaient cessé et certains journalistes s'étaient demandé si Thornton n'avait pas inventé toute l'histoire pour se faire mousser.

Un instant, elle se sentit désolée pour Wyatt. Mais elle comprit surtout pourquoi il avait quitté Las Vegas pour s'installer dans un bled perdu dans la montagne où personne ne savait qui il était. Maintenant elle savait ce qu'il avait voulu lui cacher et pourquoi il rechignait tant à enquêter sur un meurtre.

Elle réfléchit. Wyatt Thornton était un expert en crimes inexpliqués. Avec sa longue expérience, il saurait assembler toutes les pièces du puzzle et elle avait besoin de son expertise.

Après avoir noté son adresse, elle attrapa les clés de sa voiture de location et quitta sa chambre à la hâte.

3

Assis à son bureau, Wyatt regardait l'écran de son ordinateur. Non loin de lui, un feu crépitait dans la cheminée. Gus se prélassait sur le tapis, les yeux clos, profitant de la chaleur ambiante. La poitrine du chien se soulevait et retombait à chaque respiration.

Sans doute parce qu'il était obsédé par cette histoire, après avoir juré qu'il laisserait le shérif se charger de l'enquête, Wyatt avait ressorti du grenier un vieux dossier dans lequel il avait rangé des papiers importants. Il avait également effectué une recherche sur Internet concernant Axl Baker. Jusqu'à présent, il n'avait rien trouvé d'intéressant. Deux condamnations pour conduite en état d'ivresse figuraient dans son casier judiciaire, ainsi qu'une amende pour consommation d'alcool sur la voie publique, illégale dans l'Illinois. Les trois infractions remontaient à plus de sept ans.

Wyatt avait également découvert un témoignage d'Axl racontant sa cure de désintoxication dans un centre de Chicago. Figuraient aussi sur la Toile plusieurs de ses photographies qui avaient fait partie d'une vente aux enchères organisée il y a cinq ans.

Professionnellement, Baker était un photographe à succès qui travaillait pour la plupart des grands magazines spécialisés dans la nature et la faune sauvage. Comme sa sœur l'avait dit, il avait beaucoup d'expérience et il était sans doute capable de survivre une nuit ou deux en montagne. Aurait-il voulu se suicider ? Même s'il était impossible de connaître vraiment quelqu'un, Axl n'avait pas le profil d'un désespéré souhaitant mettre fin à ses jours.

Redressant la tête, Gus laissa soudain échapper un aboiement.

Wyatt entendit un bruit de moteur avant de voir des phares percer l'obscurité. Un véhicule quittait la route pour s'engager dans son allée. La neige annoncée était arrivée et les faisceaux lumineux éclairaient les flocons qui tourbillonnaient dans le vent.

Debout à la fenêtre, Wyatt scrutait la tempête. Près de lui, Gus posa ses pattes sur le rebord. L'animal donna de la voix lorsque la voiture s'approcha de la maison.

— Je l'ai vue, vieux.

Même de loin, il reconnut la conductrice, Everly Baker. Le souvenir de ses doigts lui effleurant la main revint le tourmenter. Comme un frisson lui parcourait l'échine, il jeta une autre bûche sur le feu.

Lorsque Gus commença à aboyer sérieusement, Wyatt sauvegarda sa recherche Internet sur Axl Baker avant d'éteindre son ordinateur. Comme la sonnette retentissait, il s'immobilisa un instant. Depuis trois ans qu'il vivait ici, Everly Baker était la première personne à lui rendre visite et il serra instinctivement les mâchoires.

Il promena les yeux autour de lui, sur le canapé, le bureau, le fauteuil, la télévision, les poutres apparentes au plafond. Il avait lui-même restauré la vieille ferme, abattant les murs pour créer une seule pièce. Il ne regrettait pas ses efforts ni le temps consacré à ces travaux. Cette propriété était devenue pour lui davantage qu'un foyer, un refuge.

En tout cas, il n'avait pas travaillé des années sur cette maison pour qu'elle soit à présent envahie par une visiteuse indésirable.

Quand il ouvrit la porte, elle était là, sur le perron, la

main levée, prête à frapper le battant. Le vent soufflait dans ses cheveux auburn, donnant l'impression qu'elle était auréolée de flammes. Everly Baker était plus que belle. Elle avait la beauté féroce d'une déesse de la vengeance d'une tribu celtique.

Se rappelant que son problème ne le concernait pas, il décida d'être le plus désagréable possible.

— Que voulez-vous ?

Gus passa devant Wyatt et s'approcha d'Everly en remuant la queue.

Elle se pencha pour caresser le labrador.

— Bonjour, toi ! Tu sais que tu es le plus beau des chiens ?

Gus lécha avec enthousiasme la main d'Everly. Pour le côté odieux, il faudrait repasser.

Comme elle éclatait de rire, Wyatt lança d'un ton sec :

— Gus, viens ici.

Son ordre fut royalement ignoré.

— Gus, répéta-t-il en haussant la voix.

L'animal regarda Everly par-dessus son épaule mais finit par revenir près de son maître.

— Il est adorable, dit Everly en se levant.

Wyatt haussa les épaules.

— Vous n'êtes pas venue pour lui. Que faites-vous ici ?

— Vous ne voulez pas m'inviter à entrer ?

— Non, répliqua-t-il. Ce n'est pas du tout dans mes intentions.

— Il fait très froid dehors et j'aimerais seulement vous parler.

Elle souffla dans ses mains avant de les frotter l'une contre l'autre.

— Je parie que Gus adore se faire chatouiller le ventre.

Le labrador aboya pour le confirmer et, de guerre lasse, Wyatt ouvrit plus grand la porte.

— Je vous accorde deux minutes, mais laissez mon chien tranquille.

Après l'avoir fait entrer, il fit un geste vers le canapé.

— Asseyez-vous.

Comme elle retirait son manteau, Wyatt s'accorda un moment pour admirer ses vêtements. Un long pull de couleur crème mettait sa silhouette en valeur et un legging fuselait ses longues jambes. Malgré la simplicité de sa tenue, Everly Baker était dotée d'une élégance naturelle et elle ne semblait guère à sa place dans cette ferme rustique.

— Pour ne pas vous faire perdre votre temps, j'irai droit au but, dit-elle. J'ai besoin de votre aide.

— Désolé, dit-il. Je suis la dernière personne à pouvoir vous aider.

Ignorant sa déclaration, elle continua :

— Quelque chose cloche avec la mort de mon frère, mais je n'arrive pas à mettre le doigt dessus. J'ai l'impression que le shérif veut classer l'affaire au plus vite et, à part lui, il n'y a personne à qui je puisse me fier. Il n'y a que vous, ajouta-t-elle après un instant.

— Qu'est-ce qui vous fait croire que je suis digne de confiance ?

Gus s'approcha du canapé et posa la tête sur les genoux d'Everly.

Le traître.

— J'ai effectué quelques recherches sur Google, répondit-elle en caressant l'animal. Je sais donc qui vous êtes, agent spécial Thornton. Ce n'était pas difficile à trouver. Et surtout, je sais que vous avez la capacité de découvrir ce qui est arrivé à mon frère.

Voilà des années que Wyatt n'avait pas été appelé « agent spécial ». Il n'avait aucune envie de l'être. Il se ferma.

— Vous feriez mieux de partir.

— La presse n'a pas été juste avec vous, poursuivit

Everly comme s'il ne venait pas de la chasser de chez lui. Les journalistes n'hésitent jamais à raconter n'importe quoi pour vendre du papier mais vous n'aviez rien fait de mal.

Qui était-elle pour en décider et pour juger la manière dont il avait été traité ? Elle ignorait tout de cette histoire. Elle ne savait pas ce que c'était que de voir sa vie gâchée par des insinuations et des calomnies.

Il se leva et désigna la porte.

— Allez-vous-en.

Everly leva les mains.

— Comme je l'ai dit, j'essaie de comprendre ce qui est arrivé à mon frère, ce qui s'est passé. J'ai besoin d'un expert et vous en êtes un. J'ai besoin de vos compétences. Je peux payer, si c'est le problème. Dites votre prix, je l'accepte.

— Mon passé ne vous regarde pas et votre argent ne m'intéresse pas.

Son sang battait à tout rompre dans son crâne et, les mâchoires serrées, il ajouta en criant :

— Maintenant, foutez le camp de chez moi et ne revenez jamais !

Avec un gémissement, Gus alla se coucher dans un coin.

Everly se leva. Elle était livide. Elle prit une profonde inspiration, ce qui ne raviva pas vraiment son teint.

— Je ne voulais pas me montrer intrusive, ni violer votre vie privée.

Secouant la tête, Wyatt dit :

— Vous plaisantez ou quoi ? Vous m'avez cherché sur Internet, vous avez découvert mes sales petits secrets, trouvé mon adresse et vous débarquez chez moi sans y avoir été invitée ? Vous vous moquez bien de respecter ma vie privée.

Vaincue, Everly hocha la tête et s'apprêta à partir. Elle prit son manteau sur le canapé et le jeta sur ses épaules.

— Vous avez raison, dit-elle. Je me moque de votre

vie privée mais j'ai besoin de savoir ce qui est arrivé à mon frère. Lorsque j'ai voulu fouiller discrètement sa chambre d'hôtel, je me suis fait attaquer. J'ai d'abord cru que c'était par vous, je vous ai soupçonné d'être mon agresseur et voilà pourquoi j'ai effectué des recherches sur Internet…

— Vous avez été attaquée ? l'interrompit Wyatt. Par qui ?

Everly secoua la tête.

— Je n'en sais rien. Quelqu'un m'a frappée par-derrière, assez fort pour m'assommer. Bref, quand j'ai découvert qui vous étiez, j'ai tout de suite eu envie de solliciter votre aide. Je suis désolée de vous avoir dérangé.

— Que vous a dit le shérif à propos de cette agression ?

Wyatt devait vraiment cesser de se comporter comme s'il s'intéressait à cette histoire. Everly pourrait se méprendre.

Elle le dévisagea un moment. Ses yeux étaient cernés. Elle n'avait pas seulement l'air fatiguée, elle semblait épuisée.

— Je n'ai pas envie que le shérif Haak apprenne que je suis entrée dans la chambre d'Axl alors qu'il l'avait interdit.

— Vous savez certainement qu'il ne faut pas prendre le volant après avoir perdu connaissance.

— J'y suis arrivée, non ?

— Sans vouloir vous vexer, vous avez une sale tête.

— Merci du compliment.

— Manifestement, vous avez eu une journée difficile, c'est tout ce que je dis.

— La pire de ma vie, je vous le confirme.

Ses yeux brillaient de larmes et elle détourna la tête.

Wyatt hésita. Contre tout bon sens, il sentait faiblir sa résolution.

— Si vous m'avez cherché sur Internet, alors vous

avez compris pourquoi je refuse de m'impliquer dans une mort suspecte.

— Vous pensez donc que la mort d'Axl est suspecte et qu'il y a matière à enquêter ?

— Je n'ai pas dit ça, rétorqua Wyatt. Je voulais simplement dire qu'il n'y avait pas de raison médicale évidente qui expliquerait la mort de votre frère.

— Axl a été retrouvé sur vos terres, non ? Pourriez-vous au moins m'y conduire maintenant et me montrer où vous l'avez découvert ? Peut-être parviendrons-nous à remettre la main sur son appareil photo. Il n'était pas dans sa chambre, ce qui veut dire qu'il est toujours là, quelque part. Il nous fournira peut-être une piste, un indice.

Wyatt n'était pas prêt à admettre qu'elle avait raison. Il n'avait pas non plus l'intention de lui dire qu'il avait déjà cherché l'appareil photo et qu'il ne l'avait pas trouvé.

Il se tourna vers les fenêtres et ne vit que les flocons de neige qui tourbillonnaient.

— Il n'y a pas de vraie route qui mène à la vieille école, seulement une vague piste défoncée. Vu les conditions météorologiques, il serait facile de se perdre dans les collines. Voilà pourquoi je n'y retournerai pas avant que le temps ne soit redevenu clément, et vous non plus.

Il soupira, devinant qu'il était sur le point de prendre la pire décision de sa vie.

— Je vais vous raccompagner en ville pendant que le réseau routier est encore praticable. Vous ne devriez pas conduire avec une blessure à la tête, surtout en plein milieu d'une tempête.

Il leva la main pour arrêter ses protestations.

— Et en échange, j'accepte de passer en revue avec vous tous les faits et tous les éléments dont nous disposons sur cette affaire. Si quelque chose dans la mort de votre frère me paraît louche, j'en parlerai personnellement au shérif Haak.

***

Une fois Wyatt garé dans la rue principale de Pleasant Pines, Everly fit quelques pas avec lui sur le trottoir. Avec le vent, les flocons se muaient en projectiles qui lui mitraillaient le visage. La bosse à l'arrière de sa tête lui faisait mal.

Comme ils passaient devant un restaurant, le Sally's On Main, Wyatt lui demanda :

— Aimez-vous les tartes ?

— Les tartes ?

— Ils en proposent une multitude ici. Elles sont toutes délicieuses, leur pâte feuilletée est légère à souhait. J'adore les tartes, poursuivit-il. M'en régaler m'aide à réfléchir. Je m'arrête chez Sally à chaque fois que je viens en ville. C'est une sorte de rituel.

Elle repoussa en arrière une mèche de cheveux qui se plaquait sur ses joues.

— Pourquoi pas ?

Ouvrant la porte, il l'invita à entrer dans l'établissement.

— De plus, nous serons mieux à l'intérieur. Il fait si froid.

Everly pénétra dans le Sally's On Main. Près de la porte se trouvait le bar, entouré de hauts tabourets. Une dizaine de tables étaient dispersées dans la salle. Mis à part un autre couple attablé au fond et une serveuse s'activant derrière le comptoir, le restaurant était désert. Wyatt se glissa à une table et Everly s'assit en face de lui. La serveuse s'approcha, un carnet à la main.

— Bonsoir, dit-elle. Qu'est-ce que je vous sers ?

— Vous reste-t-il de la tarte aux pommes, Sally ? s'enquit Wyatt.

— Bien sûr, répondit-elle. Je vous en réchauffe une part que je vous apporterai avec une boule de glace, comme d'habitude ?

— Avec plaisir, dit Wyatt. Et avec un café.

Sally se tourna vers Everly.

— Et pour vous ?

— Une tarte aux pommes aussi, merci.

Le couple installé au fond du restaurant se leva et se dirigea vers la sortie. L'homme, grand avec le crâne rasé, salua Everly de la tête mais, lorsqu'il posa les yeux sur Wyatt, il s'arrêta net.

— Wyatt ? Wyatt Thornton ? Si je m'attendais ! Voilà un bail que je ne t'ai pas vu.

— Marcus ?

Wyatt lui tendit la main.

— Marcus Jones, heureux de te voir. Que fais-tu à Pleasant Pines ?

— Je prenais un déjeuner tardif avec mon amie Chloe Ryder, la procureure du comté. Honnêtement, je n'imaginais pas recroiser un jour ton chemin, Wyatt. Après avoir quitté le FBI, tu semblais avoir totalement disparu des écrans radar. Que fais-tu, maintenant ?

— Je vis à Pleasant Pines.

— Laisse-moi te présenter Chloe. Chloe, Wyatt.

Chloe, une grande brune avec une frange, serra la main de Wyatt.

— Ravie de faire votre connaissance, dit-elle avec un sourire.

— Enchanté, Chloe, répondit Wyatt. Et voici Everly Baker.

Everly se demanda comment il allait la présenter aux deux autres.

— Elle est de Chicago.

Après quelques échanges de banalités, Wyatt demanda :

— Tout se passe bien au FBI, Marcus ? Es-tu toujours responsable de l'agence de Denver ?

— Du tout ! J'ai moi aussi quitté le FBI, figure-toi.

— Tu fais tout comme moi, alors. Bienvenue au club.

Marcus se mit à rire.

— J'ai rejoint un groupe chargé de sécurité privée à Denver et nous venons d'ouvrir une agence dans le Wyoming. Et toi ? Où travailles-tu, maintenant ?

— Moi ? Après ce qui s'est passé à Las Vegas, j'ai tout arrêté. Une vie tranquille me va très bien.

— Peut-être devrais-tu passer nous voir. Tu serais un véritable atout pour l'équipe.

— Je ne joue plus en équipe, dit Wyatt.

— Le secteur de la sécurité privée te conviendrait sans doute mieux qu'une vie tranquille.

— La sécurité privée, répéta Wyatt. De quoi s'agit-il concrètement ? Es-tu devenu détective privé ? Te charges-tu de surprendre les maris volages avec leurs maîtresses ?

— Nous sommes tellement plus que cela.

Sortant un carnet et un stylo de son manteau, il y nota quelques chiffres.

— Tiens, voici mon numéro de portable. Appelle-moi et je te montrerai ce que nous faisons. Je te raconterai quelques histoires qui nous sont arrivées. Certaines seront vraies.

Wyatt refusa le papier proposé.

— Je ne suis pas intéressé mais merci quand même.

— Prends-le, insista Marcus. Tu ne sais pas quand tu auras besoin d'un ami.

Avec un soupir, Wyatt plia la feuille et la glissa dans la poche arrière de son jean.

— Chloe doit retourner au travail, poursuivit Marcus. Alors je vous laisse à votre dîner en amoureux.

Leur dîner en amoureux ? L'expression rappela à Everly à quel point Wyatt Thornton était séduisant. Elle songea également que la dernière fois qu'elle avait vraiment dîné en amoureux remontait à plusieurs mois…

— Il avait l'air gentil, dit-elle lorsqu'ils furent seuls.

— Marcus Jones est un très chic type, oui.

Sally revint avec leurs tartes et leurs cafés. Ils interrompirent la conversation tandis qu'elle mettait tout sur la table. Everly prit une bouchée qu'elle savoura lentement. La croûte était légère, les pommes fines et sucrées, avec une pointe d'épice.

Elle soupira.

— Vous avez raison, dit-elle. C'est un délice.

Wyatt sourit.

— Je suis heureux qu'elle vous plaise mais revenons à nos moutons, à la raison pour laquelle vous êtes venue dans le Wyoming. Et d'abord, savez-vous ce que votre frère était censé photographier ?

— Une migration de loups, je crois, dit-elle. Je ne me souviens pas du magazine qui l'avait envoyé en reportage mais je peux le trouver.

— Pensez-vous qu'il a été ciblé à cause de son travail ?

Elle prit une gorgée de café, qui était étonnamment bon pour un petit restaurant sans prétention.

— Certainement pas. Mon frère était un homme adorable, capable de charmer le monde entier d'un sourire. Et il était excellent dans sa partie, c'était un photographe exceptionnellement doué. Tous ceux qui le connaissaient aimaient Axl.

— D'accord, dit Wyatt. Quoi d'autre ?

Everly se souvint brusquement de quelque chose.

— Le shérif m'a donné la liste de tout ce qu'il a trouvé sur le corps de mon frère.

Elle fouilla dans son sac et en tira un feuillet plié.

Elle l'aplatit de la main puis lut à haute voix :

— Une chemise, des chaussures de randonnée, des chaussettes, une montre, un portefeuille, trois cartes de crédit au nom d'Axl James Baker. Cent vingt dollars en billets de vingt dollars et la moitié d'un billet de deux dollars.

— Attendez, dit Wyatt. Pourriez-vous répéter la dernière ligne, celle concernant l'argent ?

— Cent vingt dollars en billets de vingt dollars et la moitié d'un billet de deux dollars, dit-elle.

— La dernière enquête sur laquelle j'ai travaillé…

— Sur le tueur en série sévissant à Las Vegas, dit Everly.

— Voilà. Il laissait une sorte de carte de visite sur chacune de ses victimes, une façon de signer ses crimes. Pour éviter les imitateurs, nous n'avons jamais divulgué ce détail aux médias.

Wyatt s'interrompit et avala une gorgée de café.

— C'était la moitié d'un billet de deux dollars.

Everly se mit à trembler. Elle serra les mains dans l'espoir de se maîtriser.

— Êtes-vous en train d'insinuer que… Un tueur en série a peut-être assassiné mon frère ?

— C'est pire que ça, répondit Wyatt.

Everly avait du mal à imaginer ce qui serait pire.

— Vraiment ?

— Non seulement votre frère a sans doute été assassiné mais le tueur est à Pleasant Pines. Comme le prouve cette bosse sur votre tête, il sait exactement qui vous êtes et vous pourriez très bien être sa prochaine victime.

L'odeur âcre du formol flottait dans l'air, irritant les narines et les yeux du shérif Carl Haak, adossé au mur carrelé de la salle d'autopsie. Le cadavre d'Axl Baker était étendu sur une table métallique, un drap sur sa poitrine.

— Ma première constatation, déclara le Dr Lambert, est que ce type avait un taux d'alcool dans le sang de 1,5 gramme.

— Il était ivre, conclut le shérif. Mais si son taux d'alcool dépassait largement les limites autorisées, il n'était pas assez élevé pour causer la mort.

Le Dr Lambert était un homme mince, aux cheveux gris et à la barbe pointue. Il la caressa pendant un moment.

— Je ne le pense pas non plus.

— Alors pourquoi est-il mort ?

— À mon avis, monsieur Baker a fait l'erreur de se balader dans la montagne alors qu'il avait trop bu. Or, non seulement l'alcool entraîne une perte de repères et donne un excès de confiance en soi mais il provoque une hypothermie et un état léthargique. Voilà pourquoi Axl Baker s'est égaré et est arrivé dans l'ancienne école où il s'est sans doute assoupi. Et il ne s'est jamais réveillé.

— Allez-vous mettre « consommation excessive d'alcool » comme cause de la mort sur le certificat de décès ?

— Il n'y a pas d'autre explication. Axl Baker était en parfaite santé. Je n'ai vu aucune trace de traumatisme ou de contusion. Aucun signe d'arrêt cardiaque non plus. Rien.

Se détournant du cadavre, le légiste se dirigea vers une tablette posée sur un bureau.

— Je vais noter « mort par hypothermie accidentelle ». Je vous enverrai mon rapport et le certificat dans les deux heures. La famille pourra récupérer le corps dès demain à l'aube.

Après l'avoir remercié, Carl quitta la salle d'autopsie. Tout en marchant dans les couloirs du sous-sol, il inspira plusieurs fois. Il prit l'escalier qui montait au rez-de-chaussée de l'hôpital mais, préférant éviter l'entrée principale et les urgences, il sortit par une porte latérale.

Un vent glacé le frappa au visage, chassant les puanteurs de la morgue de ses narines. Il remonta le col de son manteau et se fraya un chemin à travers la neige.

Encore deux semaines à tirer, se rappela-t-il, et il en aurait fini avec le froid mordant. Avec ce boulot. En attendant, il lui restait plusieurs choses à faire.

D'abord, il devait s'entretenir avec la sœur d'Axl Baker. Et pour tout dire, il redoutait cet échange.

Certain qu'elle avait pris une chambre au Pleasant

Pines Inn, le seul hôtel de la ville, il s'y dirigea. Comme il gravissait la rue principale, il jeta en passant un coup d'œil dans la salle du Sally's On Maine. À la vue d'Everly Baker attablée avec Wyatt Thornton, il faillit s'étaler de tout son long sur le trottoir de surprise.

Puisqu'elle était là, autant lui parler sans attendre, se dit-il.

Il poussa la porte du restaurant et entra.

En s'approchant de leur table, il déclara :

— Je vous ai vus de l'extérieur. J'espère ne pas être intrusif mais j'ai du nouveau.

Wyatt se poussa pour lui faire de la place sur la banquette.

— Je suis heureux que vous soyez ici, shérif. Nous avons, nous aussi, quelque chose pour vous.

Sans relever ce commentaire, Carl alla droit au but.

— Je viens de m'entretenir avec le médecin légiste, mademoiselle Baker. Apparemment, votre frère avait pas mal bu avant de partir se balader dans la montagne. Voilà pourquoi il a mal résisté au froid, même s'il avait l'habitude d'affronter des températures négatives.

Tout en s'asseyant, il ôta son chapeau et le posa sur la table.

— Je suis désolée, mademoiselle Baker, mais votre frère est mort des suites d'une hypothermie accidentelle.

Les joues d'Everly s'empourprèrent.

— C'est impossible.

— C'est un choc pour vous, je le comprends. Je vous présente mes sincères condoléances.

— C'est impossible, répéta-t-elle. Nous avons la preuve qu'il a été assassiné.

Carl se pencha, l'air sceptique.

— La preuve ? Quel genre de preuve ?

Wyatt prit alors la parole.

— Quand j'étais au FBI, j'ai enquêté sur une série de meurtres. Toutes les victimes étaient des hommes, des Caucasiens. Et, chaque fois, un demi-billet de deux dollars se trouvait dans leur poche ou leur portefeuille.

— Et alors ?

Wyatt poussa une feuille de papier devant Carl. Le shérif reconnut la liste des affaires qu'Axl Baker avait sur lui au moment de sa mort.

Il pointa du doigt une ligne en bas de la page :

— Vous voyez… Ici, un billet de deux dollars, dont seulement la moitié a été découverte sur lui.

— Et c'est ça, votre preuve ? Ce demi-billet ne prouve rien du tout.

— Dites-moi si je me trompe : n'est-il pas bizarre, pour ne pas dire louche, de ne trouver qu'un demi-billet ? demanda Everly.

— Vous vous trompez, dit Carl. Il n'y a rien de bizarre.

— Toutes les victimes de Las Vegas avaient un taux d'alcool dans le sang très élevé et toutes avaient été laissées pour mortes en pleine nature, loin de tout.

— Si je vous comprends bien, vous insinuez qu'un meurtrier tuerait des gens avec de l'alcool ? C'est ridicule. Je connais les ravages de ce fléau, mais, avant de vous tuer, les excès d'alcool vous rendent malade. Croyez-moi, il y a des moyens plus simples d'assassiner les gens.

— Lorsque nous avions fait le lien entre le tueur et les moitiés de billets de deux dollars, nous avions également découvert que les victimes avaient absorbé des médicaments anti-nauséeux. Voilà pourquoi l'alcool les endormait et les refroidissait sans les rendre malades.

Carl n'avait rien pour contrer cette affirmation, pas encore du moins.

Il avait cependant une autre idée.

— D'accord, supposons qu'Axl ait été assassiné. Dans cette hypothèse, savez-vous qui je suspecterais en premier ? Vous, Wyatt ! Après tout, c'est vous qui avez trouvé le cadavre sur vos terres.

— Ne soyez pas stupide, répliqua Wyatt. Si je l'avais tué, pourquoi lierais-je sa mort à mon enquête précédente ?

— Ma supposition n'est pas plus absurde que de prétendre qu'un tueur en série se balade à Pleasant Pines.

— Cela soulève un point intéressant, dit Everly. Combien de décès accidentels avez-vous déplorés dans le comté au cours de ces dernières années ? Combien d'hommes ont succombé au froid alors qu'ils chassaient, skiaient ou faisaient de la randonnée dans la région ?

Carl frappa la table de son doigt.

— Pleasant Pines est *ma* ville. Comment osez-vous insinuer que je ne suis pas capable d'assurer la protection de ses habitants ?

Everly poursuivit :

— Je n'insinue rien du tout. Je dis seulement qu'il y a un lien qui doit être exploré.

— D'après le légiste, votre frère est mort d'une hypothermie accidentelle. Fin de l'histoire. Vous pourrez récupérer son corps et le rapporter dans l'Illinois dès demain matin. Et vous en profiterez pour prendre vos cliques et vos claques, mademoiselle Baker. Vous n'avez plus rien à faire à Pleasant Pines.

Sur ces mots, Carl se leva, enfonça son chapeau sur la tête et sortit du Sally's On Maine.

4

Bouche bée, Everly regarda le shérif quitter le restaurant. Que son frère ait pu être victime d'un tueur en série l'avait bouleversée, mais l'attitude du shérif Haak dépassait son entendement. Elle avait soudain envie de hurler, de pleurer ou de casser quelque chose.

Au lieu de quoi, elle se contenta, sonnée, de le suivre des yeux tandis qu'il s'éloignait.

— Dites-moi que je suis dans un mauvais rêve, que je vais me réveiller, dit-elle après un moment.

— Vous ne rêvez pas, répondit Wyatt. C'est la réalité.

— Je n'arrive pas à croire que le shérif Haak ait balayé d'un revers de main ce que nous lui avons appris.

— Il considère la ville comme son territoire et il prend donc tout ce qui s'y passe pour une affaire personnelle, voilà son tort, dit-il. De plus, il va bientôt partir à la retraite. Pour lui, avoir un tueur en série à Pleasant Pines prouve que le travail qu'il y a accompli toutes ces années n'a pas été à la hauteur.

— Et il a raison de le penser.

— Je n'en sais rien. Mais il se sent personnellement visé par tout ce qui se produit dans sa ville, c'est certain. D'ailleurs, il en est toujours ainsi avec les policiers. Il leur est très difficile de se détacher. Ils vivent chaque meurtre comme un échec personnel.

Everly ne mit pas longtemps à comprendre que Wyatt parlait de lui et de l'affaire de Las Vegas.

— Vous êtes donc en train de dire que, même s'il existe des éléments susceptibles de relier la mort d'Axl à un tueur en série, je ne dois rien faire, rien dire, parce que le shérif le vivrait mal ? Pardonnez-moi mais je n'ai jamais rien entendu de plus ridicule.

Le regard de Wyatt se planta dans le sien.

— Parlez moins fort, dit-il entre ses dents.

Everly ne s'était pas rendu compte qu'elle avait haussé le ton et, en vérité, elle s'en moquait. Malgré tout, elle jeta un coup d'œil autour d'elle. Sally n'était pas dans la salle mais probablement en cuisine.

— Peu importe l'intensité de ma voix, répliqua-t-elle. Axl est mort dans des conditions bizarres, pour ne pas dire louches, et le shérif a l'intention de cacher sous le tapis tout ce qui établit qu'il s'agit d'un meurtre.

— Mais pas moi. Je suis avec vous dans cette histoire. Je vous aiderai à comprendre ce qui est arrivé à votre frère.

— Vraiment ? Pourtant, jusqu'à présent, vous refusiez de vous impliquer dans cette affaire.

Wyatt soupira.

— J'aurais préféré ne pas m'en mêler, c'est vrai. Mais je m'y sens obligé. Visiblement, l'enquête que j'ai bousillée il y a trois ans à Las Vegas me revient en pleine figure comme un boomerang.

— Je souhaite seulement que justice soit rendue à mon frère.

Wyatt prit sa tasse et en avala une longue gorgée.

— Moi aussi. Mais d'abord, nous devons vous protéger. Comme le tueur sait que vous êtes en ville, vous ne pouvez pas rester au Pleasant Pines Inn. D'autant plus que quelqu'un vous y a déjà attaquée.

— Je n'ai pas le choix, c'est le seul hôtel du coin. Je ne vais quand même pas dormir dans ma voiture !

Tout en protestant, Everly devinait que Wyatt avait

raison. Rester seule à l'hôtel avec un assassin en liberté dans les parages serait suicidaire.

De nouveau, Wyatt planta les yeux dans les siens. Ses prunelles n'étaient pas uniformément noires, remarqua-t-elle. Mais mouchetées de quelques touches de gris comme le ciel lorsqu'une tempête se préparait sur le lac Michigan. Elle n'avait pas vu plus tôt qu'il avait une fossette au menton. Attrapant sa fourchette, elle la fit tourner entre ses doigts.

Wyatt s'éclaircit la gorge.

— Je pensais vous proposer… de vous installer chez moi.

— De… m'installer chez vous ? répéta-t-elle, sidérée. Je… Euh… C'est très gentil de votre part mais je ne suis pas sûre de pouvoir accepter.

— Je crains que vous n'ayez pas vraiment le choix. De plus, il s'agit d'assurer votre protection.

Everly se sentit encore plus attirée par Wyatt. Elle avait vu à quel point il était solitaire. Il vivait en ermite dans cette ferme perdue dans la montagne. Pourtant, pour la protéger, il était prêt à lui ouvrir sa maison, à l'accueillir chez lui. Elle trouva son attitude… chevaleresque. Les multiples contradictions de cet homme lui plaisaient. Comme s'il s'agissait d'un casse-tête à résoudre.

Elle devrait faire attention à ne pas trop s'attacher à lui. L'ex-agent du FBI n'avait pas le profil d'un prince charmant, loin de là. Pourtant, il avait indéniablement quelque chose de déroutant… et d'attirant.

— Alors, dit-elle, que faisons-nous maintenant ?

— Il faut d'abord aller récupérer vos affaires à l'hôtel. Ensuite, quand nous serons chez moi, je consulterai mon ancien dossier. Il y a peut-être quelque chose à l'intérieur qui me mettra sur une piste.

— *Nous*, dit-elle. Vous voulez dire qui *nou*s mettra sur une piste.

Wyatt se leva et sortit son portefeuille de la poche arrière de son jean. Il jeta plusieurs billets sur la table.

— En toute honnêteté, j'ai toujours préféré travailler seul.

Everly se leva, elle aussi.

— C'est dommage alors, parce que, dans cette histoire, vous faites équipe avec moi.

Wyatt se gara devant le Pleasant Pines Inn et coupa le contact. Avait-il vraiment proposé à Everly de s'installer chez lui ? Il se demanda quelle mouche l'avait piqué. Sa maison était un sanctuaire, un refuge. Permettre à une autre personne d'y pénétrer profanerait ce lieu qu'il considérait comme sacré et empiéterait sur son espace personnel, vital. Pourtant, comme il le lui avait dit, elle ne pouvait pas rester à l'hôtel alors qu'un tueur en série rôdait dans la ville. Elle avait besoin de protection.

Mais était-ce à lui de s'en charger ? Telle était la question.

Un bref instant, il songea rappeler son ancien copain du FBI, Marcus Jones. Un garde du corps ou un détective privé seraient sans doute mieux adaptés à la situation et correspondraient davantage aux besoins d'Everly. Mais Wyatt connaissait la véritable raison pour laquelle il lui avait suggéré de s'installer chez lui.

Il voulait qu'elle soit avec lui.

C'était à la fois très simple et extrêmement compliqué.

— Je reviens tout de suite, dit Everly en ouvrant la portière.

L'air froid gifla Wyatt au visage, balayant ses doutes et ses inquiétudes.

Retirant les clés du contact, il ouvrit sa propre portière.

— Je vous accompagne.

— Je suis capable d'aller récupérer ma valise toute

seule dit-elle avec un sourire. Je suis une grande fille, vous savez.

Wyatt ne savait que trop bien qu'Everly était une grande fille et même une femme jusqu'au bout des ongles. De ses longues jambes à ses lèvres pulpeuses en passant par ses jolies courbes, Everly était la féminité incarnée.

S'efforçant de repousser la fascination qu'elle lui inspirait, il répliqua :

— Auriez-vous oublié ce qui s'est passé la dernière fois ?

Elle toucha l'arrière de sa tête, caressant sans doute la grosse bosse qui l'ornait. Son sourire s'envola.

— Vous avez raison. Merci.

Lorsqu'ils entrèrent dans le hall de l'hôtel, l'employée à la réception leva les yeux.

— Bonjour, Darcy, dit Everly. Mes plans ont changé et finalement j'ai décidé de quitter l'hôtel. Auriez-vous l'amabilité de me dire combien je vous dois ?

— Rien du tout. Comme vous n'avez pas vraiment utilisé la chambre, je ne vais pas vous la facturer.

— C'est très gentil de votre part. Merci pour tout, Darcy, dit Everly avec un sourire.

— Mademoiselle Baker, poursuivit la réceptionniste, j'ai parlé à la barmaid de la nuit où votre frère s'était rendu au bar. Avez-vous un instant ?

Everly se pétrifia. Le sang se retira de son visage, et sa peau prit une délicate nuance de porcelaine.

— Bien sûr, répondit-elle, le souffle court. Je vous écoute.

— Eh bien, Johanna – c'est la barmaid – m'a raconté qu'elle avait entendu votre frère se disputer avec l'un de nos cuisiniers. Larry Walker.

Une altercation qui aboutissait à la mort de l'un des protagonistes n'était jamais anodine, pensa Wyatt. Le shérif Haak était-il au courant de cette histoire ? Et si oui, pourquoi n'en avait-il rien dit à Everly ?

Il était très possible que Haak n'ait pas pris la peine d'interroger les uns et les autres. Peut-être ignorait-il tout de Larry Walker.

Le doute s'insinua dans le cerveau de Wyatt. Haak était-il simplement vieux et fatigué ? Après tant d'années à poursuivre les criminels, en avait-il assez de ce travail ? Ou était-ce pire ? Le shérif était-il impliqué dans la mort d'Axl Baker – et des autres victimes de Las Vegas ?

Certes, Carl Haak n'avait vraiment pas le profil d'un tueur en série, ces derniers ayant plutôt dans les 25-35 ans. Mais comme la plupart d'entre eux, il était un homme de type caucasien.

C'était une hypothèse intéressante et Wyatt se promit de l'explorer ultérieurement. Mais dans l'immédiat, il tenait à recueillir le plus d'éléments possible sur le dernier jour d'Axl à Pleasant Pines.

— Savez-vous à quel sujet ils se disputaient ? demanda-t-il.

Darcy secoua la tête.

— Johanna les a entendus élever la voix mais elle n'a pas compris l'origine de leur différend. Elle a surpris quelques mots, quelque chose à propos d'immigration, je crois.

— Ne s'agissait-il pas plutôt de migration ? D'une migration de loups, par exemple ? s'enquit Everly.

Sa question était tout à fait sensée, Axl étant venu photographier une meute de loups en train de migrer.

La réceptionniste haussa les épaules.

— Pour être honnête, je n'en ai aucune idée. Je ne fais que vous répéter ce que Johanna m'a dit. Comme je l'ai précisé plus tôt à Everly, Johanna devrait prendre son service à 16 heures.

— Et Larry ? demanda Wyatt.

— Il ne travaille pas aujourd'hui. J'ai vérifié.

— Merci, Darcy, dit Everly.

— Merci, renchérit Wyatt.

— De rien, Wyatt ! cria-t-elle.

Sans faire de commentaire, Wyatt et Everly se dirigèrent vers l'ascenseur et ils attendirent l'ouverture des portes.

— Connaissez-vous bien Darcy ? demanda Everly.

— Je ne la connais pas. Pas vraiment.

— Elle, elle semble vous connaître.

Everly était-elle jalouse ? s'interrogea Wyatt. En tout cas, elle paraissait s'intéresser à sa vie. Personne ne s'en souciait depuis des années et Wyatt ne savait pas très bien que penser de cette intrusion.

La cabine arriva et il invita d'un geste Everly à entrer.

— C'est l'inconvénient des petites villes, je suppose, dit-il. Tout nouvel arrivant provoque une certaine curiosité.

Les portes se fermèrent et ils furent seuls. Les fragrances exotiques du parfum d'Everly emplirent l'ascenseur, chatouillèrent ses narines, lui montèrent à la tête. Se retrouver avec Everly dans cet espace exigu était une torture exquise et, très vite, des images aussi sensuelles que son parfum envahirent l'esprit de Wyatt. Son corps réagit, lui rappelant qu'il n'avait pas approché une femme depuis longtemps.

— Que pensez-vous de ce que nous a dit Darcy ? reprit Everly, le tirant de ses pensées. N'est-ce pas un peu suspect que mon frère ait eu une altercation avec quelqu'un le soir même où il a également été assassiné ?

— C'est plus qu'un peu suspect. C'est quelque chose que le shérif Haak aurait dû découvrir et sur lequel il aurait dû enquêter.

Les portes de la cabine s'ouvrirent.

— Ma chambre est par là, dit Everly. La 223.

À l'aide d'une carte magnétique, elle l'ouvrit.

De là où il se tenait, Wyatt aperçut deux lits et ses rêveries érotiques repartirent de plus belle.

— Je vous attends ici.

Sans paraître remarquer son trouble, elle répondit :

— J'en ai pour un instant.

Depuis des années, Wyatt vivait avec le fait qu'il n'avait pas réussi à attraper un assassin. C'était une blessure qui le tourmentait tous les jours et qui ne cicatriserait sans doute jamais. Avait-il vraiment envie d'essayer à nouveau de capturer le tueur en série ? Et si tout finissait mal comme la dernière fois ?

Peut-être valait-il mieux se retirer de l'enquête – et se tenir à distance d'Everly – maintenant, pendant qu'il en était encore temps.

Certes, il lui avait promis de l'aider. Mais les promesses n'étaient-elles pas faites pour être trahies ?

Pourtant, au plus profond de lui-même, il ressentait l'attirance magnétique qu'avait toujours exercée sur lui cette affaire. Ignorer son goût pour la traque des criminels, pour cette enquête particulière, allait à l'encontre de tout ce que Wyatt était – ou, du moins, de tout ce qu'il avait été.

En moins de temps qu'il ne faut pour le dire, Everly sortit sa valise à roulettes de la chambre. Une sacoche pour ordinateur portable était attachée à la poignée.

— Laissez-moi vous aider, dit-il.

— Merci, répondit-elle en lui laissant ses bagages.

Ils remontèrent le couloir et elle appela l'ascenseur. Les portes s'ouvrirent immédiatement et ils se retrouvèrent une nouvelle fois dans la cabine.

— Que faut-il faire avec Larry Walker ? s'enquit Everly alors que l'ascenseur descendait au rez-de-chaussée.

— Nous devons nous intéresser de très près à ce cuisinier et envisager la possibilité que cette dispute se soit finie en meurtre.

— Comment allons-nous procéder ? demanda-t-elle alors qu'ils sortaient dans le hall. J'ai suivi de nombreuses séries policières au cours de ces dernières années. Allons-nous l'interroger ?

Il rit.

— Même si vous êtes un inspecteur chargé de l'enquête et assermenté, ce n'est pas si simple. Et comme de surcroît aucun de nous n'est policier, il faudra nous contenter de ce que les gens seront disposés à nous dire, à partager avec nous. Commençons donc par aller trouver la barmaid.

— D'après Darcy, Johanna commence son service à 16 heures. Maintenant, donc, dit-elle en consultant son smartphone.

Le bar se trouvait de l'autre côté du hall d'entrée. Malgré un panneau qui indiquait « Ouverture à 17 heures », les lumières étaient déjà allumées.

— Apparemment, elle est à l'heure, dit Wyatt.

Tirant toujours la valise d'Everly, ils entrèrent dans la salle. Un bar en acajou flanqué de hauts tabourets longeait l'un des murs, des bouteilles d'alcool étaient alignées sur une étagère, au-dessus des robinets de bière. Une dizaine de tables étaient disséminées autour. Une télévision accrochée au mur diffusait une chaîne d'informations en continu mais le son avait été coupé. Une jeune brune aux cheveux noués en queue-de-cheval se tenait derrière la caisse.

Elle leva les yeux lorsque Wyatt et Everly s'approchèrent.

— Désolée, nous n'ouvrons pas avant 17 heures. Revenez dans une heure, je vous servirai à boire.

— Êtes-vous Johanna ? demanda Everly.

— Oui.

— Cela vous ennuierait-il que nous vous posions quelques questions ? s'enquit Wyatt. À propos d'un client que vous avez servi avant-hier. Axl Baker.

Johanna écarquilla les yeux.

— Vous êtes certainement la sœur de M. Baker. Darcy m'avait dit que vous passeriez sans doute.

La gorge serrée, Everly hocha la tête.

Wyatt vit la détresse d'Everly et il se demanda ce qu'il

devait faire. Lui prendre la main ? Presser son épaule ? Rien ne semblait adéquat.

L'aider à obtenir des réponses aux questions qui la torturaient était sans doute le mieux.

— Vous souvenez-vous d'Axl Baker, Johanna ?

— Bien sûr, je me souviens très bien de lui. Il était beau gosse, le genre de gars difficile à oublier. Et quand nous avons appris ce qui lui était arrivé, nous étions tous bouleversés. C'est si triste.

— Il paraît que vous avez surpris une altercation entre lui et le cuisinier de l'hôtel. Savez-vous ce sur quoi ils n'étaient pas d'accord ?

— J'étais plutôt occupée, ce soir-là. Mais ils élevaient la voix et j'ai compris qu'ils se disputaient.

— Qu'est-ce qui vous fait dire qu'il s'agissait d'une dispute ? demanda Wyatt. S'il y avait du monde et que la salle était bruyante, ils avaient peut-être besoin de parler fort pour se faire entendre.

— Leur langage corporel était assez éloquent, répondit la barmaid. À un moment, Larry a tapé du doigt le torse de M. Baker et celui-ci a repoussé sa main avec brusquerie.

— Que s'est-il passé ensuite ? s'enquit Everly.

— Lorsque j'ai vu que la situation était en train de dégénérer, j'ai dit à Larry qu'il ne pouvait pas s'en prendre à un client et qu'il ferait mieux de rentrer chez lui. Il est parti sans faire d'esclandre. Par la suite, pour blaguer, j'ai dit à M. Baker qu'il n'avait pas intérêt à se restaurer à l'hôtel. Parce que Larry est le cuisinier et… Bref.

— Qu'a fait M. Baker ensuite ?

— Il a ri, puis il a payé son addition et il est parti.

Everly demanda :

— Vous souvenez-vous de ce qu'il avait bu ?

— Assez curieusement, oui. Il avait pris un Perrier et il m'avait laissé un pourboire deux fois plus cher que sa consommation.

Wyatt se représenta la salle telle qu'elle était, ce soir-là, remplie de clients, de bruit. Les deux hommes, leur discussion qui s'envenime. Ils n'en étaient pas venus aux mains mais leur dispute s'était-elle terminée là ? Larry était-il rentré chez lui et s'était-il calmé ? Ou avait-il laissé croître sa colère jusqu'au moment où il avait eu envie d'aller plus loin, de se venger ? De plus, comme le scénario correspondait à des dizaines de crimes éventuels, comment le tueur en série s'était-il immiscé dans cette histoire ?

— Larry ne travaille pas aujourd'hui, poursuivit Johanna. Mais je peux lui envoyer un texto pour lui dire que vous le cherchez.

Wyatt préférait éviter de prévenir le cuisinier de leur intérêt pour lui.

— Non, merci. J'ai une autre question. Larry est-il natif de Pleasant Pines ou d'ailleurs ?

Johanna plissa les yeux et pinça les lèvres.

— J'ignore de quel coin il est originaire, je ne suis moi-même arrivée ici qu'il y a six ans. Mais je sais qu'il a quitté Las Vegas il y a deux ou trois ans pour venir ici.

Las Vegas ? Everly se mit à trembler. Avant qu'elle ne puisse réagir, elle sentit le souffle de Wyatt lui chatouiller la nuque.

— Ne dites rien maintenant. Permettez-moi de vous ramener à mon pick-up.

Dans un état second, elle se laissa entraîner dehors. L'air froid et les flocons de neige giflèrent son visage, la tirant de son état de choc.

Avec une profonde inspiration, elle dit :

— Ça va bien, à présent. Merci.

Wyatt lui tenait toujours le bras. Sentir sa main sur sa

peau la réconfortait, comme la chaleur de son corps et la caresse de sa respiration sur sa joue.

— Vraiment ? demanda-t-il.

En réalité, elle craignait de s'écrouler s'il la lâchait. Mais elle aurait préféré mourir que de l'avouer.

— En tout cas, je me sens mieux.

Il ouvrit la portière de son pick-up et l'aida à s'installer sur le siège. Après avoir rangé sa valise à l'arrière, il grimpa au volant. Pendant ce temps, Everly s'obligeait à inspirer profondément et à expirer lentement dans l'espoir de se vider la tête, au moins pour un petit moment. Néanmoins, il lui était impossible de faire abstraction du fait que Larry Walker venait de Las Vegas.

— Êtes-vous sûre que ça va, Everly ? Vous êtes sans doute sous le choc, et le coup que vous avez reçu sur la tête n'a certainement pas arrangé les choses, dit Wyatt. Peut-être devrions-nous vous emmener voir le Dr Lambert.

— Je vais bien, je vous assure, répéta-t-elle. Las Vegas. Quelque chose relie votre ancienne enquête à Larry Walker. Le timing semble coller aussi. Il ne s'agit pas d'une coïncidence.

Wyatt actionna la marche arrière et quitta le parking. Il roula un moment, avant de répondre :

— Larry Walker est un suspect convenable. Plus valable que celui que nous avions arrêté quand je travaillais au FBI.

— Que faisons-nous, maintenant ? demanda-t-elle.

— Nous retournons chez moi et cherchons tout ce que nous pouvons trouver sur Larry Walker, en particulier lorsqu'il vivait à Las Vegas. Nous regarderons s'il a un casier judiciaire, qui ont été ses employeurs, qui sont ses amis, sa famille et *tutti quanti*.

Se calant dans son fauteuil, Everly regarda par sa vitre le paysage défiler. Le ciel était gris et des milliers de flocons de neige bombardaient le pick-up. Avait-elle vraiment débarqué à Pleasant Pines quelques heures plus tôt ? Elle avait l'impression qu'il s'était écoulé des jours depuis son arrivée. Une éternité. Et pourtant, grâce à Wyatt Thornton, elle apercevait enfin une lueur d'espoir au bout du tunnel.

— Je ne suis pas sûre de vous avoir assez remercié, dit-elle.

— N'attendez pas trop de moi, répliqua-t-il. Je suis capable de lancer une recherche sur Internet et de poser quelques questions mais cela n'ira pas beaucoup plus loin.

— Sans vouloir trop m'avancer, dit-elle, je pense que vous vous sous-estimez.

— Sans vouloir trop vous avancer ? répéta-t-il en s'esclaffant. Everly, vous n'avez rien fait d'autre depuis que vous êtes venue chez moi, ce matin.

Elle eut un rire silencieux.

— Je le reconnais, dit-elle. Je suis contente d'avoir croisé votre route, même si vous avez failli m'assommer à cette occasion. Vous êtes un homme plein de ressources – et en qui je peux avoir confiance.

— C'est là où vous vous trompez. Il ne faut pas me faire confiance. Je ne suis le héros de personne.

Everly lui jeta un œil de biais avant de détourner la tête. Elle n'était pas stupide, elle savait qu'un homme qui manquait de confiance en lui n'était pas un cadeau.

Une fois de plus, elle se rappela qu'elle n'avait pas intérêt à compliquer la situation avec une histoire de cœur. Elle voulait savoir ce qui était arrivé à son frère, voilà tout.

Wyatt s'engagea sur le long chemin qui menait chez lui et sa maison apparut, érigée sur une colline près d'un bosquet d'arbres. La vieille bâtisse se fondait dans le paysage, comme les montagnes Rocheuses, la forêt ou le ciel.

— Cette ancienne ferme doit avoir une histoire, dit-elle. Comment en êtes-vous arrivé à devenir propriétaire d'un endroit comme celui-ci ?

— J'ai reçu une bonne indemnité de départ lorsque j'ai quitté le FBI. Elle m'a permis d'acheter ce domaine et laissé de quoi vivre pendant quelques années.

Cela répondait à certaines des questions d'Everly mais pas à toutes.

— Pourquoi le Wyoming ? Pourquoi Pleasant Pines et pourquoi cette propriété, en particulier ?

— J'étais en colère quand j'ai quitté le FBI, dit-il alors qu'ils s'approchaient de la maison. Au début, je voulais couper les ponts avec tout et avec tout le monde. N'avoir plus aucun lien avec personne. Plus rien. Un jour, je suis tombé sur Pleasant Pines et je me suis arrêté au restaurant de la rue principale.

— Celui où vous m'avez invitée, tout à l'heure ? demanda-t-elle avant de lever les yeux au ciel. Ne me dites pas que vous avez décidé de rester à cause de leur tarte aux pommes !

Il coupa le moteur mais il demeura assis sur son siège.

— Pour être honnête, je ne sais pas pourquoi je suis resté. Mais je suis passé devant une agence immobilière dont le gérant m'a conduit ici. Personne ne vivait plus dans cette ferme depuis des années, presque dix ans. Elle était vraiment dans un sale état. Le toit était pourri, la terrasse délabrée et l'ensemble avait besoin d'un bon ravalement.

Everly n'avait pas de mal à l'imaginer ni à mesurer toutes les heures et tout l'amour que Wyatt avait consacrés à la restaurer.

Il poursuivit :

— Parce qu'elle était en ruine, je l'ai eue pour une bouchée de pain. J'ai adopté Gus dans une fourrière du coin. La maison avait besoin de beaucoup de travail et ces rénovations ont occupé mon temps. De ce fait, il m'était plus difficile de penser à… des choses auxquelles je ne voulais pas penser, à des choses qui me minaient. Il n'y a pas grand-chose à dire d'autre.

Comme il ouvrait sa portière et bondissait sur le sol, Everly comprit que le sujet était clos. Elle sauta à terre à son tour au moment où Wyatt contournait son pick-up pour l'aider à descendre. Il récupéra sa valise à l'arrière et entraîna Everly vers la maison.

— Je n'ai encore jamais invité quelqu'un chez moi mais nous nous débrouillerons avec les moyens du bord, dit Wyatt. Le canapé est plutôt confortable.

Il n'avait jamais eu d'invités, il n'avait pas de travail et il avait fini de réparer sa maison…

— Que faites-vous de vos journées ? demanda-t-elle.

— Je promène mon chien.

— Vous devez parcourir quotidiennement des kilomètres.

— Je vais en ville une fois par semaine pour le ravitaillement. Je m'arrête chez Sally pour prendre une tarte et un café. Je n'ai besoin de rien d'autre.

— Votre vie est l'exacte opposée de la mienne. Je travaille pour une agence de relations publiques dans le centre de Chicago, et du matin au soir j'enchaîne les réunions, les déjeuners d'affaires et les cocktails professionnels. Et vous savez quoi ? J'adore mon métier. Je détesterais en exercer un autre.

Wyatt ouvrit la porte de sa maison d'un coup de pied et frappa un interrupteur, allumant un plafonnier.

— Après ce qui m'est arrivé à Vegas, je serais incapable de retourner vivre dans la fureur et le bruit d'une grande ville.

Il jeta ces mots avec colère, les mâchoires serrées. Manifestement, elle avait dit quelque chose de mal.

— Je n'ai jamais voulu suggérer que vous le devriez. Ni cherché à critiquer votre existence actuelle, commença-t-elle.

Comme il la fixait d'un regard aussi sombre et orageux que le ciel, elle ajouta :

— Nous sommes différents, voilà tout.

Wyatt s'éclaircit la gorge.

— C'est évident, oui.

Pour la première fois, Everly comprit qu'elle avait espéré être compatible avec Wyatt Thornton – un souhait si secret qu'elle ne se l'était même pas formulé – et elle n'en éprouva une profonde déception qu'une fois qu'elle se rendit compte qu'il n'en serait rien.

Gus se précipita à leur rencontre et les salua d'un joyeux aboiement, la queue frétillante.

Le froid s'était introduit dans la maison. Wyatt s'agenouilla devant la cheminée et, quelques instants plus tard, des flammes crépitèrent dans l'âtre, répandant dans la pièce de la lumière et une douce chaleur. Everly s'assit sur le canapé. Les tensions qui emprisonnaient ses épaules se relâchaient.

Gus s'approcha d'elle et posa la tête sur ses genoux. Comme Everly lui caressait les oreilles, le chien ferma les yeux, soupirant de bonheur.

— Si seulement c'était aussi facile, dit Everly.

— Pardon ? dit Wyatt en se levant.

Comme sa haute silhouette se découpait en contre-jour devant le feu, Everly déglutit avec difficulté. Wyatt était fort, solide et inébranlable, un peu comme les montagnes autour de chez lui.

En désignant l'animal, Everly répondit :

— Si seulement il était aussi facile pour moi que pour Gus d'être en paix. Pour être heureux, il lui suffit d'avoir des genoux accueillants et quelqu'un pour lui gratter les oreilles.

— Il est beaucoup plus facile d'être en paix quand vous ne vous intéressez qu'à ce qui est important.

Il attisa le feu avec un tisonnier.

— Voilà pourquoi j'ai quitté le FBI.

— L'avez-vous trouvée ? demanda-t-elle. La paix ?

— Pas encore mais je suis plus proche d'elle qu'autrefois.

Il se tourna vers un bureau installé dans un coin et ouvrit un tiroir. Après avoir sorti trois dossiers en accordéon, il retourna près d'Everly. Il les posa sur la table basse et se laissa tomber à côté d'elle sur le canapé.

— Qu'est-ce que c'est que tout ça ? demanda Everly.

Wyatt souleva l'une des chemises cartonnées.

— Celle-ci contient tous les documents concernant ma dernière enquête à Las Vegas, documents que j'avais sauvegardés. Certains ne sont que des articles de presse, d'autres sont des résumés de mes notes. Certains étaient classés confidentiels – mais personne ne m'ayant réclamé quoi que ce soit quand j'ai quitté le FBI, j'ai tout gardé. J'ai également une clé USB avec des renseignements sur chacune des victimes – leurs profils sur les réseaux sociaux, des photos que nous avions prises sur les scènes de crime, etc. J'ai également conservé des copies de leurs textos et de leurs échanges de mails.

— Commençons par tout ce que vous avez sur papier, dit-elle.

— Tout est classé par ordre chronologique, répondit-il.

Everly lut plusieurs rapports de police et elle ne put s'empêcher de se demander à quelle fréquence Wyatt les consultait. Avait-il passé des années à éplucher ces dossiers en cherchant des indices qui lui auraient échappé à l'époque ?

Bien sûr, elle ne lui poserait jamais la question, mais elle devinait qu'elle n'était pas très loin de la réalité.

Everly s'empara d'un article de journal, probablement l'un des plus récents. Il résumait l'essentiel des informations qu'elle avait elle-même trouvées sur Internet dans la matinée. Cinq hommes avaient été assassinés à Los Angeles au cours d'une période de dix-huit mois. À la découverte du cadavre numéro trois, la police avait fini par solliciter l'aide du FBI.

Au moment où le papier avait été publié, un croupier

de casino, considéré comme le principal suspect, avait été mis en examen et écroué.

Everly savait qu'il avait pourtant été libéré par la suite.

— Vous aviez arrêté un type pour les crimes, dit-elle. Qu'est-ce qui faisait de lui un suspect ?

— Les tueurs en série cherchent souvent à revivre les meurtres. Dans ce but, ils emportent certains effets personnels de leurs victimes, des trophées en quelque sorte. En revanche, ils laissent souvent des cartes de visite, c'est-à-dire un objet qui leur permet de signer leurs crimes. À l'époque comme maintenant, il laissait sciemment un demi-billet de deux dollars sur le cadavre. Une autre façon pour les tueurs de revivre leurs assassinats est de revenir sur les lieux des meurtres. Le croupier s'était rendu sur tous les sites où ces hommes avaient été tués. Il avait également assisté à toutes les conférences de presse organisées par les enquêteurs et il discutait beaucoup de cette affaire avec ses collègues. Il avait le profil, dit Wyatt. Alors, nous l'avons arrêté.

— En dehors de Larry, y a-t-il quelqu'un d'autre que vous soupçonnez dans le coin ?

— Il y a quelques heures à peine, je n'avais aucune raison de soupçonner qui que ce soit du moindre crime. Donnez-moi un peu de temps pour voir ce que je peux trouver.

— *Nous*, corrigea Everly. Ce que *nous* pouvons trouver.

— Nous, dit Wyatt avec une grimace.

Le silence retomba et Everly reporta son attention sur les feuillets qu'elle tenait à la main. Elle tomba sur un courrier émanant de la Commission disciplinaire du FBI.

À en croire ce document, l'agent spécial Wyatt R. Thornton avait fait l'objet d'une enquête interne pour avoir détruit volontairement un alibi qui aurait permis d'innocenter le croupier pour l'un des meurtres – et donc de le disculper de l'accusation d'assassinats en série.

Cet acte contrevenant aux règles déontologiques du FBI, la Commission disciplinaire recommandait de mettre fin aux fonctions de Wyatt.

Une note manuscrite avait été rajoutée au bas de la page :

Thornton a préféré démissionner. Aucune poursuite ne sera engagée contre lui.

En proie à un profond malaise, Everly remit la lettre dans le dossier. Le mensonge de Wyatt avait-il ruiné sa carrière ? Avait-il tellement voulu résoudre l'affaire qu'il avait jeté sciemment un innocent en prison ?

Si c'était le cas, quel enseignement devait-elle en tirer et en quoi cette histoire affectait-elle sa recherche du meurtrier d'Axl ?

5

Les yeux de Wyatt le brûlaient. Il s'était plongé dans ces dossiers des centaines de fois. Peut-être même des milliers. Il n'y avait rien de nouveau à y voir, et pourtant il s'était assis pour les étudier une nouvelle fois alors que dehors la neige tombait doucement et recouvrait le sol.

Il retourna un morceau de papier et le plaça dans la pile appropriée. Il lui restait encore des kilos de documents à lire.

— Je les ai déjà examinés et réexaminés, déclara-t-il. Chaque fois que je les passe en revue, j'espère trouver quelque chose qui m'aurait échappé auparavant.

— Et maintenant ? demanda Everly tout en roulant ses épaules ankylosées.

Elle étira ses bras au-dessus de la tête pour les assouplir. Dans le mouvement, son pull se plaqua contre ses seins et se souleva, dévoilant un peu de peau de son ventre.

Pendant un moment, Wyatt s'imagina poser ses lèvres à cet endroit-là, les promener plus bas, jusqu'à ce que…

— Désolé, que disiez-vous ?

— Et maintenant ? répéta-t-elle. Avez-vous découvert quelque chose de nouveau ?

Il secoua la tête.

— Rien.

— Que devons-nous faire alors ?

— Accordons-nous une pause pour grignoter quelque chose. Nous étudierons ensuite ces documents avec une énergie décuplée. J'ai une pizza au congélateur. Ce n'est pas de la haute gastronomie mais elle est comestible.

— Comestible est mon type de cuisine habituel, assura Everly sur le ton de la plaisanterie.

Lorsque Wyatt se leva, le sang qui avait été comprimé dans ses jambes se remit à circuler, provoquant de désagréables fourmillements. Il eut l'impression que des dizaines d'épingles picotaient ses pieds. Voilà trop longtemps qu'il n'avait pas travaillé sur un dossier pendant des heures. Cela dit, ces petits désagréments n'étaient rien, comparés à la décharge d'adrénaline qui l'avait traversé quand il avait remis la main sur cette chemise cartonnée.

Il sortit une pizza et la laissa sur le comptoir pendant qu'il allumait le four.

— Ce sera prêt dans un instant, assura-t-il.

— N'y a-t-il rien d'autre à faire, à propos de l'enquête, je veux dire ?

— La plupart d'entre elles ressemblent à des puzzles mais, là, nous cherchons la pièce qui ne s'emboîte pas avec le reste.

— Cela semble fastidieux, remarqua Everly.

— Plus que fastidieux. Ces recherches deviennent vite rasoirs. Jusqu'au moment où elles cessent de l'être.

— Quand cela se produit-il ?

Wyatt posa la pizza sur une plaque et la mit au four.

— Lorsque vous trouvez quelque chose d'important. Malheureusement, il n'est pas possible de provoquer cette découverte, même si vous en mourez d'envie.

— Pourquoi aviez-vous choisi d'enquêter sur les tueurs en série, au départ ? demanda-t-elle. Qu'est-ce qui vous attirait chez eux ?

Wyatt n'avait pas l'intention d'entamer une conversation trop personnelle ni d'évoquer sa vie passée. Il hésita à arrêter Everly avec brusquerie.

Pourtant, finalement, il inspira profondément et répondit :

— Suivre un tueur consiste en général à se mettre dans sa tête, à essayer de comprendre comment il pense de façon à prédire son prochain mouvement. À reformer un puzzle. Rechercher une pièce manquante, souvent centrale, parfois pendant des heures, est un grand classique, comme je l'ai dit – mais une telle démarche peut parfois vous entraîner dans les ténèbres ou dans la folie.

À la lumière du feu, Wyatt voyait les joues d'Everly rougir.

— Ce que vous décrivez ressemble plus à une vocation qu'à un métier.

Elle avait raison. Mais il y avait aussi la camaraderie qui régnait dans l'équipe, l'interdépendance qui les unissait les uns aux autres. Ses coéquipiers avaient toujours été là pour assurer ses arrières et ils avaient souvent été les seuls à l'empêcher de se perdre au plus profond d'une enquête.

Une fois de plus, Wyatt devina une connexion avec Everly. Tout à l'heure, il l'avait sentie à un niveau physique. Maintenant, elle s'établissait sur un plan émotionnel.

Mon Dieu, il rêvait de l'embrasser, d'approfondir ce lien. Ensuite, il saurait enfin si ses lèvres étaient aussi douces et pleines qu'elles en avaient l'air.

Ordonnant à sa libido de se calmer, il se dirigea vers la fenêtre. Le vent faisait trembler la maison alors que des pelletées de neige s'entassaient alentour. Il avait besoin de se concentrer. Le tueur en série lui avait échappé à Las Vegas alors qu'il bénéficiait du soutien total de tout le FBI. À l'époque, de surcroît, il n'avait aucune Everly Baker pour le distraire.

Pour la première fois depuis des années, Wyatt aurait de la compagnie pour dîner. Ou pour n'importe quel repas, d'ailleurs. Il était venu dans le Wyoming pour s'isoler et tourner le dos à la société. Mais alors qu'Everly retirait les papiers de la table de la cuisine, Wyatt sentit une chaleur envahir sa poitrine. Il était tentant de penser que sa vie avait changé avec l'arrivée d'Everly. Mais il devinait que cette complicité était aussi fragile qu'un flocon de neige.

S'il voulait démasquer ce tueur, il avait besoin de se concentrer. Il n'y avait pas de place pour la romance dans cette histoire.

Devant l'évier, Everly rinçait la dernière assiette.

— Ne te sens pas obligée de faire cela, dit Wyatt pour la centième fois. C'est à moi de m'en occuper.

Au cours du dîner, ils avaient décidé de se tutoyer.

Everly rangea l'assiette dans le lave-vaisselle et se sécha les mains à l'aide du torchon.

— J'ai été éduquée, j'ai appris à me comporter en invitée modèle, dit-elle, ne plaisantant qu'à moitié. Si quelqu'un me prépare un bon petit repas, me charger de la vaisselle me semble la moindre des choses.

— Ce n'était qu'une pizza congelée.

— Peut-être mais elle était délicieuse.

Se tournant vers Wyatt, elle lui adressa un clin d'œil pour montrer qu'elle ne parlait pas sérieusement.

Il éclata de rire.

— La prochaine fois, je te laisserai préparer le dîner, dit-il. Tu me concocteras peut-être une spécialité de Chicago.

Elle sentit sa poitrine se contracter.

— Y aura-t-il une prochaine fois ? Ne crois-tu pas que le shérif Haak va me chasser de la ville ? Je suis devenue *persona non grata* ici.

— Tu n'iras nulle part tant que nous n'aurons pas compris ce qui est arrivé à ton frère. D'ailleurs, je te propose d'effectuer maintenant quelques recherches sur Internet pour tenter d'en apprendre un peu sur Larry Walker, le cuisinier du Pleasant Pines Inn qui s'est disputé avec Axl.

Wyatt prit une chaise dans la cuisine pour Everly, puis

tous deux s'installèrent devant l'ordinateur. Il l'alluma et pianota sur quelques touches.

— Je suis abonné à un site qui permet de consulter tous les casiers judiciaires.

Comme Everly se rapprochait de l'écran, elle vit les mots écrits sur la barre de recherche.

Axl James Baker.

La gorge serrée, elle demanda :

— Tu as effectué des investigations sur mon frère ? Pourquoi ?

— J'ai découvert son corps sur mes terres. À ma place, n'aurais-tu pas été, toi aussi, curieuse d'en savoir plus sur lui ?

Everly reconnut qu'il avait raison, même si elle n'avait pas l'intention de le dire.

— Je pensais que tu ne voulais pas t'impliquer dans cette histoire.

— Je n'avais peut-être pas envie de mener activement l'enquête sur une mort suspecte, de prendre la responsabilité de résoudre un mystère. Mais comme n'importe qui à ma place, je m'interrogeais sur l'homme venu mourir chez moi. Je ne voulais pas te blesser en m'intéressant au passé de ton frère, Everly, ajouta-t-il avec sincérité. Mais je ne vais pas m'excuser de l'avoir fait. D'autant qu'il s'agit du seul moyen de recueillir des renseignements qui nous aideront peut-être à identifier notre suspect.

Après avoir effacé le nom d'Axl, Wyatt se mit à taper les touches du clavier.

Everly aurait voulu poursuivre la conversation mais comment ? Wyatt Thornton se révélait une véritable énigme. Elle sentait qu'il n'était pas qu'un solitaire – Wyatt était aussi très seul. Elle reporta son attention sur l'écran de l'ordinateur.

Sur un autre site web, Wyatt passa quelques instants

à trouver la date de naissance de Larry Walker. Ensuite, il entra dans le champ de recherche du site consacré aux casiers judiciaires cet élément accolé au nom du cuisinier ainsi qu'à la ville de Las Vegas, Nevada, et à celle de Pleasant Pines, Wyoming.

Il obtint cent vingt-huit réponses, vingt-huit inscriptions sur son casier judiciaire.

— Manifestement, Larry a commis de nombreux méfaits, dit Everly.

— En effet, répondit Wyatt en cliquant sur la première page. Le dernier en date était une agression à Pleasant Pines, Wyoming. Il y a sept mois. Apparemment, Larry avait été mêlé à une bagarre dans un bar de la ville. Il avait passé la nuit en cellule de dégrisement et avait écopé d'une amende de cinq cents dollars.

Wyatt fit défiler la liste : agression, vol, conduite en état d'ivresse, consommation de stupéfiants…

— Il a tout du sale type.

— En effet, répéta Wyatt.

S'adossant à son fauteuil, il se prit la tête entre les mains.

— Et c'est ce qui me dérange. La plupart des tueurs en série ne sont pas des délinquants. Ils sont très bien intégrés à la société. Personne ne les soupçonne de rien et surtout pas de quelque chose d'aussi horrible qu'un meurtre. Ils sont violents, bien sûr, mais avec le détachement d'un scalpel. Ce Larry est un voyou incontrôlable, une tête brûlée.

— Peut-être, mais Larry est violent et c'est un indice à prendre en compte, non ?

— Bien sûr. Et je ne prétends pas que Larry serait incapable de faire du mal à une mouche. Il pourrait même tuer quelqu'un, j'en suis certain.

— Voilà, dit Everly. Il serait capable de perpétrer un meurtre.

Wyatt leva la main.

— Pas si vite. J'imagine très bien Larry battre quelqu'un à mort. Ou vider son chargeur sur un comparse sous le coup de la colère. Mais pas faire boire un homme avant de l'abandonner dans la montagne pour qu'il meure de froid.

— Tu penses donc que mon frère est mort ainsi ?

Wyatt soupira.

— Oui. Il n'y a pas d'autre explication.

— Mais pourquoi ?

— Je ne sais pas, je ne comprends pas et c'est d'ailleurs la raison pour laquelle je n'ai pas encore réussi à coincer le tueur. En ce qui concerne le FBI, trois éléments définissent un tueur en série. Le premier est le mode opératoire qui se répète au fil du temps. Le tueur en série prend toujours la vie de ses victimes de la même façon, même s'il change parfois des points de détail pour être plus efficace.

— Tous ces hommes avaient absorbé une forte dose d'alcool et, une fois ivres, ils ont été abandonnés dans le froid jusqu'à ce que mort s'ensuive.

— C'est ainsi que nous avons compris que ces décès étaient liés et, une fois découverte la signature du tueur – la moitié d'un billet de deux dollars dans leur portefeuille –, le lien établi était devenu indiscutable.

— Les enquêteurs de Las Vegas avaient-ils tenté de récupérer les empreintes digitales sur les billets de deux dollars ?

— Au cours des investigations à LA, nous avions recueilli des empreintes digitales sur tout. Cela n'avait rien donné sur les billets. Comme il fallait s'y attendre, nous avions des milliers d'empreintes partielles – et aucune n'était commune aux demi-billets. Le tueur portait certainement des gants. Cela dit, nous demanderons peut-être au shérif de chercher des empreintes sur la moitié de billet trouvée dans le portefeuille de ton frère.

Le seul fait de penser au shérif fit soupirer Everly.

— Penses-tu qu'il accepterait de le faire ?

Wyatt haussa les épaules.

— Je n'en ai aucune idée.

— Et si d'autres empreintes digitales étaient découvertes ? Après tout, le tueur ne portait sûrement pas des gants tout le temps. Il a bien dû faire une erreur, au moins une fois.

— Le problème avec le tueur de Las Vegas, c'est que toutes les morts semblaient naturelles. Et une fois la victime enterrée – ou, pire, incinérée –, il n'y avait plus beaucoup d'éléments, d'indices à recueillir, voire aucun.

— Cela aurait sans doute été trop simple.

Entendre parler de l'esprit pervers d'un tueur en série la rendait malade mais, si elle voulait que justice soit rendue à Axl, elle devait tout comprendre.

— Qu'avaient-ils d'autre en commun ? Tu disais que les tueurs en série avaient trois caractéristiques communes.

— La deuxième est que les victimes d'un tueur en série se ressemblent. Elles ont le même âge, le même sexe, la même couleur de peau, de cheveux et d'yeux. En d'autres termes, ces assassins ont un type de victimes et, même s'ils ne connaissent pas leurs proies, les meurtres ne sont jamais dus au hasard.

Le ventre d'Everly se noua.

— Ces types sont des tordus.

— C'est certain et le dernier de leurs points communs va te conforter dans cette opinion.

— Quel est-il ?

— Le moteur du tueur en série est le sentiment de toute-puissance que lui procurent ses crimes, qui mêlent généralement le sexe et la mort. Voilà pourquoi les meurtres ont souvent une origine sexuelle. Et c'est d'ailleurs un autre élément de cette enquête qui m'avait laissé perplexe. Il n'y avait aucun signe de contact sexuel entre les victimes et le meurtrier – ni consensuel ni forcé.

— Puisque cet élément sexuel n'était pas présent, pourquoi pensais-tu pourtant qu'il s'agissait d'un tueur en série ?

— L'aspect sexuel aurait pu être unilatéral. Le tueur s'était peut-être masturbé avec un préservatif sur place. Ou peut-être avait-il pris des photos pour un usage ultérieur.

— Si tout ce que tu viens de dire est vrai et que le tueur en série attaque actuellement dans le Wyoming, il y a dû avoir d'autres victimes dans la région.

Wyatt effectua une nouvelle recherche sur Internet.

— La *Gazette de Pleasant Pines*, dit-elle en lisant le nom du site sur lequel il se connecta.

— Le shérif a indiqué que ton frère n'était pas le premier à mourir de froid, que plusieurs touristes inconscients avaient trouvé la mort de cette façon.

— C'est vrai, dit Everly. Il a même évoqué le fait qu'Axl avait peut-être trop bu et qu'il s'était égaré pour cette raison. C'est marrant que tout se soit passé exactement comme il l'avait prédit. Crois-tu qu'il soit mêlé à ces meurtres ?

— Le shérif Haak ? Non, certainement pas, répondit Wyatt en secouant la tête.

Everly n'avait pas l'intention d'abandonner sa théorie aussi facilement.

— Et pourquoi pas ? Si c'était lui, ses fonctions de shérif lui faciliteraient la tâche. C'est lui qui enquête sur les meurtres, qui décrète qu'une mort est naturelle, accidentelle ou criminelle.

— D'une part, il n'a aucun lien avec Las Vegas. Il a vécu à Pleasant Pines toute sa vie.

— Il aurait pu faire la navette entre le Wyoming et le Nevada, répliqua-t-elle avant de comprendre que Wyatt avait raison.

Haak n'était coupable que d'un manque de subtilité.

Wyatt reprit la parole.

— À mon avis, assez de personnes sont mortes de froid dans les environs pour que Haak en prenne conscience. Pourtant, le cas ne s'est pas reproduit assez souvent pour l'inquiéter. Il n'a d'ailleurs pas tort, Everly, quand il dit que des gens meurent de froid ici tout le temps. C'est pourquoi il pourrait être particulièrement difficile de confondre le tueur.

Wyatt navigua sur le site de la *Gazette de Pleasant Pines*. Il entra plusieurs mots. « Mort de froid ». « Taux d'alcool dans le sang ». « Homme ».

— Essaie de chercher aussi en dehors de la ville, suggéra Everly.

Wyatt fit ce qu'elle lui conseillait et il lança la recherche. Très vite, une liste de cinq hommes apparut. Le premier décès était survenu il y avait un peu moins de trois ans. Le dernier, avant-hier. Axl James Baker. Wyatt imprima les rapports de police concernant chacun de ces types.

Il récupéra les feuillets et se mit à les lire à la lumière du feu. Everly s'approcha de lui pour regarder par-dessus son épaule.

— Les circonstances sont les mêmes, dit Everly. C'est dingue que personne avant nous n'ait encore fait le rapprochement.

— Pleasant Pines n'a pas une police importante et la technologie qu'elle utilise est assez ancienne. Les meurtres ont été perpétrés à plusieurs mois d'intervalle, et chaque fois la mort a été attribuée à une cause naturelle.

— Es-tu en train de dire qu'ils ne sont pas liés les uns aux autres ?

— Non. Ils sont certainement liés mais je comprends pourquoi le shérif ne l'a pas vu.

— Regarde, dit-elle en désignant une page du doigt. Ils ont tous séjourné à l'hôtel, au Pleasant Pines Inn. C'est là que Larry travaille, ajouta-t-elle, tout excitée. Dès demain matin, nous transmettrons cette information au shérif et nous le forcerons à ouvrir une enquête.

Wyatt secoua la tête.

— Non, ce serait prématuré.

— Pourquoi ?

— Nous avons besoin de quelque chose de plus substantiel que cinq morts qui avaient séjourné dans l'unique hôtel de la ville. Tant que nous n'avons pas de preuves concrètes et un suspect solide, je refuse de porter des accusations, dit Wyatt.

Avoir inculpé trop vite un suspect avait coûté son poste à Wyatt. Everly comprenait ses réticences. Il ne voulait pas réitérer la même erreur. Et sans Wyatt, elle aurait du mal à convaincre le shérif qu'Axl avait été assassiné.

— De quoi as-tu besoin, en plus de tous ces décès et du lien de Larry à Las Vegas ? demanda-t-elle.

— J'aimerais déjà savoir si l'une des autres victimes a été retrouvée avec la moitié d'un billet de deux dollars.

— Existe-t-il un site web qui pourrait nous le dire ?

— Non, répondit Wyatt en se tournant vers elle.

La lumière des flammes caressait son visage viril, ses épaules, son torse, et elle sentit soudain un feu intérieur s'emparer d'elle, la consumer.

Elle détourna les yeux.

— Que faisons-nous maintenant ?

Combien de fois avait-elle posé cette même question à Wyatt ? Et pourtant, il avait toujours une réponse.

— Il nous faut examiner la liste des effets personnels retrouvés sur le corps de ces hommes. Le shérif Haak les a dans ses dossiers, j'en suis sûr. Malheureusement, je suis tout aussi certain qu'il ne les partagera pas avec nous.

Il s'arrêta et glissa une main dans sa poche arrière. Il en tira un bout de papier et le porta à la lumière.

— Pourtant, je sais comment faire pour les obtenir.

Everly regarda le numéro de téléphone. En dessous, il avait griffonné trois mots :

Rocky Mountain Justice.

Des milliers de flocons tourbillonnaient dans le vent. La nuit était vaste et infinie – un océan de ténèbres. Puis les Ténèbres prirent forme. La neige crissa sous leurs pas. Les morsures du froid n'étaient rien comparées à l'intensité de la haine qui emplissait les Ténèbres dans leur essence.

Et quand il ouvrit le quatrième sceau, j'entendis la voix de la quatrième bête qui disait : « Viens voir. » Je me suis approché et j'ai vu un cheval pâle.

Les mots furent emportés par le vent.

La vieille ferme était isolée, les fenêtres éclairées et la scène à l'intérieur visible, même de loin.

Tous deux étaient assis devant la table. Ils étaient proches l'un de l'autre mais ils ne se touchaient pas.

Lorsque la femme replaça une mèche de ses cheveux derrière l'oreille, Wyatt la regarda faire. Le geste semblait le troubler. Il la buvait des yeux. La femme n'intéressait pas les Ténèbres. Et pourtant, elle était là… avec Wyatt.

Saisies d'une profonde haine, les Ténèbres eurent soudain envie de réduire le monde en bouillie.

Les Ténèbres poursuivirent : « Le nom du cavalier était la Mort, et l'Enfer chevauchait avec lui. »

Au loin, Wyatt leva la tête et il regarda par la fenêtre. Avait-il entendu les mots ? Avait-il vu les Ténèbres ? Senti leur présence ?

Parfois, les Ténèbres pensaient que Wyatt connaissait leur existence et qu'il jouait avec elles. Mais il n'avait jamais esquissé le moindre geste, pas même quand les cadavres avaient commencé à apparaître dans le Wyoming. Comme s'il avait oublié qui il était et ce qu'il devait faire. Wyatt et les Ténèbres étaient les deux faces d'une même médaille. Voilà pourquoi le dernier cadavre avait été abandonné sur ses terres. C'était un piège, destiné à l'attirer. Et le piège avait fonctionné.

Mais à présent, la femme était chez lui. À sa table. Elle lui souriait, comme si elle le comprenait. Elle ne faisait pas partie du jeu et sa présence risquait de tout gâcher.

Eh bien, cela ne se produirait pas. Et elle n'avait plus aucune aide à espérer, maintenant. Bientôt, elle serait dévorée par les Ténèbres.

Wyatt tapota son oreiller et le glissa sous sa nuque. Il se mit sur le dos, fixant le plafond. Au cœur de la nuit, le clair de lune filtrait à travers les rideaux de sa chambre. Alors qu'il dormait, quelque chose l'avait réveillé. Quoi ? Il l'ignorait. L'air crépitait, comme si la foudre avait frappé la pièce.

Sur le plancher, au pied du lit, Gus grogna dans son sommeil.

Roulant sur le côté, Wyatt regarda l'animal. Pleinement réveillé maintenant, la tête dressée, les oreilles tendues en avant, le labrador regardait la porte.

— Qu'y a-t-il, vieux ?

Un autre grognement lui répondit, plus profond celui-là.

Wyatt s'assit et s'efforça d'entendre ce qui rendait son chien nerveux. Le silence était complet, pas même interrompu par des craquements du plancher ou de la charpente. Comme si la maison retenait son souffle.

Il chercha à tâtons l'interrupteur de la lampe de chevet. Ses doigts l'effleurèrent mais au dernier moment il renonça finalement à allumer. Dans le noir, il ouvrit le tiroir de la table de nuit. Caché sous un livre se trouvait son SIG Sauer. Un chargeur était rangé à côté.

Il mit le chargeur, débloqua la sécurité et, l'arme au poing, se leva. Le vieux plancher protesta.

— Gus, chuchota-t-il. Reste ici.

Sur la pointe des pieds, il se dirigea vers le couloir. Une lucarne ronde sur le mur laissait passer une lumière argentée. Il jeta un coup d'œil au-dehors. La tempête était passée et dans le ciel la lune était pleine. Comme il scrutait les alentours, il finit par repérer sur la neige des empreintes de pas.

Il se figea, battit des paupières. Regarda encore.

Il ne rêvait pas. Pire, il n'y avait qu'un seul jeu d'empreintes de pas menant à la porte arrière de sa ferme. Aucune n'en repartait. Pourtant, il était presque sûr d'avoir verrouillé toutes les portes.

Il tenta de se remémorer le moment où il avait laissé Everly s'installer sur le canapé pendant qu'il s'assurait que la maison était bien fermée. Mais il ne parvenait pas à se rappeler s'il l'avait fait.

S'était-il vraiment montré aussi négligent le jour où il était conscient comme jamais de la nécessité d'être vigilant ?

Quelqu'un était venu chez lui, cela ne faisait aucun doute. L'intrus était-il encore à l'intérieur ? S'il l'était, eh bien, ils allaient jouer au chat et à la souris.

Se hâtant vers le bout du couloir, Wyatt jeta un coup d'œil dans la cage d'escalier. Aussi silencieusement que possible, il descendit les marches, le dos plaqué contre le mur, jusqu'au palier. De là, le salon entier était visible.

Le feu mourait dans la cheminée. Le froid s'insinuait dans l'ancienne ferme. Wyatt sentait ses mains glacées caresser ses pieds nus.

Everly était debout au milieu du salon. Muet de stupeur et d'horreur, Wyatt vit briller la lame d'un poignard contre son cou. Celui qui tenait le couteau était dissimulé derrière elle, le visage dans l'ombre. Le cœur de Wyatt s'emballa dans sa poitrine. Ses paumes devinrent moites et il sentit des gouttes de sueur couler dans son dos.

La lame entailla la peau d'Everly et une large goutte de sang apparut sur sa gorge. Elle cria. Aussitôt, la silhouette derrière elle se précipita hors de la pièce et fila vers l'arrière, claquant la porte derrière elle.

Wyatt traversa le salon en courant et voulut la rouvrir. Il chercha à tâtons la poignée. Il l'actionna plusieurs fois. En vain. Il ne tarda pas à comprendre que l'intrus avait barricadé la porte, une manœuvre habile de sa part. Wyatt était pris au piège – enfermé dans sa propre maison.

Il donna des coups de pied dans le bois jusqu'à ce qu'il cède. Lorsque le battant s'ouvrit enfin, Wyatt se précipita dans la nuit, l'arme au poing. Ses pieds nus s'enfonçaient dans la neige. Le froid brûlait sa peau. Ignorant ces désagréments, Wyatt continua de courir. Mais pour aller où ? Un coup de vent souffla sur la poudreuse, effaçant les traces de pas et laissant Wyatt seul dans les ténèbres.

6

Les feux arrière rapetissaient au bout de l'allée tandis que la voiture s'éloignait. Levant son arme, Wyatt la prit pour cible et pressa deux fois la détente. Les coups de feu résonnèrent dans l'obscurité. Le véhicule zigzagua avant de disparaître, happé par la nuit.

Avec un juron, Wyatt revint à la maison. En passant, il examina la porte. Elle avait été forcée à l'aide d'un pied-de-biche, constata-t-il avant de la refermer avec soin.

Toutes les lumières du rez-de-chaussée étaient allumées et Everly se tenait sur le seuil. Sa blessure au cou saignait toujours.

— J'ai entendu des coups de feu, dit-elle. L'as-tu eu ?

Il secoua la tête.

— Je ne pense pas avoir touché quoi que ce soit. Mais toi, comment te sens-tu ?

Elle toucha sa plaie d'une main tremblante.

— Ça va. C'est juste une égratignure. Cela dit, je dois la nettoyer.

Se remémorant la lame du poignard pressée sur la gorge d'Everly, Wyatt mesura avec effroi que tout aurait pu se terminer dans un bain de sang.

Il alla chercher une chaise dans la cuisine.

— Assieds-toi, dit-il. Laisse-moi t'aider.

Wyatt posa son arme et entreprit de tamponner la blessure d'Everly à l'aide d'une serviette mouillée. Par miracle, elle n'était pas profonde et déjà elle ne saignait plus.

— Je ne pense pas que tu auras besoin de points de suture, dit-il. Mais tu garderas sans doute une cicatrice.

— Aucune importance. Mais que s'est-il passé ? Qui m'a agressée ?

Wyatt se posait la même question. À sa connaissance, Everly était la seule personne au monde à avoir eu maille à partir avec le tueur – deux fois de suite – et à avoir survécu.

— De quoi te souviens-tu ?

— Je dormais, dit-elle, et je me suis réveillée avec un couteau sur la gorge.

Se remémorant sa terreur, elle se mit à trembler. À la vue des larmes qui brillaient dans ses yeux, Wyatt comprit qu'elle avait besoin d'un moment pour se ressaisir.

Everly s'essuya les yeux d'un revers de la main. Prenant une profonde inspiration pour recouvrer ses esprits, elle poursuivit :

— Quelqu'un m'a forcée à me lever. J'avais si peur que je n'arrivais même pas à parler. J'entendais Gus en haut. Il grognait et puis…

— Et puis, je suis descendu un moment plus tard, dit Wyatt.

— Oui, répondit-elle avec un signe de tête.

Wyatt ouvrit des tiroirs jusqu'à ce qu'il trouve un tube de pommade antiseptique, un peu de gaze et du ruban adhésif. Tandis qu'il la soignait, des dizaines de questions le traversaient mais au fond une seule comptait vraiment.

— Pourquoi es-tu en vie ?

— Pardon ?

— Pourquoi le tueur ne t'a-t-il pas égorgée pendant ton sommeil ? Ou étouffée après t'avoir assommée à l'hôtel ? Pourquoi es-tu encore en vie ?

— Je me le demande, moi aussi.

— Et tu as une réponse ?

En tout cas, Wyatt était certain maintenant que le refus du tueur d'assassiner Everly était la clé qui permettrait de l'identifier.

Elle soupira.

— Non, répondit-elle. Pas vraiment.

Dieu qu'elle était belle ! Il avait envie de la prendre dans ses bras, de la consoler, de la réconforter. Et bien davantage encore.

Au lieu de quoi, il poursuivit :

— Tu as l'air fatiguée. Pourquoi ne monterais-tu pas dans ma chambre pour te reposer ?

Elle secoua la tête.

— Je ne parviendrai plus à dormir, maintenant.

— Détrompe-toi. Allez, dit-il en lui tendant la main.

Everly hésita un instant avant de mêler leurs doigts. Et de nouveau, il sentit cette chaleur, ce lien, cette alchimie entre eux. Comme il tirait doucement sur son bras, elle se leva lentement.

— Merci, dit-elle.

— Je vais laisser Gus dormir avec toi, dit Wyatt, essayant d'alléger l'atmosphère, tout en sachant que le chien la protégerait. Avec lui, tu seras en sécurité.

— Et toi, où dormiras-tu ? demanda Everly.

— Moi ? Je serai très bien ici.

Avant qu'elle ne puisse en discuter, il lui montra l'escalier.

— J'insiste.

— Merci, répéta Everly avec un bâillement.

Il la regarda disparaître en haut des marches. Une fois seul, il se dirigea vers la fenêtre et scruta la nuit. Il ne vit rien mais il devinait des yeux partout.

— Viens me chercher, espèce de fumier, murmura-t-il en serrant son arme. Cette fois, je serai prêt.

*
* *

Avec un soupir, Everly se retourna entre les draps. Lorsque sa plaie toucha l'oreiller, elle grimaça.

Elle se mit sur le dos.

— Le Wyoming, c'est nul, dit-elle à voix haute.

Gus, étendu sur le sol à côté d'elle, poussa un gémissement.

— Désolée de t'avoir réveillé, dit-elle au labrador.

Bizarrement, il était plus facile de parler avec Gus qu'avec la plupart des humains. Et en tout cas, qu'avec son maître. Wyatt Thornton avait construit autour de lui des murs impénétrables. Certes, elle ne le lui reprochait pas mais elle ne pouvait s'empêcher de penser qu'il aurait intérêt à sortir plus souvent de chez lui, peut-être à se faire un ami ou deux.

C'est son problème, pas le tien, se dit-elle avant de rouler sur le côté dans l'espoir de se rendormir.

Ses paupières étaient lourdes et le sommeil se faisait sentir…

Elle eut soudain l'impression de recevoir un coup de poignard en pleine poitrine et elle se redressa, le souffle court, terrifiée. N'avait-elle pas entendu du bruit en bas ? Elle eut beau tendre l'oreille, elle ne perçut que les battements affolés de son cœur.

Pourtant, elle n'avait pas rêvé, mais de quoi s'agissait-il ? D'une chouette ? Du vent ? D'un loup ? Du tueur ? Allumant la lampe de chevet, elle jeta un coup d'œil à Gus.

Le chien ne semblait pas inquiet, pourtant Everly ne se sentait pas rassurée… De toute façon, il était exclu de rester sans bouger en attendant de se faire attaquer une seconde fois.

Wyatt s'allongea tant bien que mal sur le canapé. Ses pieds dépassaient du bord mais il résolut de s'en moquer.

Pourtant, quand un craquement venant de l'étage se fit entendre, il se redressa et s'empara de son pistolet posé à proximité.

C'était sûrement Everly. Mais il ne pouvait pas en être sûr.

Lorsqu'elle apparut sur le palier, ses doigts tremblèrent tant il avait envie de la toucher.

— Je crois avoir entendu quelque chose, dit-elle. Comme un hurlement.

Wyatt se remit à respirer normalement.

— C'est le vent dans les tuiles, dit-il en reposant son arme. J'aurais dû te prévenir. Le phénomène est parfois très impressionnant, surtout au cours d'une tempête.

— D'accord, répondit-elle, s'apprêtant à remonter. Merci de ces explications et excuse-moi de t'avoir dérangé. Bonne nuit.

Wyatt se savait peu doué pour venir en aide à autrui. Mais il sentit qu'il devait faire quelque chose de plus.

— Je peux vérifier que ce n'est que le vent. Si cela t'aide à mieux dormir.

Elle hésita et Wyatt eut l'intuition qu'elle allait refuser. Pourtant, elle finit par se tourner vers lui.

— Oui, ce serait bien. Cela me rassurerait.

Elle grimpa l'escalier et Wyatt la suivit, hypnotisé par le balancement de ses hanches et la forme parfaite de ses fesses dans son pyjama.

Gus les attendait en haut des marches.

Wyatt le caressa en passant.

— C'est toi qui veilles sur Everly, d'accord ?

La chambre de Wyatt et la salle de bains attenante occupaient la majeure partie de l'étage. Il y avait aussi deux petites pièces remplies d'un bric-à-brac que Wyatt n'avait pas encore trouvé le temps de trier.

Il les inspecta méthodiquement.

— Tout semble en ordre, dit-il enfin.

— En es-tu sûr ? Il y a un tel bazar là-dedans.

— Sûr et certain, dit Wyatt.

Qui était-elle pour se permettre de critiquer sa façon de vivre ? Certes, ses skis ne lui servaient à rien, il ne skiait plus depuis qu'il s'était installé dans le Wyoming. Et il n'avait pas réparé son VTT depuis dix-huit mois.

Everly leva les mains dans un geste de reddition.

— Il y a juste beaucoup de choses là-dedans, c'est tout.

— Le chaos est l'ordre naturel, répliqua-t-il. Le savais-tu ?

Elle secoua la tête.

— Non et je ne voulais pas t'offenser. Mille excuses.

— N'en parlons plus, dit Wyatt.

Il se dirigea vers la deuxième porte.

— C'est là que j'ai rangé toutes les notes concernant les enquêtes sur lesquelles j'ai travaillé. Cela fait du volume, je te préviens.

Elle inspira et expira bruyamment avant de retrousser les manches de sa veste de pyjama

— Je suis prête.

Il commençait à apprécier son sens de l'humour, surtout après l'horrible incident de la nuit. Il ne put s'empêcher de sourire.

— Petite finaude, dit-il d'un ton taquin.

Ouvrant la porte, il alluma le plafonnier. Comme il l'avait annoncé, des dizaines de cartons étaient empilés les uns sur les autres contre les murs.

Everly vint derrière lui, si près qu'il sentit la chaleur de son corps. Les poils sur la nuque se hérissèrent.

— Waouh ! s'exclama-t-elle. Cela fait visiblement beaucoup de dossiers.

— J'étais le responsable du Département des Sciences comportementales du FBI. Je voyageais dans le monde entier pour travailler sur toutes sortes d'enquêtes.

— Tu devrais écrire un livre, dit Everly. Il ferait un tabac.

— Cette éventualité m'a parfois traversé l'esprit, dit-il. Mais j'ai laissé cette partie de ma vie derrière moi et elle appartient désormais au passé.

Everly ne répondit rien, se contentant de hocher la tête. Wyatt se demanda ce qu'elle en pensait. Mais là encore, pourquoi s'en souciait-il ?

Changeant de sujet, il reprit :

— Rien n'a été déplacé dans cette pièce. Elle est exactement telle que je l'ai laissée après être venu y chercher mes trois chemises cartonnées, ce matin.

Comme il se retournait pour partir, il se retrouva face à face avec Everly, ses seins tout contre son torse. Il devinait ses mamelons sous sa veste de pyjama, il voyait son pouls palpiter à la base de son cou. Un frisson le parcourut et son propre cœur se mit à battre la chamade.

— Je veux…, commença-t-il.

Ses yeux se posèrent sur ses lèvres et il oublia le reste. S'ordonnant de se ressaisir, il montra la salle de bains.

— Je dois regarder là-bas, balbutia-t-il.

— Oh ! bien sûr, dit-elle.

Il fit un pas de côté… en même temps qu'elle.

— Désolé, dit-il en reculant.

Elle recula aussi.

Wyatt plaça les mains sur ses épaules. Dieu qu'elle était douce ! Il regarda sa bouche. Il rêvait de l'embrasser. Bien sûr, il devait rester professionnel mais qu'il était difficile de résister à la tentation !

Les mains toujours sur ses épaules, Wyatt dit :

— Reste ici.

Il la dépassa pour allumer la salle de bains. Le carrelage noir et blanc, la baignoire sabot, le lavabo sur colonne, tout était comme la dernière fois qu'il y était entré.

— Il n'y a personne dans cette maison, dit-il, à part toi et moi.

Du couloir, Gus poussa un bref aboiement.

— Et Gus, corrigea Wyatt.

— Bon, alors, je ferais mieux d'aller me recoucher…

— Bien, dit-il. Et moi, je redescends.

Gus vint se placer à côté d'Everly et elle lui caressa les oreilles. Il soupira de contentement.

Ce chien avait bien de la chance.

Wyatt sentit un vide emplir sa poitrine. Pourtant, il pensait s'être habitué à la solitude mais il se surprenait maintenant à rêver qu'Everly continue à lui parler.

À quand remontait la dernière fois qu'il avait eu ce désir ? s'interrogea-t-il en se dirigeant vers l'escalier.

— Wyatt ?

Il se figea.

— Wyatt ? répéta-t-elle.

Cette fois, il se retourna et la regarda.

Du pouce, elle désigna la chambre.

— Pardonne-moi d'être aussi directe mais… Ça te dérangerait de…

Elle déglutit avec difficulté et Wyatt se tendit.

— Cela t'ennuierait… de dormir avec moi ? lança-t-elle.

Aux yeux écarquillés de Wyatt, Everly sut qu'il avait mal compris sa demande. Cela dit, ne pas être consciente de l'implication sexuelle d'une telle requête serait faire preuve d'une grande naïveté.

Son visage s'empourpra et, se raclant la gorge, elle réessaya :

— J'ai été attaquée deux fois, aujourd'hui. Mon frère a été assassiné. Je ne me sens pas du tout en sécurité et je serais absolument incapable de dormir seule. Je ne ronfle pas trop, ajouta-t-elle, tentant d'alléger l'atmosphère.

Wyatt monta les marches qui les séparaient et vint se placer à quelques centimètres d'elle. Le sentir si proche enflamma quelque chose au fond de son ventre.

Il planta les yeux dans les siens.

— Qui te dit que je suis quelqu'un de confiance ? demanda-t-il.

Sa voix était aussi sombre que la nuit.

Un instant, elle resta muette de désir.

Se rendant compte qu'elle devait répondre, elle balbutia :

— Ce n'est pas toi qui m'as frappée à la gorge tout à l'heure. Ce n'est pas toi non plus qui m'as assommée à l'hôtel ce matin. Ce qui signifie que tu n'es pas une menace et donc… que tu es le seul en qui je peux avoir confiance.

Elle passa ses doigts dans ses cheveux.

— Bon, laissons tomber. La journée a été horrible et je vois à ton visage que je t'en demande trop.

— Je n'ai pas l'habitude de partager quoi que ce soit, dit-il. Surtout pas mon lit.

Dieu merci, dans la pénombre, il ne la vit pas rougir.

— Très bien. D'ailleurs, tu seras en bas pour nous protéger, non ? Et j'ai Gus avec moi pour me tenir compagnie.

Le chien se glissa à côté d'elle et elle le caressa.

Elle attendit que Wyatt réponde. Mais qu'aurait-il pu dire ? Avec un signe de tête résigné, elle entra dans la chambre.

— Everly, dit-il d'une voix rauque, sombre et dangereuse. Attends.

Elle s'arrêta mais ne se retourna pas. Elle entendit le plancher craquer sous des pas et bientôt elle sentit son souffle sur sa nuque.

— Tu as tort, murmura-t-il. Tu ne peux pas me faire confiance et tu n'as pas besoin d'un homme aussi brisé que je le suis en ce moment.

Ses doigts effleurèrent son épaule, son bras.

— Et si toi et moi partagions ce lit, je te promets que je n'aurais aucune envie de dormir.

Cet aveu chuchoté la bouleversa. Un frisson la parcourut. Ce n'était pas de la peur… mais du désir, un désir dévorant.

Retenant son souffle, Everly resta au milieu de la pièce. Elle attendit un peu… Et quand elle finit par se retourner, il était parti.

Avec un soupir, elle se glissa sous les draps. Elle appela doucement Gus. Le chien s'approcha. Après avoir posé les pattes vers le matelas, il parut hésiter.

— Ne t'y mets pas, toi aussi, dit-elle. Je ne suis pas sûre de supporter d'être repoussée deux fois au cours de la même nuit.

Gus sauta sur le lit et se coucha à ses pieds.

Comme un petit animal effrayé, Everly s'enfouit sous les couvertures. Elles sentaient le pin, le soleil et le froid. Elles sentaient Wyatt. Lorsque Gus commença à ronfler, elle se détendit.

Wyatt avait raison – et il avait tort. Il avait raison : avoir Gus près d'elle la rassurait. Sentir une présence près d'elle la réconfortait, lui prouvant qu'elle n'était pas seule. Mais il avait également tort en prétendant qu'elle n'avait pas besoin d'un homme aussi brisé que lui. En fait, il n'était pas brisé, devinait-elle, mais plutôt… en jachère.

Elle s'endormit. En rêve, elle se vit alors devant un miroir. Grand, rectangulaire et accroché à un mur, il lui semblait familier et soudain elle le reconnut : c'était celui de l'hôtel, de la chambre d'Axl.

Derrière elle se tenait une silhouette, une ombre. Everly distingua les traits d'un visage qui se reflétaient dans la glace. Les yeux. Le nez. La bouche. Tout était clair comme du cristal.

Le cœur battant, elle se redressa en sursaut. Elle

agrippa les draps. Le rêve était certes terrifiant mais le plus angoissant était qu'elle avait vu le tueur.

Elle l'avait vu mais, à son réveil, son visage avait disparu dans les recoins sombres de sa mémoire…

7

Au matin, Wyatt avait hâte de se mettre au travail. Il s'était douché tôt et avait englouti un grand bol de céréales – il n'avait pas grand-chose d'autre chez lui pour le petit déjeuner. Everly s'était également levée avant l'aube et avait pris une douche et un café, elle aussi. Tous deux savaient qu'ils n'allaient pas chômer. Un énorme dossier les attendait. Pourtant, Wyatt devait d'abord sortir Gus pour leur longue promenade habituelle.

Il fut heureux de constater qu'Everly s'était habillée en tenant compte de la météo, d'un jean, d'un gros chandail, de bottes fourrées, d'un manteau et d'un chapeau, sans oublier des gants. Ils partirent se balader dans les bois. Les premiers rayons du soleil scintillaient sur la neige.

Wyatt glissa un regard de biais vers Everly. Malgré ses vêtements décontractés, elle ressemblait toujours à une déesse guerrière, mais ce matin elle avait l'air à la fois sereine et triste.

Peut-être pourrait-il l'aider.

— Hier, dit-il, tu m'as demandé de t'aider à enquêter sur la mort de ton frère et de te montrer où j'ai découvert son corps. J'ai refusé tes deux requêtes.

— Mais maintenant, tu es d'accord pour m'aider et c'est tout ce qui compte.

— Si tu veux, je peux aussi t'emmener à l'ancienne école. C'est là que j'ai trouvé ton frère.

Everly ne ralentit pas.

— D'accord.

Depuis qu'il l'avait rencontrée, il avait vu Everly pressée, insistante, étonnée, en colère, passionnée – une vraie force de la nature. Mais à présent et pour la première fois, elle paraissait fragile – vulnérable. Peut-être était-elle déjà brisée.

Avait-elle été blessée qu'il refuse de passer la nuit avec elle ? Certes, il était capable de maîtriser ses pulsions, il n'était pas un animal en rut. Mais Everly le troublait tellement qu'il avait eu peur de vivre des heures terribles, allongé près d'elle à s'interdire de la toucher.

— Peut-être as-tu envie de parler d'hier soir, commença-t-il.

— J'ai fait un rêve, dit-elle.

Elle continuait de marcher tête baissée, les bras croisés.

— Il concernait le tueur, poursuivit-elle. Je voyais son reflet dans le miroir de l'hôtel, de la chambre de mon frère. Pire, je ne pense pas qu'il s'agisse d'un simple rêve mais plutôt d'un souvenir.

Wyatt s'arrêta net. Malgré le froid, il se mit à transpirer. Everly avait donc vu le tueur. Et il n'avait fallu que quelques heures de sommeil pour faire ressortir de son cerveau cet élément capital. Il avait déjà été témoin de ce genre de phénomène au cours d'autres enquêtes mais il n'avait pas osé espérer que de telles images remonteraient à la mémoire d'Everly.

— Je vais te présenter un dessinateur spécialisé. Tu lui décriras le tueur et il en tirera un portrait-robot. Nous introduirons alors son visage dans une banque de données de la police dans l'espoir qu'il matche avec…

— Désolée, dit-elle en secouant la tête. Cela ne va pas être possible…

— Que veux-tu dire ?

— Je ne me souviens plus de ses traits, dit-elle avec un soupir frustré. Je ne cesse de rejouer le rêve dans mon esprit, mais, chaque fois que je regarde le miroir, il n'y a plus rien, seulement une ombre.

Dommage. Ils étaient si proches.

— Les souvenirs sont capricieux, dit-il. Plus tu essayes de les attraper, plus ils t'échappent.

— Tu en parles avec détachement. En fait, tu sembles très serein pour quelqu'un qui poursuit le même tueur depuis plus de dix ans.

Wyatt secoua la tête.

— Je suis heureux de paraître serein, mais je ne le suis pas. Le tueur est si proche que je peux presque sentir sa présence.

Everly prit une profonde inspiration comme si elle essayait, elle aussi, de capter ces ondes.

— Son visage est dans ta tête, dit-il. Quelque chose va le faire remonter à la surface.

— Et si ce n'était pas le cas ? demanda-t-elle.

— Ce sera le cas, dit Wyatt, confiant. En attendant, nous avons d'autres moyens d'enquêter sur la mort de ton frère.

Le sentier serpentait sur une colline. En haut de la butte, la brume enveloppait un petit bâtiment en ruine.

— Nous y sommes, dit-il en désignant l'ancienne école. C'est ici que j'ai découvert le corps d'Axl.

Pendant un terrible moment, le coup de fil du shérif lui annonçant la mort d'Axl s'imposa à la mémoire d'Everly, plus présent que l'air vif ou les montagnes alentour. Elle se revit, sortant de son appartement pour se rendre à une importante réunion. Elle était en retard et, quand son smartphone avait sonné, seul l'indicatif du Wyoming sur l'écran l'avait décidée à prendre l'appel. Elle savait que son frère travaillait dans cet État pour plusieurs semaines et elle s'attendait donc à entendre sa voix.

Elle se trompait sur toute la ligne.

« Everly Baker ? Ici, le shérif Carl Haak de Pleasant Pines, dans le Wyoming. J'ai peur d'avoir de terribles nouvelles. Il semble qu'il y ait eu un accident… »

À cet instant-là, la vie d'Everly avait basculé. Moins de deux jours plus tard, elle n'avait qu'un souvenir flou des heures qui avaient suivi cet échange téléphonique. Elle avait pris l'avion jusqu'à Cheyenne et loué une voiture à l'aéroport. Et tout en roulant vers Pleasant Pines, elle avait acquis la certitude que la mort d'Axl n'était pas accidentelle et avait décidé de tout faire pour que justice lui soit rendue.

Maintenant, elle était ici – meurtrie et désorientée. Et toujours très loin de découvrir la vérité.

Sa gorge se serra. Sa poitrine lui faisait mal. Un sanglot l'étouffait mais elle se mordit les lèvres pour l'empêcher d'exploser. Une seule larme coula sur sa joue et elle l'essuya d'un revers de la main.

— Dis-moi, dit-elle d'une voix enrouée. Dis-moi tout ce dont tu te souviens.

Wyatt se gratta le haut du nez. C'était un geste qu'elle l'avait déjà vu faire auparavant : sa façon de gagner du temps pendant qu'il réfléchissait à ce qu'il devait faire ou dire ensuite.

— Comme tous les matins, nous faisions notre promenade quotidienne avec Gus. Il est allé chercher un bâton que je lui avais lancé puis il s'est éloigné et, soudain, il s'est mis à aboyer. J'ai suivi ces aboiements.

Wyatt se dirigea vers le vieil édifice et Everly lui emboîta le pas. Deux bandes de ruban adhésif jaune et noir condamnaient symboliquement la porte. Wyatt s'arrêta sur le seuil et Everly se rangea à ses côtés.

— Le corps, je veux dire ton frère, était recroquevillé dans un coin au fond de la pièce. Son visage portait des marques post mortem. En fait, je suis sûr qu'il a été enivré ailleurs avant d'être balancé ici pour qu'il meure de froid.

Balancé. Le mot donnait la nausée à Everly. Balancé comme des ordures. Un jour, elle fondrait en larmes et insulterait la vie d'être aussi injuste, mais pas maintenant. Sombrer dans le chagrin et le désespoir ne lui rendrait pas Axl et ne l'aiderait pas à lui rendre justice. Elle devait rester concentrée.

Wyatt se glissa sous le ruban pour entrer dans l'ancienne école, Everly sur les talons. Même après un siècle à affronter le vent, la pluie, la neige, les murs étaient intacts. Dans un état second, elle s'installa à l'endroit où son frère avait rendu son dernier soupir. S'agenouillant sur le sol dallé glacé, elle tenta de retrouver quelque chose d'Axl : son âme, son énergie ou tout ce qui restait après la mort de quelqu'un.

Il n'y avait rien et elle comprit qu'elle était vraiment seule au monde.

Au bout d'un moment, elle demanda :

— Tu crois qu'il a souffert ?

— Je doute qu'il ait senti autre chose que l'ivresse, dit Wyatt. À mon avis, il ne s'est même pas rendu compte qu'il était là.

— Axl était un ancien alcoolique, un repenti, dit Everly. Je me demande pourquoi il a décidé de boire à nouveau.

— Peut-être le goût de l'alcool était-il masqué, suggéra Wyatt. Peut-être a-t-il trop bu sans le vouloir ni même s'en apercevoir.

— C'est une façon de tuer très subtile, remarqua Everly.

— C'est un procédé diabolique, rectifia Wyatt. Et d'une redoutable efficacité.

— Tu veux dire qu'il n'y a pas eu de violence apparente. L'assassin n'a tiré sur personne, n'a poignardé personne et n'a étranglé personne. Il a fait boire ces hommes avant de les abandonner dans le froid jusqu'à ce que mort s'ensuive.

Wyatt secoua la tête.

— C'est vrai mais la plaie sur ton cou donne une image différente.

— À propos d'images, nous devons chercher l'appareil photo d'Axl, dit-elle, interrompant les propos de Wyatt.

Peut-être son frère avait-il pu prendre une photo de son assassin.

Elle sortit et considéra le paysage enneigé.

— Par où commencer ?

— Je doute que nous trouvions quelque chose, maintenant. Il faudra revenir après la fonte des neiges.

— Je ne serai plus à Pleasant Pines à ce moment-là. Le shérif Haak veut que je quitte la ville et que je retourne à Chicago dès que la morgue m'aura rendu le corps d'Axl. Je me trompe ?

En effet, il le lui avait dit.

— Cela signifie que nous avons beaucoup à faire et peu de temps devant nous, dit Wyatt en consultant sa montre. Il est presque 8 heures. Nous pouvons être en ville à 9 heures et nous rendre directement aux bureaux du Rocky Mountain Justice.

— D'accord… Merci de m'avoir amenée ici, dit-elle en se tournant vers Wyatt. Même si c'est triste, je pense qu'Axl aurait aimé mourir dans cette ancienne école. Il adorait la nature, le grand air, il détestait la ville.

Avec un dernier regard sur le bâtiment en ruine, elle se rapprocha de Wyatt pour se diriger vers un avenir qu'elle ne comprenait plus qu'à peine.

Il faisait sombre à l'ombre des arbres. Au-delà, la neige fraîche scintillait sous les rayons du matin comme un tapis de diamants. De là où elles se trouvaient, les Ténèbres voyaient Wyatt et la femme mais elles n'entendaient pas ce qu'ils disaient.

Les Ténèbres les avaient suivis depuis la pinède jusqu'au lieu de repos final. Les Ténèbres faisaient en sorte que chaque endroit soit sacré. Serein. Wyatt avait amené la femme dans celui-ci, pour lui montrer le pouvoir des Ténèbres.

La haine bouillonnait au plus profond de leurs entrailles. Par sa seule présence, cette femme souillait ce lieu sacré, inviolable. Pourtant, les Ténèbres avaient provoqué Wyatt, elles lui avaient lancé un défi et, enfin, il le relevait.

Enfin, il acceptait de jouer de nouveau.

Une belle partie avait été entamée !

Les Ténèbres avaient osé pénétrer dans la maison de Wyatt, et prendre un tel risque les avait fait trembler d'extase. Il était bien dommage que le plan n'ait pas fonctionné. Mais si cela avait été le cas ? Si tout avait marché comme prévu ? Imaginer la terreur de Wyatt en découvrant le cadavre de la femme…

Combien d'années s'étaient écoulées depuis que les Ténèbres avaient repéré Wyatt et décidé de jouer avec lui ? Il avait été interviewé à la télévision à Las Vegas après la découverte du troisième cadavre. C'est alors que les Ténèbres avaient compris qu'il ferait un bon adversaire, un adversaire à leur hauteur. Il était beau, charismatique, courageux, intelligent.

Quand la presse s'était retournée contre le chevalier blanc, les Ténèbres avaient su qu'elles avaient remporté la première manche. Mais ce n'était pas suffisant. Il fallait gagner la partie et, surtout, il fallait que Wyatt reconnaisse sa défaite, reconnaisse la victoire des Ténèbres. Elles voulaient voir briller dans les yeux de Wyatt l'admiration et l'amour.

Les Ténèbres les observaient et elles surprirent l'émotion peinte sur le visage de Wyatt. De quoi s'agissait-il ? De tendresse ? Pour cette femme ? Et si Wyatt avait recommencé à jouer, non pas dans l'espoir de vaincre les Ténèbres, mais pour réconforter la femme ?

Les Ténèbres avaient-elles eu tort de vouloir la blesser ? Depuis lors, depuis cette attaque nocturne ratée, Wyatt semblait désirer la femme. Et si à cause d'elle, Wyatt cessait de jouer ?

Les Ténèbres ne le laisseraient pas faire. Jamais. Jamais. Jamais.

« Vous le frapperez avec des verges et délivrerez son âme de l'enfer », dirent les Ténèbres.

Wyatt pouvait-il encore être sauvé ? Peut-être. Mais son salut exigeait un autre sacrifice…

Wyatt se gara dans une rue tranquille. En découvrant le manoir victorien situé à la périphérie du quartier des affaires de Pleasant Pines, il écarquilla les yeux, stupéfait. Il consulta le papier qu'il avait posé sur le tableau de bord pour s'assurer qu'il était à la bonne adresse. Il reconnut qu'il ne s'attendait pas à ce genre de bâtiment pour abriter les bureaux d'une entreprise spécialisée dans la sécurité. Le camouflage était parfait.

Ils longèrent le trottoir jusqu'à la belle bâtisse. En arrivant, Wyatt chercha des yeux une pancarte ou tout autre signe indiquant le nom de la société. Il n'y avait rien à l'exception du numéro.

Ils sonnèrent. Un élégant interphone avait été placé sur le mur, et une voix virtuelle demanda :

— En quoi puis-je vous aider ?

Wyatt se pencha en avant.

— Je suis venu m'entretenir avec Marcus Jones.

— Votre nom ?

— Wyatt Thornton, dit-il. Du FBI.

— Et ? s'enquit la femme.

Wyatt chercha une caméra mais il n'en remarqua aucune. De toute évidence, les apparences étaient trompeuses.

— Et Everly Baker, dit-il à l'interphone. Marcus l'a rencontrée hier, au restaurant.

Wyatt qui, au départ, avait imaginé que Rocky Mountain Justice avait simplement installé ses bureaux dans une belle demeure comprit vite qu'il se trompait. La technologie de pointe utilisée par Rocky Mountain Justice pour garantir une sécurité maximale était impressionnante.

La voix désincarnée parvint à l'interphone.

— Regardez la caméra.

— La quoi ?

La serrure cliqueta, la porte se débloqua.

— Marcus peut vous recevoir, à présent, poursuivit la voix.

Les murs du vestibule étaient recouverts de papier blanc avec un motif doré, si discret qu'il était presque invisible. Le sol était recouvert de dalles hexagonales noires et blanches. L'ensemble correspondait au style attendu dans un manoir victorien, à une exception notable : la porte qui donnait accès au reste du bâtiment était blindée et contrôlée par un clavier et un système de reconnaissance faciale.

Everly murmura à l'oreille de Wyatt :

— J'ai l'impression d'être dans le dernier *James Bond*.

Avant que Wyatt ne puisse répondre, la porte s'ouvrit et Marcus Jones apparut. Il portait un jean, une chemise à rayures bleues et un blazer bleu marine, une tenue classique qui contrastait avec l'environnement high-tech.

— Salut, Wyatt, dit Jones en lui tendant la main. Je ne pensais pas te revoir si tôt. Bonjour, Everly.

— Nous avons besoin de ton aide.

— Bien sûr, répondit Marcus. Que puis-je faire pour vous ?

— Y a-t-il un endroit où nous pourrions parler ? demanda Wyatt. Un endroit plus privé.

— Suivez-moi.

Ils franchirent un nouveau sas au bout duquel se dressait une autre porte blindée. Marcus tapa un code à six chiffres, puis s'approcha d'un écran. Son visage y apparut. Vingt points d'identification furent vérifiés. Une lumière verte au sommet du scanner clignota et la porte s'ouvrit.

Ils longèrent un couloir. Toutes les portes étaient sécurisées par des codes d'accès et des logiciels de reconnaissance.

— Le niveau de sécurité est impressionnant, reconnut Wyatt, partagé entre sidération et émerveillement. Que faites-vous d'autre ?

— Un peu de tout. De l'anti-espionnage industriel, des prises en charge complètes de la sécurité des entreprises. Parfois, il nous arrive aussi de donner un coup de main aux forces de l'ordre locales si elles en ont besoin.

Wyatt commençait à avoir une idée du travail effectué par Rocky Mountain Justice.

— Le gouvernement vous embauche parce que vous n'êtes pas obligés de respecter les règles et que vous avez la possibilité de repousser les limites quand les forces de l'ordre n'en ont pas le droit, dit Wyatt.

Jones ne prit pas la peine de répondre, ce qui était une réponse en soi.

— En ce moment, nous sommes une petite équipe. D'élites, j'ai la prétention de le croire, ajouta Jones en les entraînant dans un escalier en colimaçon. Le siège de Rocky Mountain Justice se trouve à Denver. Trois collaborateurs travaillent à l'agence du Wyoming, dont moi-même, ainsi qu'un spécialiste en communication. Je cherche à développer nos activités avec des personnes ad hoc. Tu as le bon profil pour postuler, Wyatt.

— Je te remercie de ton offre, répondit Wyatt. Mais je suis à la retraite.

— Tu me parais bien jeune pour un retraité, répliqua Jones en riant. Quel âge as-tu ?

— J'aurai trente-sept ans en août.

— Tu es donc dans la force de l'âge et encore très loin de la pente descendante.

— Toujours pas intéressé, dit Wyatt en secouant la tête.

Everly avait gardé le silence pendant l'échange et Wyatt se demanda ce qu'elle en pensait. En tout cas, elle avait certainement un avis – il parierait cher là-dessus – parce qu'elle avait une opinion sur tout.

Encore une fois, pourquoi s'en souciait-il ? Il l'aidait à obtenir justice pour son frère – et du même coup, il tentait de corriger le plus grand raté de son existence. Quand il voyait les choses sous cet angle, l'avis d'Everly lui importait moins.

L'escalier aboutissait à un couloir. Sept portes s'y trouvaient : trois à droite et quatre à gauche.

— Par ici, dit Marcus.

Parvenu devant une nouvelle porte, il saisit un autre code et attendit que le logiciel de reconnaissance faciale l'identifie. Le loquet se libéra automatiquement avec un clic et Marcus les entraîna à l'intérieur.

Ils découvrirent un laboratoire informatique aussi sophistiqué que ceux que Wyatt avait vus dans les salles sécurisées du FBI ou dans les entrailles de la NSA. Plusieurs moniteurs étaient suspendus au mur et d'autres, plus nombreux encore, étaient posés sur des tables en demi-cercle.

Wyatt doutait que Marcus Jones lui transmette davantage d'informations sur Rocky Mountain Justice, mais il était certain qu'il aurait désormais accès à toutes les bases de données dont il aurait besoin.

— Asseyez-vous, dit Marcus.

Il y avait quatre chaises sur roulettes et Everly en choisit une. Wyatt s'installa à côté d'elle et Marcus en face d'eux. Il posa les coudes sur la table.

— Vous souhaitiez me parler en privé, dit-il. Je vous écoute.

Marcus ne posait pas de questions directes, préférant inviter ses interlocuteurs à se confier. Mais soudain, Wyatt ne savait plus très bien ce qu'il voulait. Marcus avait été agent spécial à l'agence FBI de Denver. Il n'avait jamais collaboré sur l'enquête de Las Vegas. Il ignorait tout de ce qui s'était passé là-bas.

Il était temps de le mettre au courant.

— C'est à propos de la dernière affaire sur laquelle j'ai travaillé, déclara Wyatt.

— À Las Vegas, dit Marcus.

Ce n'était pas une question.

Wyatt hocha la tête.

— Le tueur en série que je traquais là-bas a manifestement refait surface ici, à Pleasant Pines.

Jones haussa les sourcils.

— Vraiment ?

— Mon frère a été l'une des victimes du meurtrier, dit Everly. Nous pensons qu'il y en a eu d'autres mais, pour vérifier cette hypothèse, nous avons besoin d'accéder aux bases de données des forces de l'ordre. Nous espérons que vous pourrez nous aider dans cette recherche.

— Que vous faut-il ? demanda Marcus.

— À Las Vegas, le tueur laissait une carte de visite sur toutes ses victimes : la moitié d'un billet de deux dollars, placée dans leur portefeuille. C'est ainsi que nous avons compris que tous ces meurtres étaient liés.

— Je n'ai jamais entendu parler de ce lien entre les victimes.

— Nous l'avions classé secret défense pour qu'il ne soit pas divulgué. Nous ne voulions pas que détail fuite dans les médias et que nous ayons ensuite à gérer des imitateurs.

— Et la moitié d'un billet de deux dollars a été retrouvée dans le portefeuille de mon frère.

— De plus, le mode opératoire était le même, ajouta Wyatt, Au Nevada, toutes les victimes avaient un taux d'alcool très élevé et elles ont été retrouvées au milieu du désert.

— Tout comme mon frère, d'autres hommes sont morts dans la montagne, non loin de Pleasant Pines, au cours des deux dernières années, poursuivit Everly. Ils avaient un taux d'alcool dans le sang élevé, ils s'étaient égarés et ils étaient tous morts de froid.

— Vous voulez savoir si ces hommes avaient un demi-billet de deux dollars sur eux ? demanda Marcus.

— Exactement, dit Wyatt.

— J'ai une question : avez-vous signalé ce détail au shérif ?

— Nous lui avons parlé du demi-billet de deux dollars et des similitudes avec l'ancienne enquête de Wyatt, répondit Everly. Mais le médecin légiste a attribué le décès à une hypothermie accidentelle et le shérif Haak n'a pas voulu écouter ce que nous avions à dire.

— Le shérif a forcément quelque part les listes des effets personnels trouvés sur chaque cadavre, poursuivit Wyatt. Mais comme Haak ne nous autorisera jamais à examiner ses fichiers ni son ordinateur, nous sommes coincés…

Wyatt laissa sa phrase en suspens, espérant bien que Marcus embrayerait.

— Voilà pourquoi vous êtes venus ici, dit Marcus.

— Exactement, dit Wyatt.

Marcus se tourna vers la table et il commença à pianoter sur un clavier. Le site Rocky Mountain Justice apparut sur l'un des moniteurs accrochés au mur.

— Voyons ce que nous pouvons trouver sur ces derniers décès.

Le site du bureau du shérif s'afficha et en quelques clics ils accédèrent à une page privée.

— Est-ce légal ? murmura Everly.

Marcus leva la main, l'inclinant d'un côté à l'autre.

— Couci-couça.

— Regarde si tu trouves une page recensant les affaires personnelles des personnes mortes sur la voie publique, dit Wyatt.

Marcus tapa sur quelques touches et un autre champ apparut.

— Essaie « Moitié billet deux dollars », dit-il.

Marcus introduisit ces mots dans le moteur de recherche. Une boule colorée tourna pendant une minute et s'arrêta.

— Votre requête a obtenu quatre correspondances.

Il y avait également quatre noms. Wyatt prit un bloc-notes et un stylo sur la table, et les nota. Robert Barnes. Jeffery Stone. Brian Green. Seth Carlson.

— Que faisons-nous maintenant ? demanda Everly. Faut-il aller trouver le shérif ?

Ce fut Marcus qui répondit :

— Vous avez à présent la preuve que quatre autres hommes ont été retrouvés morts de froid avec une moitié de billet de deux dollars sur eux. Il ne s'agit certainement pas d'une coïncidence. Ces éléments justifient l'ouverture d'une enquête.

Wyatt croisa les bras sur sa poitrine. En secouant la tête, il déclara :

— Le dossier me semble, malgré tout, un peu mince. Pour l'étoffer, il faut en apprendre le plus possible sur les autres morts. Et regarder, en particulier, s'il y a d'autres similitudes entre eux, en plus de la moitié de billet.

— Le sexe, le lieu du décès, le mode opératoire, le billet déchiré. C'est plus que « un peu mince », remarqua Jones.

— S'il s'agit bien d'un tueur en série..., commença Wyatt.

— Si ? interrompit Marcus. Je pensais que tu étais sûr que c'était le cas et que tu étais venu me trouver pour cette raison. Pourquoi ce revirement soudain ?

— Je bute sans cesse sur la même question : pourquoi ? Quel est son mobile ? Pourquoi a-t-il besoin de tuer ces hommes ?

— C'est simple, dit Everly. Il a ses raisons, même si tous ces meurtres n'ont aucun sens pour nous.

— C'est là que tu as tort. Les tueurs en série sont très intelligents et très méthodiques. Il y a toujours une raison à tout ce qu'ils font. De plus, ceux sur lesquels j'ai travaillé avant celui-ci avaient un autre point commun. Ils jouissaient de la terreur qu'ils inspiraient à leurs victimes. Ils aimaient savoir que leur proie avait peur, souffrait et qu'elle sentait qu'elle allait mourir.

Il réfléchit un moment avant de poursuivre :

— Ce matin, Everly me faisait remarquer qu'aucun de ces meurtres n'avait été violent. Chaque mort semble naturelle et sans la carte de visite, la moitié du billet de deux dollars, nous serions passés à côté.

— Peut-être ce type est-il le prototype d'une nouvelle race de tueurs en série, suggéra Marcus.

Wyatt secoua la tête. Un tel scénario ne lui convenait pas. Ou, plutôt, il était trop parfait. Alors pourquoi hésitait-il à en parler aux autorités ? Y avait-il un élément bancal dans sa théorie ? Ou était-il paralysé à l'idée de réitérer ses erreurs passées, de se tromper une nouvelle fois de coupable, de commettre une autre bourde qui ruinerait à jamais l'enquête... et l'anéantirait, lui, définitivement ?

8

Everly et Wyatt passèrent près de deux heures à retracer la vie de chacune des victimes. Marcus Jones resta avec eux pendant la première heure mais il dut les laisser quand il reçut un appel du siège de Rocky Mountain Justice à Denver.

Comme elle consultait ses notes, Everly déclara :

— Les points communs de tous ces hommes sont angoissants. Ils venaient tous de loin, soit pour raisons professionnelles, soit parce qu'ils se rendaient chez des amis. Et ils étaient donc livrés à eux-mêmes, seuls.

Wyatt se raidit dans son fauteuil.

— Le fait qu'ils soient seuls en faisait des cibles faciles. Personne n'avait tout de suite remarqué leur disparition, par exemple.

Axl avait-il été une cible facile ? Everly détestait penser qu'il avait été instrumentalisé, abusé.

Poignardée par un regain de chagrin, elle se mordit les lèvres pour ne pas fondre en larmes.

— Pardonne-moi, je suis un vrai butor, dit Wyatt.

Comment parvenait-il si bien à lire dans ses pensées ? Se remémorant qu'il avait longtemps travaillé au Département des Sciences comportementales, elle s'interdit d'imaginer que cette attention, cette clairvoyance, à son égard signifiait quelque chose de particulier.

— Ne te reproche rien, répondit-elle en secouant la tête. Tu as raison. Axl était seul et, en plus, ancien alcoolique.

Il avait suivi une cure de désintoxication il y a plusieurs années et il s'était libéré de son addiction. Mais sans doute s'estimait-il capable de contrôler sa dépendance, ce qui le rendait plus enclin à retomber dans l'alcool, et donc…

Everly ne put se résoudre à achever sa pensée, encore moins sa phrase.

— Veux-tu faire une pause ? proposa Wyatt. Ces deux heures ont été pénibles pour toi.

Elle tenta de rire mais sa voix se brisa.

— Trouver qui a tué mon frère est la seule chose qui compte pour moi.

— Finissons-en, alors, dit Wyatt. Passons en revue tout ce que nous avons trouvé jusqu'à présent.

— Je suis vraiment frappée par les similitudes concernant ces hommes. Certes, ils étaient originaires de différentes villes et ils n'étaient pas tous venus à Pleasant Pines pour les mêmes raisons. Mais ils se ressemblaient tous par leur taille, leur poids ou leur couleur de peau, de cheveux et d'yeux. À croire que le tueur a un type de victime.

Wyatt s'enfonça dans son fauteuil.

— C'est le cas. Comme je l'ai dit tout à l'heure, un tueur en série est obsédé par le même genre de victime. Fondamentalement, il tente de recréer, de rejouer, un événement de son passé. Il a besoin de nouvelles personnes, d'aspects similaires, pour endosser le même rôle encore et encore.

— Et malheureusement, dit Everly, mon frère correspondait à son fantasme morbide, Axl avait le profil. Comment se fait-il que personne n'ait jamais compris que ces quatre hommes avaient été assassinés et par la même personne ? ajouta-t-elle après un moment.

— Regarde les dates, répondit-il. Même si pour nous, tout est évident, ces morts se sont produites à plusieurs mois d'intervalle. De plus, elles semblaient naturelles, accidentelles. Lorsque je travaillais sur cette enquête, j'avais une vingtaine d'agents pour m'épauler, sans parler de la cinquantaine de policiers affectés à la recherche du meurtrier. Et malgré toutes ces ressources, nous n'avons jamais réussi à identifier le tueur.

Avant que Wyatt ne puisse en dire plus, le smartphone d'Everly se mit à sonner. Elle le sortit de son sac.

— C'est le shérif Haak, dit-elle. Le corps d'Axl est probablement prêt à être rapatrié à Chicago, ce qui signifie que je vais devoir quitter la ville.

— Mets-le sur haut-parleur et indique-lui que je suis là. Il n'acceptera peut-être pas d'ouvrir une enquête maintenant, mais essayons déjà de le convaincre de nous rencontrer.

Everly tapota l'icône activant la fonction « haut-parleur » avant de placer son appareil sur la table.

— Shérif Haak, dit-elle. Je suis avec Wyatt Thornton.

Dans le cadre de son travail, Everly avait participé à bon nombre de réunions par téléphone pour gérer le lancement d'une campagne publicitaire à distance, par exemple, ou pour régler un problème de communication avec un client. Elle aurait dû être à l'aise. Mais cette fois, cette conférence téléphonique la glaçait.

— Oh ! vraiment ? dit le shérif, le ton cassant.

Wyatt se pencha vers le téléphone.

— Vous vous souvenez certainement que j'avais trouvé un lien entre la mort d'Axl Baker et l'une de mes anciennes enquêtes.

— Très bien, je m'en souviens très bien, répondit le shérif. Et je suis sûr que vous vous souvenez aussi que je vous avais dit qu'il était impossible qu'un tueur en série sévisse à Pleasant Pines.

— Vous êtes shérif depuis des années, reprit Wyatt. Et je fais confiance à votre instinct comme à votre expérience. Mais nous avons mené quelques investigations de notre côté. Et nous avons découvert qu'au cours des trois dernières années, dans les environs, cinq hommes sont morts de froid après avoir abusé d'alcool.

— Le nombre de décès accidentels est probablement trois fois plus élevé. Nous sommes dans le Wyoming. Les gens partent chasser, se tordent la cheville et ne parviennent pas à rentrer. Ils vont skier, perdent la piste et s'égarent dans le brouillard. Parfois, ils ont seulement envie de se promener dans les collines mais ils se font surprendre par la nuit ou le blizzard. Voulez-vous que je continue ? demanda le shérif.

Everly imaginait Haak dans son bureau, serrant les poings, le visage rouge de colère et de frustration.

Wyatt poursuivit.

— Tous ces hommes avaient la trentaine et ils étaient loin de chez eux, de passage à Pleasant Pines et, surtout, ils étaient seuls pendant quelques jours. Et tous sont morts de froid.

— Autre chose ? demanda le shérif Haak, la voix basse.

— Et tous, continua Wyatt, ont été retrouvés avec la moitié d'un billet de deux dollars dans leur portefeuille.

Le shérif Haak ne répondit pas et un lourd silence tomba.

— Je sais à quel point vous vous souciez de votre ville, intervint Everly. Vous avez consacré votre vie à protéger les habitants de Pleasant Pines mais là vous ne pouvez nier que ces éléments sont troublants.

Elle s'interrompit, attendant que le shérif ou Wyatt ajoutent quelque chose. Mais comme tous deux gardaient le silence, elle reprit :

— Depuis mon arrivée à Pleasant Pines, j'ai été attaquée à deux reprises et, surtout, depuis que j'ai commencé à poser des questions sur Axl. Il est difficile de croire que j'ai été ciblée par hasard. Manifestement, quelqu'un cherche à me faire peur pour m'inciter à quitter la ville.

— Vous avez été attaquée à deux reprises ? Première nouvelle.

— Vous aviez refusé de considérer la mort d'Axl Baker sous un autre angle, dit Wyatt. Nous avions besoin de réunir plus d'éléments avant de vous en parler.

— Accepteriez-vous de nous rencontrer ? demanda Everly. Nous pouvons être à votre bureau d'ici vingt minutes.

— Je veux bien vous entendre, répondit le shérif, mais certainement pas à mon bureau. Le bâtiment du comté est un endroit animé, beaucoup de gens vont et viennent. Il n'est pas question que quelqu'un surprenne nos échanges, apprenne vos théories fumeuses, les répande et effraie inutilement la population.

— Bien sûr, dit Wyatt. Mieux vaut rester discrets.

— Où, alors ? demanda Everly.

Après un moment de réflexion, le shérif répondit :

— Il y a une salle de conférences à l'hôtel Pleasant Pines Inn que nous utilisons parfois pour des séminaires de formation, des réunions de travail, etc. À cette heure, elle sera vide et nous ne serons pas dérangés. Retrouvons-nous là-bas dans vingt minutes.

Everly échangea un regard avec Wyatt. La police locale fonctionnait donc ainsi ? s'interrogeait-elle, effarée. Pour se protéger des oreilles indiscrètes, une salle de conférences dans un hôtel n'était vraiment pas l'idéal. Cela dit, peut-être cette façon de procéder était-elle courante dans les petites villes. Qu'en savait-elle, après tout ?

— D'accord, dit-elle. Nous y serons.

— Attendez, la coupa le shérif. J'ai une question préalable. Comment savez-vous qu'une moitié de billet de deux dollars a été retrouvée sur les corps de ces cinq hommes ?

Wyatt répondit :

— Un vieil ami à moi travaille pour Rocky Mountain Justice. Il m'a permis de consulter ses bases de données.

— Je n'ai jamais entendu parler de Rocky Mountain

Justice, vous devriez donc venir avec ce vieil ami, dit le shérif. J'ai beaucoup de questions à lui poser et, si je n'apprécie pas les réponses qu'il me donnera, vous le paierez cher.

La salle de conférences était située au rez-de-chaussée de l'hôtel, près de la salle de restaurant actuellement fermée. Darcy, la réceptionniste, avait été très utile. Avant leur arrivée, elle avait préparé la salle pour la réunion, apporté des bouteilles d'eau et quelques sandwichs. Quand le shérif Haak entra à son tour, Everly, Wyatt et Marcus étaient prêts à lui transmettre tout ce qu'ils savaient.

Ils prirent place autour de la table ronde. Everly s'assit entre Wyatt et Marcus. En face d'elle, le shérif Haak posa son chapeau devant lui.

Wyatt dressa la liste de tous les points communs entre les hommes morts de froid dans la région de Pleasant Pines et les victimes du tueur de Las Vegas sur lesquelles il avait enquêté.

— Voilà pourquoi je suis convaincu que Pleasant Pines est devenu le nouveau terrain de chasse de ce meurtrier, conclut-il.

Le shérif Haak demanda :

— C'est un avis de professionnel, monsieur l'agent secret ?

Sans relever l'ironie du ton, Wyatt hocha la tête.

— Absolument.

Le shérif Haak se tourna vers Marcus Jones.

— Et vous ? Qu'en pensez-vous ?

— Je pense que Wyatt Thornton est un excellent enquêteur, que les éléments qu'il a mis en lumière sont troublants et nécessitent l'ouverture d'une enquête pour meurtres.

Les joues du shérif s'empourprèrent. Manifestement,

il n'aimait pas que quelqu'un vienne lui dire comment il devait faire son travail. Et encore moins être accusé d'être passé à côté de quelque chose d'aussi important qu'un tueur en série. Le pousser dans ses derniers retranchements risquait de le braquer, pensa Everly.

— Shérif Haak, dit-elle d'un ton apaisant, contrairement à vous trois, je n'ai aucune expérience dans ce domaine. Mais je veux savoir ce qui est arrivé à mon frère. Croyez-moi, je préférerais que sa mort soit accidentelle, comme vous me l'aviez initialement annoncé. Malheureusement, ce n'est pas le cas. Personne ne vous reproche rien. Mais si maintenant vous n'enquêtez pas sur la mort de ces hommes pour découvrir ce qui se passe, toute la ville sera en danger. Vous êtes trop responsable pour vous comporter ainsi.

Avec un grognement, le shérif demanda :

— Que savez-vous sur le tueur ?

— La plupart des tueurs en série sont de type caucasien, intelligents et dans la vingtaine ou petite trentaine, répondit Wyatt.

— Est-ce toujours le cas ? insista le shérif Haak.

— Non, pas toujours. Quinze pour cent d'entre eux sont des personnes de couleur. Le pourcentage de femmes est plus faible encore. Lors de l'enquête initiale à Las Vegas, nous avions supposé que le tueur correspondait au profil le plus courant. Il n'y a jamais rien eu pour prouver le contraire.

Wyatt continua :

— En raison de la simplicité du mode opératoire, nous avions estimé que le tueur n'avait pas suivi une longue scolarité mais il est certainement intelligent. Il est manipulateur ou, tout au moins, charmeur. Nous avions associé la moitié d'un billet de deux dollars laissée sur chaque victime à un pourboire promis et non donné. À

Las Vegas, nous avions pensé à quelqu'un travaillant dans le secteur du tourisme.

— Visiez-vous une activité spécifique ? Un ancien employé d'hôtel ou de restaurant, par exemple ? demanda le shérif.

Everly connaissait la réponse à cette question. À Las Vegas, Wyatt avait soupçonné un croupier de casino et l'homme avait été arrêté. Mais par la suite, ce suspect avait pu fournir un alibi et la carrière de Wyatt au FBI avait pris fin. Comme il ne lui avait jamais avoué cette histoire, Everly se demanda ce que Wyatt allait répondre.

— Nous avions arrêté un homme qui travaillait dans un hôtel-casino du Strip, dit-il. Tous les faits ne concordaient pas et il avait finalement été innocenté et relâché. Par la suite, les meurtres ont cessé et l'enquête a été confiée à la police locale. Il n'y a pas eu d'autre arrestation et à ce jour l'affaire n'a toujours pas été résolue.

— En bref, vous n'avez rien, vous ne savez rien, vous n'avez pas le moindre indice, conclut le shérif.

— Je crois toujours que le tueur travaillait dans le tourisme ou le secteur des services. Mais nous n'avions pas attrapé le bon à Las Vegas.

— Et il y a un lien entre les cinq meurtres perpétrés dans le Wyoming et cet établissement, dit Marcus. Toutes les victimes ont séjourné ici.

— C'est le seul hôtel de la ville, répliqua le shérif. Ce n'est pas comme s'ils avaient eu le choix.

— En tout cas, ils étaient ici, dit Marcus. Et cet hôtel est aussi le dernier endroit où ils ont été vus en vie.

— C'est un élément qui a de l'importance, intervint Everly.

— Beaucoup d'importance, renchérit Wyatt.

— D'autant plus que nous avons découvert qu'Axl Baker avait eu une altercation avec un cuisinier de l'hôtel, Larry Walker.

— Je le connais, dit le shérif. À quel sujet se disputaient-ils ?

— Nous ne le savons pas très bien, dit Everly. La barmaid les a entendus avoir des mots, hausser le ton. D'après elle, leur différend aurait un rapport avec ce que mon frère était venu photographier.

— Il serait peut-être utile d'interroger Larry et de lui demander ce dont il se souvient à propos d'Axl, dit Marcus.

— En tout cas, Larry correspond au profil de votre tueur du Nevada, dit le shérif à Wyatt. Pour l'âge, le niveau d'études et le secteur professionnel. De plus, il était un enfant perturbé : il se battait à l'école et il fuguait, etc. En revanche, il n'a rien d'un charmeur. Il est né et a grandi ici, mais il est parti il y a cinq ou six ans pour trouver du travail ailleurs. Et il est revenu il y a moins de trois ans.

— Peu de temps avant que la première victime ne soit tuée, dit Wyatt.

— Il serait peut-être opportun de demander à Larry non seulement ce dont il se souvient à propos d'Axl Baker, mais ce qu'il sait sur tous ces autres hommes, suggéra Marcus.

— Je suis d'accord, dit le shérif Haak. Je vais le convoquer et l'interroger officiellement à propos de tous ces décès…

Sa déclaration fut suivie d'un énorme vacarme dans le couloir. Des bruits de verre brisé, de chocs métalliques, résonnèrent. Le cœur d'Everly s'accéléra dans sa poitrine et elle pivota dans son fauteuil. Un homme maigre, aux cheveux clairsemés, se tenait dans l'embrasure de la porte, un plateau à la main. Une cafetière, des tasses et des soucoupes cassées jonchaient le sol à ses pieds.

Les yeux écarquillés de peur, le type observa les personnes attablées. Le plateau qu'il tenait vacilla avant de lui échapper des mains et de tomber à son tour avec fracas. Avec un dernier regard égaré, il pivota sur ses talons et s'enfuit en courant.

Bondissant sur leurs pieds, Wyatt et Marcus se précipitèrent aussitôt à sa poursuite.

Everly se tourna vers le shérif.

— Qui était-ce ? demanda-t-elle.

— Larry Walker. Votre principal suspect.

Wyatt courait comme un dératé. Son cœur battait à grands coups dans sa poitrine tandis qu'il remontait l'étroit couloir, Marcus sur ses talons. En réalité, il ne se souciait pas de savoir qui le suivait. Il se concentrait sur l'homme qu'il poursuivait.

Il n'avait jamais rencontré Larry Walker mais il était certain qu'il tenait son coupable. Tendant le bras, il attrapa la manche du cuisinier mais, d'un mouvement brusque, ce dernier parvint à se libérer de son emprise.

L'homme poussa une porte latérale, une issue de secours, et se rua à l'extérieur. Wyatt avait perdu un peu de terrain mais il n'était qu'à quelques pas de lui. À son tour, il ouvrit la petite porte et s'élança dehors.

Il se retrouva sur un parking couvert de gravier où stationnaient une vingtaine de voitures. Larry était à dix mètres devant lui. Les phares d'une camionnette clignotèrent et le moteur gronda lorsque Larry utilisa une télécommande sur son porte-clés pour le démarrer à distance. Wyatt savait que si Larry parvenait à sauter dans son véhicule et à prendre le large, ils auraient beaucoup de mal à le retrouver. Il devait à tout prix l'empêcher d'atteindre cette camionnette.

Il accéléra encore.

Comme il parvenait à sa hauteur, Wyatt se jeta sur le cuisinier et le fit tomber. Tous deux roulèrent par terre.

Le gravier lui écorcha les mains mais Wyatt ne s'en souciait pas.

Larry le griffa en essayant de s'échapper mais Wyatt lui tordit le bras dans le dos pour l'immobiliser. Lui arrachant le porte-clés, il éteignit le moteur du camion. Le souffle court, Wyatt se releva lentement.

Marcus s'approcha à son tour. Il avait dégainé une arme de poing qu'il pointait sur Larry.

— Mettez vos mains là où je peux les voir, ordonna-t-il.

Larry leva ses paumes.

— Que me voulez-vous, les gars ?

— Vous parler, répondit Wyatt.

— Parler, d'accord mais vous n'avez pas besoin de me menacer avec ce flingue. Je n'ai rien fait de mal.

— Si vous n'avez rien fait de mal, pourquoi vous êtes-vous enfui ?

— Parce que je me suis retrouvé dans une pièce remplie de flics qui souhaitaient m'interroger à propos d'un gars dont on a retrouvé le cadavre, dit Larry. À ma place, vous auriez filé, vous aussi.

— Debout, dit Marcus. Allons discuter un peu avec le shérif.

Les mains toujours levées, Larry retourna dans la salle de conférences. Marcus et Wyatt lui emboîtèrent le pas. En entrant, Marcus désigna une chaise avec le canon de son arme.

— Asseyez-vous, dit-il.

Larry obéit et se tourna vers le shérif.

— Que se passe-t-il, shérif ? Ces deux-là m'ont poursuivi. Lui m'a pris les clés de mon camion. Et l'autre me menace de son flingue. Je vais porter plainte. J'ai des droits, vous savez. Je peux les poursuivre en justice.

— La ferme, Larry, répondit le shérif.

Larry se tut.

Marcus rangea son arme dans son holster et s'assit. Wyatt s'installa également, en face de Larry.

— Nous devons vous poser quelques questions, dit Wyatt.

— Rien ne m'oblige à vous répondre, répliqua Larry. Je connais mes droits.

— Rien ne vous oblige à répondre ici, intervint le shérif. D'autant que vous n'êtes pas en état d'arrestation. Il s'agit d'une conversation amicale. Mais si vous refusez de parler, je vous emmènerai à mon bureau et les choses se dérouleront différemment.

Larry céda.

— D'accord, d'accord. Parlons.

— Que savez-vous sur Axl Baker ? demanda Wyatt.

Larry fronça les sourcils.

— Qui ?

— Axl Baker, dit Everly. Mon frère. Vous vous êtes disputé avec lui au bar, la veille du jour où son corps sans vie a été retrouvé.

— Manque de bol, dit Larry.

Wyatt remarqua que Larry transpirait à grosses gouttes. Il croisait et décroisait les mains nerveusement. Il montrait des signes évidents de peur, de malaise. De telles manifestations émotives étaient rares chez les tueurs en série, des sociopathes qui tuaient des gens pendant des années sans états d'âme.

— Manque de bol pour qui ? lança Wyatt. Pour Axl ou pour vous ?

— Les deux, répondit Larry.

— Racontez-nous ce qui s'est passé l'autre soir, dit Wyatt.

— Rien, dit Larry.

Des années d'expérience avaient appris à Wyatt que le meilleur moyen d'obtenir des informations était d'attendre. Les suspects avaient tendance à combler les silences qui se prolongeaient et ils finissaient ainsi par avouer la vérité. Malheureusement, Wyatt n'avait pas la patience nécessaire à cette tactique.

— Ne te fous pas de moi, dit-il. Je ne suis pas d'humeur.

Larry regarda le shérif puis de nouveau Wyatt.

— Nous nous sommes un peu disputés, rien de grave.

— À quel propos ?

— À propos de rien.

Wyatt frappa la table, faisant sursauter tout le monde. Larry recula, les yeux écarquillés.

— À quel sujet vous disputiez-vous ?

— Rien de grave, vraiment. Baker voulait suivre la migration d'une meute de loups. Je lui ai dit que les loups n'étaient pas là pour l'amuser. Il m'a répondu qu'il était chargé de les photographier dans un but pédagogique, éducatif. Je m'en foutais et je l'ai dit. Nous nous sommes un peu échauffés, il a élevé le ton, moi aussi. C'est tout.

Changeant de sujet, le shérif Haak demanda :

— Pourquoi nous espionniez-vous ?

— Darcy m'avait demandé d'apporter du café aux participants de cette réunion. Au moment de frapper, j'ai entendu mon nom. Alors j'ai écouté derrière la porte pour savoir pourquoi vous parliez de moi.

Ce qui expliquait le plateau renversé, la cafetière et les tasses cassées.

— Où étiez-vous avant-hier soir ? reprit Wyatt.

— Allez, shérif, dit Larry. Vous n'allez pas les laisser m'interroger comme ça, hein ? J'ai droit à ma vie privée.

— Si vous n'avez rien à cacher, répondez aux questions, répliqua le shérif Haak.

Avec un juron, Larry passa une main sur sa nuque.

— La cuisine ferme vers 21 heures. J'ai fini de la nettoyer et je suis allé boire un verre au bar. Ce Baker a commencé à me tenir la jambe. Il voulait savoir si j'avais toujours vécu à Pleasant Pines, ce que je connaissais des loups… J'avais juste envie de me détendre. Il me fatiguait avec ses questions à la noix et j'ai commencé à m'énerver. Johanna m'a dit que je ne pouvais pas me battre avec les clients et m'a ordonné de rentrer chez moi. C'est ce que j'ai fait et il était dix heures moins le quart quand je suis sorti de l'hôtel.

— Avez-vous une femme, une famille, des colocataires ? demanda Marcus. Quelqu'un qui pourrait confirmer votre histoire ?

Larry secoua la tête.

— Je vis seul dans un appartement à dix minutes d'ici.

— Et la nuit dernière ? demanda Wyatt.

Il imaginait mal Larry Walker s'introduisant par effraction chez lui et encore moins avoir la présence d'esprit de barricader la porte avant de s'enfuir. Mais si Larry était le tueur, il aurait pu le faire.

— Où étiez-vous ?

— Je suis rentré chez moi vers 22 h 30. Je ne m'étais disputé avec personne au bar et j'avais pu finir tranquillement mon verre.

— J'ai une autre question, dit Wyatt.

— Non, rétorqua Larry, ça suffit. J'en ai assez. Je n'ai rien fait de mal et je refuse d'être traité comme un criminel. Je n'ai pas d'alibi pour la nuit où Baker a été tué mais, à moins que vous n'ayez l'intention de m'arrêter, shérif, je m'en vais.

— Considérez-vous comme une personne d'intérêt dans cette affaire, Larry, dit le shérif Haak. Ne quittez pas la ville ou j'émettrai un mandat d'arrêt contre vous et vous jetterai en prison.

— Pour quoi ? demanda Larry.

— Pour avoir tué Axl Baker, dit le shérif.

— J'ai besoin des clés de mon camion. Il me les a prises, ajouta-t-il en pointant un doigt accusateur sur Wyatt.

— Rendez-les-lui, monsieur Thornton, dit le shérif.

Wyatt les sortit de son jean et les glissa sur la table vers lui. Larry les récupéra.

— Tout ça, c'est du grand n'importe quoi, dit-il en se levant.

Sa chaise bascula avant de tomber avec fracas sur le sol. Larry la releva puis prit la porte et disparut dans le couloir.

— Laissez-moi m'en occuper, dit Marcus Jones. Si vous en êtes d'accord, je garderai un œil sur Larry pour le moment.

— Restons en contact, ajouta Wyatt comme Marcus les saluait pour s'en aller.

Les bras croisés sur sa poitrine, Everly fusilla le shérif du regard d'un air incrédule.

— Dites-moi que je rêve. Vous laissez Larry partir alors qu'il n'a pas d'alibi pour la nuit où mon frère a été tué. Ni pour hier soir, quand j'ai été poignardée. Il travaille à l'hôtel, ce qui signifie qu'il aurait pu m'attaquer aussi, hier matin.

— Le moment me semble bien choisi pour me parler de ces agressions dont vous dites avoir été victime.

Everly mit le shérif au courant de tout ce qui s'était passé, sans omettre le moindre détail.

Elle termina son récit en disant :

— Il ne faut pas laisser Larry partir.

— Malheureusement, il n'est pas possible de jeter les gens en prison sans raison, répondit Haak. Il a répondu aux questions que nous lui posions alors que rien ne l'y obligeait, et ses réponses m'ont paru crédibles, sensées. Je n'estime donc pas nécessaire de le placer en détention. Mais je le mets sous surveillance et, s'il tente de quitter la ville, nous le saurons.

— Et c'est tout ? demanda Everly sans chercher à dissimuler son scepticisme.

Wyatt serra la mâchoire et lança à Haak :

— Je veux qu'une enquête pour meurtre soit ouverte. Nous avons besoin d'un mandat de perquisition pour fouiller l'appartement de Larry avant qu'il ne détruise d'éventuelles preuves. Ou, pire, qu'il ne s'enfuie et qu'on ne le revoie jamais.

— Pourquoi ne me remettriez-vous pas toutes les preuves que vous avez rassemblées ? suggéra le shérif. Je les passerai en revue.

Alors qu'il ne lui restait que deux semaines avant de partir à la retraite, le shérif ne serait sans doute pas très motivé pour se consacrer corps et âme à une nouvelle enquête. Il revenait donc à Wyatt de s'en charger et il n'avait pas l'intention de communiquer à Haak les renseignements qu'il recueillerait.

— Cela ne suffira pas, dit-il.

— Je l'ai déjà dit et je le répète : j'ai assuré la sécurité de cette ville pendant des décennies. Je ne vais pas semer la panique sans raison, et surtout pas maintenant.

— Je comprends, dit Wyatt. Vous ne voulez pas qu'un tueur en série ternisse votre réputation alors que vous êtes sur le point de partir à la retraite.

— C'est une critique sévère et infondée, protesta le shérif. Cette ville a été ma vie et je n'ai pas envie que vous bouleversiez ses habitants avec vos théories farfelues.

Wyatt n'était pas certain de le croire. Quoi qu'il en soit, il décida en son for intérieur que le shérif n'avait pas vraiment droit au chapitre. Des hommes comme lui, trop soucieux de l'opinion, n'avaient-ils pas ruiné autrefois sa carrière au FBI ?

— Quoi que vous en pensiez, dit-il, je continuerai à m'intéresser à cette affaire. Je sais que nous sommes sur la bonne voie.

— Faites ce que vous avez à faire, dit le shérif. De mon côté, je demanderai à un adjoint de garder Larry à l'œil comme je l'ai promis. Et dès maintenant, ajouta-t-il en se levant.

Le shérif quitta la pièce et ce fut au tour de Wyatt d'être épinglé par le regard furieux d'Everly.

— Qu'est-ce que ça signifie ? lança-t-elle. Tu laisses le shérif dans l'ignorance des faits ? Je pensais que tu voulais que ce tueur en série soit traduit en justice.

Wyatt soupira.

— Haak est un honnête homme mais il est vieux et a une idée erronée de la manière dont il faut laisser les dossiers à son successeur. Ou peut-être est-il simplement fatigué. De toute façon, il est évident qu'il n'accordera pas à cette enquête l'attention qu'elle mérite.

— Et toi ? Le feras-tu ? demanda Everly.

C'était exactement ce que Wyatt avait l'intention de faire. En fait, il n'aurait osé rêver mieux. Il allait reprendre le dossier avec la bénédiction du shérif, peu intéressé par cette affaire. Grâce à son expertise et aux ressources de Rocky Mountain Justice, il aurait la possibilité de réécrire l'histoire. D'identifier le tueur, de l'arrêter et d'effacer la tache qui avait bousillé sa carrière il y a trois ans. Et même sa vie.

Wyatt sentit un frisson le parcourir. Il avait hâte de commencer la traque.

— Es-tu disposé à consacrer à l'enquête toute l'attention dont elle a besoin ? s'enquit Everly, répétant sa question.

Wyatt haussa les épaules et demanda :

— Pourquoi est-ce un problème ?

— Ça dépend, répondit-elle.

— Et de quoi ?

— Si tu envisages ma collaboration ou non. Parce que tu ne te débarrasseras pas de moi, Wyatt Thornton. Tant que mon frère n'aura pas obtenu justice, je ne lâcherai rien.

L'idée qu'Everly reste encore quelques jours à Pleasant Pines ne déplaisait pas à Wyatt. Au contraire.

Et le fait qu'il ait envie qu'Everly demeure avec lui représentait au fond le plus grand danger pour lui.

9

Everly s'installa devant l'ordinateur dans le salon de Wyatt. Un feu brûlait dans la cheminée. À travers les fenêtres, les rayons de soleil de cette fin d'après-midi inondaient la pièce de lumière. Ils avaient retrouvé le casier judiciaire de Larry Walker, et la longue liste de ses méfaits emplissait l'écran.

— Larry Walker ne correspond pas à la définition classique d'un tueur en série, remarqua Wyatt. En général, les criminels de ce type sont rusés et fourbes. Larry Walker est surtout une grande gueule.

— Mais c'est aussi un homme violent, qui s'est battu avec Axl le soir de sa mort. Il a également pu approcher toutes les autres victimes, dit-elle. En outre, il correspond à ton profil initial – en termes d'âge, de sexe, et d'appartenance ethnique.

— C'est vrai mais, si son casier judiciaire prouve qu'il a commis beaucoup de crimes et de délits, il n'a jamais tué personne.

— Il y a une progression dans sa violence. Comme nous l'a dit le shérif, c'était un enfant perturbé. Par la suite, il a connu des problèmes de drogue. Et plus tard, il a été condamné pour vol, puis pour agressions. Il n'était plus très loin de passer au stade supérieur et de perpétrer un meurtre.

Wyatt ne répondit pas et elle comprit qu'elle avait marqué un point.

Après un moment, il reprit la parole.

— À mon avis, si Larry devait tuer quelqu'un, ce serait sous le coup de la colère. Il serait sans doute capable de frapper mortellement une femme ou un type au cours d'une bagarre.

Everly prit une profonde inspiration.

— Que cherches-tu exactement, Wyatt ? À démontrer que Larry n'est pas coupable ?

Il secoua la tête.

— Dans le passé, je me suis trompé de suspect et je l'ai payé cher. Je n'ai pas envie de réitérer la même erreur. Non seulement Larry n'a pas le profil d'un tueur en série, mais nous n'avons rien pour attester qu'il a un jour croisé les victimes – ici ou à Las Vegas –, à l'exception de ton frère. Dès lors, il va nous être très difficile de prouver sa culpabilité.

— Alors que faisons-nous ? Ne devrions-nous pas retourner à Rocky Mountain Justice pour utiliser leur matériel ?

— Nous le pourrions, répondit Wyatt. Mais parfois, une enquête à l'ancienne donne de bons résultats. J'ai un ami qui travaille au Département de Police de Las Vegas. Je lui avais rendu service autrefois. Le moment est peut-être venu de lui demander un renvoi d'ascenseur.

Il l'appela via son smartphone. Activant le haut-parleur, Wyatt posa le téléphone sur le bureau.

À la troisième sonnerie, une voix masculine répondit :

— Allô ?

— Salut, Davis. Wyatt Thornton à l'appareil.

— Wyatt ? Où diable étais-tu passé, vieux ? Je n'espérais plus avoir un jour de tes nouvelles, pas après la façon dont les choses se sont terminées ici.

— Je ne… Je ne fais plus partie du FBI. Et c'est justement la raison de mon appel. J'ai une faveur à te demander.

— Je n'ai pas oublié ce que je te dois, vieux. Je t'écoute.

— J'ai besoin d'infos sur un dénommé Lawrence ou Larry Walker, dit Wyatt avant de donner la date de naissance du cuisinier. J'aimerais savoir où il a vécu, où il a travaillé… Tout ce que tu trouveras.

— Il s'agit peut-être d'une trop grosse faveur, répondit Davis. Sauf si tu la justifies.

— Un cadavre a été retrouvé à Pleasant Pines, dans le Wyoming. Le mode opératoire est celui des meurtres de Las Vegas. Et il y a d'autres similitudes.

— Lesquelles ? demanda Davis.

Wyatt hésita. Pouvait-il lui faire confiance ? D'un autre côté, Davis le renseignerait-il si Wyatt ne lui donnait pas un minimum d'éléments sur cette affaire ?

— Une moitié de billet de deux dollars se trouvait dans le portefeuille de la victime. Son taux d'alcool dans le sang était élevé. Il n'avait aucun traumatisme apparent. Il était de sexe masculin, caucasien…

— Bon sang, c'est dingue ! Exactement ce que nous avons vu ici.

— C'est aussi ce que je me suis dit.

— Je me renseigne. Bien sûr, je compte sur ta discrétion absolue.

— Bien sûr, dit Wyatt. Et merci.

— Ne me remercie pas, dit Davis. Je ne t'ai encore rien appris.

Et il raccrocha.

— Et maintenant ? demanda Everly. Que fait-on ?

— On attend. Il n'y a pas grand-chose d'autre à faire.

— Je déteste ça, dit-elle.

Posant la main sur le bureau, Wyatt caressa du bout des doigts celle d'Everly. Elle retint son souffle.

Son geste était simple, à peine un effleurement, mais elle sentit aussitôt son cœur s'emballer dans sa poitrine et une douce chaleur l'envahir. Elle n'allait pas se raconter d'histoires. Cette petite caresse lui donnait envie de beaucoup, beaucoup plus.

Voulait-elle vraiment aller plus loin ? Se perdre dans les bras de Wyatt ? Sentir son souffle sur sa peau, ses lèvres sur les siennes, ses mains prendre possession de son corps de femme ? S'abandonner à son étreinte ? Savourer le moment où ils ne feraient plus qu'un ?

Et surtout, se demanda-t-elle soudain, avait-elle le droit de vivre une histoire d'amour alors que son frère venait de mourir et que démasquer son assassin devait être son unique priorité ?

Cette brusque prise de conscience lui fit l'effet d'un seau d'eau glacée en pleine figure. Everly se figea. S'écartant de lui, elle se dirigea vers la fenêtre. Les bras croisés, elle regarda les Rocheuses qui se profilaient à l'horizon. Avec l'approche du coucher du soleil, toutes les nuances de rose et de mauve se déclinaient dans le ciel.

Everly mourait d'envie de se perdre, de tout oublier, dans les bras de Wyatt. Mais céder à la tentation, même pour une seule nuit, serait une terrible erreur. Il l'aidait à retrouver le meurtrier d'Axl. Comment parviendraient-ils à travailler en équipe s'ils couchaient ensemble ?

Un sanglot s'échappa de sa gorge en se rendant compte qu'elle rêvait de sexe alors qu'elle était en deuil. Des larmes de honte jaillirent de ses yeux et inondèrent ses joues. Elle les essuya d'une main rageuse.

— Je suis désolée, dit-elle. Je ne sais même pas pourquoi je pleure.

— Tu as subi bon nombre d'épreuves, ces derniers jours. Ton frère a été tué. Tu as été attaquée. Cela fait beaucoup à encaisser.

Everly se sentait remplie de colère, de haine, de désespoir, de solitude, d'angoisse et, oui, de tristesse aussi.

— Axl était un vrai nomade. Il s'est rendu aux quatre coins du pays pour son travail. Il adorait son métier. Mais il finissait toujours par rentrer à la maison. Et maintenant, il n'y reviendra plus jamais.

— As-tu encore de la famille ?

Elle secoua la tête.

— Nos parents sont morts quand j'étais en première année de fac, dans un accident de voiture. À l'époque, Axl suivait des études d'art mais il m'a soutenue, entourée. Il a toujours veillé sur moi.

Wyatt s'assit à côté d'Everly et passa un bras autour de son épaule. Lorsqu'il l'attira à lui, elle s'abandonna à son étreinte. Elle sanglota un bon moment mais finalement ses larmes se tarirent.

À l'origine, Everly avait voulu se rapprocher de Wyatt pour bénéficier de son expertise en matière criminelle. Le désespoir et la peur l'avaient alors poussée vers lui.

Que se passerait-il si elle restait… pour la chaleur de ses bras ?

— Penses-tu qu'il soit prudent pour moi de retourner en ville et de passer la nuit à l'hôtel ?

— Non, répondit-il. Pas tant que le tueur est en liberté. En fait, pour le moment, tu n'es nulle part en sécurité.

Le souffle de Wyatt lui chatouillait la joue. Everly savait qu'elle devait s'éloigner et pourtant elle semblait enracinée sur place.

— Comme notre principal suspect est surveillé par la police, il y a peu de chance qu'il m'attaque.

— Aucune surveillance n'est infaillible. Rien ne garantit qu'il n'échappera pas à la vigilance de l'adjoint chargé de le surveiller. Et si Larry n'est pas coupable ? Cela signifie que le tueur est quelqu'un d'autre… Quelqu'un d'autre qui ne fait l'objet d'aucune filature.

— Je ne veux pas mourir, dit-elle.

Everly était épuisée. De nouveau, elle se tourna vers la fenêtre et elle appuya son front contre la vitre.

Wyatt se rapprocha. Il posa la main sur son épaule.

— Alors reste, proposa-t-il.

— Reste et puis, quoi ? demanda-t-elle.

— Reste avec moi et tu seras en sécurité.

Everly observa le reflet de Wyatt dans la vitre. Son visage semblait usé, fatigué – comme celui d'un fantôme. Pourtant, elle savait bien qu'il était un homme de chair et de sang, un homme plein de chaleur et de vie. Son cœur s'accéléra dans sa poitrine. Elle mit la main sur la sienne.

Mêlant leurs doigts, elle se retourna et se pressa contre lui, ses seins s'écrasant contre son torse musclé. Comme elle se hissait sur la pointe des pieds pour humer son cou, sa peau, il passa un bras autour de sa taille et l'attira à lui pour l'étreindre avec force. Il captura ses lèvres.

Leurs langues entamèrent une danse sensuelle et elle le laissa explorer, goûter, conquérir sa bouche.

Sans cesser de l'embrasser, il promena la main sur son pull avant de s'aventurer dessous et Everly frissonna de plaisir par anticipation. Ses tétons étaient déjà durs et il les excita à travers la dentelle de son soutien-gorge.

— Wyatt, balbutia-t-elle, incapable de penser à autre chose qu'à l'homme qui l'affolait avec ses caresses et ses baisers.

Mais soudain, il s'écarta, chercha ses yeux.

— Ces derniers jours ont été très durs pour toi, dit-il. Je ne veux pas abuser de la situation, de ta faiblesse.

Elle passa les doigts dans ses cheveux et releva la tête pour planter ses prunelles dans les siennes.

— Je ne suis pas si fragile et tu n'abuses de rien, dit-elle. J'ai envie de toi, Wyatt.

Il la reprit dans ses bras.

— Est-ce ce que tu veux ? demanda-t-il en la serrant plus fort.

Elle sentit son érection contre son ventre.

— Oui, dit-elle.

Il excita la pointe de ses seins du bout des doigts, la faisant trembler de plaisir.

— Ça te plaît ? poursuivit-il alors que ses lèvres effleuraient les siennes. Aimerais-tu que je continue ?

Un long frisson la parcourut.

— Oui, haleta-t-elle.

Il lui ouvrit son pantalon, exposant la dentelle de sa culotte. Quand il glissa la main à l'intérieur, elle était déjà humide.

Il lui frotta lentement le sexe.

— As-tu envie que je fasse cela ? demanda-t-il.

— Wyatt, dit-elle. C'est de toi dont j'ai envie.

Everly sentait un désir puissant la soulever. En réponse à sa question, elle ouvrit les cuisses, s'offrant à Wyatt. Il enfouit son doigt à l'intérieur de sa grotte secrète.

L'attrapant par le cou, elle plaqua sa bouche contre la sienne. Elle l'embrassa profondément, avidement, comme si elle ne pourrait jamais être rassasiée de ses baisers.

Il poursuivait ses caresses intimes, sensuelles.

— Regarde-moi, dit-il.

Elle leva le visage pour planter les yeux dans les siens.

— Tu es si belle, Everly Baker. Tes émeraudes. Ta bouche. La rougeur de tes joues. Le plaisir que tu prends. Je veux te voir jouir…

Il la pénétra de nouveau de ses doigts, plus fort cette fois. Le souffle coupé, les yeux rivés aux siens, Everly haletait, en proie à un plaisir croissant. Le regard noir de Wyatt la fouillait avec le même érotisme que sa main.

Wyatt vit Everly – il la vit telle qu'elle était vraiment. Il mesura son chagrin, ses peurs et sa détermination. Il comprit son besoin de justice et son désir de vengeance. Il vit également ses défauts mais ils lui plaisaient aussi.

Et soudain, alors qu'elle s'abandonnait à ses doigts magiques, un orgasme la traversa si fort qu'elle se mit à crier.

La bouche de Wyatt se plaqua sur la sienne, étouffant ses cris avec des baisers brûlants.

— Je n'en ai pas fini avec toi, dit-il. Loin de là.

Encore sous le choc du plaisir puissant qu'il venait de lui donner, elle ne tenait plus sur ses jambes et sa tête lui tournait. Elle s'accrocha à lui.

Wyatt était penché au-dessus d'elle. Le feu brillait derrière lui, le projetant dans l'ombre. Rien ne semblait réel et pourtant ils n'étaient pas dans un rêve.

Il retira une des bottes d'Everly et entreprit de lui masser le pied, la libérant de tensions dont elle n'était même pas consciente.

— Tu aimes ? demanda-t-il.

— J'adore.

Il lui enleva son autre botte, lui massa l'autre pied, les yeux toujours dans les siens.

Quand il tira sur son pantalon, elle souleva les hanches pour l'aider à la déshabiller. Elle ôta elle-même son pull. Une fois nue, elle frissonna malgré le feu qui brûlait dans le foyer.

— Voyons ce que nous pouvons faire pour te réchauffer, dit Wyatt.

L'entraînant vers le canapé, il la fit s'asseoir.

— Ouvre les genoux pour moi.

Elle obéit.

Il s'approcha d'elle, se glissa entre ses jambes et il enfouit sa tête entre ses cuisses. Il posa alors sa bouche sur son sexe.

Le plaisir qu'il lui donna fut si intense qu'elle se mit à hurler. Il l'explora, la dégusta un long moment du bout de la langue et elle jouit une seconde fois en criant son nom.

Rapidement, Wyatt se déshabilla à son tour. Everly contempla sa nudité. Il était vraiment beau comme un dieu, une véritable œuvre d'art. Ses pectoraux étaient ciselés, son ventre plat. Une épaisse toison couvrait son torse.

Tandis qu'elle admirait Wyatt Thornton dans toute sa puissance masculine, il alla chercher un préservatif dans son portefeuille. Everly fut touchée qu'il les protège tous deux.

Lorsque Wyatt la pénétra, elle enroula les jambes autour de ses reins pour lui permettre de s'enfoncer plus profondément en elle.

Il était tout en muscles. Solide. Puissant. Il se mit à aller et venir entre ses cuisses, de plus en plus fort, de plus en plus vite jusqu'au moment où il s'abattit sur elle avec un cri guttural.

Il embrassa Everly avec reconnaissance, se pressant contre elle. Leurs cœurs battaient à l'unisson. Dehors le ciel virait à l'indigo et les montagnes Rocheuses se noyaient dans l'obscurité.

Posant un dernier baiser sur son épaule, Wyatt s'écarta d'Everly pour se diriger vers la salle de bains.

Décidée à profiter de l'instant présent, Everly enfila sa culotte et son pull. Quand Wyatt revint, elle était assise sur le canapé et avait allumé une petite lampe.

— Je suis là, dit-elle.

Il s'approcha d'elle. Il était toujours nu et magnifique.

— Euh… À propos de ce qui vient de se passer…

Il se gratta l'arrière du crâne, visiblement mal à l'aise.

— Peut-être devrions-nous en parler, dit-il.

Everly n'était pas d'humeur à décortiquer ses sentiments ni à les analyser, pas quand son ventre ronronnait encore de plaisir.

— C'était fabuleux, dit-elle.

Wyatt enfila son pantalon.

— Fabuleux, hein ?

— Oui. Fabuleux.

Il se mit à rire et s'assit à côté d'elle. Elle essaya de ne pas se remémorer le plaisir qu'elle avait éprouvé contre lui. Mais elle n'y parvint pas. Même si elle n'avait pas envie de discuter de leur étreinte ni de ce qu'elle éprouvait, à présent, elle ne parvenait pas à penser à autre chose.

— C'est tellement calme ici, dit-elle, sortant la première banalité qui lui traversait l'esprit.

Sans répondre, il passa un T-shirt au-dessus de sa tête.

Everly aurait dû deviner qu'elle avait intérêt à se taire mais elle ressentait le besoin de combler le silence en disant quelque chose – n'importe quoi.

— Ce calme ne te dérange pas ? poursuivit-elle.

Wyatt haussa les épaules.

— Au début, bien sûr, il a fallu m'y adapter. Las Vegas était une ville si bruyante que le contraste était violent. Mais maintenant, je ne pourrais plus revenir dans la fureur et dans le bruit d'une métropole.

— Mais la vie en ville ne te manque-t-elle pas ? N'aimerais-tu pas avoir un travail, une vie sociale ?

— Qui a dit que je n'avais pas de vie sociale ?

— Je l'ai compris, répondit-elle d'un ton taquin. J'ai l'impression que tu détestes sortir de ta tanière, non ?

Wyatt y réfléchit.

— Le monde réel me manque-t-il ? Honnêtement ? Parfois, oui.

— Imaginons que Larry soit le tueur et que tu l'attrapes, dit Everly. Que feras-tu alors ? Resteras-tu ici ou retourneras-tu travailler pour le FBI ?

— Il faudrait déjà que Larry soit le tueur et, ensuite, que le FBI souhaite que je revienne.

Everly replia ses jambes sous elle.

— Imaginons !

— Alors, peut-être, oui, dit-il. Si Larry est le tueur, que je parviens à le prouver et si le FBI me demande de revenir travailler pour eux, je pourrais y retourner oui.

Un frisson d'excitation traversa Everly. Wyatt accepterait-il de venir vivre avec elle à Chicago ? Ils formeraient un couple fantastique… Elle s'efforça de repousser cette éventualité de son esprit. Vraiment, il était même ridicule d'y penser. Et pourtant, elle ne parvenait pas à s'en empêcher.

Avant qu'Everly puisse dire quoi que ce soit, le téléphone portable de Wyatt, qu'il avait laissé sur le bureau, se mit à sonner. Le cœur d'Everly se serra tandis qu'elle se remémorait le coup de fil du shérif Haak lui annonçant la mort d'Axl.

Wyatt traversa la pièce pour s'emparer de son smartphone. Il jeta un coup d'œil sur l'écran.

— C'est Davis, mon contact au Département de Police de Las Vegas dit-il avant de prendre l'appel.

— Allô ? dit-il. Attends, je te mets sur haut-parleur pour pouvoir noter ce que tu me dis.

Everly se leva lorsque Wyatt s'assit au bureau et sortit un bloc-notes et un stylo d'un tiroir.

— Je t'écoute, dit-il.

Davis s'éclaircit la gorge.

— J'ai la liste des emplois occupés par Lawrence Walker.

Davis lui donna les noms de trois casinos différents avec une série de dates correspondantes.

— Larry n'est jamais resté plus de quelques mois chez un employeur. Par ailleurs, je n'ai sa signature que sur un seul bail. Il a vécu dix-neuf mois aux Jardins du Grand Canyon. Un petit appartement situé pas très loin du Strip, dont le loyer était faible.

Ils obtenaient des renseignements mais rien d'utile, pensa Everly.

— Des colocataires ? demanda Wyatt.

— Le bail ne le précise pas mais l'appartement bénéficiait de deux chambres.

Wyatt griffonna quelques notes puis dit :

— Merci pour l'info. Rien d'autre ?

— Je pense faire un saut aux Jardins du Grand Canyon

en rentrant chez moi, voir si des habitants de cette résidence se souviendraient de quelque chose concernant ce Larry, dit Davis.

— Tu me diras si tu apprends quelque chose, d'accord ?

— Bien sûr. Si cela peut t'aider à coincer enfin ce monstre, je suis prêt à tout.

Puis Davis raccrocha.

— Que faisons-nous maintenant ? demanda Everly, soudain consciente du fait qu'elle était encore en culotte.

— Je vais comparer les données des victimes de Las Vegas à l'historique des emplois de Larry pour voir si l'une d'elles avait séjourné dans un hôtel où il travaillait.

Elle ramassa ses vêtements abandonnés au sol.

— Je m'habille et je reviens t'aider, dit-elle.

Wyatt avait déjà allumé son ordinateur et remis la main sur la clé USB concernant l'enquête.

Levant le nez, il planta ses yeux sombres sur elle.

— Si Larry est le tueur, nous le prouverons.

Everly opina et se dirigea vers la salle de bains. Ouvrant le robinet, elle passa les mains sous le jet, laissant l'eau couler entre ses doigts. Elle avait besoin de trouver le meurtrier d'Axl, mais que se passerait-il si Larry n'était pas coupable ? Ou, pire, s'il l'était mais qu'ils ne parvenaient pas à le prouver ?

Depuis le départ, Wyatt avait des doutes sur la culpabilité de Larry Walker. Et maintenant, cette incertitude la gagnait. Et si Wyatt avait raison et que Larry n'était pas impliqué dans ces meurtres ? Consciente que se cacher dans la salle de bains n'aiderait personne, elle s'aspergea le visage avant de fermer le robinet.

Un peu rafraîchie, Everly s'habilla en vitesse et ouvrit la porte.

Wyatt était assis devant l'ordinateur. Après avoir passé une main dans ses cheveux, il jura.

— Qu'y a-t-il ? demanda Everly.

— Aucune des victimes n'a séjourné dans un hôtel où travaillait Larry, répondit-il avec un rire sans joie. C'était vraiment stupide de ma part d'imaginer que nous avions la moindre chance de coincer un tueur qui a réussi à échapper à toutes les polices du pays depuis des années.

— Il doit y avoir une explication, dit Everly, envahie par la peur et le désespoir. Je suis allée à Reno il y a quelques années pour le travail. Ce n'est pas Las Vegas mais la configuration est la même. Tu dors dans un hôtel, mais tu es libre d'aller jouer dans un autre, dîner dans un troisième et assister à un spectacle dans un quatrième.

Wyatt lui désigna l'écran.

— Viens voir par toi-même. J'ai des reçus de carte de crédit pour toutes les activités. Aucun d'entre eux ne correspond aux hôtels où Larry a travaillé.

— Il aurait pu se rendre dans un autre casino, suggéra Everly. Et s'il payait en liquide, il n'y en a aucune trace.

— Peut-être, mais nous avons besoin de preuves, pas même de piste sérieuse.

La joue d'Everly la brûla comme s'il l'avait giflée. Se mordant les lèvres, elle compta jusqu'à dix. Lui dire ce qu'elle pensait ne semblait pas une bonne idée. Au lieu de quoi, elle prit une chaise et s'assit à côté de Wyatt.

— Reprenons depuis le début. Que savons-nous de la première victime ?

Wyatt déplaça la souris et ouvrit un fichier. Tout y était : le nom de l'homme, son âge, sa profession, sa ville d'origine, la raison de sa visite. Everly lut ces renseignements, les relut encore et encore. Rien.

Elle pointa la dernière ligne : raison de la visite.

— Il est écrit que la victime se trouvait à Las Vegas pour un mariage familial.

— Et alors ? Beaucoup de gens se marient à Las Vegas.

— C'est vrai mais la noce a-t-elle été célébrée à Las Vegas parce qu'il était plus facile pour les invités de se rendre là plutôt qu'ailleurs ? Ou parce que les futurs mariés vivaient dans cette ville ?

Wyatt consulta le dossier.

— La mariée était la cousine de la victime numéro un et elle était étudiante à Las Vegas.

— As-tu son adresse ?

— Oui.

Il ouvrit un autre document qu'ils parcoururent tous deux des yeux en silence. Wyatt souligna une ligne dans le texte.

— Elle vivait sur le campus, dit-il.

Everly eut du mal à dissimuler sa déception. Dire qu'elle était si sûre d'elle !

— Et le fiancé ? demanda-t-elle, refusant de renoncer trop vite à son idée.

— Il habitait dans un autre État… Je comprends ta frustration, Everly, mais ce genre de choses se produit souvent au cours d'une enquête. Tu suis une série d'indices et finalement ils ne mènent nulle part.

Elle poussa un gros soupir.

— Que faisons-nous maintenant ?

Wyatt secoua la tête.

— Il n'y a plus rien à faire.

Everly se leva et se mit à sillonner la pièce.

— Tu as peur de commettre une autre erreur.

Elle s'interrompit avant de lancer :

— J'ai vu le rapport de la Commission disciplinaire du FBI.

À l'instant où elle le dit, Everly sut qu'elle avait commis une erreur.

Les yeux de Wyatt brillèrent de rage et, pour la première fois, elle comprit qu'il pourrait être aussi dangereux que les tueurs qu'il pourchassait. Quand il répondit, ses paroles étaient mesurées mais sa voix était cinglante.

— Tu n'avais pas le droit d'aller fouiller dans mes affaires…

— Fouiller dans tes affaires ? répéta-t-elle. Ce rapport se trouvait dans le dossier que tu m'avais remis. Tu avais arrêté un homme que tu savais innocent. Tu as été sanctionné pour cette faute. Mais pourquoi voulais-tu cacher son alibi ?

— Ce n'est pas ce qui s'est passé, répliqua-t-il.

— Non ? Que s'est-il passé alors ?

— Je n'ai pas envie de t'en parler, répondit-il en secouant la tête. C'est inutile.

Everly voulait partir, s'éloigner de lui. Mais où irait-elle ? Jetant un coup d'œil par-dessus son épaule, elle regarda Wyatt. Il était en train de pianoter sur le clavier de l'ordinateur, indifférent et insensible à sa colère croissante.

Comme elle s'apprêtait à quitter la pièce, il la rappela.

— Attends, dit-il. Viens voir ça.

— Quoi ?

— J'ai trouvé un lien concret qui relie Larry Walker à la première victime.

— Lequel ?

— Ni la mariée ni le marié ne vivaient aux Jardins du Grand Canyon, répondit Wyatt. Mais l'un des invités au mariage, oui.

— Est-ce suffisant pour arrêter Walker ? demanda Everly, le cœur battant.

Il secoua la tête.

— La décision de l'arrêter appartient au shérif, dit Wyatt. Mais c'est suffisant pour avoir une conversation sérieuse avec Larry.

10

Wyatt avait hâte de passer à l'action, d'avancer, mais il était conscient qu'un certain travail de préparation était indispensable pour réussir à coincer Larry Walker et à le faire parler. Le cuisinier en savait plus qu'il n'avait voulu le dire. Et maintenant, Wyatt avait découvert ce qu'il avait caché. Pourtant, avant de s'entretenir avec Larry, il avait deux coups de fil à passer.

Le premier était destiné au shérif Haak.

Comme il était déjà 23 heures, il l'appela chez lui. Lorsque Haak répondit à la cinquième sonnerie, Wyatt activa le haut-parleur de son smartphone.

La voix de Haak était enrouée de sommeil.

— Vous avez intérêt à m'appeler pour une bonne raison.

— Wyatt Thornton à l'appareil. Vous vouliez un lien entre Larry Walker et les victimes de Las Vegas. Et j'en ai trouvé un.

— Je vous écoute.

— La première victime était venue à Las Vegas pour assister au mariage d'une cousine. Cette dernière – la mariée – était étudiante à l'université de Las Vegas et elle vivait sur le campus.

— C'est pour me dire ça que vous m'avez réveillé ?

Réprimant un juron, Wyatt continua :

— L'un des invités de la noce habitait la même résidence que Larry Walker.

Un long silence tomba. Everly se tenait près de Wyatt. Il

s'efforça de ne pas la regarder. Après les paroles échangées à propos du rapport de la Commission disciplinaire, il ne savait plus ce qu'il pensait d'elle. Et pour être sincère, ce qui l'ennuyait le plus était ce qu'elle pensait de lui, à présent.

— Vous en êtes sûr ? demanda enfin Haak.

La question tira Wyatt de ses pensées.

— Sûr et certain. Savez-vous où se trouve Larry, maintenant ?

— Donnez-moi un instant, répondit le shérif. Je vais appeler l'adjoint que j'ai chargé de sa surveillance.

Ils entendirent des voix en arrière-plan sans parvenir à comprendre un mot de ce qui se disait. Dommage.

— Vous êtes là ? reprit Haak après un moment. Mon adjoint m'apprend que Larry est toujours à l'hôtel Pleasant Pines Inn.

— Y a-t-il du monde au bar ?

Wyatt avait besoin d'avoir le plus de détails possible pour multiplier ses chances d'appréhender Larry dans les meilleures conditions.

— Il est fermé, répondit le shérif.

— Fermé ? Il n'est que 23 heures. C'est un peu tôt, non ? demanda Everly.

— Quand il n'y a pas foule, ils ferment plus tôt, répondit Haak.

— Mais Larry est toujours là, dit Wyatt.

Que leur principal suspect ait été laissé en liberté lui déplaisait. Cela dit, le shérif Haak était peut-être plus intelligent que Wyatt. Arrêter quelqu'un dans la précipitation lui avait coûté sa carrière.

— Mon adjoint ne l'a pas vu quitter le bâtiment et son camion est toujours sur le parking, répondit le shérif. L'adjoint pense qu'il boit tout seul après le travail.

— Bon, nous y allons, shérif.

— J'en fais autant, dit Haak. Je vous retrouve là-bas.

Wyatt mit fin à l'appel et composa un autre numéro.

— Marcus, dit-il quand Jones décrocha. Nous avons un lien entre Larry et l'une des victimes de Las Vegas. Larry est toujours au bar de l'hôtel… Je t'offre une bière ?

— Avec plaisir.

Comme le shérif Haak l'avait annoncé, le camion de Larry était sur le parking du Pleasant Pines Inn.

Un spot mural éclairait la porte arrière.

Le plan était simple. Marcus Jones et le shérif Haak entreraient dans l'hôtel par le hall principal. Le shérif avait toute légitimité pour arrêter le cuisinier, le crime s'étant produit dans sa circonscription. Marcus Jones l'accompagnait en renfort, si nécessaire.

Wyatt pénétrerait par l'arrière et se rendrait directement au bar. L'adjoint, Travis Cooper, resterait sur le parking pour surveiller l'issue de secours et le camion de Larry afin de lui interdire de s'échapper.

Wyatt était prêt. Son SIG à la ceinture, il se tourna vers Everly.

— Tu ne bouges pas de mon pick-up. Si quelque chose se passe, pars.

— Et pour aller où ? rétorqua-t-elle d'un ton froid.

— Dans les bureaux de Rocky Mountain Justice, dit-il, regrettant de ne pas l'y avoir laissée avant de venir. C'est l'endroit le plus sûr pour toi.

— Combien de fois dois-je te répéter que ma sécurité n'est pas ma priorité ? Attraper le meurtrier de mon frère est la seule chose qui m'intéresse.

Wyatt était également prêt à tout pour capturer le tueur. Mais protéger Everly était encore plus important pour lui. En prendre conscience le déstabilisa. Pourquoi y tenait-il à ce point ? Certes, ils étaient devenus amants mais il n'était pas amoureux d'elle.

— Bon, viens avec moi mais tu feras exactement ce que je te dirai. Nous sommes bien d'accord ? S'il y a du grabuge, tu risques de te faire tuer.

À l'aide d'un pied-de-biche que lui avait donné le shérif, Wyatt ouvrit la porte de l'issue de secours. Ils remontèrent le couloir où il avait pourchassé Larry le matin même, passèrent devant la salle de conférences et parvinrent enfin au bar. La salle était plongée dans la pénombre, les chaises sur les tables. Un seau et une serpillière avaient été oubliés dans un coin…

Et pas de Larry.

Le shérif et Marcus arrivèrent à leur tour. Eux non plus n'avaient pas vu le cuisinier.

— Il est donc ailleurs dans l'hôtel, conclut Everly.

— À moins qu'il ne se soit enfui, dit Wyatt. En laissant son camion pour nous leurrer.

Tous les yeux se tournèrent vers le shérif. Si Larry s'était enfui, il se le verrait reprocher.

— Je vais demander à la réception les vidéos des deux dernières heures, dit Haak.

— De mon côté, je monte inspecter les étages, ajouta Marcus.

— Everly et moi nous chargeons d'inspecter la cuisine et le restaurant.

Marcus et le shérif partirent de leur côté et Wyatt entraîna Everly vers la cuisine.

L'arme au poing, il poussa lentement les portes battantes qui y menaient.

— Reste derrière moi, ordonna-t-il.

La pièce était plongée dans le noir. La faible lueur émanant du bar se répandit à l'intérieur. Des relents d'ammoniaque flottaient dans l'air, mêlés à une odeur de sang… Wyatt chercha l'interrupteur à tâtons.

Dès qu'une lumière aveuglante emplit la cuisine, Everly

poussa un cri perçant. Livide, elle lui montra du doigt une alcôve au fond de la salle.

Le corps de Larry Walker se balançait au bout d'une corde.

Un nœud coulant autour du cou, le cuisinier avait le visage gris, les yeux ouverts et un filet de sang coulait de sa bouche. Une chaise était renversée par terre, sous lui.

Everly se mit à trembler et Wyatt la tira en arrière.

— Ne regarde pas.

— Wyatt ! Everly !

Des bruits de pas précipités les firent se retourner.

Le shérif Haak se tenait sur le seuil, il respirait difficilement.

— J'ai entendu crier. Mon Dieu, ajouta-t-il en découvrant la scène. Que s'est-il passé ?

— C'est un suicide, répondit Everly, surprise d'avoir recouvré l'usage de sa voix. Larry savait que nous le soupçonnions des meurtres. Il s'est tué avant d'être jeté en prison.

— Cela n'a aucun sens, répliqua Wyatt. Les tueurs en série ne se suicident pas.

— Il a laissé une lettre, dit le shérif en montrant une feuille de papier sur une desserte.

Il s'en saisit et la lut à voix haute :

Ces hommes méritaient de mourir, chacun d'entre eux. Je ne vous dirai pas pourquoi j'ai fait ce que j'ai fait. Vous ne comprendriez pas. Mais je ne regrette rien.

Je suis fatigué de me cacher, de fuir et d'avoir peur de me faire attraper. Je n'irai pas en prison.

— Il ne s'adresse à personne en particulier, dit le shérif Haak. Et il n'a pas signé sa lettre.

— Mais alors comment savoir si Larry en est bien l'auteur ? demanda Everly.

— Qui d'autre aurait pu l'écrire ? répliqua le shérif.

Il n'avait pas tort, songea-t-elle.

— Il sera relativement facile de vérifier qu'il s'agit de son écriture, dit Wyatt. Il suffit de demander à un graphologue de comparer cette lettre avec un autre écrit de Larry Walker. Même si Larry a bien rédigé cette missive, elle ne me plaît pas. Les tueurs en série n'ont pas peur. Ils n'éprouvent pas de remords. Rien ne colle.

Sortant son smartphone de sa poche, Wyatt passa un appel.

— Marcus, dit-il. Rapplique à la cuisine, nous avons trouvé Larry.

— J'arrive.

— Je dois contacter le légiste et lui demander de venir chercher le corps, dit le shérif avant de sortir dans le couloir, laissant Everly et Wyatt seuls.

— Si tu préfères attendre au bar, dit-il, vas-y.

La proposition était tentante. Everly voulait s'éloigner des yeux morts de Larry. Pourtant, cet homme avait pris la vie de son frère et elle devait à Axl de mener l'enquête jusqu'au bout.

Elle secoua la tête.

— Je reste, dit-elle.

— Comme tu veux, dit Wyatt en s'approchant du corps.

— Que fais-tu ? demanda Everly avec inquiétude. C'est une scène de crime. Tu n'as pas le droit de la polluer, de risquer de détruire des indices.

Wyatt repéra une boîte de gants en latex, utilisés pour la préparation des plats. Il en prit une paire qu'il enfila. Puis il tapota le cadavre.

— Techniquement, elle n'a pas encore été officiellement qualifiée de scène de crime, bien que tu aies raison au sujet du risque de destruction de preuves.

Elle jeta un coup d'œil par-dessus son épaule.

— Alors que fabriques-tu ?

— Je cherche quelque chose qui relierait Larry aux meurtres.

Avec précaution, il tira un portefeuille de la poche arrière de Larry. Il l'ouvrit. Il contenait cinquante dollars, un permis de conduire ainsi que deux cartes de crédit. À l'intérieur se trouvait un autre compartiment, sous le premier.

— Il y a quelque chose à l'intérieur, dit Wyatt.

Everly se rapprocha pour mieux voir. D'autres billets de banque apparurent.

Wyatt les sortit. Il s'agissait d'une dizaine de billets de deux dollars – tous déchirés en deux.

— À mon avis, dit-il, chacune de ces moitiés de billet correspond aux autres moitiés découvertes sur les victimes.

Carl Haak vivait mal le fait que son équipe soit si peu outillée qu'elle ait besoin de Rocky Mountain Justice. Il ne savait presque rien des membres de cette entreprise nouvellement installée à Pleasant Pines mais il avait dû faire appel à eux pour gérer la scène de crime, prendre des photos, relever des empreintes digitales, rassembler des preuves. Que son adjoint, Travis Cooper, considère Marcus Jones comme le chef lui était insupportable. Il était furieux et pourtant Rocky Mountain Justice n'avait envoyé que trois de ses membres : Julia McCloud, Luis Martinez et Marcus Jones, et tous trois étaient des enquêteurs de premier ordre, il ne pouvait le nier. Mais ce qui mettait Carl hors de lui était que Larry Walker n'ait jamais été inquiété après avoir commis autant de meurtres à Pleasant Pines.

Carl en était seul responsable, il le savait.

Il n'avait pas été à la hauteur, il n'avait pas été capable

de protéger sa ville comme il l'aurait fallu. Et comme il partait à la retraite dans moins de deux semaines, il n'aurait jamais la possibilité de rattraper sa bévue. Il avait appelé le Dr Lambert pour le prier de pratiquer une autopsie du cadavre. Avec cette série de meurtres, Lambert ne voulait pas se précipiter. Cette fois-ci, il avait refusé de donner une cause de décès ou de parler de suicide. Pourtant, tout était clair pour Carl Haak : Larry Walker avait compris qu'il était sur le point de se faire arrêter. Pour éviter de passer le reste de sa vie en prison, il avait préféré mettre fin à ses jours.

Par ailleurs, Carl avait retrouvé la liasse de moitiés de billets de deux dollars, dans le portefeuille du cuisinier. Ce dernier avait certainement conservé les autres moitiés des billets laissés sur les cadavres comme souvenirs macabres de ses meurtres. Comme il y en avait vingt, il était probable que Larry avait pris plus de vies qu'on ne le soupçonnait.

Certes, ce détail prouvait que Carl n'était pas le seul à être passé à côté de plusieurs assassinats mais il ne s'était jamais senti aussi humilié de sa vie.

— Shérif ? demanda Martinez, l'un des gars de Rocky Mountain Justice.

Ce Martinez était un ex-policier de Denver et, bien qu'il ait trente ans, il maîtrisait mieux la scène de crime que le shérif.

— Souhaitez-vous envoyer une équipe fouiller le domicile de Larry ? s'enquit Martinez.

Encore quelque chose qui irritait Carl : tous ces enquêteurs qui travaillaient avec une redoutable efficacité sur la scène essayaient de faire croire à Carl que c'était lui qui dirigeait les opérations.

Après une pause, il répondit :

— Pourquoi ne pas vous en charger vous-même ?

Martinez photographiait tous azimuts et ses clichés

serviraient de preuves par la suite. Il était évident que le jeune homme ne souhaitait pas quitter les lieux avant d'avoir terminé sa tâche.

— Je m'en occupe, proposa Wyatt Thornton. Je vais me rendre chez cet enfoiré voir s'il y a laissé quelque chose appartenant aux précédentes victimes. Vous devriez m'accompagner, shérif.

C'était un os jeté à un vieux chien.

— D'accord, répondit Carl en se levant avec effort. Travis ! appela-t-il.

Son adjoint travaillait avec Julia, une grande blonde aux cheveux noués en queue-de-cheval.

— Oui, shérif ?

— Vous restez ici pendant que... je vais chez Walker.

Wyatt se tourna vers Everly Baker.

— Je pars avec le shérif fouiller l'appartement de Larry Walker. Tu devrais rester ici. Essaie peut-être de trouver une chambre et de te reposer.

— Pas question, répondit Everly. Je viens avec vous.

— Si tu veux, répondit Wyatt.

Malgré l'opiniâtreté dont elle faisait preuve, le shérif Haak aimait bien Everly. Sans son insistance, personne ne se serait jamais intéressé à la mort de son frère, ni à celles des autres. Il espérait qu'une fois rentrée chez elle elle reconstruirait sa vie et trouverait la paix.

Comme ils s'apprêtaient à sortir de l'hôtel, Darcy Owens, la réceptionniste, surgit de la nuit. Enveloppée dans un lourd manteau, elle portait un pantalon de jogging et des baskets.

— Est-ce vrai, shérif ? demanda-t-elle dans un souffle. Le gérant m'a appris que Larry s'était suicidé.

Sa voix se brisa sur le dernier mot.

— Oui, répondit Carl en relevant son pantalon. Il s'est pendu dans la cuisine.

— Pourquoi ? demanda Darcy, toute pâle.

Wyatt s'avança et répondit à sa question par une autre :

— Connaissiez-vous bien Larry ?

Darcy parut désarçonnée.

— Si je le connaissais bien ? Assez bien, oui.

— Le fréquentiez-vous en dehors de vos heures de service ?

— Les employés de l'hôtel prennent parfois un verre ensemble au bar après la fermeture. De plus, la direction organise des fêtes pour le personnel, plusieurs fois par an. Et je propose souvent à mes voisins ou collègues de venir jouer aux cartes chez moi. Larry a toujours été invité. Pourquoi ? ajouta-t-elle en se mordillant les lèvres.

— Apparemment, personne ne connaissait vraiment Larry, dit Carl. Il nous a tous dupés.

Darcy rougit.

— Je ne comprends pas.

Carl se balança d'un pied à l'autre. Il n'était pas disposé à lui dire ce qui s'était passé et à admettre du même coup qu'il n'avait pas su veiller correctement sur la sécurité de la ville.

— Il semble que vos tuyaux étaient bons, répondit Wyatt pour lui. Larry était bien impliqué dans la mort d'Axl Baker.

Darcy en resta bouche bée et Everly ajouta :

— Mon frère me manquera tous les jours du reste de ma vie. Mais maintenant, je connais au moins son assassin.

Les larmes aux yeux, Darcy balbutia :

— Je suis vraiment désolée.

— Ce n'est pas votre faute, dit Everly. En outre, si vous ne nous aviez pas parlé de Larry, nous n'aurions jamais soupçonné son implication.

— Wyatt, murmura Darcy d'un ton admiratif. Vous avez démasqué le tueur.

Carl observa Darcy avec intérêt. Il ne s'était pas

trompé à propos de l'effet que Wyatt Thornton avait sur les femmes. Il les affolait toutes.

— Si quelque chose vous revient, Darcy, reprit Carl, vous me le direz.

— Il y a peut-être un détail dont je me souviens, dit Darcy. Un soir, alors que nous prenions un verre après le travail, Larry m'avait semblé triste. Vraiment, vraiment, triste. Je lui ai demandé ce qui n'allait pas et il m'a répondu qu'il avait fait des choses à Las Vegas, des choses qu'il regrettait.

— Quel genre de choses ?

Darcy se mordit les lèvres sans répondre.

— Vous devez nous le dire, dit Wyatt. Larry est mort et vous n'avez plus besoin de le protéger.

— Et beaucoup de personnes, ajouta Everly, veulent savoir ce qui est arrivé à leurs proches.

— Je ne suis pas sûre que ce soit important. Il m'a d'abord parlé de problèmes qu'il avait eus avec la justice… après des bagarres qui avaient mal tourné ou des disputes trop violentes avec des copines. Je lui ai dit que nous avons tous eu des problèmes avec des ex qui nous avaient maltraités.

— Et ensuite ? insista Everly quand Darcy se tut.

— Il m'a répondu que c'était pire que ça. Qu'il pensait qu'il était diabolique.

Un frisson parcourut l'échine de Carl.

— Il vous a vraiment dit ça ?

— À l'époque, je pensais qu'il était seulement déprimé. Mais si Larry a bien tué Axl Baker et ces autres hommes, il était peut-être réellement diabolique.

— Vous devriez peut-être en parler à Chloe Ryder, dit le shérif. La nouvelle procureure.

— Chloe Ryder ? répéta Darcy. Quand j'étais au lycée, une stagiaire qui travaillait au service social s'appelait Chloe Ryder. Je me demande s'il s'agit de la même personne.

Avant que Haak ne puisse répondre, Marcus Jones les rejoignit.

— J'ai examiné le corps de Larry et il y a quelque chose que j'aimerais que vous voyiez, dit-il en brandissant un appareil photo.

— Voulez-vous nous excuser un moment ? demanda le shérif à Darcy.

— Bien sûr, répondit-elle avant de s'éloigner.

Marcus attendit que Darcy soit hors de portée de voix et qu'Everly et Wyatt se soient rapprochés.

— Regardez, dit Marcus en leur montrant un cliché des mains mouchetées et mauves de Larry.

— Je vois les doigts d'une personne décédée, dit Carl. Mais je suppose qu'il y a autre chose.

Marcus agrandit la photo.

— Regardez mieux. Ils sont griffés.

— Pensez-vous qu'il se soit battu ? Ou qu'il ait été pendu de force ? dit Carl qui ne voulait plus passer à côté d'un acte criminel.

— En tout cas, nous devons étudier cette hypothèse, répondit Marcus.

— Peut-être ses mains se sont-elles abîmées quand nous sommes tombés ensemble sur le parking recouvert de gravillons, dit Wyatt. Par ailleurs, et même si Larry était déterminé à se suicider, il a peut-être eu des regrets pendant la strangulation et cherché instinctivement à se débarrasser de la corde.

— Et il travaillait dans la cuisine, renchérit Everly. En tant que cuisinier, j'imagine qu'il se brûlait et se coupait souvent.

Pour Carl, les explications les plus simples étaient généralement vraies. Mais cette conviction avait causé beaucoup de malheurs et il n'avait pas l'intention de réitérer la même erreur.

11

Depuis qu'il était revenu dans le Wyoming, Larry Walker avait vécu dans un petit deux pièces, aménagé à l'arrière d'une maison délabrée. Le mobilier était réduit au strict minimum et le confort très spartiate.

— Depuis combien de temps Larry habitait-il à Pleasant Pines ? demanda Everly. Deux ans ? Trois ans ? N'est-il pas curieux qu'il n'y ait presque rien chez lui ?

D'autres aspects de l'appartement de Larry intriguaient davantage Wyatt.

— Ce qui me gêne le plus, dit-il, est qu'il n'y a rien ici qui soit susceptible de relier Larry aux meurtres – pas même l'appareil photo d'Axl. Or, à en croire le nombre de demi-billets de deux dollars découverts dans son portefeuille, il aurait tué vingt personnes. Les tueurs en série aiment garder des effets personnels de leurs victimes pour se replonger à volonté dans la scène du crime et se remémorer le sentiment de puissance qu'ils avaient éprouvé en tuant. Or, nous n'avons rien trouvé, aucun trophée.

— Larry ne correspond peut-être pas au profil typique du tueur en série, voilà tout, répondit Everly d'un ton pragmatique. Et c'est peut-être la raison pour laquelle il n'a jamais été inquiété toutes ces années.

Everly n'avait peut-être pas tort. Larry appartenait-il à une nouvelle race de tueurs en série ? Des tueurs capables de se fondre parfaitement dans la société ? Ou Larry avait-il seulement été assez intelligent pour assassiner vingt personnes sans jamais éveiller les soupçons ?

— Cela nous ramène à la question initiale. Où est passé l'appareil photo ? Il n'était pas près de l'ancienne école.

— Le Wyoming est un grand État, dit Carl. Larry aurait pu le jeter n'importe où.

Au fond de lui, Wyatt avait la certitude que Larry ne s'était pas suicidé. Comme un magicien, le véritable tueur s'était arrangé pour que les regards se posent là où il voulait qu'ils se posent pour voir ce qu'il voulait qu'ils voient – laissant dans l'ombre la réalité sur ses crimes.

La vraie question était : « Qu'allait-il se passer ensuite ? »

— Il n'y a plus grand-chose à faire ici, ce soir, dit-il. Ce matin, rectifia-t-il avec un coup d'œil à sa montre qui marquait 3 h 19.

— Rentrez chez vous, dit le shérif. De mon côté, je vais fermer l'appartement et y poser des scellés avant de retourner à l'hôtel voir où en est l'équipe. Je dois faire le point avec mon adjoint Cooper et le renvoyer chez lui. En principe, vous serez autorisée à récupérer le corps de votre frère en début de matinée, Everly. Vous pourrez alors le rapporter chez vous pour l'enterrer.

Everly esquissa un pâle sourire.

— Merci pour tout, shérif, dit-elle.

— Ne me remerciez pas, répondit-il. Sans vous, nous n'aurions jamais eu l'idée d'enquêter sur ces décès. Et Larry aurait continué à tuer. C'est donc à moi de vous remercier, ajouta-t-il en ajustant sa ceinture.

Comme elle se dirigeait vers la porte, le shérif ajouta :

— Une dernière chose avant de vous laisser. Ne parlez pas aux médias tout de suite. Je vais devoir contacter les proches parents des autres victimes pour les mettre au courant des événements. Ça va me prendre un peu de temps mais il ne faudrait pas qu'ils l'apprennent via un journal télévisé.

— Ne vous inquiétez pas. Je n'aime pas beaucoup les journalistes, répondit Wyatt.

— Je comprends pourquoi.

Le vieil homme se tourna vers Everly.

— J'espère que vous viendrez nous rendre visite de temps en temps, dans d'autres circonstances.

— Avec plaisir, shérif, dit-elle.

Elle lui ouvrit les bras et Carl la serra contre lui tout en lui tapotant le dos.

— Je prends ma retraite dans quelques jours, ajouta-t-il. Je quitterai le Wyoming pour m'installer en Caroline du Sud. Je vous invite quand vous voulez à me rejoindre sur la plage.

— Comptez sur moi, répondit Everly.

Elle s'en alla avec Wyatt. Ils regagnèrent son pick-up et tous deux prirent place à l'intérieur.

— Tu as l'air fatiguée, dit-il en rangeant son arme dans la boîte à gants.

— Je suis plus que fatiguée, je suis exténuée.

Wyatt se mit à rire et démarra. Il n'était pas d'humeur à converser. Trop de pensées l'habitaient et il appréciait le silence.

La nuit était noire comme de l'encre.

— Le ciel est encombré de nuages, dit-il.

— Comment le sais-tu ?

Il se rendit compte qu'il avait parlé à voix haute sans le vouloir. Depuis qu'il vivait seul, cela lui arrivait souvent.

— Il n'y a pas d'étoiles, répondit-il.

Se penchant en avant sur son siège, Everly regarda le ciel.

— On ne voit jamais les étoiles à Chicago. Et c'est dommage, ajouta-t-elle.

Wyatt resta un moment silencieux.

— Mes chefs m'avaient ordonné de mentir, déclara-t-il soudain.

Il n'en avait jamais soufflé mot à quiconque – et il ne

savait pas très bien pourquoi il lui en parlait maintenant. Peut-être parce que la profondeur de la nuit et le silence incitaient aux confidences.

— Mes supérieurs hiérarchiques voulaient à tout prix arrêter un suspect. Le croupier du casino était apparu sur nos écrans radar mais nous savions qu'il avait un alibi pour l'un des meurtres. Il n'était donc pas notre tueur en série. Mes chefs m'avaient demandé de l'arrêter quand même. Le type était intelligent, il avait engagé un bon avocat. Ce dernier a parlé de son alibi à la presse et nous avons dû le libérer. Finalement, l'affaire a mal tourné et c'est moi qui ai pris tout le blâme.

Elle posa la main sur sa cuisse.

— Wyatt, je suis désolée.

— Je ne veux pas de ta sympathie, répliqua-t-il. Je voulais juste que tu connaisses la vérité. La vérité sur ce que j'ai fait.

— Je ne sais pas quoi dire.

— Il n'y a rien à dire.

Wyatt reporta son attention sur la route et sur la nuit.

Le silence qui avait été apaisant devint glaçant, creusant un gouffre entre eux. Et pourtant, une question demeurait en suspens : maintenant qu'Everly avait forcé Wyatt à sortir de sa caverne, serait-il capable de vivre de nouveau en ermite ?

Everly regardait défiler le paysage par la vitre de sa portière sans rien en voir. Des fragments de souvenirs remontaient à sa mémoire. Le corps de Larry pendu au bout d'une corde, le reflet d'une ombre sans visage dans le miroir, l'ancienne école plongée dans la brume…

Lorsqu'ils parvinrent à la propriété de Wyatt et que la ferme rénovée apparut au bout de l'allée, elle poussa un soupir de soulagement. Ils étaient arrivés à la maison.

Everly tiqua sur ce dernier mot : la maison. Sans son frère, parviendrait-elle à se sentir de nouveau chez elle à Chicago ? Certes, le travail d'Axl l'avait souvent fait voyager aux quatre coins du pays mais, entre deux reportages, il revenait toujours. Et maintenant ? Everly avait toujours son travail et des amis là-bas. Mais aucune famille, personne à aimer.

Alors que Wyatt garait son pick-up, elle se tourna vers lui.

— Pourquoi ne viendrais-tu pas à Chicago avec moi ?

— Quoi ?

— Viens avec moi, répéta-t-elle. Tu as mené une enquête difficile jusqu'au bout, tu as résolu un mystère insoluble. Le FBI doit bien avoir une agence à Chicago et, si tu n'as pas envie de retravailler pour eux, tu trouveras autre chose.

Everly se sentait dans son élément. Grâce à son métier, elle avait appris à convaincre, à défendre son point de vue, ses idées. Son cœur battait tandis qu'elle argumentait.

— Je t'aiderai à organiser ton retour. J'ai des contacts partout, auprès des journalistes télévisés, en particulier. Je rédigerai un communiqué de presse qui te permettra d'être invité en *prime-time* sur les plateaux de toutes les chaînes d'information.

— Quoi ? répéta-t-il.

— Tu es un héros, Wyatt. Il est temps que le monde entier le sache.

— Tu veux que j'emménage à Chicago ?

— Cela t'ouvrirait de nouveaux horizons. Pour nous deux, aussi.

— Gus détesterait vivre en ville. Il a besoin de courir.

— Il y a des parcs pour les chiens là-bas, dit Everly.

— Ici, il y a la montagne. Il aime gambader en liberté. Et moi aussi.

Avant qu'elle ne puisse répondre quoi que ce soit, Wyatt coupa le contact.

— Et à propos de Gus, je dois le sortir avant qu'il ne fasse des saletés dans la maison.

Et sautant du pick-up, Wyatt claqua la portière. Everly se retrouva dans la pénombre. Elle n'avait pas besoin de lumière pour comprendre qu'elle et Wyatt étaient deux personnes bien différentes, avec des besoins différents et des existences différentes. Et ces différences étaient trop grandes pour espérer une vie commune.

Ouvrant sa propre portière, elle bondit à son tour sur le sol. Elle était épuisée, elle avait mal au dos, elle ne tenait plus debout. Elle n'aspirait qu'à dormir, dormir et dormir.

Pendant un moment, pourquoi le nier, Everly avait envisagé la possibilité d'un avenir avec Wyatt. Ce qu'elle avait imaginé était parfait mais, comme la plupart des rêves, celui-ci s'était évanoui à l'aube.

Levant les bras au-dessus de sa tête, elle s'étira pour soulager ses reins. Comme elle inclinait la tête en arrière, elle entrevit le ciel. Là, juste au-dessus de l'horizon, elle remarqua une lumière. Une étoile qui brillait par-delà les nuages.

Wyatt, qui était entré dans la maison, en ressortit avec Gus. L'animal battait de la queue en s'approchant d'elle pour être caressé.

Elle lui fit fête avant de lancer à Wyatt :

— Tu as raison, ton chien ne serait pas heureux en ville.

Gus s'éloigna, comme pour leur donner de l'intimité.

— Alors, que nous reste-t-il ? demanda Wyatt.

— Je pourrais venir te voir, dit-elle. Et toi, passer à Chicago de temps en temps.

— Tu veux essayer une relation à distance ?

Au ton de sa voix, elle sut que cette idée ne lui plaisait pas, qu'il n'y croyait pas.

— Je ne pense pas que cela fonctionnerait, dit-elle.

— Moi non plus.

Everly se retourna vers le ciel, vers l'étoile. Elle eut soudain l'impression que son frère la regardait de l'autre côté du cosmos. Cette idée la remplit d'un sentiment de paix. Pourtant, elle ne pouvait s'empêcher de se demander ce qu'Axl, un esprit libre, lui conseillerait de faire.

Axl lui dirait d'embrasser la vie et de ne pas regarder en arrière.

Sans aventure, répétait-il, elle ne vivait pas, elle se contentait d'exister…

Gus revint vers eux en trottinant.

— Passe la nuit ici, en tout cas, poursuivit Wyatt en lui ouvrant la porte. Il est tard et tu risquerais de t'endormir au volant.

— C'est sûr, dit-elle. Et merci.

Everly entra dans la maison. La vieille ferme avait plus de cent cinquante ans, elle avait été construite pour durer. Plus que d'avoir la chance de voir les étoiles, Everly aimait sentir ce lien à la terre et à l'histoire.

Derrière elle, Wyatt ferma la porte et la pièce devint plus sombre encore. Lorsqu'il s'avança vers elle, elle sentit son cœur s'accélérer. Elle n'avait pas peur de lui et pourtant il était dangereux. Il lui briserait bientôt le cœur, elle le savait.

Sa voix sortit de la pénombre.

— Où veux-tu dormir ?

— Là-haut, répondit-elle. Dans le lit. Avec toi.

— Rien ne t'y oblige, dit-il.

— Je sais. Mais j'en ai envie. Je te veux. Si tout ce qui nous reste est cette dernière nuit, je tiens à emporter ce souvenir avec moi. Fais-moi l'amour, Wyatt.

Wyatt lui prit la main et la posa contre son torse. Sous ses doigts, elle sentit son cœur battre à grands coups réguliers.

— Tu vas me manquer lorsque tu partiras.

— Tais-toi, dit-elle, et embrasse-moi.

Quand il captura ses lèvres pour un baiser affamé et possessif, elle noua les bras autour de son cou. Submergée par de délicieuses sensations, elle oublia tout ce qui n'était pas Wyatt.

Très vite, le feu de la passion l'emplit d'un désir ardent. Les mains de Wyatt glissèrent sur le bas de son dos, l'attirant contre lui. Lorsqu'elle sentit son érection, elle se remémora leur dernière étreinte et poussa un gémissement.

Elle avait besoin de la chaleur de sa peau pour se réchauffer, elle avait besoin de ne faire de nouveau qu'un avec Wyatt pour respirer pleinement.

Comme elle desserrait son ceinturon, Wyatt la prit par les poignets.

— Cette fois, ce ne sera pas une course folle, dit-il.

— Non ? Ce sera quoi, alors ?

— J'ai envie de m'amuser, répondit-il en lui mordillant l'oreille. De prendre mon temps. Je vais explorer chaque parcelle de ton corps encore et encore. Parce que j'adore ça.

À ces mots, elle frissonna d'anticipation.

Everly était habituée à l'action et elle voulait toucher Wyatt partout. Pourtant, elle éprouva un indéniable plaisir à être caressée par une main qui prenait son temps.

Il lui inclina la tête en arrière pour qu'elle ne puisse que le regarder. Ses yeux sombres étaient emplis d'un feu qui la brûlait à l'intérieur.

— Ne bouge pas, dit-il en s'éloignant. Tu es si belle.

Elle se sentait belle. Et désirable. Et impudique.

— Embrasse-moi, répéta-t-elle.

— Belle et arrogante, dit-il en riant.

— Préfèrerais-tu que je sois douce et timide ?

— Certainement pas, répondit-il. Mais je t'ai dit de rester là.

— Chercherais-tu à prendre le pouvoir ? Le contrôle ? Ou ne fais-tu que me taquiner, Wyatt ?

— Cela te dérangerait-il si c'était le cas ? demanda-t-il.

Elle lui prit la main.

— Viens, dit-elle en l'entraînant vers l'escalier. Fini de jouer. Passons aux choses sérieuses.

Wyatt laissa Everly le conduire à l'étage. Il aimait qu'elle mène la danse, même s'il rêvait de la déshabiller en prenant tout son temps. Pour lui, prendre son temps n'était pas une question de pouvoir, comme elle l'avait suggéré. Wyatt voulait seulement faire durer le plaisir. Parce qu'il savait qu'au matin il ne lui resterait que des souvenirs.

Il faisait sombre en haut des marches et Wyatt guida Everly dans la chambre. Il fit passer son pull par-dessus sa tête. Son soutien-gorge était noir, tout en dentelle et en soie – une preuve de la nature sensuelle et sexy d'Everly.

Le lui dégrafant d'un geste, il exposa ses seins. Chaque mamelon était un bourgeon parfait. Wyatt baissa la tête pour en suçoter un. Elle poussa un petit cri de joie. Mon Dieu, il allait exploser si elle ne s'arrêtait pas. Elle s'accrocha à ses épaules, ses ongles s'enfonçant dans le tissu de sa chemise et creusant sa chair. Il comprit qu'Everly était aussi perdue que lui dans la passion et il en éprouva un sentiment de puissance.

Elle haletait.

— Wyatt, viens en moi. Maintenant. Je te veux.

— Je prends mon temps, dit-il.

Elle sortit sa chemise de son pantalon et la lui retira. Elle pressa sa paume contre son torse.

— J'ai faim de ta peau contre la mienne. J'ai envie de toi.

Wyatt n'était plus capable d'ignorer le désir ardent d'Everly. Mais il ne s'agissait plus seulement de sexe.

Lorsqu'ils étaient ensemble, il voulait être meilleur – devenir le genre d'homme qu'elle méritait.

Était-il possible de tomber amoureux si rapidement et si intensément ? Ils se connaissaient depuis quelques jours à peine !

La soulevant du sol, il la porta sur le lit. Il lui enleva ses bottes, prenant un moment pour lui masser les pieds. Puis il la déshabilla.

Et elle était là. Sa déesse en culotte de dentelle noire.

Wyatt rêvait de s'enfoncer profondément en elle, de s'y noyer.

— Wyatt ? demanda-t-elle, un petit sourire au coin des lèvres. À quoi penses-tu ?

Au lieu de lui faire une déclaration d'amour, il résolut de lui dire la vérité.

— Je te veux, Everly Baker. C'est un besoin. Une faim. Une soif. Impérieuses.

— Alors, qu'attends-tu ?

Wyatt se déshabilla en un clin d'œil. Dans un tiroir, il trouva un préservatif et l'enfila.

— J'adore ta petite culotte, elle est très sexy, mais je vais te la retirer maintenant.

S'en chargeant elle-même, Everly la fit descendre lentement sur ses cuisses, le long de ses jambes avant de la balancer par terre du bout du pied.

Comme un fauve, Wyatt se jeta sur elle. Il glissa la main sur sa grotte secrète et y mit un doigt. Elle gémit. Elle était proche de l'orgasme, il le savait. C'est drôle, ce n'était que leur deuxième fois et déjà il lisait en elle comme dans un livre ouvert.

Posant ses jambes sur ses épaules, il plongea la tête entre ses cuisses. Il aimait la goûter, la savourer. Elle gémit doucement puis de plus en plus fort et, soudain, elle se mit à crier.

— Wyatt. Wyatt. Wyatt.

Wyatt ne pouvait plus se contenir. Il avait trop envie de se fondre en elle, de se perdre dans la chaleur de son ventre de femme. Le cœur battant à tout rompre, il se plaça entre ses jambes et, d'un coup de reins, il la pénétra. Puis il se mit à aller et venir, de plus en plus vite, de plus en plus fort, l'entraînant vers le ciel. Elle jouit une nouvelle fois. Il accéléra encore, le visage en sueur. Foudroyé à son tour, il s'effondra sur Everly. Elle était douce et parfumée, et parfaite en tout point.

Il chercha les mots justes pour le lui dire… Mais lui dire quoi ? Qu'il avait changé au cours de ces trente-six dernières heures ? Oui, c'était exactement ça. D'une certaine manière, il était devenu meilleur pour l'avoir connue. Même si leurs chemins ne faisaient que se croiser, elle lui manquerait quand elle serait loin.

Mais les mots lui échappaient. Aussi murmura-t-il :

— Je reviens tout de suite.

Dans la salle de bains, il se lava le plus vite possible. Il n'avait pas besoin de lumière pour voir qu'Everly occupait maintenant une place importante dans sa vie.

Qu'est-ce qui le retenait à Pleasant Pines ? Il aimait cette vieille ferme mais il n'avait jamais fini de déballer ses cartons. Il n'avait pas de travail. Pas d'amis. Et aucun lien avec la communauté locale.

Il s'était servi de Gus comme excuse mais, en réalité, l'animal pourrait s'adapter à un nouvel environnement. Wyatt avait peut-être besoin d'un changement – et il était donc logique qu'Everly soit le catalyseur pour un nouveau départ. Pieds nus, il retourna dans sa chambre. Everly était allongée sur le côté, un bras sous la tête. Ses yeux étaient clos et sa respiration profonde. Il tendit la main vers son épaule, pour la secouer légèrement et lui dire qu'il était d'accord pour partir avec elle à Chicago, pour tenter l'aventure d'une vie à deux.

Pourtant, il se l'interdit. Après avoir perdu son frère,

après avoir été attaquée deux fois, après l'avoir aidé à démasquer Larry avant de découvrir l'assassin d'Axl pendu à une corde, elle était épuisée.

Il se mit dans le lit à côté d'elle, se calant derrière elle, la nichant contre son torse. Il passa son bras autour de sa taille, et elle remua dans son sommeil. Il prit sa main, mêlant leurs doigts.

Il y avait quelque chose d'intense à s'emboîter comme des cuillères avec Everly, à la sentir dans ses bras, leurs mains jointes, à avoir le nez dans ses cheveux, à s'enivrer de son parfum. C'était une émotion incroyable. Plus qu'une joie, presque le bonheur. C'était comme le calme après une tempête. Avec Everly, il deviendrait heureux, apaisé, il le savait.

Il se promit de lui dire dès son réveil qu'il avait envie d'un avenir avec elle.

12

Wyatt s'endormit rapidement. Dans un rêve empli de brouillard, il se tenait devant une porte fermée. En la poussant, il découvrait le cadavre de Larry, pendu au plafond d'une cuisine de restaurant. Son corps se balançait doucement, comme poussé par une brise légère. Ses yeux étaient clos. La pièce était silencieuse, à l'exception du grincement régulier de la corde contre le crochet.

Il s'approchait pour examiner les doigts gonflés et égratignés du mort. Mais soudain, la main du cuisinier lui saisissait le poignet d'un geste brusque. Paniqué, Wyatt tentait de se libérer de son emprise mais les doigts glacés le serraient avec force.

Le cadavre avait maintenant les yeux ouverts et il lui parlait d'un ton agressif :

— Tout était sous votre nez et vous n'avez rien vu. Comment avez-vous pu passer à côté ? Allez-vous enfin prendre la peine de regarder, de regarder vraiment ?

Wyatt tirait frénétiquement sur son bras, cherchant à tout prix à lui échapper, mais ses efforts semblaient vains. Le mort le tenait d'une main de fer. Enfin, Wyatt parvenait à lui soulever un doigt puis un autre, jusqu'à ce que le cadavre finisse par le lâcher. Wyatt trébuchait alors en arrière et s'effondrait sur des étagères métalliques. Des casseroles et des poêles tombaient avec fracas sur le carrelage.

Ce bruit se mua en sonnerie et Wyatt se réveilla en

sursaut. Comme il se frottait le visage en tremblant, il s'aperçut qu'il était en sueur.

Everly dormait toujours à côté de lui. Il lui caressa doucement le bras. Il mourait d'envie de la réveiller d'un baiser.

Comme la sonnerie se faisait de nouveau entendre, il comprit qu'il ne s'agissait pas d'un rêve mais de son portable.

Avec un juron, il rejeta les couvertures pour se lever dans le froid.

Everly remua dans son sommeil. Wyatt ramassa son pantalon qui gisait par terre et sortit son smartphone d'une poche.

Il prit l'appel tout en s'éloignant.

— Allô ! chuchota-t-il, l'appareil coincé entre sa joue et son épaule tandis qu'il enfilait son jean.

— Wyatt, c'est Davis. Je suis désolé de t'appeler si tôt mais j'ai des infos et j'ai pensé que tu voudrais les entendre au plus vite.

Wyatt descendit l'escalier et alluma une lampe sur son bureau. Il tira un bloc de papier et un stylo d'un tiroir.

— Bien sûr, dit-il. Je t'écoute.

— Je suis allé à l'ancienne résidence de Larry et je suis tombé sur un locataire qui se souvenait de lui. Il m'a raconté que, peu de temps après l'emménagement de Larry, deux étages au-dessus de lui, son chat s'était volatilisé comme par enchantement. Il a toujours soupçonné Larry d'être responsable de cette disparition et voilà pourquoi il n'avait pas oublié son nom et l'a reconnu sur la photo que je lui ai montrée.

— Le chat s'était peut-être fait écraser par une voiture ou croquer par un coyote…

— Bien sûr. Même s'il suspectait Larry, le voisin savait que beaucoup d'autres raisons pouvaient expliquer le brusque évanouissement dans la nature de son matou.

Il en a adopté un autre. Un jour, il a surpris Larry en train d'essayer de l'attirer dans un coin puis le second chat a disparu à son tour.

— Les tueurs en série font souvent preuve de cruauté envers les animaux avant de s'attaquer aux humains, dit Wyatt.

— C'est exactement ce que j'ai pensé. Je suis donc allé voir le gérant de la résidence pour lui demander l'autorisation de fouiller l'ancien appartement de Larry.

De toute évidence, Davis avait reçu l'autorisation et il avait trouvé quelque chose d'intéressant, sinon il ne l'appellerait pas avant l'aube. Mais il restait silencieux.

Wyatt attendit un moment avant de lancer :

— Tu es toujours là ?

— Tu sais, Wyatt, je travaille aux Homicides à Las Vegas depuis sept ans. J'ai vu une myriade de meurtres, de crimes affreux, beaucoup d'horreurs.

— J'imagine, oui, répondit Wyatt. Tu dois être blindé.

— Et pourtant, ce que j'ai découvert m'a rendu malade. Rien que d'y penser, j'en ai la nausée.

— Qu'y avait-il ?

— Il y avait un compartiment secret, un espace caché derrière un mur. Il était rempli de chats morts, il y en avait des dizaines.

— Des chats ? Même dissimulés derrière une cloison, ils auraient dû puer en se décomposant. Pourquoi est-ce que personne n'a été importuné par l'odeur ?

— Parce qu'ils étaient momifiés. Comme les pharaons d'Égypte dans les pyramides. Mais ce n'est pas tout. Au milieu de ces chats, j'ai trouvé des trophées correspondant à toutes les victimes de Las Vegas.

Davis continuait de parler, lui détaillant les objets en question, mais Wyatt ne l'écoutait plus que d'une oreille distraite. Combien de morts Larry avait-il sur la conscience ? Et Wyatt, qui se prenait pour un expert, ne l'avait jamais soupçonné de rien…

— Il faut que je te dise, lança Wyatt, interrompant Davis. Larry Walker s'est suicidé. Lorsque nous sommes venus l'arrêter, il s'était pendu. Il a laissé une lettre avouant certains meurtres, sans être très précis. Et surtout, nous avons trouvé dans son portefeuille une liasse de demi-billets de deux dollars. Cinq d'entre eux correspondent à ceux découverts sur les cinq hommes morts de froid à Pleasant Pines.

— Larry Walker s'est suicidé ? répéta Davis. Personne ne m'en a parlé.

— Le shérif du coin nous a demandé de garder l'affaire secrète tant qu'il n'a pas contacté toutes les familles. J'imagine que le FBI finira par récupérer le dossier.

— Pourras-tu prier la personne qui s'en chargera, quelle qu'elle soit, de m'appeler ? Je n'ai toujours pas l'identité de la colocataire de Larry Walker.

— Il avait un colocataire ?

Surpris, Wyatt écrivit le mot sur un papier et il l'entoura plusieurs fois.

La plupart des tueurs en série étaient des solitaires. Ils avaient évidemment besoin de tranquillité pour mener à bien leurs activités meurtrières.

— *Une* colocataire, corrigea Davis. Il s'agissait d'une femme.

— Une femme ? En es-tu sûr ?

Que Larry ait vécu avec une femme semblait plus qu'étonnant à Wyatt. Encore une particularité à ajouter à une longue liste d'éléments qui n'avaient aucun sens à ses yeux.

— Le voisin aux chats m'a parlé d'une colocataire, oui.

— Et le gérant ne connaissait pas son nom ?

— Il a pris ses fonctions après le départ de Larry.

— D'après toi, cette femme était-elle complice de Larry ? Ou sa victime ?

— Je n'en sais trop rien, répondit Davis.

— J'aimerais que tu me rendes deux services, vieux. D'abord, ne dis à personne que Larry est mort ni que nous le soupçonnons d'être l'auteur de ces meurtres en série.

— Vous le *soupçonnez* ? Les chats momifiés et les trophées font de lui un peu plus qu'un suspect, non ?

Ignorant le commentaire de son ancien collègue, Wyatt poursuivit :

— Deuxièmement, demande au voisin de décrire cette colocataire à un dessinateur spécialisé de façon à obtenir un portrait-robot.

— Je l'ai déjà fait, répondit Davis. Et je l'ai introduit dans les banques de données dans l'espoir de déclencher une correspondance. Mais cela n'a rien donné.

Wyatt jura.

— Même sans l'identité de cette colocataire, tu as découvert beaucoup de choses. Merci encore pour tout.

— De rien, dit Davis avant de mettre fin à l'appel.

Wyatt se frotta le visage. Le manque de sommeil lui brûlait les yeux. Il avait mal au dos après avoir roulé avec Larry sur les gravillons du parking. Pour la première fois, il remarqua qu'il avait les bras et les mains égratignés.

Le plancher craqua derrière lui et Wyatt se retourna. Everly se tenait en bas de l'escalier. Elle avait enfilé sa chemise dont elle avait retroussé les manches. Ses longues jambes étaient nues et ses cheveux auburn cascadaient sur ses épaules.

— Je me suis réveillée et tu étais parti, dit-elle.

— Désolé. J'ai reçu un appel de Davis. Il est allé fouiller l'ancien appartement de Larry. Il a trouvé un espace caché derrière un mur… rempli de chats momifiés.

— Quelle horreur !

— Et de trophées, des effets personnels des victimes de Las Vegas, ajouta Wyatt.

— Je sais que tu avais émis des réserves à propos de Larry, qui ne ressemble pas aux tueurs en série classiques. Mais là, les preuves contre lui s'accumulent et l'accablent, non ?

Wyatt relut les notes qu'il avait griffonnées pendant cet échange téléphonique. Il se souvint de son cauchemar avec Larry. Quelque chose ne collait pas.

Il regarda Everly.

— Tu as raison. Tout semble le désigner comme coupable. Alors, pourquoi est-ce que je n'arrive pas à me débarrasser du sentiment qu'il y a autre chose ? Et que nous passons à côté depuis le début ?

Everly observait Wyatt. Même à distance, elle devinait les tensions qui l'habitaient. Elle avait envie de lui masser les épaules, de libérer ses muscles de ce qui les raidissait. Mais là, dans la lumière froide du matin, elle ne savait pas comment faire.

— Qu'est-ce qui ne va pas ? demanda-t-elle.

— Nous passons à côté de quelque chose, je le sens.

— Tu ne cesses de le répéter mais que te faut-il de plus ? Larry avait un casier judiciaire long comme le bras, il était cruel envers les animaux, plusieurs éléments le relient aux victimes. Il est même passé aux aveux avant d'en finir. Cela ne te suffit pas ?

Les yeux de Wyatt brillèrent de colère. Il se tourna vers le bureau.

— Si, si. Cela me suffit.

— On ne dirait pas.

— Laisse tomber, Everly. Tu es peut-être très douée pour convaincre les médias mais, avec moi, tu as du mal.

— Parce que, pour toi, mon métier consiste à manipuler les médias, à influencer leurs reportages ?

— Ai-je tort ?

— Complètement, répondit-elle. Mais ce n'est pas le problème. Le problème, c'est toi et ton incapacité à considérer cette enquête comme terminée.

Wyatt se leva et commença à faire les cent pas.

— Que veux-tu que je te dise ? Que j'ai tout perdu parce que je n'ai pas réussi à capturer un tueur en série ? Et que, maintenant qu'il a été identifié, je devrais, d'un claquement de doigts, être capable de revenir à la normale ? Cela fait si longtemps que je suis déboussolé que je ne me souviens plus de ce qu'est une vie normale.

— Je n'y crois pas une seconde, dit Everly.

— Et tu sais pourquoi tu n'y crois pas ? Parce que tu t'es persuadée que tu allais me reconstruire, me réhabiliter et relancer ma carrière. Cette idée te plaît beaucoup et tu me vois très bien partageant ta vie à Chicago. Nous formerions un couple puissant, envié, et cette perspective te fait fantasmer. Et tu ne te rends même pas compte que ce rêve est le tien et certainement pas le mien. Je n'ai aucune envie de cette existence.

Il arrêta de faire les cent pas pour se tourner vers elle.

— Aucun tueur en série n'a jamais été attrapé par hasard, sur un coup de chance. Un tueur en série est méthodique et prudent. Nous sommes tombés par hasard sur un suspect, Larry. Que tout l'accuse nous arrangeait bien. Mais en réalité, cette affaire n'a jamais été résolue. Il reste beaucoup de zones d'ombre, de nombreuses incohérences et, pour ma part, je ne suis pas du tout convaincu de la culpabilité de Larry.

Everly avait tellement envie de crier qu'elle en avait mal. Mais refusant de se laisser emporter par la colère, elle inspira profondément pour se calmer.

— Au départ, c'est moi qui soutenais que la mort d'Axl

n'était pas accidentelle, lui rappela-t-elle. Je t'ai forcé à enquêter sur cette affaire et, pour finir, tu as compris ce qui s'était passé. Quel est le problème ?

— Personne ne me force jamais à faire quoi que ce soit ! répliqua-t-il.

Gus poussa un petit jappement plaintif. Il se tenait près de la porte d'entrée qu'il gratta.

Everly se sentait épuisée. Elle ne parvenait plus à faire face aux événements des derniers jours : la mort de son frère, le meurtre, l'enquête…

— Ton chien a besoin de sortir, dit-elle.

Le soleil commençait à poindre derrière les montagnes Rocheuses, embrasant le ciel de rouge et d'orange. Everly observa Wyatt à la dérobée. Elle mourait d'envie de le rejoindre, de tomber dans ses bras, de lui dire qu'elle était désolée d'être si dure.

Pourtant, pourquoi le ferait-elle ?

Elle était entrée par hasard, par effraction, dans la vie de Wyatt. Même si elle avait cru au départ qu'il pourrait l'aider à éclaircir les circonstances de la mort d'Axl, elle avait vite compris qu'il était bien davantage qu'un enquêteur.

Intelligent, courageux, prudent, mais toujours passionné, il ne ressemblait à aucun des hommes qu'elle avait rencontrés.

Gus gratta de nouveau la porte.

— Je m'habille, vieux, dit Wyatt, et je t'emmène faire une promenade.

Il s'approcha de l'escalier, de là où se tenait Everly. Leurs yeux se croisèrent.

— Je vais m'absenter un bon quart d'heure, dit-il. Seras-tu là à mon retour ?

Était-ce une invitation à rester ? Ou une façon pas très subtile de lui demander de partir ? En fin de compte, cela n'avait pas d'importance. Everly était venue à Pleasant

Pines dans un seul but : découvrir ce qui était vraiment arrivé à son frère. Pas tomber amoureuse.

Elle secoua la tête.

— Il vaut sans doute mieux que je retourne en ville. Je ne sais pas s'il est compliqué de transporter un cadavre à l'autre bout du pays mais je suis sûre qu'il y a des dispositions à prendre.

— Si tu m'attends, dit Wyatt, je t'accompagnerai.

Oui, cria le cœur d'Everly. *Dis oui.*

Elle détourna le regard.

— Tu as déjà beaucoup fait pour moi.

Craignant qu'il ne prenne sa sincérité pour du sarcasme, elle ajouta :

— Honnêtement, sans toi, je n'aurais jamais su ce qui était arrivé à mon frère.

— C'est ce qui me préoccupe, dit Wyatt. Nous ne savons toujours pas ce qui s'est passé, ni pourquoi. Tout ce que nous avons est un suspect.

Elle ignorait toujours si Wyatt considérait Larry comme le tueur ou non. Elle décida de ne plus l'interroger.

— Le savoir coupable me suffit, dit-elle.

Gus aboya, cette fois avec force, à la porte.

— L'histoire n'est pas finie, dit Wyatt. Larry Walker a été piégé pour avoir l'air coupable. Mais il ne l'était pas. Quelqu'un lui a fait porter le chapeau, j'en suis certain.

— Si ce n'est pas Larry, demanda-t-elle, alors qui ?

Les mains dans les poches, il secoua la tête.

— Je n'en suis pas sûr. Je suis désolé de t'avoir crié dessus. De toute évidence, nous ne parviendrons pas à nous mettre d'accord.

Everly ne savait pas quoi dire.

Gus grattait la porte.

— Je dois sortir mon chien.

— Vas-y, dit-elle.

— Seras-tu là quand je reviendrai ? demanda-t-il.

— Non.

— C'est sans doute préférable.

Et sur ces mots, il partit.

Restée seule dans la maison de Wyatt, Everly sentait les larmes brûler ses paupières. Ravagée par un indicible chagrin, elle se demanda ce qu'elle devait faire.

Et si elle courait rejoindre Wyatt, maintenant ? Et si elle lui disait que tomber amoureuse de lui avait été à la fois inattendu et effrayant ? Rien ne leur garantissait d'être heureux mais il s'était passé quelque chose entre eux, ils le savaient tous les deux. Ne devraient-ils pas tenter de trouver le bonheur ?

Elle se rendit compte alors que, quel que soit le sujet, ils étaient incapables de discuter sans se disputer. Même le meurtre de son frère, qui les avait réunis au départ, était devenu une source de conflits.

Elle comprit qu'elle avait laissé passer sa chance avec lui.

Wyatt se doutait qu'Everly serait partie quand il reviendrait. Elle le lui avait dit. Pourtant, il espérait toujours qu'elle changerait d'avis. Mais lorsqu'il rentra chez lui et vit que sa voiture n'était plus là, un grand vide emplit sa poitrine.

Pourquoi s'en souciait-il ? Il ne connaissait Everly que depuis quelques jours. Il devait se féliciter qu'elle soit partie. Il allait pouvoir retrouver sa tranquillité, sa chère solitude. Curieusement, à présent, il renâclait à l'idée de regagner une maison où personne ne l'attendait.

Gus renifla le sol où avait été garée sa voiture. Il regarda Wyatt et gémit.

— Je sais, dit Wyatt. Nous ne sommes plus que tous les deux.

Wyatt entra chez lui. Son refuge lui faisait maintenant l'effet d'une prison. Il se dirigea vers le fauteuil près de la fenêtre où ils avaient fait l'amour et il s'y assit pour contempler les montagnes. Pour la première fois depuis des années, Wyatt se retrouvait sans but dans la vie.

Gus était assis au milieu de la cuisine.

— Tu veux ton petit déjeuner ? demanda Wyatt.

Le chien battit de la queue en signe d'accord.

Wyatt versa des granulés dans une gamelle et la posa sur le sol. Lui-même devrait prendre quelque chose – il n'avait rien mangé depuis vingt-quatre heures mais son appétit s'était envolé. Appuyé contre le comptoir, Wyatt se souvint qu'il devait transmettre au shérif Haak les informations qu'il avait obtenues de Davis.

Après tout, peut-être que tout le monde avait raison et lui tort. Peut-être que Larry Walker était vraiment coupable. Après tout, ce ne serait pas la première fois qu'il commettrait une erreur.

Il s'installa à son bureau, alluma son ordinateur et rédigea un mail. Après avoir frappé la touche « Envoi », il s'adossa à son fauteuil. Ses yeux étaient attirés par la clé USB contenant toutes les informations sur les victimes.

En supposant que Larry Walker soit vraiment coupable, Wyatt avait fatalement raté quelque chose à Las Vegas. Pourquoi le nom de Larry Walker n'était-il jamais apparu au cours de l'enquête ? L'objectif principal d'Everly était de découvrir qui avait tué son frère – pas d'examiner la psyché de Larry, pas de découvrir ce qui l'avait poussé à commettre tous ces meurtres – mais Wyatt avait besoin de comprendre.

Il inséra la clé USB dans son ordinateur et commença à ouvrir tous les fichiers.

Il se rappela la raison initiale pour laquelle ils avaient soupçonné le croupier du casino : l'intérêt intense – et donc suspect – de cet homme pour l'affaire. En fait, ils avaient retrouvé son visage sur plusieurs clichés pris lors de conférences de presse.

Larry Walker faisait-il partie de ces foules, lui aussi ?

Il avait une douzaine de photos, prises à différents moments de l'enquête, et il les imprima toutes. Ensuite, il les scruta avec attention, cherchant sur chacune le visage de Larry Walker. Il ne le trouva nulle part.

Changeant de tactique, il commença par la première victime de Las Vegas – celle qui était liée à Larry via leur résidence.

Puisqu'une altercation, apparemment sans conséquence, avait conduit Larry à tuer Axl Baker, cet homme s'était-il, lui aussi, disputé avec Larry ? Une polémique entre eux avait-elle déclenché une colère meurtrière chez Larry ? Et si oui, de quelle utilité cette information serait-elle pour Wyatt après toutes ces années ?

Il avait les transcriptions des messages vocaux de la victime envoyés ou reçus ainsi que celles de ses textos. Il les relut, même si chaque message avait été scrupuleusement examiné cent fois, et si la moindre allusion à un quelconque différend aurait tout de suite été considérée comme suspecte.

Au bout d'une demi-heure, il n'avait rien.

Assis à son bureau, il se pinça le haut du nez.

Gus était allongé au milieu de la pièce. Il leva la tête et le regarda avant de se rendormir.

Reportant son attention sur l'ordinateur, Wyatt ouvrit le compte du réseau social enregistré pour la victime numéro un. Il connaissait tous les clichés avant de les passer en revue. Il avait vu cent fois les visages souriants de ces gens heureux, souvent avec un verre à la main. Les noms des personnes figuraient sur les photos.

La première était un selfie en gros plan de la victime, vêtue d'une chemise bleu marine. Wyatt l'agrandit afin qu'elle remplisse l'écran. Dans le coin inférieur gauche se trouvait un détail qu'il n'avait pas remarqué auparavant. Ce qui semblait être l'épaule de la victime était en réalité le sommet d'une tête avec des cheveux bruns. Wyatt l'examina de plus près et fronça les sourcils.

Une femme ? Pour le moment, il était en droit de le supposer.

Le cliché avait été pris de nuit, comme en témoignait l'obscurité environnante. Derrière l'homme en bleu marine se trouvait un mur sur lequel était accrochée une pancarte. Quelques mots seulement étaient visibles mais ils étaient suffisants pour deviner le texte entier :

BAIGNADE INTERDITE APRÈS MINUIT. PAR ORDRE DES COPROPRIÉTAIRES DES JARDINS DU GRAND CANYON.

Le cœur de Wyatt s'accéléra dans sa poitrine. Il avait maintenant la preuve que la photo avait été prise dans la résidence de Larry. La victime se trouvait donc alors à proximité de son meurtrier présumé.

Sa véritable interrogation concernait la femme dont il devinait la présence sur la photo. Avait-elle été effacée parce qu'elle n'avait rien à faire sur ce selfie et qu'elle était passée par hasard au moment où il avait été pris ? Ou avait-elle effectivement figuré sur le cliché et été retirée par la suite ?

La feuille de papier sur laquelle Wyatt avait pris des notes en écoutant Davis se trouvait toujours sur un coin du bureau. Deux mots étaient encerclés. *Colocataire* et *Femme*.

Cette mystérieuse inconnue sur le cliché avec la victime numéro un était-elle la colocataire de Larry ? C'était peu probable, bien sûr. Mais parfois, une faible probabilité permettait de remporter le jackpot. Wyatt songea immédiatement à un scénario possible. Larry avait des antécédents de violence à l'égard des femmes. À Las Vegas, il avait vécu avec *une* colocataire, avec une femme.

Et si les victimes n'avaient pas été en contact avec

Larry mais avec sa colocataire ? Larry aurait pu être un petit ami jaloux ou, pire, méprisé. Il savait qu'il s'avançait beaucoup. Pourtant, il était prêt à parier là-dessus.

Il regarda la photo de la victime numéro un. Des cheveux châtain clair, des yeux bleus, un sourire éclatant. Ouvrant une autre fenêtre sur son ordinateur, il lança une recherche sur Axl Baker. Il tomba sur son site web professionnel. Un portrait d'Axl vérifiant son appareil photo y figurait en première page.

Des cheveux châtain clair, des yeux bleus, un sourire éclatant. Les deux hommes se ressemblaient beaucoup et, de plus, ils étaient le genre de gars qui plaisaient aux femmes. Wyatt savait que tous les autres étaient aussi beaux, avaient le même âge, la même couleur de peau et d'yeux.

Il se souvint alors des chats. Et des trophées des meurtres passés, avec une liste de tout ce que Davis avait trouvé.

Il tapota son bureau de son stylo.

Les tueurs en série avaient des rituels, il le savait. Ils faisaient les choses pour une bonne raison – et ces raisons étaient immuables. Si Larry avait conservé les effets personnels de ses victimes à Las Vegas, pourquoi ne l'avait-il pas fait à Pleasant Pines ? Pourquoi avait-il modifié son mode opératoire ?

Il avait passé son appartement de Pleasant Pines au crible, la veille au soir, avec le shérif. Il n'y avait pas d'espace caché. Rien ne liait Larry aux victimes de Pleasant Pines ou d'ailleurs.

Là encore, ce n'était pas la bonne question. Larry Walker ne correspondait pas au profil type d'un tueur en série parce qu'il n'en était pas un. Il avait été piégé pour être désigné comme tel. Mais par qui ?

Si l'instinct de Wyatt était juste, cela signifiait que le véritable tueur était toujours en liberté à Pleasant Pines. Et que personne – et surtout pas Everly – n'y était en sécurité.

13

Le soleil se levait et, de rouge orangé, le ciel devenait bleu. Tout en roulant vers Pleasant Pines, Everly se sentait épuisée émotionnellement mais elle était consciente d'avoir encore beaucoup à faire pour rapporter le corps de son frère à la maison.

À l'aide de son smartphone, elle contacta une compagnie aérienne afin d'organiser le rapatriement du cercueil d'Axl. Elle appela ensuite une entreprise de pompes funèbres de Cheyenne et les chargea de la mise en bière et du transport d'Axl jusqu'à l'aéroport. Lorsqu'elle raccrocha, il était 7 h 15. Elle avait encore plusieurs tâches à accomplir avant de quitter la ville.

D'abord, elle devait passer au bureau du shérif pour qu'il lui remette les documents officiels lui permettant de récupérer le corps d'Axl. Mais elle doutait que Haak soit déjà à son poste, ce qui lui donnait un peu de temps. Pour affronter cette journée, elle avait besoin d'un bon petit déjeuner. Comme elle s'engageait dans la rue principale, elle vit le restaurant où Wyatt l'avait invitée l'autre jour, le Sally's On Main.

Elle essaya de ne pas penser à Wyatt se régalant d'une délicieuse tarte aux pommes mais ce souvenir la fit sourire, malgré elle.

Elle se gara et entra dans l'établissement. S'attablant au fond de la salle, elle prit la carte.

Sally, la serveuse, s'approcha, une cafetière à la main.

— Un café ? demanda-t-elle.
— S'il vous plaît.
— Que puis-je vous servir d'autre ?
— Deux œufs brouillés, des toasts et un jus d'orange, dit-elle.
— Il y avait du mouvement à l'hôtel, hier soir. Savez-vous quelque chose à ce sujet ?
— Trop, répondit Everly.
— Wyatt va-t-il venir vous rejoindre ? Cela fait plaisir de le voir sortir avec une femme. Il est trop seul, ajouta-t-elle.
Everly se demanda comment elle devait prendre le fait que Sally les croie en couple.
— Non, je me restaure seule et je rentre ensuite à Chicago.
— Eh bien, j'espère que vous reviendrez bientôt.
Everly sourit.
— Merci.
Pleasant Pines n'était peut-être pas aussi animée que Chicago mais la gentillesse des habitants compensait largement l'absence de musées, de cinémas et de magasins.
Leur sens de la communauté était rare. En plus de Wyatt, Everly était-elle tombée amoureuse du Wyoming ?
Peut-être y avait-il un terrain d'entente pour eux, après tout. Peut-être n'avaient-ils pas besoin de choisir entre une vie paisible à la campagne et une existence trépidante dans une grande ville. Après un instant de réflexion, elle sortit son smartphone de son sac. Elle l'avait quitté sans un au revoir, ni même un merci. Elle devait l'appeler.
Sans plus réfléchir, elle composa son numéro mais elle tomba directement sur sa messagerie vocale.
— Wyatt, c'est moi… Je m'en veux de la façon dont les choses se sont terminées entre nous. Je regrette d'être partie comme une voleuse. J'ai un avion pour Chicago,

cet après-midi, mais je reste à Pleasant Pines jusqu'à ce que le corps d'Axl me soit rendu.

Everly poussa un gros soupir avant d'ajouter :

— Si tu reçois ce message… Eh bien, j'aimerais te voir avant de m'en aller. Je suis chez Sally.

Everly mit fin à l'appel comme Sally lui apportait son petit déjeuner.

Une fois son repas terminé, elle consulta son téléphone. Wyatt n'avait ni rappelé ni envoyé de SMS. Elle ne savait même pas s'il avait écouté son message. Peut-être l'avait-il entendu mais n'avait-il pas eu envie d'y donner suite. Peut-être ne souhaitait-il pas qu'elle reste dans le Wyoming. Si c'était le cas, mieux valait quitter la ville au plus vite.

Mais avant de plier bagage, elle devait encore rencontrer le shérif. Une fois le corps de son frère pris en charge par les pompes funèbres, elle retournerait à Chicago. Elle partait mais elle se doutait que les souvenirs de Pleasant Pines – et de Wyatt en particulier – resteraient gravés dans sa mémoire.

— Savez-vous à quelle heure le shérif Haak se rend à son bureau, le matin ? demanda Everly à Sally.

— En général, il n'arrive pas avant huit heures et demie.

Everly jeta un coup d'œil à l'horloge. Elle avait presque une heure à patienter.

Sally semblant tout savoir sur tout le monde, elle poursuivit :

— Avez-vous une idée de l'heure à laquelle Darcy Owens commence son travail à l'hôtel ?

— Vers 10 heures. Je le sais parce qu'elle s'arrête souvent pour boire un café avant de prendre son service.

Peut-être la gentillesse des habitants avait-elle déteint sur Everly mais elle eut soudain envie de passer remercier Darcy avant de partir.

Une brève recherche sur Internet via son smartphone

lui donna l'adresse de la réceptionniste. Bien sûr, il était tôt, mais, sans Darcy, elle n'aurait jamais soupçonné que Larry s'était disputé avec son frère, elle n'aurait jamais su ce qui était arrivé à Axl. Lorsqu'elle lui aurait exprimé toute sa gratitude du fond du cœur, Everly en aurait fini avec Pleasant Pines et elle n'y reviendrait pas.

Pleasant Pines n'était pas une grande ville mais Everly eut besoin de son GPS pour trouver le pavillon de Darcy Owens. Elle espérait que la réceptionniste ne jugerait pas grossière cette visite impromptue. Après avoir coupé son moteur, elle se rendit devant le jardinet et sonna.

Les rideaux aux fenêtres étaient tirés mais elle devinait des lumières au rez-de-chaussée. Elle attendit mais personne n'apparut. Une berline était garée dans l'allée. Il y avait quelqu'un à la maison, elle en était sûre.

Ouvrant la barrière, elle traversa le jardin pour venir frapper à la porte. Elle s'aperçut alors que celle-ci était entrebâillée.

Elle entendait une voix féminine, faible mais distincte, à l'intérieur. L'invitait-elle à entrer ?

— Darcy ? C'est Everly Baker, cria-t-elle depuis le seuil. Êtes-vous là ?

De nouveau, une femme répondit avec un rire bref.

Everly entra et referma la porte.

— Darcy ? Je ne voudrais pas m'imposer mais je pars pour Chicago dans quelques heures et, avant de quitter la ville, je tenais à vous remercier.

Everly fit quelques pas dans le vestibule recouvert de lino. Il menait à un petit salon.

— Darcy ?

Elle suivit la voix. Comme elle l'avait deviné depuis l'entrée, la personne qui parlait était dans la cuisine. Carrelée de blanc, celle-ci était propre et rangée. Les placards en bois et les rideaux brodés ne manquaient pas de charme, contrairement au poste de télévision sur le réfrigérateur.

Il était allumé et une présentatrice annonçait la météo du jour. Everly comprit que c'était elle et non Darcy qu'elle avait entendue.

Entrer chez quelqu'un sans y avoir été invitée était impoli. Sans doute avait-elle intérêt à se retirer.

C'est alors qu'elle vit l'appareil photo posé sur la table. Elle se sentit blêmir.

D'une main tremblante, elle s'en saisit, le souleva pour regarder ce qui était gravé dessous, sur une petite plaque en laiton.

Pour les 30 ans d'Axl, mon frère chéri.
Immortalise le meilleur de la vie.
Ta sœur qui t'aime.

En un éclair, Everly se remémora la chambre d'Axl à l'hôtel de Pleasant Pines Inn. Cette fois, le souvenir fut parfaitement net. Elle avait entendu du bruit derrière elle, elle s'était retournée. Dans le miroir, elle avait brièvement aperçu une silhouette, une ombre… Celle de Darcy Owens.

— Everly ?

Darcy se tenait sur le seuil de la cuisine, en robe de chambre. Ses cheveux étaient mouillés et elle tenait une serviette-éponge à la main.

Elle avait l'air abasourdie.

— Que faites-vous ici ?

Comme ses yeux se posaient sur l'appareil photo qu'Everly tenait contre elle, son sourire s'envola.

Everly était livide.

— C'était vous, gronda-t-elle. Vous avez tué mon frère. Vous les avez tous tués.

Darcy secoua la tête.

— J'ignore de quoi vous parlez.

— Vraiment ? Eh bien, j'imagine que le shérif Haak voudra savoir ce que l'appareil de mon frère fait chez vous.

Alors qu'Everly se dirigeait vers la porte, Darcy lui bloqua le passage, l'emprisonnant dans la cuisine.

— Je regrette que vous soyez venue ici, Everly. Parce que vous n'en partirez pas vivante.

Après avoir passé le selfie de la victime numéro un sur les réseaux sociaux via plusieurs programmes, Wyatt découvrit quelques points importants. Tout d'abord, la photo avait été retouchée avant d'être diffusée. Malheureusement, avec son matériel, il ne parvint pas à redonner au portrait son apparence originale.

Pour y arriver, il avait besoin d'un ordinateur plus puissant, plus perfectionné, comme ceux de Rocky Mountain Justice.

Il appela Marcus Jones qui répondit à la deuxième sonnerie.

— Wyatt ? Quoi de neuf ?

Wyatt hésita. Marcus était persuadé que Larry Walker était le tueur. Son équipe avait remonté toutes les pistes qui les avaient menés au suspect parfait… qui n'était pas le bon.

Wyatt était terrifié à l'idée de commettre une autre erreur.

— Wyatt ? demanda Jones. Tu es là ?

— Larry n'était pas le tueur. Il a été piégé, quelqu'un lui a fait porter le chapeau.

— Si c'est une blague, dit Marcus, je la trouve de mauvais goût.

— J'aurais aimé plaisanter mais Larry n'est pas notre homme.

Wyatt lui résuma rapidement la découverte de Davis à Las Vegas, le compartiment caché avec, à l'intérieur, des chats momifiés et des trophées des victimes précédentes. Il lui fit remarquer que rien de ce genre n'avait été retrouvé dans l'appartement que Larry avait occupé à Pleasant Pines.

— Les gens changent, dit Marcus. Y compris les cinglés.

— Les tueurs en série sont cohérents. En général, ils suivent toujours le même mode opératoire.

— Mais Larry vivait dans cet appartement, dit Marcus. Et les trophées ont été retrouvés chez lui.

— Selon un voisin de Las Vegas, Larry partageait son logement avec une colocataire, répliqua Wyatt. Aucun nom de colocataire ne figurait sur le bail, nous n'avons donc pas son identité. Nous savons seulement qu'il s'agissait d'une femme.

— Bon sang ! As-tu quelque chose sur elle ?

— J'ai un selfie de la première victime de Las Vegas. La colocataire de Larry est peut-être dessus.

— Cette photo permettrait-elle de l'identifier ?

— Pas en l'état. Elle a visiblement été modifiée.

— Et tu as besoin du matériel de Rocky Mountain Justice pour retrouver la version initiale ?

— Exactement, dit Wyatt.

— Viens tout de suite, alors. Je t'attends.

Wyatt enregistra ce qu'il avait sur sa clé USB et la fourra dans sa poche. Il plaça toutes les photos imprimées dans un dossier avant d'enfiler sa veste à la hâte. Il courut jusqu'à son pick-up, démarra et partit en trombe.

Le cœur serré, Everly comprit qu'elle était prise au piège. Darcy lui bloquait le passage, lui interdisant d'accéder à la seule sortie.

L'appareil photo d'Axl entre les mains, elle fonça sur Darcy comme un taureau, la percutant avec force. Quand la réceptionniste bascula en arrière et s'écroula sur le sol,

Everly se crut sauvée et elle se précipita vers la porte, vers la liberté.

Mais Darcy parvint à lui saisir la cheville et à la faire trébucher. Everly tomba de tout son long sur le plancher. Son menton heurta brutalement le tapis mais, résolue à fuir, elle rampa vers la sortie.

Comme Darcy se jetait de nouveau sur elle, Everly se retourna et la frappa du pied avant de se relever et de se ruer vers la porte. Alors qu'elle posait la main sur la poignée, Darcy l'attrapa par les cheveux pour la tirer en arrière. Malgré la douleur, Everly pivota sur elle-même pour lui envoyer l'appareil photo d'Axl à la tête.

Darcy poussa un hurlement et s'effondra.

Everly courut vers la sortie mais, alors qu'elle l'ouvrait, Darcy claqua la porte, lui blessant la main.

— Tu ne vas nulle part, salope, gronda-t-elle.

Darcy avait l'air d'une bête. Ses yeux étaient injectés de sang.

Everly comprit qu'elle devait quitter cette maison à tout prix si elle ne voulait pas mourir. Avec brusquerie, elle se dégagea et lui asséna un coup si violent que Darcy s'écroula contre une table basse, renversant un service de verres.

Darcy ne se releva pas.

Everly ouvrit la porte et bondit dehors. Elle tremblait si fort qu'elle s'octroya un instant pour recouvrer ses esprits. Elle allait foncer jusqu'à sa voiture et prendre le large. Dès qu'elle serait loin, elle appellerait Wyatt et le shérif pour leur demander de l'aide et leur raconter ce qu'elle avait découvert. Et elle dirait à Wyatt qu'il avait eu raison depuis le début – le véritable tueur se cachait au vu et au su de tous.

Une vive douleur explosa alors le crâne d'Everly. Sa vue se brouilla, ses jambes s'effondrèrent sous elle.

Un voile noir tomba sur ses yeux.

*
* *

Tout en roulant, Wyatt se demandait s'il poursuivait encore une fausse piste qui le mènerait une nouvelle fois à une impasse. Même s'ils arrivaient à récupérer la photo originale, qu'obtiendraient-ils ? Un visage inconnu ? Après s'être garé devant le manoir du Rocky Mountain Justice, il coupa le moteur. Dès qu'il parvint devant, la porte d'entrée s'ouvrit.

Marcus se tenait sur le seuil.

— Les caméras de la rue t'ont repéré et identifié, dit-il.

— La technologie de pointe que vous utilisez est impressionnante, répondit Wyatt. Espérons qu'elle va nous aider avec cette photo.

Il sortit la clé USB de sa poche et la lui tendit.

— J'ai confiance en mon équipe, répondit Marcus. Entre.

Wyatt suivit Marcus dans la maison. Malgré ses nombreux sas de reconnaissance faciale à franchir, la traverser ne prit que quelques instants.

Marcus l'introduisit une nouvelle fois dans la salle de conférences. Trois personnes étaient assises autour de la table. Wyatt reconnut deux d'entre elles. Elles avaient passé la nuit à l'hôtel du Pleasant Pines Inn, dans la cuisine du restaurant, après le suicide de Larry.

Après avoir serré la main des membres de Rocky Mountain Justice, Wyatt s'installa au bout de la table.

Martinez désigna d'un geste une jolie brune d'une cinquantaine d'années :

— Wyatt, voici Katarina, notre experte en communication, qui, espérons-le, réussira à récupérer la photo sous son format d'origine. Katarina, laisse-moi te présenter Wyatt Thornton. Il travaillait il y a quelques années au Département des Sciences comportementales du FBI. Il doute que Larry Walker soit le tueur en série de Las Vegas et de Pleasant Pines.

À quand remontait le dernier briefing auquel avait assisté Wyatt ? C'était à Las Vegas et ils pourchassaient déjà le tueur qu'ils traquaient toujours aujourd'hui. Très sûr de lui, à l'époque, Wyatt dirigeait les débats. Ils avaient un suspect – mais un petit problème. Leur gars avait un alibi pour l'un des meurtres…

Un collègue avait suggéré que le suspect avait peut-être commis la plupart des assassinats mais pas tous. Un imitateur aurait tué quelqu'un pour son propre compte.

Wyatt avait assuré à toutes les personnes présentes qu'il n'y avait pas d'imitateur dans cette affaire et qu'un seul et même homme était l'auteur de tous les meurtres. En outre, chaque victime avait été retrouvée avec la même carte de visite, avec la moitié d'un billet de deux dollars qui signait le crime. En bref, tous ces hommes avaient été assassinés par le même individu.

Le supérieur de Wyatt avait alors pris la parole, expliquant que les habitants de Las Vegas avaient peur, que l'enquête piétinait depuis trop longtemps, qu'il fallait absolument avancer. Voilà pourquoi il avait été décidé de procéder à l'arrestation immédiate du suspect. Toutes les ressources du FBI seraient ensuite utilisées pour démolir son alibi.

Wyatt avait évidemment protesté. Pour lui, mettre un innocent en prison et le laisser languir derrière les barreaux serait une grave erreur. Une faute pure et simple.

À la fin, l'avis de Wyatt avait été balayé à la majorité.

Le lendemain, un journaliste local avait découvert l'alibi et Wyatt avait été jeté en pâture à la presse. Tout le monde lui était tombé dessus. Les chroniqueurs de tous bords s'en étaient donné à cœur joie et personne au sein du FBI n'avait levé le petit doigt pour le défendre.

Des années plus tôt, Wyatt avait fait confiance à ses collègues et, à la fin, ces derniers l'avaient trahi.

À présent, il avait affaire aux membres de Rocky Mountain Justice, des inconnus pour la plupart. « Chat échaudé craint l'eau froide », et Wyatt se demandait s'il était prudent de faire confiance à des personnes qu'il ne connaissait pas.

Mais c'était lui qui les avait sollicitées. S'il ne voulait pas partager ce qu'il savait avec elles, autant rentrer chez lui.

— J'ai trouvé une photo de la première victime de Las Vegas prise dans une résidence où vivait alors Larry Walker. Le cliché a visiblement été retouché, recadré, avant d'être diffusé sur les réseaux sociaux, mais une autre personne était sur la photo d'origine. J'aimerais savoir de qui il s'agit.

— Pensez-vous que cette personne était la complice du tueur ? demanda Martinez.

— Ou plutôt l'une de ses victimes ? s'enquit Julia.

— Pour être honnête, je n'en sais rien. Peut-être n'était-elle ni l'une ni l'autre. Mais s'il s'agit de la colocataire de Larry, elle pourra peut-être nous en apprendre davantage sur lui.

— Si vous avez la photo, je suis prête à me mettre tout de suite au travail, dit Katarina.

— Bien sûr.

Wyatt posa sa clé USB sur la table et la glissa vers elle.

Elle l'introduisit dans un ordinateur portable. La liste de tous les fichiers qu'elle contenait apparut sur l'écran.

— C'est la photo numéro un, dit Wyatt. Pensez-vous pouvoir récupérer la version d'origine ?

Katarina pianota sur le clavier.

— Ça va prendre un moment, dit-elle, mais je devrais y arriver.

Julia s'approcha de Katarina et les deux femmes commencèrent à parler à voix basse, cherchant une stratégie pour obtenir une image complète.

Wyatt se tourna vers Marcus.

— Et après ?

— Nous devrions peut-être enquêter en interne.

Beaucoup d'éléments désignent Larry Walker comme notre tueur. Je me demande si tu ne fais pas fausse route en pensant qu'il ne l'est pas.

Le ventre de Wyatt se noua comme la dernière fois mais son smartphone vibra à ce moment-là, l'empêchant de dire quelque chose qu'il regretterait plus tard – ou, pire, de ne rien dire et de le regretter maintenant.

Il sortit son téléphone. Everly lui avait laissé un message vocal plus d'une heure auparavant.

— Merde, grommela-t-il.

— Tout va bien ? demanda Marcus.

— J'ai reçu un appel mais il n'apparaît que maintenant, dit-il.

— Va l'écouter dans le hall, pour être tranquille, dit Marcus.

Quittant la pièce, il appela sa messagerie vocale.

« Wyatt, c'est moi, disait Everly. Je m'en veux de la façon dont les choses se sont terminées entre nous. Je regrette d'être partie comme une voleuse. J'ai un avion pour Chicago cet après-midi, mais je reste à Pleasant Pines jusqu'à ce que le corps d'Axl me soit rendu… Si tu reçois ce message… Eh bien, j'aimerais te voir avant de m'en aller. Je suis chez Sally. »

Everly était au restaurant et, plus important encore, elle avait envie de le voir. Pourtant, il ne pouvait pas s'en aller, pas avant d'avoir découvert qui était sur la photo. Des heures pourraient s'écouler avant d'avoir une image. À ce moment-là, Everly serait partie.

Était-il vraiment prêt à rater sa dernière chance de la revoir – même si elle voulait seulement lui dire adieu ?

14

Tout en arpentant le couloir, Wyatt écouta le message d'Everly une deuxième puis une troisième fois. Il essaya de décrypter son état d'esprit en se fondant sur les intonations de sa voix mais il n'y parvint pas.

La porte de la salle de conférences s'ouvrit alors et Marcus apparut.

— Katarina vient de me dire que récupérer le document original va prendre un bon moment. Elle n'est même pas sûre d'y parvenir.

En proie à une profonde déception, Wyatt réprima difficilement un juron. Pourtant, ce délai lui donnait la possibilité de quitter les bureaux de Rocky Mountain Justice et de s'occuper de choses plus importantes, comme d'Everly.

— J'ai quelque chose à faire, dit-il. Envoie-moi un texto si vous y arrivez.

Wyatt aurait pu parcourir à pied les quatre pâtés de maisons qui le séparaient de la rue principale et du restaurant de Sally mais il prit son pick-up et se gara devant l'entrée.

Comme il jetait un coup d'œil par les baies vitrées, il vit plusieurs clients attablés. Mais Everly n'était pas parmi eux. Elle était partie.

L'envie de la chercher partout, de la retrouver à tout prix, s'empara de lui et il poussa la porte de l'établissement. Aussitôt, de délicieuses odeurs de bacon grillé et de pancakes lui chatouillèrent les narines et lui mirent l'eau à la bouche.

Sally s'approcha.

— Bonjour, Wyatt, dit-elle. Asseyez-vous, je m'occupe de vous tout de suite.

— En fait, je cherche quelqu'un. La femme avec qui je suis venu ici l'autre jour…

— Voulez-vous dire, Everly ?

— Oui. L'avez-vous vue ?

— Elle était ici il y a une heure environ. Elle a pris son petit déjeuner et elle est partie.

— Vous a-t-elle dit où elle se rendait ? Mais peut-être a-t-elle quitté la ville en sortant de chez vous ?

— Non, je ne pense pas. Avant son départ, elle devait rencontrer le shérif et elle m'a demandé à quelle heure il arrivait à son bureau.

— Elle doit donc être avec lui, dit Wyatt. D'accord. Merci.

Tournant les talons, Wyatt rouvrit la porte. L'air frais de la montagne s'engouffra dans le petit restaurant.

— Attendez, le rappela Sally. Le shérif Haak n'est pas encore passé prendre son café du matin, il n'a donc pas commencé sa journée. Et Everly m'a dit autre chose…

— Oui ? Et quoi ?

— Elle voulait remercier Darcy Owens pour sa gentillesse.

— Darcy ? La réceptionniste de l'hôtel ?

— Exactement.

Trouver l'adresse de Darcy serait assez simple. Il s'en occuperait lorsqu'il reviendrait à Rocky Mountain Justice.

— Merci, Sally, dit-il. Vous m'êtes très précieuse.

Une fois dans la rue, il décida de ne pas attendre si longtemps et il se servit du navigateur Internet de son smartphone pour chercher les coordonnées de Darcy Owens. Elle vivait à quelques encablures de là.

Alors qu'il grimpait dans son pick-up, son téléphone se mit à sonner. Il jeta un coup d'œil à l'écran avant de répondre :

— Marcus ? As-tu du nouveau ?

— Nous avons une photo mais la résolution n'est vraiment pas terrible. Je ne suis même pas sûr que nous puissions la passer dans un logiciel de reconnaissance faciale. En tout cas, je te l'envoie.

— Merci. J'y jetterai un œil avant de revenir vers toi, dit Wyatt tout en manœuvrant.

Son portable bourdonna bientôt, annonçant l'arrivée d'un texto. Wyatt attendit d'être à un feu rouge pour le lire. Comme il ouvrait le fichier, il se figea. Certes, le cliché était flou, comme si le sujet avait bougé au moment où il avait été pris dans l'objectif mais ce visage ne lui était pas inconnu.

Il avait eu l'intuition qu'il y avait un lien – et il ne s'était pas trompé. Son instinct était encore bon.

Quelqu'un klaxonna derrière lui. Le feu était passé au vert et il accéléra si brusquement que la chemise cartonnée qu'il avait posée sur le siège à côté de lui tomba. Les photos qu'il avait imprimées se répandirent sur le sol du pick-up.

Avec un juron, Wyatt s'arrêta sur le bord de la route pour les ramasser.

Et il la vit. C'était un visage parmi des centaines d'autres mais il le reconnut. Certes, elle avait changé la couleur de ses cheveux mais ses traits étaient les mêmes.

Darcy Owens se trouvait dans la foule.

Il passa rapidement en revue les autres clichés. Même si elle avait chaque fois modifié son apparence – portant ou non des lunettes, différents chapeaux, des perruques –, il la retrouva sur toutes les photos.

Toutes les questions qui le torturaient depuis le départ et toutes les réponses qui ne l'avaient jamais pleinement satisfait devenaient claires. Dès lors que le tueur en série était une femme, il était logique qu'il ait épargné Everly alors qu'il avait pourtant la possibilité de la tuer. Et il était tout aussi cohérent que les victimes masculines aient accepté si facilement de quitter l'hôtel et de suivre leur assassin sans résistance.

Depuis la nuit des temps, l'empoisonnement était la méthode de prédilection des femmes pour se débarrasser de quelqu'un. Et qu'avait fait Darcy ? Elle avait fait ingurgiter à ses proies un poison – l'alcool – en grande quantité avant de les abandonner dans le froid jusqu'à ce que mort s'ensuive.

Par ailleurs, c'était Darcy qui leur avait parlé de la dispute qui avait opposé Larry Walker à Axl Baker – leur offrant ainsi un suspect sur un plateau. C'était encore Darcy qui avait envoyé Larry leur apporter du café dans la salle de conférences de l'hôtel, au moment où ils discutaient avec le shérif de l'éventuelle culpabilité du cuisinier. Darcy savait certainement que Larry tenterait de s'enfuir, ce qui le désignerait davantage encore comme coupable.

Pourtant, une question taraudait Wyatt : s'il était innocent, pourquoi Larry s'était-il suicidé ?

Peut-être le malheureux était-il totalement sous son emprise ? Wyatt n'avait aucun mal à imaginer Darcy le manipulant, le poussant à se pendre, lui faisant croire qu'il s'agirait d'une simple mise en scène, destinée à donner le change. Peut-être lui avait-elle promis d'intervenir pour lui sauver la vie in extremis. Peut-être avait-elle convaincu Larry de se sacrifier, pour lui éviter à elle la prison. Et par amour, le malheureux avait accepté…

En tout cas, Wyatt était sûr d'une chose. Il lui fallait retrouver Everly au plus vite. Ou elle allait mourir.

Accélérant encore, il prit le carrefour sur les chapeaux de roues et s'engagea à toute vitesse dans la rue remplie de pavillons où vivait Darcy. Le soleil se reflétait sur le pare-brise d'un véhicule qu'il reconnut aussitôt. La voiture de location d'Everly.

Il se gara en face, coupa le moteur et ouvrit sa boîte à gants pour s'emparer de son SIG Sauer. Il le glissa à la ceinture de son jean. Au moment de bondir hors de son pick-up, il hésita à contacter Marcus ou le shérif Haak. Mais à quoi bon gaspiller un temps précieux ? De toute façon, il n'avait pas l'intention d'attendre les renforts. Everly était en danger de mort. Il devait intervenir sur-le-champ. Il n'y avait pas un instant à perdre.

Il se précipita dans l'allée. La porte de la petite maison était entrouverte et il la poussa. Dès qu'il entra, il sentit son cœur s'arrêter.

Des éclats de verre jonchaient le plancher au milieu de nombreuses taches de sang. Il s'agenouilla pour les examiner. Le sang était visqueux – ni humide ni sec. Il devinait qu'une bagarre avait eu lieu peu de temps auparavant, une heure, pas davantage.

Se relevant, il scruta le reste de la pièce. Une mèche de cheveux auburn gisait sur le tapis. Un petit morceau de cuir chevelu y était attaché.

Saisi d'une rage sourde, il serra les poings. Il ferait payer à Darcy Owens le mal qu'elle avait fait à Everly. Mais ce désir de vengeance fut vite balayé, remplacé par une peur glacée.

Et si Darcy l'avait vraiment tuée, cette fois-ci ?

D'une main tremblante, il essuya son visage. Il devait se ressaisir, recouvrer son sang-froid. Il n'aiderait en rien Everly s'il laissait ses émotions le perturber au point de l'empêcher de réfléchir. Il devait évaluer la situation et ensuite passer à l'action.

De toute évidence, les deux femmes s'étaient battues dans ce salon. Everly avait-elle compris que Darcy était impliquée dans la mort d'Axl et avait-elle voulu s'expliquer avec elle ? Darcy – qui se savait évidemment coupable – avait-elle mal interprété la visite impromptue d'Everly et s'était-elle crue menacée ?

En fin de compte, que l'une ou l'autre de ces hypothèses soit la bonne importait peu. Pour Wyatt, tout ce qui comptait était de savoir qui, de Darcy ou d'Everly, avait gagné.

L'arme au poing, il se dirigea prudemment dans le couloir. Il repéra une première porte à gauche. Il s'agissait d'une chambre avec une salle de bains adjacente. Le lit était défait. À première vue, il n'y avait rien d'anormal. Il ouvrit le placard, farfouilla parmi les vêtements. Rien. La salle de bains était également déserte.

Il y avait une autre pièce de l'autre côté du couloir.

Le cœur battant à tout rompre, il actionna la poignée. Il avait besoin de retrouver Everly saine et sauve. Il savait que cet espoir était une folie, qu'il avait peu de chance de se concrétiser à moins d'un miracle.

Comme il poussait la porte, il tomba sur une deuxième chambre, meublée d'un lit, d'une table, d'un bureau. Il effectua une fouille rapide mais, comme dans la première, elle se révéla infructueuse.

Aucune des chambres ne portait de traces de lutte. Pas de tables renversées ou de lampes cassées. Il semblait que la bagarre avait été contenue dans le salon… Au moment où Everly avait voulu entrer ? Ou tenté de fuir ?

Comment avait-il pu la laisser seule ? Maudissant son orgueil, il se dirigea vers la cuisine, la dernière pièce à inspecter. Un appareil photo cassé gisait près de la porte. Wyatt s'agenouilla et en examina les morceaux. Sur une plaque en laiton étaient gravées quelques lignes :

Pour les 30 ans d'Axl, mon frère chéri.
Immortalise le meilleur de la vie.
Ta sœur qui t'aime.

La dernière pièce du puzzle venait de se mettre en place. Wyatt avait maintenant la preuve qu'Everly était entre les mains d'une tueuse. Il devait agir et vite. D'instinct, il eut envie de sortir de la maison en courant mais pour aller où ?

Debout au milieu du salon de Darcy, il s'efforça de réfléchir, de se mettre dans la tête de Darcy. Cette maison était charmante, douillette. Pourtant, Wyatt savait que Darcy était loin d'être du genre casanier. Ce qui signifiait qu'avec ce petit pavillon elle jouait la comédie mais pour qui ? Dans quel but ?

Il y avait forcément un lien entre Las Vegas et Pleasant Pines.

Et soudain, il comprit tout. Une seule raison avait pu pousser Darcy Owens à emménager dans le Wyoming : c'était lui. C'était Wyatt, depuis le début.

Darcy jouait un jeu malsain et elle avait fait de Wyatt son adversaire involontaire.

Et voilà pourquoi les tueries avaient cessé quand il avait quitté Las Vegas. Et voilà pourquoi elle s'était arrangée pour qu'un cadavre soit découvert dans l'ancienne école, sur les terres de Wyatt. Elle voulait qu'il le trouve.

Et il sut alors où elle avait emmené Everly.

Mais pour empêcher Darcy d'aller au bout de sa folie meurtrière, il avait besoin d'aide.

Sortant son smartphone de sa poche, il composa un numéro.

— Wyatt, dit le shérif Haak en prenant l'appel. Je viens de lire votre mail. On dirait que vous avez finalement attrapé votre homme.

— Larry Walker n'était pas le tueur en série – et j'ai besoin de vous, répondit Wyatt.

Il sentait le temps filer à chaque battement de cœur. Il se précipita hors de la maison jusqu'à son pick-up et démarra avant de partir en trombe.

— Je n'ai pas le temps de tout vous expliquer pour le moment mais la coupable est Darcy Owens. Elle était la colocataire de Larry à Las Vegas, elle avait donc accès à l'appartement.

— Sa colocataire ? répéta Carl, abasourdi. Je ne comprends pas. Hier soir, elle donnait l'impression qu'elle le connaissait à peine.

— C'était un mensonge, répondit-il. Darcy est une manipulatrice.

Ses pneus crissèrent sur le macadam.

— Nous devons agir maintenant, poursuivit Wyatt. Il n'y a pas un instant à perdre. Elle a Everly.

— Calmez-vous et résumez-moi ce qui se passe. Comment Everly est-elle mêlée à cette histoire ?

Wyatt prit une profonde inspiration pour garder son calme.

— Everly s'est rendue chez Darcy. Il y a des traces de bagarre dans la maison, du verre brisé et du sang sur le sol. Et… l'appareil photo de son frère.

Le désespoir menaçait de l'étouffer mais il s'obligea à se maîtriser. Il devait se concentrer sur son objectif et mettre de côté ses émotions.

— La voiture d'Everly est toujours devant la maison de Darcy mais les deux femmes ont disparu. Elles sont parties.

— Dites-moi ce dont vous avez besoin, dit le shérif Haak.

— Je pense savoir où Darcy a emmené Everly. Elles sont à l'ancienne école, j'en mettrais ma main au feu. J'y vais maintenant et j'ai besoin d'aide. Pouvez-vous me retrouver là-bas ?

— Je vais faire mieux, répondit Haak. J'habite à moins de cinq minutes de chez vous. J'y serai donc en premier.

— Merci. Je vous rejoins dès que possible.

Wyatt mit fin à l'appel et en passa un autre.

Dès que Marcus Jones répondit, Wyatt lança :

— Darcy Owens est la tueuse et elle a enlevé Everly. Elle l'a certainement conduite à l'ancienne école.

Marcus posa quelques questions auxquelles Wyatt s'efforça de répondre tout en fonçant sur la route.

— Le shérif devrait être là-bas bientôt. Je t'appellerai dès que j'aurai du nouveau.

— Je rassemble l'équipe de Rocky Mountain Justice et nous arrivons en renfort dès que possible. Bonne chance, Wyatt.

— Merci, déclara Wyatt. J'en fais une affaire personnelle.

Plongée dans un état second, Everly avait l'impression que son crâne allait exploser. Sa gorge était serrée au point qu'elle ne parvenait plus à déglutir. Ses yeux la brûlaient mais elle s'obligea à les garder ouverts. Une lumière éblouissante dansait devant son visage. Comme elle essayait de se frotter le cou, de desserrer ce qui l'oppressait, elle se rendit compte qu'elle n'arrivait plus à bouger les mains.

Sortant enfin de sa torpeur, Everly se souvint par bribes des derniers événements : sa découverte de l'appareil photo d'Axl dans la cuisine de Darcy, la violente bagarre avec la réceptionniste de l'hôtel, ses tentatives pour lui échapper – un combat qu'Everly avait perdu. Darcy l'avait assommée.

Enfin, elle prit conscience que ses bras étaient attachés dans le dos par les poignets.

Elle promena les yeux autour d'elle et comprit immédiatement où elle se trouvait. Darcy l'avait conduite dans l'ancienne école située sur la propriété de Wyatt.

Mais en se rendant compte qu'une épaisse corde était enroulée autour de son cou, se resserrant chaque fois qu'elle respirait, elle sentit la panique la gagner.

Une voix de femme sortit de l'ombre.

— Attention, pas de gestes brusques. Vous êtes perchée sur un tabouret bancal et vous avez un nœud coulant autour du cou. Une situation très instable. Si vous bougez trop, si vous vous débattez, si vous essayez de descendre, ce tabouret basculera et vous finirez pendue.

Darcy entra dans la lumière. Un filet de sang séché balafrait sa joue. Sa lèvre inférieure était enflée et fendue.

En écoutant Darcy, le cœur d'Everly se glaça. Elle se mit à trembler, ses genoux s'entrechoquèrent et le tabouret commença à remuer dangereusement. La corde se resserra davantage, mécaniquement, lui coupant le souffle. Terrifiée, elle réprima un sanglot.

Elle ne voulait pas mourir. Pas comme ça. Pas maintenant.

Everly s'obligea à rester immobile et à se concentrer sur sa survie. Elle s'interdit de bouger pour stabiliser le tabouret. La manœuvre fonctionna et, soulagée, elle exhala lentement.

Elle regarda Darcy.

— Pourquoi ? balbutia-t-elle.

— Pourquoi ? répéta Darcy en ricanant. Vous vous demandez pourquoi je vous ai conduite ici et accrochée à cette corde ?

— Oui.

— D'abord, parce que vous êtes la dernière des idiotes. Jusqu'au bout, vous n'avez vraiment rien compris, n'est-ce pas ?

Everly ne pensait pas que Darcy attendait une réponse et elle ne lui en donna pas.

— J'aurais pu vous tuer deux fois, poursuivit Darcy. D'abord à l'hôtel pendant que vous fouilliez la chambre de votre frère. Et ensuite chez Wyatt, l'autre nuit. Je ne l'ai pas fait parce que, en général, je ne tue pas les femmes. Vous n'étiez pas le problème. Mais si vous faites tomber ce tabouret et que vous en mourez, eh bien, ce sera votre faute, n'est-ce pas ?

Des larmes de colère montèrent aux yeux d'Everly. Darcy lui avait tendu le piège parfait et Everly n'avait absolument aucune chance de lui échapper, et encore moins de survivre. Son seul espoir était de parler avec Darcy, de femme à femme, pour tenter de l'attendrir.

— Détachez-moi, Darcy. Nous savons toutes les deux que vous ne voulez pas qu'il m'arrive malheur. Comme vous l'avez dit, vous auriez pu me tuer à deux reprises auparavant, mais vous ne l'avez pas fait.

— N'essayez pas de vous mettre à ma place. Vous ignorez ce que j'ai dans le cœur, ce qui m'anime, dit Darcy. Je vous déteste.

Ses lèvres se tordirent en un rictus haineux et elle lui cracha au visage. Puis elle donna un coup de pied dans le tabouret pour le renverser.

Everly resta un moment suspendue dans les airs. Tout son poids pesait sur son cou. Ses yeux gonflèrent, ses jambes battirent dans le vide. Elle ne pouvait plus respirer. Son cœur menaçait d'exploser dans sa poitrine.

— Vous auriez dû partir quand vous en aviez l'occasion, dit Darcy. Vous aviez votre tueur – Larry, ce crétin – et Wyatt aurait été content d'avoir résolu le crime du siècle. Mais non.

Darcy récupéra le tabouret et le glissa sous les pieds d'Everly. Elle desserra un peu le nœud coulant.

— Vous ne pouviez pas en rester là, n'est-ce pas ? Vous vouliez continuer l'enquête.

Everly posa la pointe de ses pieds sur le tabouret et inspira profondément.

— Pourquoi me tuer ? Vous avez dit que je n'étais pas le problème.

— Pas au début, dit Darcy. Vous l'êtes devenue.

— Pourquoi ?

— Saviez-vous qu'autrefois le vol était passible de la peine de mort dans le Wyoming ? À l'époque où cette école a été construite, une personne pouvait être pendue pour avoir volé.

La réflexion n'avait aucun sens. De toute évidence, Darcy tenait un raisonnement dont Everly ignorait la logique. Everly devait trouver le moyen de s'échapper. Son seul plan – sa seule option – était de gagner du temps en attendant d'improbables secours.

— Je l'ignorais.

— Une telle sentence me semble juste. Non ?

— Non, répliqua Everly. Je ne partage pas cet avis. Une chose n'a pas la même valeur qu'une vie. Un voleur prive une personne de biens matériels. Un tueur le prive d'un bien infiniment plus précieux. Sa vie. De toute façon, je ne vous ai rien pris.

— Non ?

— L'appareil photo ? Il appartenait à mon frère. Pourquoi devait-il mourir ? Que vous avait-il volé ?

— Lui, gronda Darcy. Vous me l'avez volé, lui.

— Axl ? Je ne vous ai pas volé mon frère, dit Everly, complètement perdue.

— Votre frère ? ricana Darcy. Vous ne comprenez décidément rien à rien. Axl n'était rien pour moi, seulement le moyen de parvenir à une fin. Vous m'avez volé Wyatt Thornton. Et maintenant, vous allez me le payer.

Carl Haak pressa l'accélérateur. Les pneus de son camion patinaient sur les graviers tandis qu'il fonçait sur le chemin de terre menant à l'ancienne école. Le hurlement de sa sirène résonnait dans les collines et ses gyrophares jetaient des ombres rouges et bleues sur le paysage.

Plus de quarante ans passés au bureau du shérif avaient appris à Carl que parfois le simple étalage de sa force

– gyrophares, sirènes, fusils – mettait fin à de nombreuses situations violentes.

Il se gara à proximité de l'école. Une berline grise qu'il reconnut comme étant celle de Darcy Owens stationnait devant.

Elle était là et, si Wyatt avait raison… Everly aussi.

Son cœur battait la chamade et la sueur commençait à perler sur son front. Carl n'avait pas eu le temps de réfléchir à un plan, ni de concocter une stratégie.

Il coupa le contact et ouvrit la portière. Tout en sautant sur le sol, il dégaina son arme de poing.

Il verrouilla son camion avant de se précipiter vers le petit bâtiment délabré. Il s'adossa contre le mur et jeta un bref coup d'œil à l'intérieur avant de se reculer tout aussi vite et de tenter d'interpréter ce qu'il avait vu.

Everly Baker était pendue à une corde attachée à une grosse poutre au plafond. Était-il trop tard ? Non, elle se tenait sur un tabouret et ses yeux étaient grands ouverts. Qui d'autre était là ? Darcy Owens ?

Non. À part Everly, il n'y avait personne. Sans aucun doute, Darcy Owens l'avait entendu arriver et elle s'était enfuie. L'arme au poing, il entra dans la vieille école.

— Shérif, dit Everly d'une voix rauque. Faites attention.

Ignorant son avertissement, Carl remit son pistolet dans son étui et courut vers Everly. Il mesura aussitôt la gravité de la situation. Elle avait un nœud coulant autour du cou qui se resserrait à chaque mouvement. Pire, elle tremblait de tous ses membres, risquant à tout moment de faire basculer le tabouret en équilibre précaire sous ses pieds. Si celui-ci se renversait, la corde l'étranglerait.

Carl contourna Everly.

— Vous avez les poignets attachés dans le dos, dit-il. Laissez-moi déjà vous libérer.

Il ne prit pas la peine d'ajouter que, dès qu'elle aurait les mains libres, elle aurait la possibilité de desserrer le nœud coulant et de se préserver du même coup d'une strangulation mécanique.

Il sortit un couteau de la poche de son pantalon et se mit en devoir de couper les liens en tranches.

Le tabouret tremblait à chaque coup de lame.

Everly hurla de douleur et d'angoisse tandis que la corde se resserrait, s'enfonçant plus profondément dans sa gorge. Carl attrapa ses jambes et les souleva, la soutenant de son mieux pour que son poids n'aggrave pas la situation.

La sueur coulait dans le dos de Carl et son pouls battait à tout rompre.

— Je dois vous descendre de là d'une façon ou d'une autre mais je n'y arrive pas.

— Darcy a entendu votre camion s'approcher et elle est partie. Mais elle ne doit pas être loin. Elle nous épie sans doute. Vous devriez me laisser.

— Je ne m'en irai pas sans vous, répondit Carl. Pas avant de vous avoir sortie de là.

Il jeta un coup d'œil par-dessus son épaule. Il n'y avait rien – ni personne – alentour.

— J'ai un escabeau dans mon camion, reprit-il. Il m'aidera à décrocher cette corde de votre cou. Ne bougez pas, je reviens tout de suite.

Il s'élança vers la porte où il s'arrêta pour promener les yeux dehors. À part son camion et la voiture de Darcy, il n'y avait rien au-delà des montagnes et du ciel.

Il se doutait qu'Everly avait raison. Darcy n'aurait pas pu aller loin, du moins sans voiture. Mais Darcy était une femme intelligente et elle ne prendrait sans doute pas le risque de se retrouver nez à nez avec un homme armé.

Il courut vers son camion. Il ouvrit brusquement la portière et saisit l'escabeau qu'il avait rangé à l'arrière. Sans prendre la peine de refermer son véhicule, il retourna à la hâte vers la vieille école.

Il franchit le seuil du bâtiment en ruine et installa à la hâte l'escabeau.

— Je vais vous libérer en un tournemain, maintenant, dit-il.

L'expression d'Everly passa de l'inquiétude à l'horreur. Livide, elle ouvrit la bouche mais aucun son n'en sortit.

Carl entendit un claquement, comme un coup de fouet. Une douleur brûlante traversa son biceps. Son bras devint faible et l'escabeau lui échappa, tombant sur le sol dallé avec fracas. Les yeux de Carl se posèrent sur sa main. Du sang coulait de ses doigts. Le devant de sa chemise était humide et collant. Une tache noire grossissait sur sa poitrine.

Il y eut un autre bruit et, aussitôt, une vive douleur le frappa par-derrière, à l'épaule, le faisant pivoter sur lui-même.

Darcy tenait la carabine que Carl avait laissée dans son camion. Elle se recula, se préparant à tirer de nouveau. Quand une flamme jaillit du canon, Carl s'écroula.

Comme il tombait lourdement sur le sol, il pensa qu'il avait fixé sa date de départ à la retraite deux semaines trop tard.

15

Wyatt arrêta son pick-up à distance de l'ancienne école. Il ignorait ce qui s'y passait et avait besoin d'en savoir un peu plus avant de s'y précipiter. S'emparant d'une paire de jumelles, il observa la scène de loin. De là où il se trouvait, il ne voyait pas la porte d'entrée mais uniquement le mur du fond. En tout cas, le camion du shérif Haak et une petite berline grise – la voiture de Darcy, certainement – étaient là.

Il sortit son smartphone pour appeler Marcus.

— J'y suis. Où en êtes-vous ?

— Nous sommes en route. Nous arriverons dans moins de dix minutes. As-tu récupéré Everly ? Ou Darcy ?

— Pas encore mais je sais où elles se trouvent. J'y vais, ajouta-t-il après lui avoir donné une brève description de la situation.

— Tu ne préfères pas nous attendre ? Tu n'as pas besoin de renforts ?

— Pas question de patienter un instant de plus. Everly est en danger de mort.

Wyatt raccrocha et retourna à son pick-up. Sortant un fusil du coffre, il le chargea.

Si Darcy était là – et il avait toutes les raisons de le penser –, il avait besoin de l'effet de surprise. Plutôt que de foncer aveuglement, il allait guetter le bon moment pour intervenir, décida-t-il. Il quitta le chemin de terre, se servant de la végétation alentour, des buissons, comme couverture pour s'approcher sans se faire remarquer.

Il avait parcouru une centaine de mètres lorsqu'une déflagration le pétrifia.

Un coup de feu fendit l'air, suivi d'un autre. Puis d'un troisième.

Son cœur cessa de battre et il imagina le corps sans vie d'Everly. Il devait à tout prix la rejoindre, la protéger, la sauver en espérant qu'il n'était pas trop tard. Pour lui dire qu'il voulait faire sa vie avec elle, que ce soit ici dans le Wyoming ou à Chicago. Pour lui, rien ne comptait plus que d'être à ses côtés.

Mais pour que son rêve devienne réalité, il fallait qu'Everly reste en vie.

Son fusil d'assaut à l'épaule, Wyatt s'élança vers l'ancienne école. Comme il contournait le bâtiment délabré, il tomba nez à nez avec Darcy Owens qui sortait par l'unique porte, une carabine à la main.

Pendant un instant, ils se regardèrent, trop sidérés pour réagir.

— Vous arrivez trop tard, lança finalement Darcy.

— Lâchez votre arme, dit-il.

— Je ne vous ai jamais fait de mal, lui rappela-t-elle en posant la carabine sur le sol. Ils sont morts tous les deux, le shérif et votre petite amie. J'ai tiré sur le premier et pendu la seconde. Maintenant, libre à vous de me descendre. Mais cela ne les ramènera pas à la vie.

Les paroles de Darcy lui confirmèrent la catastrophe que Wyatt avait pressentie lorsque les coups de feu avaient retenti. Une rage brûlante emplit sa poitrine.

Pointant son fusil sur Darcy, il gronda :

— Donnez-moi une raison de vous épargner.

— J'ai fait tout ça pour vous, répondit-elle. Je les ai tous tués pour vous.

De toutes les choses que Wyatt se préparait à entendre,

ces mots étaient les derniers auxquels il s'attendait. L'absurdité de la déclaration de Darcy le prit de court et le rendit d'abord muet de stupeur et d'écœurement.

— Je n'ai rien à voir avec tout ça, dit-il enfin.

Elle se mit à rire.

— Vraiment ? Allons, Wyatt, faites preuve d'un peu d'honnêteté. Vous connaissez la vérité aussi bien que moi : rien ne vous excite davantage que de traquer un tueur. Rien ne vous donne plus le sentiment d'être vivant. Je vous ai donné ce plaisir unique : l'adrénaline, le suspense, le danger, le grand frisson que procure une chasse à l'homme. Avouez-le, c'est meilleur que le sexe.

— Je ne vous avoue rien du tout, Darcy.

— N'êtes-vous pas fier de moi ? J'ai été trop forte, non ? Je les ai tous bernés.

— Vous ne m'inspirez que du dégoût. Vous êtes une malade, Darcy, répliqua-t-il. Vous avez fait du mal à beaucoup de gens. Votre place est en prison ou dans un hôpital psychiatrique.

Darcy prit un air offensé avant de retrouver son calme.

— Vous ne pensez pas ce que vous dites. Je vous connais.

— Vous ne me connaissez pas.

— Oh ! non ?

Et pourtant, Wyatt devait admettre qu'elle n'avait pas totalement tort. Non seulement Darcy l'avait retrouvé et suivi dans le Wyoming, mais elle avait su comment orchestrer ses meurtres de façon à l'inciter à participer à l'enquête. Elle l'avait manipulé à la perfection et, pour parvenir à ses fins, elle avait dû l'étudier avec l'énergie et la rigueur dont lui-même avait fait preuve, des années durant, pour tenter de l'identifier.

Elle poursuivit :

— Je vous observais à Las Vegas et j'étais bien placée pour savoir que votre suspect n'était pas le bon. Je vous en avais apporté la preuve pour que vous le laissiez tranquille. Mais vous l'avez arrêté quand même. C'était une erreur. Il n'était pas question que quelqu'un d'autre soit considéré comme l'assassin génial que j'étais, que je suis. Voilà pourquoi j'ai envoyé son alibi, la preuve de son innocence, à un journal local.

— Mais pourquoi avoir tué toutes ces personnes, Darcy ? Ces hommes étaient innocents.

— Innocents ? rétorqua-t-elle en éclatant de rire. Ils étaient tous pourris, corrompus jusqu'à la moelle et ils voulaient tous me salir.

— Vous salir ? Et comment ? Que vous ont-ils fait ?

— Ils me souriaient, ils me parlaient, ils me touchaient. Ils voulaient que je les touche aussi. Vous, vous ne touchez jamais un homme. Sauf s'il est mort.

Wyatt comprit que Darcy avait été attirée par ses victimes mais, pour elle, une attirance sexuelle s'apparentait à un péché si noir que la mort était le seul remède.

— Et Larry Walker ? Vous avez vécu avec lui à Las Vegas. Vous l'avez ensuite suivi à Pleasant Pines.

— Moi, je l'ai suivi ? Wyatt, je vous prenais pour un homme intelligent. Jamais je n'aurais suivi Larry Walker où que ce soit. C'était lui qui m'avait suivie. Et pas de gaieté de cœur. Il n'avait aucune envie de venir s'enterrer dans un bled paumé comme Pleasant Pines. Mais j'avais appris que vous aviez emménagé dans le Wyoming et je savais que vous aviez besoin de moi, alors j'étais déterminée à vous rejoindre.

— Je n'ai pas besoin de vous, Darcy. Jamais je n'ai eu besoin de vous.

— C'est le plus gros mensonge que j'ai jamais entendu.

— Pourquoi avoir tué Larry ? Était-il pourri, lui aussi ?

Darcy écarta la question.

— Parfois, des sacrifices sont nécessaires. Les Ténèbres m'avaient demandé de le faire.

— Les Ténèbres ? répéta Wyatt. De quoi parlez-vous ?

Il voulait la faire parler en attendant l'arrivée de Rocky Mountain Justice.

Mais que fabriquent-ils, bon sang ?

Un sourire aux lèvres, Darcy repoussa ses cheveux sur ses épaules.

Flirtait-elle avec lui ?

— Vous connaissez les Ténèbres, Wyatt…

Peut-être avait-elle raison. Peut-être connaissait-il les Ténèbres. Serrant plus fort son fusil, Wyatt caressa la gâchette du doigt. Une petite pression et Darcy Owens serait rayée de la carte. L'enquête serait close. Une seule balle permettrait à Wyatt d'obtenir la vérité et sa vengeance.

Le vent soufflait à travers l'école, apportant un léger bruit. Wyatt tendit brusquement l'oreille, cherchant à l'identifier. De quoi s'agissait-il ? D'un gémissement ? D'un cri.

— Everly !

Était-elle toujours en vie ? Soulevé par un regain d'espoir, il s'élança vers la porte de l'école.

Comme Darcy tentait de l'empêcher de courir à l'intérieur, Wyatt, guidé à présent par son seul instinct, appuya sur la gâchette. Il n'avait pas le temps de viser avec précision et la balle atteignit Darcy à l'épaule. La force de l'impact l'envoya contre le mur. Le sang jaillit, peignant de rouge le bois patiné par les intempéries.

Darcy porta la main à sa blessure avec un gémissement.

Wyatt tira encore, visant la berline de la tueuse, cette fois. La balle perça le capot de Darcy, détruisant le moteur.

Passant devant elle, Wyatt ramassa la carabine et se rua à l'intérieur. En s'approchant, il découvrit le corps de Carl Haak gisant dans une mare de sang.

Au-dessus du cadavre, Everly Baker se balançait dans le vide, une corde serrée autour du cou. Elle battit des paupières. Était-ce un réflexe post mortem ou…

Wyatt se précipita. Il souleva Everly, prenant tout son poids sur son épaule. Comme il desserrait d'une main fébrile le nœud coulant qui l'étranglait, il sentit son souffle sur sa peau. Au loin, un bruit de moteur lui apprit qu'un véhicule approchait.

Rocky Mountain Justice. *Enfin.*

Tirant un couteau de sa poche, il scia la corde qui retenait Everly. Une fois libérée, il l'allongea par terre. Au même moment, l'équipe de Marcus fit irruption dans l'ancienne école.

Wyatt se mit à aboyer des ordres.

— Nous avons besoin d'une ambulance, cria-t-il. Quelqu'un doit porter secours en urgence à Haak. Et il faut menotter Darcy Owens et la mettre en garde à vue.

Julia s'agenouilla à côté du shérif tandis que Martinez passait un appel via son smartphone. Quant à Marcus, il s'élança à la poursuite de Darcy. Wyatt, lui, cherchait le pouls d'Everly. Il sentit un léger frémissement sous ses doigts.

Dieu merci, elle était en vie.

Julia retomba sur ses talons. Se tournant vers Wyatt, elle secoua la tête.

— Il est mort, dit-elle.

— Une ambulance arrive, annonça Martinez. Comment va Everly ?

— Elle est vivante, répondit Wyatt.

Il étudia Everly, remarqua la rougeur autour de sa gorge, et essaya de ne pas penser à ce qui se serait passé si Darcy avait réussi à le distraire quelques instants supplémentaires.

Les hurlements d'une sirène emplirent la montagne.

— C'est l'ambulance, dit Martinez. Je vais les guider jusqu'ici.

Marcus revenait. Le souffle court, le visage en sueur, il s'approcha de Wyatt.

— Elle a réussi à s'échapper, dit Marcus. Darcy s'est enfuie.

Wyatt se mit debout.

— Enfuie ? Ce n'est pas possible. Je l'ai blessée.

— Peut-être mais elle est parvenue à filer.

— Merde, gronda Wyatt. Nous devons absolument la retrouver.

— Nous le ferons, dit Marcus.

Des ambulanciers arrivaient, chargés de civières. L'un d'eux tenta de ranimer le shérif, tandis que l'autre s'occupait d'Everly.

Déterminé à rattraper Darcy, Wyatt se dirigea vers la porte mais, avant de sortir de l'ancienne école, il ne put s'empêcher de regarder Everly par-dessus son épaule. Elle était en vie maintenant mais gravement blessée. Quelles étaient les chances de survie après une pendaison ?

— Retrouver Darcy relève désormais de la responsabilité de Rocky Mountain Justice, dit Marcus. Wyatt, tu fais maintenant partie d'une équipe. Nous travaillons tous sur cette enquête. Reste ici avec Everly. Nous partons à la recherche de Darcy. Si elle est blessée, nous devrions la récupérer rapidement.

L'idée de laisser quelqu'un d'autre capturer Darcy déplaisait à Wyatt. Il voulait que justice soit rendue mais il avait aussi envie de se venger.

Cela dit, il n'y parviendrait pas tout seul.

Everly poussa un gémissement et Wyatt se tourna vers elle.

— Vas-y, lança-t-il à Marcus. Et bonne chance.

— Oui, répondit Marcus en regardant Everly. Pour toi aussi, ajouta-t-il, posant une main sur l'épaule de Wyatt.

Et il partit.

Les ambulanciers avaient déjà installé Everly sur une civière.

— Comment va-t-elle ? demanda Wyatt.

L'un des hommes répondit :

— Nous l'avons stabilisée et nous lui administrons de la morphine pour soulager la douleur. Mais nous n'aurons aucune certitude tant que nous ne l'aurons pas conduite à l'hôpital pour l'examiner et la soigner plus sérieusement.

Lorsqu'ils l'emmenèrent, Wyatt les suivit et resta aux côtés d'Everly dans l'ambulance. Il lui prit la main, se demandant si elle pouvait sentir son contact. Il espérait que oui.

— Je suis avec toi, dit-il. Et je ne te quitte plus.

Aveuglée par la douleur, Darcy Owens se traînait dans les bois. À chaque pas, ses résistances faiblissaient, la plongeant dans un tourbillon de désespoir. Son pied buta contre une souche et elle s'étala de tout son long sur le sol. L'épaule en feu, elle poussa un cri.

Sa bouche était pleine de terre. Comme elle crachait sur le sol, elle remarqua que son crachat était brun de terre et rouge de sang.

— Lève-toi, lui ordonna soudain une voix masculine.

Elle puisa dans ses dernières forces pour se retourner.

Le soleil brillait derrière lui, il apparaissait en contre-jour, mais elle le reconnut.

— Papa ?

— Lève-toi, répéta-t-il.

Elle se mit à trembler. Son père était mort depuis des années. Il ne pouvait pas être ici, pas maintenant – sauf si elle était morte, elle aussi… et qu'il était venu à sa rencontre pour la conduire en enfer.

— Tu n'es pas réel, dit-elle.

Oui, voilà l'explication. Elle avait perdu tellement de sang qu'elle était victime d'hallucinations.

— Tu es le produit de mon imagination, poursuivit-elle.

Sortant de l'ombre, il s'agenouilla à côté de Darcy. Elle vit les taches dorées dans les iris de ses yeux.

— Crois-tu ? demanda-t-il.

Son souffle passa sur sa joue. Il avait gardé cette haleine chargée de whisky et de tabac froid qui lui avait toujours donné la nausée.

À bout de forces, elle se laissa glisser sur le sol de la forêt.

— Va-t'en, dit-elle.

Avec l'énergie du désespoir, elle tenta de le repousser mais il lui attrapa le poignet, ses doigts s'enfonçant cruellement dans sa chair.

— Et ça, tu l'imagines aussi ?

Elle retira sa main.

— Que veux-tu ?

— Maintenant, écoute-moi, petite fille. Tu dois te lever et bouger.

— Je ne peux pas, dit-elle. Je suis trop fatiguée.

— Si tu restes ici, ils vont t'attraper.

— Tant pis. Je m'en fiche.

Ses paupières étaient lourdes, tellement lourdes.

Et son père disparut dans la brume.

Darcy flottait, comme si elle était au-dessus de son corps. Les bois s'envolèrent et, pendant un moment, elle se revit à Las Vegas. Enfant, Darcy se réfugiait souvent au sein des Ténèbres. Une fois devenue adulte, elle avait pensé pouvoir s'en passer et elle avait espéré que le soleil du désert les chasserait à jamais. Elle n'avait pas compris que les nuits dans le désert étaient noires comme de l'encre. Les Ténèbres l'enveloppaient alors. La première fois avait été un accident. Elle n'avait pas voulu le blesser, encore moins laisser les Ténèbres prendre le contrôle.

Ce jour-là, elle était allongée au bord de la piscine, à se dorer au soleil. Il brillait dans le ciel, la réchauffant et inondant les alentours de lumière. Elle se sentait presque normale, entière et humaine.

Une ombre était passée sur son visage.

— Salut, avait lancé une voix grave.

De la main, elle s'était protégée des rayons brûlants et elle avait ouvert les yeux. Il se tenait là, à la regarder en souriant.

Un frisson glacé l'avait parcourue malgré la chaleur ambiante.

— Salut, avait-elle répondu.

— Tu as l'air seule, avait-il dit. Ça te dérange si je m'assieds à côté de toi ?

Darcy avait senti un sourire ironique passer sur ses lèvres mais elle avait réprimé un ricanement.

— Fais ce que tu veux, nous sommes dans un pays libre.

L'homme avait posé la main sur son propre cœur, comme si Darcy l'avait blessé mortellement.

Cette fois, elle avait éclaté de rire.

— Je vais prendre cet éclat de rire pour un encouragement, avait-il poursuivi, en s'allongeant sur une chaise longue à côté d'elle. Alors comme ça, tu vis ici ? À Las Vegas ?

Elle avait hoché la tête, incapable de savoir quoi dire.

— Ça doit être génial, avait-il dit.

Darcy avait haussé les épaules sans répondre.

— Écoute, je ne suis pas un monstre. Si tu préfères que je parte, dis-le simplement et je n'insisterai pas. Mais comprends-moi : tu es si jolie, je ne pouvais pas m'empêcher de venir vers toi.

Darcy avait déjà entendu ces belles paroles dans le passé et s'en souvenir la rendait malade.

Tu es si jolie, disait chaque fois son père. *Je ne peux pas m'en empêcher.*

Par la suite, sa mère avait dit que tout était la faute de Darcy. Qu'elle était la seule à blâmer.

Les Ténèbres étaient alors venues protéger Darcy et la garder en sécurité.

Ce jour-là, au bord de la piscine, le soleil brillait. Il était si éblouissant que les larmes avaient jailli de ses yeux.

— Pourquoi ne pas aller faire un tour dans le désert, ce soir ? avait déclaré Darcy d'une voix qui n'était pas la sienne.

Les Ténèbres avaient proposé à l'homme cette sortie.

Et par la suite, les Ténèbres avaient attendu que la nuit tombe. L'homme avait trop bu, il l'avait touchée, embrassée. Darcy ne voulait pas se faire violer, pas une nouvelle fois. Les Ténèbres étaient alors intervenues pour la guider, comme toujours. Elles lui avaient conseillé de le faire boire, de l'enivrer, de lui offrir de l'alcool même lorsqu'il réclamerait de l'eau. Elles lui avaient dit de déchirer un billet de deux dollars en deux et d'en mettre une moitié dans le portefeuille de l'homme, en utilisant l'argent que son père lui donnait autrefois pour acheter son silence. Les Ténèbres lui avaient ordonné ensuite de l'emmener dans le désert, de l'y laisser et de s'en aller sans un regard en arrière.

Darcy gémit. Elle avait envie de fermer les yeux et de ne plus jamais les ouvrir. Elle entendait du bruit dans les fourrés, tout près. Faisant appel à ses dernières forces, elle tourna la tête. Une silhouette imposante, recouverte d'une épaisse fourrure noire, s'approcha en grognant de façon menaçante.

Le monstre fit un pas vers elle, puis un autre. Ses yeux étaient marron, presque noirs, et… elle y vit briller son propre reflet déformé. Elle était épuisée, brisée, meurtrie et certainement pas en état de lutter contre cet animal. Rompue, Darcy se détourna, ne se souciant plus de ce qu'il adviendrait.

*
* *

Julia McCloud avait passé des années dans l'armée. Elle était l'une des rares femmes à avoir intégré la Ranger School. Et par la suite, elle avait combattu les Talibans dans la chaîne de montagnes de l'Hindou Kouch. Plus récemment, elle avait participé à l'arrestation d'un baron de la drogue russe à Denver. Pourtant, après quatre heures à sillonner les bois dans tous les sens, Julia mesura à quel point il était difficile de trouver une femme seule et blessée.

Pire, elle dut admettre qu'elle avait perdu la piste dès le début. Darcy semblait s'être volatilisée comme par magie. Pourtant, la magie n'existait pas. Les gens ne disparaissaient pas comme ça dans la nature.

— Que faisons-nous ? demanda Martinez. Ne vaudrait-il pas mieux renoncer et retourner à la base ?

— Les Rangers ne renoncent jamais, répliqua-t-elle.

Martinez tira une bouteille d'eau de son sac à dos. Après avoir avalé une longue gorgée, il haussa les épaules.

— Comme tu veux.

— Maintenant, déclara Marcus, nous avons besoin de renforts.

Dans leur hâte de retrouver Darcy Owens, les membres de Rocky Mountain Justice étaient partis avant l'arrivée des forces de l'ordre. Ils n'avaient aucun moyen de communiquer et de se coordonner avec les autres. Darcy Owens avait peut-être déjà été retrouvée et ils n'en savaient rien.

Ils virent soudain une tache rouge se balancer au-dessus de leurs têtes.

— Qu'est-ce que c'est ? demanda Julia avant de s'élancer, Martinez et Marcus sur les talons.

Un petit morceau de tissu était accroché à une branche d'arbre. À une époque, il avait été blanc mais il était maintenant imbibé de sang.

— Crois-tu qu'il appartenait à Darcy ? s'enquit Marcus.

— Le tissu est toujours collant, donc le sang est frais, dit Martinez. Alors, oui, c'est une possibilité.

Julia examina une brindille cassée à proximité. Elle souscrivait à l'évaluation de Martinez.

Julia parcourut les bois des yeux. Il n'y avait pas d'autres branches cassées. Le sous-bois n'avait pas été dérangé. Il n'y avait même pas de trace de sang sur le sol. Bien sûr, Darcy était certainement proche, mais où était-elle ?

Elle aurait pu choisir un million de directions différentes.

Même si Julia avait été sincère en affirmant que les Rangers ne renonçaient jamais, elle comprit pourtant qu'ils n'étaient pas assez nombreux pour aboutir.

Pour gagner une guerre, il fallait une armée.

— Ne faudrait-il pas solliciter l'aide de la police ? demanda-t-elle à Martinez.

— Bien sûr, répondit-il.

— Peut-être est-il temps de mettre en branle la force aérienne, suggéra-t-elle.

Avec un détecteur infrarouge, capable de repérer la chaleur dégagée par un être humain, ils multiplieraient leurs chances de distinguer ce qu'ils ne voyaient pas à l'œil nu.

— En tout cas, dit Marcus, nous avons fait du bon travail. Mais nous n'en avons pas fini avec cette affaire. Tant que Darcy Owens n'aura pas été retrouvée, morte ou vive, Rocky Mountain Justice la poursuivra.

16

Pendant près de vingt-deux heures, Wyatt resta à l'hôpital, au chevet d'Everly. Il but du café, commanda des plats à emporter chez Sally, et attendit.

Il attendait d'abord le réveil d'Everly et ensuite un coup de fil lui annonçant la capture de Darcy Owens par l'équipe de Rocky Mountain Justice. Mais apparemment, la tueuse, bien que blessée, avait réussi à prendre le large. Elle avait tout simplement disparu.

Bien sûr, les agents de Rocky Mountain Justice avaient émis beaucoup d'hypothèses et de théories pour expliquer qu'elle se soit ainsi volatilisée dans la nature. Si certaines frisaient l'absurde – elle aurait été emportée et dévorée par les loups qu'Axl Baker avait voulu photographier –, d'autres étaient plus probables – elle avait succombé à ses blessures et son corps pourrissait dans un coin du Wyoming, la faune sauvage, à commencer par les coyotes, se chargeant de faire disparaître les cadavres.

Mais au fond, Wyatt n'adhérait qu'à l'éventualité qui lui semblait la plus crédible : Darcy Owens avait bénéficié d'une aide extérieure. Quelqu'un lui avait permis de s'enfuir.

Cela dit, cette supposition soulevait une nouvelle question : qui l'aurait aidée ? Trouver la réponse serait le prochain mystère à résoudre.

Par ailleurs, Marcus avait mis Wyatt au courant du passé de Darcy. En effet, autrefois, Chloe Ryder, la procureure de Pleasant Pines, avait effectué un stage dans le lycée où Darcy était scolarisée et elle avait fourni de nombreuses informations sur l'adolescence de la tueuse.

Loin de se contenter de lui transmettre des renseignements, Rocky Mountain Justice s'était révélé un coéquipier de premier ordre, allant jusqu'à livrer à Wyatt ses repas à l'hôpital. Mieux, Marcus lui avait proposé de s'installer provisoirement chez lui afin de prendre soin de Gus.

Quant aux nouvelles concernant Everly, elles étaient encore vagues. Comme le cœur d'Everly battait tout seul et qu'elle n'avait besoin d'aucune assistance respiratoire, le Dr Lambert pensait qu'elle ne tarderait pas à se réveiller.

Mais quand ?

Personne n'était en mesure de répondre à cette question.

Wyatt aurait souhaité qu'Everly soit transférée dans un plus grand hôpital de Cheyenne mais elle n'avait aucune famille pour en faire la demande. Les soins se poursuivaient donc à Pleasant Pines. En effet, tant qu'elle n'avait pas repris conscience, son assurance médicale était en principe la seule habilitée à se prononcer sur les traitements à privilégier. Mais les responsables de cette assurance n'ayant pas pris contact avec l'hôpital, ils laissaient de fait le Dr Lambert en décider.

Wyatt la veilla pendant des heures. Chaque fois qu'Everly respirait un peu fort, il retenait son souffle, craignant qu'elle ne rende l'âme. Mais Everly resta en vie et il n'eut plus qu'à attendre et à prier.

À la fin du premier jour, Everly remua dans son sommeil. Wyatt lui prit la main.

— Everly. C'est Wyatt. M'entends-tu ? demanda-t-il, plein d'espoir.

Elle se tourna vers lui et battit les paupières avant de retomber dans l'inconscience avec un soupir.

Wyatt se leva puis se précipita dans le couloir.

— Infirmière, cria-t-il. Allez vite chercher le médecin. Everly a ouvert les yeux.

Le Dr Lambert surgit au pas de course dans la chambre. Stimulée par ses soins, Everly reprit connaissance. Le médecin l'examina, lui fit subir quelques tests et conclut qu'elle était en bonne voie de guérison.

— En revanche, il n'est pas question que vous voyagiez avant au moins une semaine, dit-il à Everly. Et vous resterez quelques jours à l'hôpital en observation.

— Merci, doc, dit Wyatt.

— Appelez l'infirmière si vous avez besoin de quoi que ce soit, dit le Dr Lambert avant de quitter la pièce.

Une fois le médecin parti, Everly déglutit avec difficulté. La marque rouge autour de son cou s'était transformée en hématome mauve qui virait lentement au jaune et au vert.

— Darcy Owens ? demanda-t-elle d'une voix rauque.

Wyatt secoua la tête.

— Elle a réussi à s'échapper. Mais elle n'ira pas loin. Toutes les polices du Wyoming sont à sa poursuite. L'histoire a fait la une de tous les journaux télévisés, sa photo a été diffusée partout. Où qu'elle se terre, elle ne pourra pas rester cachée longtemps.

Everly se mordilla les lèvres.

— Et le shérif Haak ?

— Il n'a pas survécu, répondit-il, la voix lourde de regret.

— Comment se fait-il que je sois en vie, alors ?

Chaque fois qu'elle parlait, sa voix devenait plus forte et plus assurée.

— Je me souviens du moment où Darcy a fait tomber le tabouret, poursuivit-elle. Tout est devenu noir et je savais que j'étais morte. Qui m'a sauvée ? Toi ?

Wyatt haussa les épaules.

— J'aurais aimé arriver plus tôt…

Wyatt avait tellement de choses à dire, mais, même maintenant, il ne trouvait pas les mots.

Everly reprit :

— Depuis combien de temps suis-je à l'hôpital ?

— Presque vingt-quatre heures.

Everly écarquilla les yeux.

— Raconte-moi tout.

Wyatt obtempéra. Grâce aux informations fournies par Marcus Jones, il avait enfin l'impression de comprendre ce qui avait motivé les actes meurtriers de Darcy Owens.

— Te souviens-tu de Chloe Ryder ?

— La procureure que nous avons rencontrée chez Sally ? demanda Everly. Bien sûr.

Il lui narra l'histoire qui lui avait été racontée. Étudiante en droit social, Chloe avait effectué un stage au lycée de Darcy. Une conversation entre les jeunes lycéennes avait inquiété Chloe. Elle avait compris que Darcy était victime de maltraitance et d'abus sexuels chez elle. Comme la loi l'exigeait, elle avait fait un signalement, elle en avait parlé à son superviseur. Ils avaient interrogé Darcy, qui avait nié en bloc et juré que Chloe se trompait.

En l'absence de preuves, aucune mesure n'avait été prise.

Quelques semaines plus tard, le père de Darcy avait été retrouvé mort.

— Laisse-moi deviner, dit Everly. Il avait trop bu et il s'était perdu avant de mourir de froid.

— Exact. Mais il y a pire. Quelques semaines plus tard, la mère de Darcy s'est suicidée. Par pendaison. Tout le monde a supposé que la malheureuse avait eu le cœur brisé par la mort de son mari. Par la suite, Darcy a quitté l'école et personne n'a plus jamais entendu parler d'elle.

Everly frissonna.

— Recrée-t-elle depuis lors la mort accidentelle de ses deux parents ?

— Peut-être, dit Wyatt. À moins que ses parents n'aient

été ses premières victimes, auquel cas elle n'a cessé de répéter les mêmes crimes encore et encore.

— Je ne sais pas quoi dire.

La voix d'Everly était à nouveau faible.

— Repose-toi, dit-il. Je serai là quand tu te réveilleras.

Everly sourit.

— Merci.

Ses yeux se fermèrent. Après un moment, elle les rouvrit.

— Que faisons-nous maintenant ?

— Nous nous concentrons sur toi, répondit Wyatt. Tu vas te reposer et te rétablir.

Elle lui caressa le dos de la main.

— Et après ?

Wyatt se posait cette même question depuis des heures.

— Il n'est pas prudent pour toi de voyager alors que Darcy est toujours en fuite. À notre connaissance, tu es la seule personne qu'elle a tenté de tuer qui ait survécu. Tant qu'elle ne sera pas capturée, je ne te quitterai pas. Une fois que tu pourras prendre l'avion, je t'accompagnerai à Chicago. Et quand Darcy sera derrière les barreaux…

Il s'interrompit et regarda ses mains.

Était-il vraiment prêt à s'engager avec Everly ?

En tout cas, il ne pourrait plus vivre sans elle, maintenant.

— Et quand Darcy sera derrière les barreaux, je resterai… Enfin, si tu veux de moi.

— Mais en attendant ? N'as-tu pas envie de retourner là-bas pour la chercher avec Rocky Mountain Justice ?

— Bien sûr, dit Wyatt. Mais mes priorités ont changé.

Everly secoua la tête.

— Je ne peux pas croire que tu souhaites t'installer à Chicago avec moi alors que les recherches de Darcy se concentrent dans le Wyoming.

— Ce que je veux n'a plus d'importance, déclara-t-il. Je dois te garder en sécurité. Merde, Everly. Tu es devenue tout pour moi. J'ai déjà cru t'avoir perdue.

Le souvenir de son corps se balançant au bout d'une corde le fit frissonner. Fermant les yeux, il attendit que l'horrible image et le sentiment de solitude qui avait suivi disparaissent.

— Je ne veux plus jamais te perdre.

Everly lui prit le bras.

— Je ne vais nulle part, dit-elle. Toi et moi, nous formons une équipe, une famille. Peu importe que nous soyons à Chicago ou ici. Comme toi, je trouve beaucoup de charme à Pleasant Pines. Et tu y vis.

Wyatt se rapprocha de son lit. Repoussant ses cheveux en arrière, il plaça un baiser sur son front.

— Je t'aime tellement que ça me fait mal.

— Oh ! Wyatt, dit-elle en lui caressant la joue. Je t'aime aussi.

— Alors c'est vrai ? demanda-t-il. Tu acceptes de rester à Pleasant Pines ?

— Il n'y a pas d'autre endroit où je préférerais être qu'ici, avec toi.

Elle s'interrompit et sourit.

— Enfin, peut-être pas à l'hôpital, mais tu comprends ce que je veux dire.

Il la prit dans ses bras, et ses lèvres capturèrent les siennes. Et dans cette petite chambre d'hôpital, leur vie recommença à zéro.

La traque attendrait.

Épilogue

Deux semaines plus tard

Assis derrière son bureau, Wyatt regardait par la fenêtre. Il n'y avait rien à voir à travers ces vitres opaques. La vue sur les montagnes Rocheuses et le ciel bleu lui manquaient. En même temps, il adorait ses nouvelles fonctions.

Avant même qu'Everly n'ait été autorisée à quitter l'hôpital, Marcus avait de nouveau demandé à Wyatt de rejoindre Rocky Mountain Justice. Et cette fois, sans hésitation, il avait accepté.

Chloe Ryder avait engagé Rocky Mountain Justice pour servir d'organe d'enquête au bureau du procureur. La première mission de Wyatt serait de pourchasser Darcy, toujours en liberté.

— Toc, toc.

Il reconnut la voix sans avoir à regarder.

Everly.

Wyatt avait son bureau dans un grand open space. À part lui, il n'y avait personne pour le moment. Toutes les autres personnes étaient sorties.

— Je sais que tu es en train de trouver tes marques et je ne veux pas te déranger mais j'avais envie de t'apporter un petit cadeau pour ton bureau, dit-elle en lui tendant une boîte blanche fermée par un ruban rouge. Marcus m'a laissée entrer, ajouta-t-elle, expliquant comment elle avait contourné la sécurité ultra-perfectionnée de Rocky Mountain Justice.

— Merci, dit-il en soulevant le couvercle.

À l'intérieur se trouvait une photo encadrée d'Everly et de Gus, avec pour toile de fond les montagnes Rocheuses. Sa famille. Sa maison. La gorge de Wyatt se serra un peu.

— Juste pour te rappeler ce qui t'attend à la fin de ta journée de travail, dit-elle. Et à propos de travail, j'ai trouvé mon premier client à Pleasant Pines.

Dans les semaines qui avaient suivi sa décision de rester, elle avait rejoint une agence de relations publiques à Laramie, à trois quarts d'heure de là. C'était un long trajet et elle prévoyait de travailler de la maison autant que possible.

Néanmoins, Wyatt fut impressionné.

— Déjà ? Qui ?

— Le bureau du shérif, répondit-elle. La couverture médiatique à laquelle ils ont eu droit après la fuite de Darcy a été catastrophique. J'ai une réunion dans moins d'une heure avec Chloe Ryder. Une fois que nous aurons présenté notre version des événements, l'histoire deviendra plus équilibrée.

Everly s'interrompit et Wyatt sut à quoi elle pensait. Il répondit à la question avant qu'elle n'ait eu la possibilité de la formuler.

— Il n'y a rien de nouveau dans nos recherches de Darcy ou de son cadavre, dit-il.

— J'aimerais savoir où elle est passée, ce qui lui est arrivé. C'est tout.

Wyatt aussi mais il n'en dit rien. Il posa la photo sur son bureau.

— À ce soir ? dit-elle.

Il enlaça Everly et l'attira à lui pour l'embrasser langoureusement.

— À ce soir.

Il aurait voulu la garder contre lui et pas seulement parce qu'elle était encore plus belle dans ses bras. Darcy Owens était toujours en liberté quelque part. Tant qu'ils n'auraient pas retrouvé la tueuse et qu'ils ne l'auraient pas mise en prison, personne ne serait en sécurité.

La chasse avait recommencé.

Cette fois, il ne s'agissait pas seulement de justice. Pour Wyatt, attraper Darcy Owens était devenu un combat personnel. Et il n'avait pas l'intention de le perdre.

Darcy se réveilla en sursaut. Sa gorge était sèche. Ses yeux gonflés. Son épaule lui faisait mal et une odeur de pourriture l'enveloppait. Elle tenta de s'asseoir mais aussitôt une douleur foudroyante lui fendit le crâne et elle retomba en arrière avec un gémissement.

— Es-tu réveillée ? demanda une voix masculine.

Elle battit des paupières. Une silhouette imposante se tenait près de son lit. L'homme était d'une laideur repoussante. Son visage était couvert de poils noirs, ses yeux n'étaient que de minuscules billes et sa bouche une barre oblique.

— Es-tu réveillée ? répéta-t-il.

— Oui, balbutia-t-elle.

— Bois ça, dit-il.

Un bras puissant la souleva, une tasse fut pressée contre ses lèvres et de l'eau coula dans sa gorge.

Le géant s'éloigna et elle se laissa choir sur l'oreiller.

— Que s'est-il passé ? demanda-t-elle, l'esprit embué.

— Tu t'es pris une balle, dit-il. Je t'ai trouvée dans les bois et t'ai portée jusqu'ici.

Tout devint clair et le cœur de Darcy se mit à battre plus vite.

— Où suis-je ? Depuis combien de temps suis-je ici ?

— Tu es dans mon bunker, répondit l'homme. J'ai

vu les infos à la télé. Manifestement, tu as beaucoup de problèmes mais je n'ai rien dit à la police.

— Pourquoi ?

— J'ai déjà eu des démêlés avec les flics et la justice. Je n'aiderai jamais ces bâtards.

Les yeux de Darcy se fermaient. Elle était toujours si fatiguée.

— Réveille-toi, murmurèrent les Ténèbres à l'oreille de Darcy.

Elle battit des paupières et sa main se posa sur sa gorge. Sous ses doigts, elle sentit une chaîne cadenassée à son cou. La terreur s'empara d'elle.

Le géant sourit quand les yeux de Darcy s'écarquillèrent.

— Qui êtes-vous ? demanda-t-elle. Qu'avez-vous fait ?

— Je m'appelle Billy Dawson. Et qu'ai-je fait ?

Il se gratta la barbe pour y réfléchir.

— Je t'ai surtout sauvée et tu m'es donc redevable, répondit-il enfin.

Le souffle coupé, Darcy comprit qu'elle était sa prisonnière.

— Regarde, murmurèrent les Ténèbres à l'oreille de Darcy. Là, dans le coin, il y a une hache.

La lame brillait à la lumière du feu.

Si elle voulait survivre, elle devrait laisser les Ténèbres prendre le contrôle.

— Vous avez raison, dit-elle à l'homme. Vous m'avez sauvée. Sans vous, je serais morte ou en prison.

Il sourit, pensant qu'il avait gagné.

Darcy sourit aussi en jetant un coup d'œil rapide sur la hache.

Tout comme Billy avait été son sauveur, elle serait sa damnation.

B.J. DANIELS

Un impitoyable piège

Traduction française de
FLORENCE BERTRAND

BLACK ROSE

HARLEQUIN

Titre original :
IRON WILL

1

Ébloui par le reflet du soleil, Hank Savage plissa les yeux et fixa le ranch familial à travers le pare-brise poussiéreux du pick-up.

Il ralentit et arrêta le véhicule. Puis, son bras hâlé reposant sur le volant, il promena son regard sur la propriété des Cardwell. Les dépendances en pierre et en rondins ne semblaient pas avoir changé, pas plus que la maison où il avait grandi. Une foule de souvenirs surgirent dans son esprit. Il se remémora les longues randonnées à cheval, les cabanes construites avec ses frères dans les bois, sa famille rassemblée autour de la grande table de cuisine, le soleil qui inondait la pièce, les fous rires partagés. Tout ce à quoi il avait renoncé, tout ce qu'il avait fui, tout ce qu'il avait perdu.

— Il y a longtemps que tu n'es pas venu ? demanda la ravissante brune assise sur le siège passager.

Ravalant la boule qui s'était logée dans sa gorge, il hocha la tête, repoussa son stetson et se demanda pourquoi diable il était revenu. C'était une mauvaise idée, sans doute la pire qu'il ait jamais eue.

— Tu as des regrets ?

Il hésita. D'ordinaire, il se targuait de ne pas avoir peur de grand-chose. Ni de monter un taureau sauvage, ni de grimper à un poteau électrique en pleine tempête pour rétablir l'électricité, ce qu'il faisait fréquemment dans son travail, au risque d'être électrocuté.

Pourtant, faire face au passé était une tout autre histoire. Il savait que, tôt ou tard, il verrait Naomi – dans ses rêves, dans ses cauchemars. Elle était là, elle l'attendait depuis trois longues années. Elle attendait qu'il revienne et qu'il lui rende justice.

Il se tourna vers Frankie.

— Tu es sûre de vouloir continuer ?

Elle se redressa, regarda le ranch et lui ensuite, et prit une profonde inspiration.

— Je le suis si tu l'es. Après tout, c'était ton idée.

Comme s'il avait besoin qu'elle le lui rappelle.

— Dans ce cas, je te suggère de te rapprocher.

Il tapota le siège à côté de lui et elle se blottit contre lui tandis qu'il l'entourait de son bras libre. Elle lui parut menue et fragile, pas du tout prête à affronter ce qui les attendait. Un instant, il fut sur le point de se raviser. Il n'était pas trop tard. Il n'avait pas le droit de la mêler à tout cela.

— Tout ira bien, murmura-t-elle en nichant le visage dans son cou. Fais-moi confiance.

Il l'attira plus près et lâcha la pédale de freins. Le pick-up se mit à rouler doucement vers le ranch. Il avait confiance en Frankie. Seulement, il savait que c'était une question de temps avant que Naomi vienne à lui et le supplie de faire ce qu'il aurait dû faire trois ans plus tôt. Un frisson le traversa en dépit de la chaleur étonnante de ce jour d'été.

Je suis là.

2

— Rester plantée devant la fenêtre ne va pas le faire arriver plus vite, marmonna le marshal Hud Savage à son épouse.

— Je ne peux pas m'empêcher d'être tout excitée. Ça fait trois ans.

Dana Cardwell Savage savait qu'il était inutile de le lui rappeler. Leur fils aîné avait manqué à Hud autant qu'à elle.

— Tu crois qu'il revient parce qu'il a rencontré quelqu'un ?

Hud mit la main sur son épaule.

— Ne tirons pas de conclusions trop hâtives, d'accord ? Nous verrons bien quand il arrivera. Je ne veux pas que tu aies de faux espoirs.

Il était trop tard pour cela, songea-t-elle. Sa famille avait toujours été au centre de sa vie. Le départ de ses fils lui avait brisé le cœur, surtout celui de Hank, et surtout à cause des circonstances qui l'avaient provoqué.

Elle refoula ces sombres pensées. Rien n'allait gâcher cette journée. Son fils aîné revenait au bercail après tout ce temps. C'était forcément une bonne nouvelle. Et il amenait une femme. Avec un peu de chance, cela signifiait qu'il était prêt à aller de l'avant après Naomi.

— C'est son pick-up ? s'écria-t-elle soudain, les yeux rivés au gros véhicule noir qui s'approchait. Je crois que oui !

— Tâche de ne pas pleurer, avertit son mari.

Elle était déjà sortie.

Frankie savait que la femme qui venait d'ouvrir la porte à la volée était Dana Cardwell Savage. Hank lui avait parlé d'elle. La douceur perçait dans sa voix quand il évoquait sa force et sa détermination.

Il l'avait avertie que sa présence ne manquerait pas d'éveiller la curiosité. En effet, sa mère scrutait l'habitacle, essayant sans doute d'apercevoir celle qui avait volé le cœur de Hank. Frankie éprouva un pincement de remords alors qu'un homme apparaissait derrière Dana.

Le marshal Hud Savage. Hank avait aussi beaucoup parlé de lui. Quand cela se produisait, un changement perceptible intervenait chez lui, non seulement dans le ton de sa voix, mais dans tout son corps. Les deux hommes étaient en conflit depuis longtemps. Contrairement à Dana, qui laissait libre cours à sa joie, Hud arborait une expression impassible. Après la manière dont son fils aîné et lui s'étaient quittés, sans doute avait-il des raisons de redouter cette visite.

Le bras de Hank se raidit autour d'elle tandis qu'il coupait le contact. Elle eut le sentiment qu'il était réticent à la lâcher. Enfin, il lui pressa doucement l'épaule.

— On peut le faire, n'est-ce pas ? Tu es prête ?

— Autant que je puisse l'être.

Il ouvrit sa portière. Aussitôt, Dana dévala les marches et se rua vers son fils. Les joues striées de larmes, elle le serra dans son bras et ferma les yeux. À en juger par son émotion, elle avait peut-être cru ne jamais le revoir.

Son amour pour Hank était palpable, songea Frankie en descendant à son tour du pick-up. Elle ne put s'empêcher de remarquer que Hud était resté au pied des marches et attendait, comme s'il ne savait quel accueil lui serait réservé. Envahie par un élan de compassion, elle contourna mère et fils pour s'adresser à lui.

— Bonjour, je suis Frankie, dit-elle, la main tendue. Francesca, mais tout le monde m'appelle Frankie.

Le marshal lui serra la main, la jaugeant du regard tandis qu'elle lui rendait la pareille. À l'évidence, Hud Savage craignait que la venue de son fils ne soit pas un signe de réconciliation. Il avait peur que Hank ne soit encore furieux contre lui. Et sans doute plus peur encore de décevoir sa femme en gâchant ces retrouvailles.

— Enchanté, dit-il d'une voix sourde.

— Frankie, intervint Hank derrière elle. Je veux te présenter ma mère, Dana.

Elle pivota et fit face à la propriétaire du ranch. Dana avait dû être très belle dans sa jeunesse. À présent, à plus de soixante ans, ses cheveux étaient poivre et sel, mais ses traits avaient conservé leur finesse et elle était toujours séduisante. On sentait aussi que c'était une personnalité. Dana la fixait avec l'intensité d'une maman ourse, évaluant son potentiel pour le poste de belle-fille.

Quoi qu'elle en ait conclu, Frankie se retrouva soudain dans ses bras.

— Je suis tellement contente de faire votre connaissance, s'écria la mère de Hank, au comble de l'émotion.

Derrière elle, Frankie entendit Hud saluer son fils.

— Bonjour, papa, répondit Hank sur un ton circonspect.

L'instant d'après, Dana les faisait entrer, expliquant à son fils qu'elle avait confectionné ses cookies et son plat préférés.

Frankie se sentit emportée par le mouvement. Tout irait bien, se rassura-t-elle, faisant taire ses doutes.

— Hank a l'air heureux, n'est-ce pas ? demanda Dana à son mari lorsqu'ils se retrouvèrent dans leur chambre.

La soirée s'était déroulée sans anicroche et elle espérait que, au fil du temps, les choses iraient en s'améliorant. Certes, elle n'avait pu ignorer la tension qui régnait entre son fils et son mari. Et cela lui serrait le cœur car elle ne voyait pas comment les rapprocher.

— Oui, répondit Hud, sans lever les yeux du roman policier qu'il lisait.

— Frankie est jolie, non ?

— Hum.

— Elle n'est pas comme je m'y attendais. Pas vraiment le genre de Hank, tu ne trouves pas ?

Cette fois, Hud jeta un coup d'œil dans sa direction.

— Il y a trois ans que nous ne l'avons pas vu. Nous n'avons pas la moindre idée du genre de fille qu'il préfère. Et sans doute que lui non plus. Il est encore jeune. D'ailleurs, j'ai toujours pensé que Naomi n'était pas son genre, ajouta-t-il avant de se replonger dans son livre.

— Il a trente-trois ans. Ce n'est pas si jeune s'il envisage de fonder une famille, lui fit-elle remarquer. En tout cas, Frankie ne ressemble en rien à Naomi.

— C'est peut-être ça qui lui plaît.

Il n'avait pas dit : « Peut-être est-ce une bonne chose », mais le sous-entendu était clair. Hud avait toujours été d'avis que Naomi n'était pas la femme qu'il fallait à Hank.

— Je suppose que oui. C'est juste que je pensais qu'il n'allait jamais surmonter la perte de Naomi.

Son mari posa son livre et tendit la main vers la lampe de chevet.

— Bonne nuit.

Dana n'insista pas et éteignit sa propre lampe. Dans quelques minutes, Hud serait endormi et ronflerait doucement alors qu'elle continuerait à s'inquiéter. Le pire, c'était qu'elle n'arrivait pas à mettre le doigt sur ce qui la troublait dans le retour de Hank et le fait qu'il ait amené une jeune femme.

— Il veut mettre cette triste histoire derrière lui, tu crois ?

Elle jeta un coup d'œil au dos de son mari, sachant pertinemment qu'il ne dirait rien, parce qu'il n'avait pas plus qu'elle la réponse à sa question.

Allons, songea-t-elle, l'important était que Hank soit à la maison et qu'il ne soit plus seul.

— Du moment qu'il est heureux…

Hud se mit à ronfler doucement. Dana poussa un soupir et ferma les yeux, priant silencieusement pour que sa famille retrouve la paix.

— C'est magnifique.

Debout sur la terrasse en bois, Frankie contemplait le ranch au clair de lune.

Adossé à la montagne, le chalet réservé aux invités dominait la propriété et la rivière Gallatin qui serpentait au fond de la vallée.

— Ce sont les lumières de la ville, là-bas ?

— Oui. C'est Big Sky, confirma-t-il sans grand enthousiasme.

Elle se tourna vers lui.

— Comment ça s'est passé, à ton avis ?

Il secoua la tête.

— Disons que je suis soulagé que ma mère m'ait écouté et qu'elle n'ait pas invité toute la tribu ce soir. Cela dit, l'atmosphère aurait peut-être été plus détendue. Demain, tu feras la connaissance de ma sœur, Mary, et de mes oncles et tante, plus divers cousins, soupira-t-il.

Elle avait du mal à imaginer une famille aussi nombreuse. Son père était parti alors qu'elle avait trois ans. Sa mère avait convolé plusieurs fois par la suite, mais les mariages n'avaient pas duré. Elle avait trouvé la mort dans un accident de voiture alors que Frankie venait de terminer ses études secondaires. Elles n'avaient jamais été proches. Hormis un oncle qui était devenu son mentor après l'université et qui était décédé à présent, Frankie n'avait connu aucun véritable lien familial.

— Tu pourrais leur dire la vérité, murmura-t-elle au bout d'un moment.

Au fond, elle se sentait coupable de mentir à ses parents.

Il secoua la tête.

— C'est assez difficile comme ça.

Il se tourna vers le chalet.

— Tu peux prendre la chambre principale. Je vais m'installer dans l'autre.

L'instant d'après, il rentra et ferma la porte.

Frankie resta sur la terrasse, respirant la senteur des pins et celle de la rivière qu'elle apercevait en contrebas, à la faible lueur des étoiles. Au-delà des falaises abruptes du canyon, les montagnes se dressaient dans le ciel bleu pétrole.

Elle était émerveillée, presque intimidée, par le paysage, le ranch et la famille de Hank. Comment avait-il pu tourner le dos à tout cela ? Cependant, la réponse lui semblait flotter dans la brise, comme si les lieux étaient hantés par une femme.

Naomi.

C'était elle qui avait poussé Hank à revenir.

Et à amener Frankie.

3

Hank se leva avant l'aube et descendit le sentier qui menait au corral. L'odeur des chevaux et du cuir lui avait manqué. Il l'inspirait à pleins poumons quand il entendit quelqu'un derrière lui.

Il avait toujours été très sensible à ce qui l'entourait. Quand on était élevé dans un ranch, on apprenait de bonne heure à être vigilant, à se méfier des dangers qui pouvaient rôder dans la nature. Cet instinct n'avait fait que s'intensifier durant les années qu'il avait passées loin du Montana, comme s'il avait senti une ombre le poursuivre, une ombre qu'il ne pouvait plus ignorer.

— Tu es debout de bonne heure, dit-il à son père sans se retourner.

— Je pourrais en dire autant à ton sujet, répondit celui-ci. J'ai pensé qu'on devrait parler, toi et moi.

— Ce n'est pas ce qu'on a fait hier soir à table ? lança Hank, sarcastique.

Son père avait à peine ouvert la bouche. Sa mère avait comblé les silences.

— Je suis content que tu sois revenu.

Hank se tourna enfin. Le soleil se levait derrière les sommets à l'est, les auréolant d'un vif éclat orangé. Il observa son père dans le jour naissant. Ils étaient de la même taille, larges d'épaules tous les deux, les hanches étroites. Pareillement obstinés. Ni l'un ni l'autre ne reculait jamais devant une dispute. Il fixa le marshal, encore en colère après tout ce temps.

— Je ne compte pas rester longtemps.

Hud acquiesça.

— Dommage. Ta mère sera déçue. Et moi aussi. Fiston…

— Il n'y a vraiment rien à ajouter, n'est-ce pas ? Nous nous sommes dit tout ce que nous avions à nous dire voilà trois ans. À quoi bon revenir là-dessus ?

— Je ne regrette pas d'avoir agi comme je l'ai fait.

Hank lâcha un rire.

— Le contraire m'aurait étonné.

Il secoua la tête.

— Ça doit être génial de savoir qu'on a toujours raison.

— Je n'ai pas toujours raison. Je fais seulement du mieux que je peux avec les informations et les preuves dont je dispose.

— Eh bien, cette fois, tu as tort, asséna Hank avant de se retourner vers les chevaux.

Une des juments s'était approchée, quêtant une caresse. Derrière lui, il entendit son père repartir vers la maison, et sentit un peu de sa tension se dissiper alors même qu'il étouffait un juron.

Dana avait insisté pour leur préparer un petit déjeuner. Après avoir dégusté des crêpes au beurre et au sirop, une tranche de jambon et deux œufs sur le plat, le tout accompagné d'un grand verre de jus d'orange, Frankie souriait aux anges. Elle ne se souvenait pas d'avoir jamais mangé autant ni aussi bien.

— Le dîner hier soir était fantastique, déclara-t-elle. Mais ce petit déjeuner… C'était vraiment délicieux. Je ne mange jamais comme ça.

— Je m'en doutais, répondit son hôtesse, visiblement ravie. Vous êtes si mince !

À l'évidence, la cuisine était pour Dana une manière

de montrer son amour pour les siens. Et son fils avait terminé son assiette, ce qui la comblait de joie.

— Eh bien, qu'avez-vous prévu de faire aujourd'hui, tous les deux ?

— Je me suis dit que je ferais visiter Big Sky à Frankie.

— Je crois que tu vas être étonné, commenta sa mère. La ville a beaucoup changé depuis ton départ. Rentrerez-vous pour déjeuner ? Ton père revient chaque jour à midi.

— Je crois que nous allons grignoter quelque chose en ville, mais merci, maman. Merci pour tout.

Les yeux de Dana s'emplirent de larmes.

— Je suis contente de t'avoir à la maison. Vous allez dîner ici, n'est-ce pas ? Ton père va faire griller des steaks au barbecue et nous aurons quelques invités. Pas toute la famille. Nous ne voulions pas effrayer Frankie.

— C'est gentil, murmura-t-il.

Frankie proposa son aide pour débarrasser, mais Dana ne voulut rien entendre.

— Non, non, merci. Allez vous amuser !

Il y avait peu de chances pour que ça arrive, songea Frankie en sortant avec Hank.

Hank, qui se sentait fébrile depuis le moment où il s'était levé, fut soulagé de quitter enfin le ranch. Il n'avait pas voulu peiner sa mère en refusant de prendre le petit déjeuner qu'elle avait confectionné. Ce serait déjà assez douloureux pour elle quand elle apprendrait la vérité.

Chassant cette pensée, il se concentra sur la route.

— Tu savais que la Gallatin prend sa source dans le parc national de Yellowstone et qu'elle parcourt deux cents kilomètres pour former le Missouri avec la Jefferson et la Madison ? demanda Frankie.

Elle semblait fascinée. Surpris, Hank pivota vers elle et la considéra avec un regain d'intérêt. Il avait grandi au bord de la Gallatin, elle avait fait partie de son terrain de jeux, et il avait appris à la respecter.

— Je le savais, oui.

Il reporta son regard sur l'eau verte et limpide qui coulait entre les rochers en contrebas, et déglutit malgré lui.

Il savait désormais combien la rivière pouvait être cruelle.

Au bout de quelques kilomètres, il ralentit et s'engagea sur un chemin de terre qui serpentait à travers les pins. Un nuage de poussière s'éleva derrière le pick-up. Hank abaissa la vitre et inspira les odeurs familières. Son cœur se serra.

Devant lui, il apercevait les parois du canyon au-dessus des arbres. Il se gara à l'ombre et resta un instant immobile, se préparant à ce qui allait suivre.

— C'est ici ? murmura Frankie, le regard rivé à la falaise.

Il descendit sans répondre. Il l'entendit ouvrir sa portière, mais elle ne le suivit pas. Sans doute savait-elle qu'il avait besoin de quelques minutes de solitude.

Un silence étrange régnait. En arrivant, il avait saisi le cri d'un écureuil dans un arbre voisin, l'appel d'une alouette dans les hautes herbes, les stridulations des sauterelles à chacun de ses pas.

En revanche, à présent qu'il était presque à l'endroit fatidique, aucun son ne lui parvenait hormis le murmure de l'eau qui lapait les rochers. Au sortir du bouquet de pins, il sentit une présence – comme toujours. Naomi. C'était comme si son âme avait été abandonnée là, sur le lieu où elle avait trouvé la mort.

Chancelant, il dut s'asseoir sur un des rochers. Il se couvrit le visage de ses mains et, submergé de douleur, perdit la notion du temps.

Enfin, il releva la tête et regarda, de l'autre côté de la rivière, le bassin d'eau profonde sous la falaise. Le soleil scintillait sur la surface couleur d'émeraude. La gorge nouée, il leva les yeux vers le rebord rocheux qui, loin au-dessus de lui, surplombait la rivière. Le saut des amoureux. C'était ainsi qu'on l'appelait.

L'attention de Hank se porta vers l'aval, et le sentier qui partait du pont. Il était à peine visible, en partie caché par les hautes herbes de l'été, mais il savait que les jeunes l'empruntaient encore pour gagner le promontoire. Le truc, bien sûr, était de prendre assez d'élan pour sauter. Sinon…

Un rayon de soleil traversa les branches. À demi aveuglé, il ferma les yeux et s'efforça de réfléchir. Il connaissait Naomi. Il savait qu'elle avait peur du vide. Jamais elle ne serait montée là-haut toute seule. Surtout le soir. Pourquoi aurait-elle suivi ce sentier à pic ?

Pourquoi aurait-elle sauté ?

Cela n'avait aucun sens.

Sauf si elle n'avait pas sauté. Sauf si on l'avait poussée.

Hank rouvrit les yeux. Une ombre s'avançait sur l'étroit sentier en direction du promontoire rocheux. La bouche soudain sèche, il sentit une onde de choc se répandre en lui alors même qu'il savait que son imagination lui jouait un tour. Ce n'était pas Naomi.

Il voulut crier, mais aucun son ne franchit ses lèvres. Figé par l'angoisse, il fixait la mince silhouette de Frankie, debout au bord du vide.

Hud se laissa tomber dans son fauteuil, furieux contre lui-même pour une foule de raisons qu'il n'avait pas envie d'examiner. Lâchant un juron, il déverrouilla le tiroir inférieur de son bureau et en sortit le dossier. Le fait qu'il l'ait gardé là depuis trois ans et qu'il l'ait consulté régulièrement était déjà navrant. Qu'il le ressorte ce jour-là était encore plus affligeant.

Il ne trouverait rien de nouveau dedans, il le savait.

Il aurait pratiquement pu réciter le rapport de police par cœur. Rien n'avait changé. Alors pourquoi le relire ? À quoi cela servirait-il ? À rien.

Malgré tout, il ne cessait de penser aux paroles de Hank. Son fils avait toujours refusé d'accepter la thèse du suicide. Bien sûr, Hud n'avait pas besoin de consulter un psychiatre pour savoir que le suicide était la pire des morts. Ceux qui restaient étaient rongés par un sentiment de culpabilité et devaient vivre avec les questions qui les hantaient. Pourquoi n'avaient-ils rien vu venir ? Pourquoi n'avaient-ils pu aider leur proche ? Pourquoi cette personne s'était-elle tuée ? À cause d'eux ? Voilà ce qui tourmentait Hank.

Pourquoi une ravissante jeune femme comme Naomi se serait-elle tuée ? Cela n'avait pas de sens.

Hud ouvrit le dossier. Était-il possible qu'il ait négligé un indice ? Il savait que non, et pourtant il se mit à l'éplucher de nouveau, se remémorant l'appel du pêcheur qui avait découvert le corps.

D'après le rapport du médecin légiste, la victime avait eu le crâne fracassé à la suite de sa chute. À son avis, soit elle était tombée, soit elle avait sauté de son plein gré.

Hank n'avait jamais cru à cette conclusion. Et il n'avait jamais pardonné à Hud de ne pas avoir poussé son enquête plus loin. Pour lui, Naomi n'avait pas sauté, et n'était pas tombée non plus. Il était convaincu qu'elle avait été assassinée.

Malheureusement, aucun indice n'étayait cette hypothèse, et Hud était un représentant de la loi, un homme qui se basait sur des faits, non sur des conjectures ou des émotions.

Là était le problème.

4

Le cœur au bord des lèvres, Hank regarda Frankie s'avancer, son téléphone portable à la main. Il comprit qu'elle faisait des photos de la scène, du sentier et de la rivière en contrebas.

Comme elle s'approchait du vide, une pierre se détacha de la falaise et éclata en mille morceaux en rebondissant sur des éboulis. Les fragments éclaboussèrent la surface lisse du trou d'eau, provoquant des vaguelettes qui arrivèrent jusqu'à la rive.

Hank sentit son estomac se nouer.

— Descends de là, cria-t-il, d'une voix rauque. S'il te plaît.

Incapable de continuer à l'observer, il se rassit et baissa la tête, luttant contre une bouffée de nausée. Lorsqu'il se ressaisit et releva les yeux, Frankie n'était plus sur le promontoire.

Le regard de Hank s'arrêta sur les rochers. Une angoisse atroce l'avait traversé et son pouls battait à toute allure, mais aucun corps ne gisait là. Aucun signe de Frankie. Il baissa la tête de nouveau et prit plusieurs profondes inspirations. Il ne sut pas combien de temps s'était écoulé quand il entendit des pas sur le tapis d'aiguilles de pin derrière lui.

— Je suis désolée, s'excusa Frankie. Je ne voulais pas remuer de mauvais souvenirs.

Il émit un juron et se remit debout, encore chancelant, acceptant l'aide de Frankie pour recouvrer son équilibre.

— Je ne suis pas comme ça en temps normal, marmonna-t-il.

Elle sourit.

— Tu crois que je ne le sais pas ?

— Tu aurais dû me dire que tu allais grimper là-haut.

— Tu aurais essayé de m'en empêcher, rétorqua-t-elle en sortant son téléphone de sa poche. Il fallait que je voie l'endroit de mes propres yeux.

Elle jeta un coup d'œil à l'écran.

— Tu y es monté ?

— Pas depuis que Naomi est morte, non.

Elle fronça les sourcils, inclinant la tête de côté.

— Tu as sauté de là-haut ?

— Quand j'étais jeune et inconscient.

Frankie acquiesça.

— Il faut prendre son élan pour manquer les rochers et atterrir dans l'eau. Ça exige un certain cran.

— C'est le genre de truc qu'on fait quand on est entre jeunes idiots et qu'on se lance des défis, soupira-t-il. Naomi ne l'avait jamais fait. Elle avait le vertige et une peur bleue du vide. C'est pour ça que je sais qu'elle n'est pas allée là-haut toute seule. Quelqu'un l'y a forcée.

— Parfois, les gens s'obligent à surmonter leurs angoisses, observa Frankie avec un haussement d'épaules.

— Pas Naomi. Elle avait peur d'un tas de choses. Comme les chevaux. J'avais essayé de lui apprendre à monter.

Il secoua la tête.

— Crois-moi, elle n'aurait pas grimpé là-haut à moins d'avoir un pistolet sur la tempe. Même si elle avait voulu se tuer, elle n'aurait pas choisi de le faire sur ce promontoire.

Sur quoi, il pivota et repartit vers le pick-up. Il regrettait amèrement d'être revenu. Il avait toujours su que ce serait une épreuve, mais il ne s'était pas attendu à être affecté à ce point. S'était-il imaginé que Naomi ne serait plus là ? Que son âme serait en paix ? Non. Cela n'arriverait pas tant que le mystère de sa mort n'avait pas été éclairci.

Frankie ne reprit la parole qu'au moment où ils remontaient en voiture.

— Tôt ou tard, il faudra que tu m'expliques pourquoi ton père ne croit pas à la possibilité d'un meurtre.

— Je vais faire mieux. Je t'obtiendrai un exemplaire du dossier. Entre-temps, je vais te faire visiter Big Sky. Je ne suis pas encore prêt à dire la vérité à mes parents.

Elle acquiesça et se cala sur son siège, comme pour apprécier le trajet.

— Je me suis chronométrée pour aller du pont au promontoire. Il m'a fallu onze minutes. Combien de temps Naomi aurait-elle mis, à ton avis ?

— C'est important ?

— Ça pourrait l'être.

Elle se tourna vers lui.

— Tu as dit que le médecin légiste avait basé son estimation de l'heure du décès sur la montre de Naomi, parce qu'on croit qu'elle s'est brisée lors de sa chute. Il faut qu'on examine la chronologie des événements. Elle t'a laissé au ranch, n'est-ce pas ? Le trajet jusqu'ici nous a pris dix minutes. Elle a pu aller un peu plus vite que nous puisque c'était l'automne et en dehors de la saison touristique, je suppose ?

Il hocha la tête.

— Par conséquent, si elle est venue directement au pont après avoir quitté le ranch…

— Ce n'est pas le cas. Elle a dû rencontrer son assassin en route quelque part. Peut-être qu'elle s'est arrêtée acheter de l'essence… Ou qu'elle a pris un auto-stoppeur.

Frankie lui décocha un regard stupéfait.

— D'après la description que tu m'as faite d'elle, ça me paraît peu probable.

— À moins que ça n'ait été quelqu'un qu'elle connaissait.

Il soupira.

— On peut parler d'autre chose pendant un petit moment ? demanda-t-il, agacé contre lui-même. Que sais-tu de Big Sky ?

Elle regarda en direction de la ville alors qu'il ralentissait pour s'engager sur la bretelle de sortie.

— Je sais que la ville a été fondée par Chet Huntley, le présentateur de NBC, et que, du point de vue de sa superficie, c'est la deuxième station de ski du pays.

Elle désigna Lone Mountain.

— Et que cette montagne atteint presque trois mille mètres d'altitude.

Il jeta un coup d'œil vers elle et s'esclaffa.

— Tu es une encyclopédie ambulante. Tu te documentes toujours autant quand tu… travailles ?

— Bien sûr, répondit-elle en souriant. Je trouve ça intéressant. Comme ce canyon. Il y a tant d'histoire ici. J'essaie d'imaginer cette route à l'époque où ce n'était qu'une piste et que Yellowstone n'était accessible qu'à cheval ou en charrette.

— Je ne savais pas que tu étais à ce point férue d'histoire.

Elle haussa les épaules.

— Il y a une foule de choses que tu ne sais pas à mon sujet.

Il n'en doutait pas. Il continua à l'étudier à la dérobée, songeur. Elle ne cessait pas de le surprendre. Elle était si intrépide. Si différente de Naomi. Quand il l'avait vue sur ce surplomb… Au prix d'un effort, il se força à repousser cette pensée.

Ils entraient dans Meadow Village, la partie basse de Big Sky. Sa mère avait raison. Il reconnaissait à peine la petite ville tant elle avait changé. De nouveaux immeubles avaient été construits, ainsi que des boutiques et des restaurants. Il emprunta la route qui grimpait jusqu'à Mountain Village, où était située la station de ski proprement dite. Il prenait plaisir à faire visiter la localité à Frankie. Au moins, pendant ce temps-là, il ne pensait pas à Naomi.

— Tu as fait la connaissance de la femme que Hank a amenée ?

Occupée à sortir des cookies du four, Dana leva les yeux vers sa sœur, Stacy.

— Je me demandais si tu les avais vus ce matin, avant qu'ils partent en visite.

Stacy secoua la tête. Plus âgée que Dana, elle avait eu une jeunesse assez mouvementée. Après plusieurs mariages ratés, elle s'était assagie à la naissance de sa fille, Ella, et était revenue vivre au ranch, dans un chalet à flanc de montagne.

— Je me suis arrêtée chez eux ce matin pour voir s'ils n'avaient besoin de rien, avoua-t-elle, évitant le regard de sa sœur.

Cependant, Dana la connaissait trop bien pour s'y tromper.

— Qu'y a-t-il ? demanda-t-elle sur un ton sec, les mains sur les hanches.

Stacy sourit.

— Rien qui mérite de monter sur ses grands chevaux, juste un détail un peu étrange.

— C'est-à-dire ?

— Je ne voudrais pas jouer les commères, mais j'ai remarqué qu'ils avaient fait chambre à part cette nuit.

Les sourcils froncés, Dana enfourna un nouveau plat de cookies et referma la porte. N'avait-elle pas eu l'intuition que quelque chose clochait entre Hank et Frankie la veille ?

— Ils ont dû se disputer. Je suis sûre que c'est difficile

pour eux deux d'être ici après ce qui s'est passé avec Naomi. Ça doit forcément causer des tensions entre eux.

— Sans doute. Elle te plaît ?

— Oui. Elle est très différente de Naomi.

— Que veux-tu dire par là ?

— Elle n'est pas timide du tout. Elle est plus sûre d'elle, elle semble plus… indépendante. Enfin, c'est l'impression que j'ai eue. Tu te souviens comment était Naomi ?

Sa sœur arqua les sourcils.

— Qu'elle avait peur de tout, tu veux dire ?

Dana avait été sidérée la première fois que Hank avait amené la jeune femme au ranch et que celle-ci avait refusé tout net de monter à cheval.

Je serais terrifiée, avait-elle déclaré.

Naomi ne… s'intéresse pas beaucoup aux activités de plein air, avait expliqué Hank. C'était un euphémisme. Dana s'était demandé si elle pourrait s'habituer à la vie au ranch. En fait, il était vite devenu évident que Naomi n'avait pas la moindre intention d'essayer.

— Frankie a l'air de quelqu'un qui sait se débrouiller dans toutes les situations. J'ai vu Hank l'observer durant le dîner hier soir. Il semble intrigué par elle.

— J'ai hâte de la rencontrer.

— Viens dîner avec nous. Mary sera là, et Jordan et Liza aussi. Je me suis dit que c'était assez pour commencer.

— Génial. Je viendrai de bonne heure pour t'aider à tout préparer. Désolée d'avoir mentionné cette histoire de chambres à part. Je suis sûre que ce n'est rien.

Frankie contemplait les montagnes depuis la table du restaurant et avait l'impression d'être en vacances, ce qui ne lui était pas arrivé depuis des années. Elle se serait sentie coupable sauf que, strictement parlant, elle travaillait bel et bien. Elle regarda le cow-boy en face d'elle, se remémorant le jour où il était entré dans son agence à Lost Creek, dans l'Idaho.

— Pourquoi maintenant ? avait-elle demandé lorsqu'il avait expliqué vouloir l'engager pour découvrir ce qui était réellement arrivé à sa petite amie. Trois ans ont passé, non ? L'affaire a été classée. Je doute qu'il y ait grand-chose à trouver.

Voyant que sa réponse le chagrinait, elle s'était empressée de nuancer ses propos.

— Je ne dis pas qu'il soit impossible de résoudre une affaire aussi ancienne…

Elle l'avait persuadé de s'asseoir et de lui relater toute l'histoire. Il était apparu que le marshal – le père de Hank – était tombé d'accord avec le coroner pour conclure à un suicide. Or il était manifeste que Hank avait été fou amoureux de la victime. Naturellement, il se refusait à croire que la femme qu'il aimait ait pu se jeter du haut d'une falaise.

— Je pensais que je finirais par accepter, avait-il admis. Mais je ne peux pas. Je ne veux pas. Il faut que je sache la vérité. Je sais que ça va vous sembler dingue, mais j'ai l'impression que Naomi me supplie de trouver son assassin.

Frankie avait acquiescé. Cela ne lui paraissait pas si insensé. C'était avant tout la manifestation d'un sentiment de culpabilité.

Son téléphone portable avait sonné. Elle avait vérifié qui l'appelait et refusé l'appel. Cependant, Hank avait remarqué qu'elle était contrariée.

— Écoutez, si vous voulez répondre…

— Non.

Pour rien au monde elle ne voulait décrocher. Ce qui la troublait, c'était plutôt la certitude que, si elle s'obstinait à ne pas répondre, son interlocuteur allait finir par enfoncer sa porte.

— En somme, que voudriez-vous que je fasse ?

Hank le lui avait expliqué. Frankie l'avait écouté avec une incrédulité croissante.

— Vous voulez que je vous accompagne à Big Sky.

— Je sais que c'est beaucoup demander et que ça dérange peut-être vos projets.

Au contraire. Il ne pouvait pas savoir à quel point sa proposition tombait à pic.

— Je me rends compte combien c'est important pour vous. Je ne peux rien vous promettre, mais je viendrai et je mènerai mon enquête sur l'incident.

Elle avait sorti un contrat standard de son bureau et le lui avait tendu, avec un stylo.

Hank n'avait même pas pris la peine de le lire.

— Voici cinq cents dollars d'acompte, avait-il déclaré en sortant les billets de son portefeuille. Je réglerai toutes vos dépenses et vous aurez un bonus de cinq mille dollars en plus de vos honoraires normaux si vous élucidez l'affaire. Quand pouvez-vous partir ?

Le téléphone de Frankie avait sonné de nouveau.

— Tout de suite, avait-elle dit.

5

Le soir même, Frankie dînait avec Hank et ses parents à Cardwell Ranch. Elle avait eu beau essayer de se détendre, elle n'y était pas vraiment parvenue. Elle comprenait désormais en partie le problème entre Hank et son père. D'après ce qu'elle pouvait en juger, le marshal aussi était en colère contre son fils. Hank avait refusé d'accepter sa conclusion concernant le décès de Naomi, une décision qui concordait avec celle du médecin légiste.

Hank était d'avis que son père avait opté pour la solution de facilité. Cependant, quelques heures passées en compagnie de Hud Savage avaient suffi à Frankie pour juger d'instinct que ce dernier n'était pas homme à choisir la facilité. À l'évidence, il croyait en son âme et conscience que Naomi s'était suicidée.

Hank n'avait pas été très loquace durant le repas. Il s'était montré poli avec les membres de sa famille, mais Frankie l'avait senti encore profondément affecté par leur visite à l'endroit où Naomi avait trouvé la mort.

Elle avait mis la main sur sa cuisse pour l'aider à se détendre, et il avait tressailli. Une réaction qui n'avait échappé ni à sa mère ni à sa tante Stacy. Pour donner le change, Frankie avait souri et s'était blottie contre lui, mais, s'il espérait garder leur secret plus longtemps, il allait falloir qu'il soit plus attentif. Après tout, c'était lui qui avait suggéré qu'ils fassent semblant d'être un couple, de façon que Frankie puisse enquêter discrètement sur la mort de Naomi sans que Hank entre en guerre avec son père.

Quand elle s'était nichée contre lui, il avait enfin réagi et passé un bras autour d'elle pour l'attirer plus près.

— Détends-toi, mon cœur, lui avait-elle murmuré à l'oreille.

Il avait hoché la tête en riant et elle s'était penchée pour l'embrasser sur les lèvres. Ça avait été un baiser rapide, censé dissiper d'éventuels doutes sur leur relation. Pris par surprise, Hank avait longuement soudé son regard au sien, puis souri.

Frankie avait lu le soulagement sur le visage de Dana. Sa mère avait été convaincue. Sa tante, moins, mais peu importait. Plus longtemps ils pouvaient donner le change, mieux cela vaudrait. Sinon, père et fils s'affronteraient ouvertement. Une situation que ni l'un ni l'autre ne souhaitait, puisqu'ils étaient passés par là trois ans plus tôt, et que cela n'avait rien produit de bon. Il n'en irait pas autrement cette fois-ci.

— Du gâteau ? proposa Dana en se levant.

— Avec plaisir, répondit Frankie. Permettez-moi de vous aider.

Malgré les protestations de Dana, elle suivit celle-ci dans la cuisine.

— Le repas était délicieux, complimenta-t-elle en prenant une pile d'assiettes.

Comme elle s'y attendait, Dana mit à profit le fait qu'elles étaient seules pour se tourner vers elle.

— Je ne voudrais pas être indiscrète, mais est-ce que tout va bien entre Hank et vous ?

Frankie sourit et s'adossa au plan de travail. Elle adorait cette cuisine chaleureuse, avec ses murs peints en jaune soleil, agrémentés de photos de famille et d'amis. Il émanait de cette pièce, de cette maison, de ce ranch, une espèce de permanence rassurante. Comme si, quoi qu'il arrive derrière cette porte, cet endroit survivrait à la tempête car il avait survécu à bien d'autres.

— C'est difficile pour lui d'être ici à cause de Naomi, expliqua-t-elle.

— Bien sûr, murmura Dana, soulagée. Mais vous êtes là pour le soutenir.

Elle acquiesça en souriant.

— Oui, et il le sait. Cela dit, il est tendu. Ne vous inquiétez pas. Je veillerai sur lui.

Les yeux pleins de larmes, Dana s'avança et l'étreignit.

— Vous ne pouvez pas savoir à quel point je suis contente que Hank vous ait trouvée.

Frankie ne s'était pas attendue à ce que ses paroles, délibérément vagues, produisent un tel effet. Cependant, elle rendit son étreinte à Dana, savourant momentanément l'élan d'affection de cette femme ouverte, sincère.

Dana recula et essuya ses larmes.

— Nous ferions mieux de servir le dessert avant d'avoir une émeute sur les bras, plaisanta-t-elle. Prenez le gâteau, voulez-vous ? Je me charge des assiettes et des couverts.

— Je suis désolé, s'excusa Hank quand ils furent seuls dans leur chalet.

Le dîner avait été un calvaire, mais il savait qu'il aurait dû jouer la comédie mieux qu'il ne l'avait fait.

— Tu as été fantastique.

— Merci. Ta mère avait peur qu'on ait des problèmes de couple. Je lui ai dit que tu étais tendu à cause de Naomi. Ta famille est géniale, ajouta-t-elle. Ils t'aiment tous, c'est évident.

Il eut un grognement d'assentiment. Il détestait mentir aux siens, surtout à sa mère.

— C'est ça qui est si dur. Pendant le dîner, j'ai failli leur dire toute la vérité.

Il sentit le regard de Frankie s'attarder sur lui.

— Pourquoi ne l'as-tu pas fait ?

Il secoua la tête. Il songeait au baiser de Frankie, au moment où elle s'était blottie contre lui. Il avait su que de tels instants seraient nécessaires s'ils voulaient se faire passer pour un couple, néanmoins son initiative l'avait pris par surprise.

Et la réaction de son corps à ce baiser, à Frankie, l'avait stupéfié.

Il se détourna.

— Je crois que je vais aller faire un tour. Ça ne t'ennuie pas de rester ici toute seule ?

Elle émit un petit rire.

— Je crois que ça ira. J'ai suivi des cours d'autodéfense et j'ai un permis de port d'armes. Tu ne m'as jamais posé la question, mais je suis une excellente tireuse.

— Tu as une arme ?

Il n'aurait pas dû être si étonné, et pourtant il l'était. Elle paraissait trop féminine pour le métier qu'elle faisait. Mince, sportive, visiblement en forme, elle ne cessait d'éveiller son admiration.

Si quelqu'un pouvait découvrir la vérité sur Naomi, c'était elle.

Hank parti, Frankie sortit son téléphone et examina les clichés qu'elle avait pris sur le promontoire. Debout au bord du vide, le vent soufflant autour d'elle, elle avait essayé d'imaginer les pensées de Naomi dans ses derniers instants. Avait-elle eu le temps d'en avoir ?

Hank était certain qu'elle avait été assassinée. Pourtant, pousser quelqu'un dans le vide était une étrange manière de commettre un meurtre. De plus, elle soupçonnait que Hud avait d'autres raisons de croire à un suicide. Le tueur aurait dû traîner Naomi le long du sentier, et la forcer à s'avancer sur le rebord, ce qui n'était pas sans danger :

dans sa terreur, elle aurait pu tenter de s'agripper à lui et l'entraîner dans sa chute.

Comment le tueur avait-il procédé pour l'en empêcher ? C'était un homme, forcément. Du moins, c'était ainsi que Frankie l'imaginait. À moins que le couple ne soit monté là-haut avec d'autres intentions…

Elle se massa les tempes, songeuse. Les gens avaient souvent un comportement qu'on n'attendait pas d'eux. Ce qui la ramenait à la thèse du suicide. Et si Hank se trompait ? Si le suicide était la seule conclusion à laquelle elle parvenait après cette comédie avec cette famille ? Pourrait-il enfin se résoudre à l'accepter ?

La porte s'ouvrit et il entra, apportant une bouffée d'air pur et doux. Un instant, sa silhouette s'encadra sur le seuil, ses épaules larges emplissant l'espace. Puis il s'avança dans la lumière. Son visage séduisant était altéré par le chagrin. Le cœur de Frankie se serra. Elle ne pouvait imaginer combien il avait aimé Naomi. Même trois ans plus tard, il continuait à souffrir.

— Je voudrais parler à la mère de Naomi demain matin, dit-elle en se détournant. Elle s'appelle Lillian Brandt, c'est ça ?

— Oui.

Sa voix était rauque.

— Ce serait utile que tu m'expliques ce qui se passait dans la vie de Naomi juste avant qu'elle meure, les raisons qui ont incité le légiste et ton père à croire à un suicide.

Comme il ne répondait pas, elle pivota de nouveau. Il était resté à côté de la porte, la tête baissée, son stetson à la main. Stupéfaite, elle réprima l'envie de faire un pas en avant et de l'entourer de ses bras.

— Il y a quelque chose que je ne t'ai pas dit.

Il s'éclaircit la voix et releva la tête.

— Naomi et moi nous sommes disputés ce soir-là, avant qu'elle quitte le ranch.

Il déglutit.

Devinant que la conversation allait prendre un certain temps, elle désigna les fauteuils d'un geste et se tourna vers la cuisine.

— Une bière ? proposa-t-elle par-dessus son épaule.

Elle n'entendit pas sa réponse, mais en sortit deux du réfrigérateur et regagna le coin salon.

Assis au bord d'un des sièges, il tripotait nerveusement son chapeau. Frankie lui tendit une canette, dévissa la capsule de la sienne et s'installa en face de lui. Elle but une gorgée de bière. La boisson glacée, délicieuse, la réconforta, chassant les pensées qu'elle avait eues un instant plus tôt, en voyant Hank debout sur le seuil.

Elle mit les pieds sur la petite table usagée, sachant que ses bottines ne seraient pas les premières à se poser là. Elle voulait créer une atmosphère de camaraderie, pour qu'il soit plus facile à Hank de lui dire la vérité. Son oncle, un ancien policier, lui avait appris cette technique lors de ses débuts.

Hank n'avait toujours pas commencé sa bière. Il grattait l'étiquette de la canette du bout du pouce.

— Pourquoi vous êtes-vous disputés ?

— J'étais stupide.

Il émit un rire amer, levant les yeux pour affronter son regard.

— Naomi avait hâte de se marier. Je ne me sentais pas prêt.

Sa voix se brisa de nouveau.

— Elle m'a dit que je la tuais.

Frankie but une nouvelle gorgée avant de poursuivre.

— Depuis combien de temps étiez-vous ensemble ? demanda-t-elle, donnant à Hank un moment pour se ressaisir.

À son tour, il but un peu de bière.

— Nous nous sommes rencontrés après le lycée.

C'était un rendez-vous organisé par des amis communs. Elle travaillait comme vendeuse, mais elle rêvait d'être mère au foyer.

Il détourna les yeux.

— Je crois que c'est ce qu'elle désirait par-dessus tout. Et même plus que moi.

Elle saisit quelque chose dans ses paroles. Dans sa voix.

— Tu ne doutais pas de son amour pour toi, si ?

— Non, répondit-il très vite, avant de secouer la tête. Enfin, j'en ai douté ce soir-là. J'ai douté de beaucoup de choses. Elle semblait si… différente de moi. Je veux dire, elle n'aimait rien au ranch. Ni les chevaux, ni la poussière, ni le travail que je faisais. J'avais un diplôme de gestion. J'avais eu l'intention de revenir aider mes parents au ranch.

— C'est ce que tu faisais, non ?

Il acquiesça.

— Oui, mais Naomi ne voulait pas rester là. Le canyon ne lui plaisait pas, la maison non plus. Elle voulait un pavillon dans un lotissement à Bozeman. Dans ce qu'elle appelait « la civilisation avec des trottoirs ».

Il secoua la tête de nouveau.

— Avant ce soir-là, je ne m'étais pas rendu compte à quel point les trottoirs comptaient à ses yeux. Elle voulait tout ce dont je ne voulais pas.

— Qu'est-ce que tu aurais fait à Bozeman ?

— Son beau-père m'avait offert un emploi. Il était agent immobilier et il disait qu'il pourrait m'apprendre le métier.

Hank but une longue goulée de bière.

— Mais j'étais un rancher. J'ai grandi ici. C'est ce que je sais faire et…

— … Ce que tu aimes.

Ses yeux bleus se soudèrent à ceux de Frankie. Elle y lut une douleur encore plus profonde que celle qu'elle avait imaginée. Il s'accablait de reproches à cause de cette dispute. Il avait refusé à Naomi ce qu'elle désirait le plus au monde, une autre version de lui-même.

— Donc elle est partie blessée, et en colère, conclut-elle. T'a-t-elle dit où elle allait ? Je suppose que vous viviez ensemble ici ?

— Elle m'a dit qu'elle allait dormir chez son amie Carrie à Meadow Village, qu'elle avait besoin de temps pour réfléchir à tout ça.

Il déglutit de nouveau.

— Je l'ai laissée partir sans essayer de nous réconcilier.

— J'ai l'impression que ce n'aurait pas été facile, commenta Frankie.

Elle termina sa bière et se leva, montrant la canette à Hank. Il mit quelques secondes à comprendre qu'elle lui en proposait une deuxième et se hâta d'achever la sienne. Frankie emporta les deux bouteilles vides dans la cuisine et revint avec deux autres.

— Tu as essayé de l'appeler ce soir-là ou le lendemain matin ?

Tout en parlant, elle songea qu'elle connaissait déjà l'opinion des parents de Hank concernant son éventuel mariage avec Naomi. Sans vouloir influencer leur fils, ils espéraient sans doute que ce dernier n'allait pas épouser une femme avec qui il était si mal assorti. Une femme décidée à l'éloigner du ranch et de tout ce qu'il aimait.

— Ce soir-là, je n'étais pas d'humeur à en discuter davantage. J'ai attendu le lendemain matin pour lui téléphoner.

Il décapsula sa bière et but longuement.

— Peut-être que si j'avais appelé tout de suite après son départ…

— Qu'avais-tu l'intention de lui dire ? demanda-t-elle, curieuse.

Peu importait à présent. Et ses intentions n'avaient

aucun rapport avec ce qui était arrivé à Naomi. À ce moment-là, elle était morte.

— J'allais lui dire que je ferais ce qu'elle voulait.

Il lâcha un long soupir et fit passer la canette dans son autre main.

— Et puis elle n'a pas décroché, et j'ai changé d'avis. Je me suis rendu compte que ça n'allait pas marcher entre nous.

Sa voix s'éteignit.

— Je l'aimais, reprit-il tout bas, mais elle voulait me transformer, et je ne pouvais pas être l'homme qu'elle voulait que je sois.

Il étrécit les yeux.

— Elle aurait pu me déguiser, mais au fond je serais resté un cow-boy.

— Tu as laissé un message sur son téléphone ?

Il hocha la tête et détourna les yeux. Ils étaient pleins de larmes.

— Je lui ai dit au revoir, mais il était déjà trop tard.

La douleur se lisait sur ses traits.

Frankie demeura un instant silencieuse, assimilant ses paroles.

— Son téléphone portable a été retrouvé sur elle ou dans la voiture ?

Il fit non de la tête.

— Qui sait ce qu'il est devenu ? Il a pu être emporté par la rivière. Les adjoints l'ont cherché, mais il n'a jamais été retrouvé.

Sa voix s'étrangla.

— Peut-être que je l'ai bel et bien conduite au suicide.

Comme s'il avait besoin de se ressaisir, il but une longue gorgée de bière.

— Pour ce que ça vaut, je vais te donner mon opinion professionnelle, répondit Frankie, sachant que celle-ci n'allait sans doute pas lui plaire. Je ne crois pas qu'elle se soit tuée. Elle savait que tu l'aimais. Elle voulait juste évacuer sa frustration en allant chez son amie. Celle-ci l'a vue ?

Il secoua la tête.

— Par conséquent, elle n'est pas allée là-bas. Ça aurait pu expliquer la différence entre l'heure à laquelle elle t'a quitté et celle où sa montre a été brisée. A-t-elle pu aller ailleurs ? Chez une autre amie ? Ou un autre ami ?

Il écarquilla les yeux.

— Un ami ? Pourquoi poses-tu cette question ?

— Parce que je connais les gens. Elle comptait sur toi pour que tu changes et que tu fasses ce qu'elle voulait, mais au bout de quatre ans… Elle a pu se rendre compte qu'elle n'allait pas gagner la bataille et avoir un autre soupirant qui attendait son heure.

Hank abattit sa canette sur la table et se leva d'un bond.

— À t'entendre, elle était une…

— … Une femme résolue à se marier, à avoir des enfants et à rester à la maison pour les élever pendant que son mari avait un travail solide qui lui permettait de réaliser tous ses rêves ?

— Elle… Elle n'était pas…

Il paraissait incapable de trouver ses mots.

— Écoute-moi, Hank. Naomi était belle et avait ses propres aspirations.

Il lui avait montré des photos de la jeune femme : blonde, les yeux verts, d'une beauté sans artifice.

Frankie se leva et termina sa bière avant de continuer. Sans doute avait-elle été trop franche avec lui. Mais il fallait que quelqu'un le soit, songea-t-elle. Ce n'était pas seulement la bière qui l'avait incitée à dire ce qu'elle avait dit. Ni le soudain pincement de jalousie qu'elle éprouvait lorsqu'elle pensait à Naomi.

En réalité, elle était furieuse contre lui, parce qu'elle savait que, s'il avait réussi à joindre Naomi ce matin-là, il se serait plié à ses désirs et il l'aurait épousée, avec tout ce que cela impliquait. Par certains côtés, il aurait été malheureux et lui en aurait voulu jusqu'à la fin de ses jours, mais, étant l'homme qu'il était, il aurait fait contre mauvaise fortune bon cœur. La mort de Naomi l'avait sauvé, et il ne s'en rendait même pas compte.

— Il faut qu'on trouve cet autre homme, conclut-elle en mettant sa canette à la poubelle de recyclage.

Elle se dirigea vers sa chambre tandis que Hank lâchait un juron.

— Tu te trompes. Tu te trompes complètement. Je ne sais pas pourquoi je…

Elle ferma la porte de sa chambre derrière elle, coupant court à ses protestations. Il était furieux, sans doute prêt à la congédier. Il ne lui restait plus qu'à espérer qu'il se calme d'ici au lendemain matin et se fie à son jugement. Oh ! elle avait connu des femmes telles que Naomi toute sa vie – à commencer par sa mère, qui allait d'une relation à l'autre, toujours déçue. C'était cela le problème quand on essayait de changer un homme.

Étendu sur son lit, Hank ne parvenait pas à trouver le sommeil. Il fixait le plafond, se maudissant d'avoir amené Frankie ici. Où avait-il eu la tête ? C'était sans doute la pire idée de sa vie. À l'évidence, elle n'avait rien compris. Elle n'avait pas connu Naomi.

Un autre homme ?

Il était tenté de faire irruption dans sa chambre, de lui ordonner de faire ses bagages et de la ramener dans l'Idaho sur-le-champ. Au lieu de quoi, il se tourna et se retourna, de plus en plus furieux à mesure que le temps passait. Il la renverrait. Dès le lendemain. À la première heure.

Pour qui se prenait-elle ? Comment osait-elle juger Naomi de la sorte ? Naomi était douce, gentille, peut-être un peu trop timide… Un autre homme qui attendait son heure ! Cette suggestion le mettait dans une colère noire.

Vers minuit, un peu calmé, il se surprit à se demander si Carrie, l'amie de Naomi, en savait plus long qu'elle ne l'avait admis sur le moment. S'il y avait un autre homme…

Il repoussa violemment cette pensée. Naomi l'aimait. Elle n'aimait que lui. Elle n'avait voulu que son bonheur. Il roula sur lui-même. Elle croyait savoir ce qui le rendrait heureux. Il batailla avec la couverture qui s'était enroulée autour de ses jambes. Peut-être que, si elle avait vécu plus longtemps, elle aurait compris que la meilleure manière de faire son bonheur était de rester au ranch et de le laisser exercer le métier qu'il aimait. Qui se souciait des trottoirs, enfin ?

Les yeux rivés sur le plafond, il sentit le poids de sa mort lui comprimer la poitrine, si lourd qu'il pouvait à peine respirer.

Tu ne veux pas t'autoriser à croire qu'elle s'est suicidée parce que tu te sens coupable à cause de votre dispute, avait dit son père. *Fiston, crois-moi, il a fallu plus qu'une querelle idiote pour la pousser à faire ce qu'elle a fait. Trop souvent nous ne connaissons pas vraiment nos proches ni ce qui les pousse à se conduire comme ils le font. Ce n'était pas ta faute.*

Hank soupira au souvenir des paroles que son père avait prononcées trois ans plus tôt. Avait-il pu se tromper sur bien des choses ? Il entendit sa porte s'ouvrir. La silhouette de Frankie apparut sur le seuil.

— S'il y avait un autre homme, cela prouverait qu'elle ne s'est pas suicidée, dit-elle.

Le battant se referma.

Il le fusilla longuement du regard. Même si Frankie était retournée s'enfermer dans sa chambre, il savait qu'il pourrait enfoncer la porte d'un coup de pied. Cependant, il tira la couverture sur lui et ferma les yeux, épuisé. S'il y avait eu un autre homme, cela signifierait qu'il avait peut-être raison de croire que Naomi avait été assassinée.

Était-ce censé le réconforter ?

6

— J'ai dit à ma mère qu'on allait prendre le petit déjeuner en ville ce matin, annonça Hank le lendemain matin lorsque Frankie sortit de sa chambre, douchée et habillée.

Il portait sa veste et sentait l'air frais, de sorte qu'elle en déduisit qu'il était allé à la maison principale.

— Je vais prendre une douche, reprit-il. Si tu veux interroger la mère de Naomi, il faut qu'on arrive chez elle avant qu'elle parte au travail.

Sur quoi, il pivota et s'engouffra dans sa chambre.

Frankie sourit. Il était toujours fâché, mais il ne l'avait pas renvoyée. Du moins, pas encore.

Elle se rendit dans la cuisine et fit griller des tartines. Hank revint quelques minutes plus tard, vêtu d'un jean et d'une chemise western, ses cheveux noirs ébouriffés et encore humides. Sans un mot, il attrapa son stetson et se dirigea vers la porte. Elle le suivit, se souriant à elle-même. La journée risquait d'être longue, mais elle était contente d'avoir gardé son travail pour de nombreuses raisons, la première étant qu'elle désirait plus que jamais élucider le mystère de ce qui était arrivé à Naomi Hill.

Les recherches que Frankie avait effectuées lui avaient appris que, quelques années plus tôt, Big Sky n'était encore qu'une prairie déserte à l'ombre de Lone Mountain. Puis Chet Huntley et une poignée de promoteurs avaient fondé la station de ski. Peu à peu, la prairie avait été remplacée par une ville.

Lillian Brandt vivait dans une vaste résidence construite à flanc de montagne, juste au-dessus de Meadow Village. Elle était plus jeune que Frankie ne s'y attendait. Elle fit un rapide calcul de tête. Naomi avait quatre ans de moins que Hank. Sa mère avait dû être à peine sortie de l'adolescence quand elle était née.

Ses yeux vert pâle s'écarquillèrent à leur vue.

— Hank ? Tu es revenu ?

— Pour quelque temps.

Il s'acquitta des présentations, puis ajouta :

— Avez-vous quelques minutes ? Nous ne resterons pas longtemps.

Le regard de Lillian alla de l'un à l'autre, puis elle recula d'un pas et les fit entrer. L'appartement était vaste et clair, impeccablement rangé. Ça aurait pu être un de ces appartements témoins que les agents immobiliers faisaient visiter à des acheteurs potentiels.

— J'étais juste sur le point de partir au bureau.

Elle travaillait comme secrétaire pour son mari.

— J'ai seulement besoin de vous poser quelques questions, expliqua-t-il alors qu'elle leur faisait signe de s'asseoir.

— Des questions ?

— Au sujet de la mort de Naomi.

Lillian était en train de déplacer des coussins pour leur faire de la place sur le canapé. Elle interrompit son geste et le fixa.

— Hank, trois ans ont passé. Pourquoi remuer tout cela de nouveau ?

— Parce qu'il ne croit pas que Naomi se soit suicidée, intervint Frankie en sortant sa carte de visite. Je ne connaissais pas votre fille, mais j'ai beaucoup entendu parler d'elle. Je vous présente mes condoléances, madame.

Elle avait vingt-six ans, n'est-ce pas ? Hank m'a dit qu'elle avait hâte de se marier.

Lillian se laissa tomber sur un des fauteuils.

— Elle ne rêvait que de ça. De se marier et d'avoir des enfants.

— Où travaillait-elle à l'époque ?

— À l'épicerie, mais je ne vois pas…

Frankie sentait le regard de Hank sur elle.

— C'est là qu'elle avait fait la connaissance de son amie Carrie ?

Lillian acquiesça.

— Pourquoi…

— Je suis curieuse, voilà tout, répondit Frankie. Y avait-il d'autres personnes dans sa vie ?

— Vous voulez dire des amis ?

— Oui. Peut-être un ami homme.

La femme cilla et jeta un coup d'œil en direction de Hank.

— Elle était amoureuse de Hank.

— Oui, mais elle devait avoir d'autres amis.

Lillian tritura le passepoil de l'accoudoir.

— Oui, bien entendu. Elle se liait très facilement.

— Je suis sûre que oui. Elle était très jolie.

La mère de Naomi acquiesça, les larmes aux yeux.

— Elle était très populaire au lycée. Beaucoup de garçons voulaient sortir avec elle.

— Vous vous souvenez de leurs noms ?

Lillian regarda Hank de nouveau.

— Elle était fidèle. Si c'est de cela qu'il s'agit…

— Pas du tout, assura-t-il.

— Nous pensons seulement qu'ils pourraient nous apporter quelques réponses aux questions que Hank se pose sur ce qui est arrivé à Naomi. Il a beaucoup de mal à surmonter sa disparition.

La femme le considéra avec compassion.

— Bien sûr. Je me souviens qu'elle a mentionné plusieurs fois un garçon en particulier. Il s'appelait… River.

Elle eut un geste d'incompréhension.

— Les gens ont des prénoms bizarres dans le Montana.

— Vous ne vous rappelez pas son nom de famille ?

— Non, mais Carrie le saura peut-être. Elle le connaissait aussi.

Lillian baissa les yeux sur sa montre.

— Écoutez, il faut vraiment que je parte. Je suis désolée.

— Ne vous excusez pas, dit Frankie en se levant. Vous nous avez été d'une aide précieuse.

— Oui, confirma Hank sans enthousiasme. Merci de nous avoir reçus.

— Cela m'a fait plaisir de te voir, assura leur hôtesse en lui tapotant la main. J'espère que tu trouveras la paix.

— Moi aussi, murmura-t-il en l'étreignant.

Hank s'installa au volant, le cœur cognant dans sa poitrine.

— Tu ne vas pas renoncer à cette théorie d'un autre homme, hein ?

— Non, et tu ne devrais pas non plus.

Il se tourna vers elle, serrant les dents.

— Tu crois qu'elle me trompait ? Ça me donnerait un mobile pour son meurtre, non ?

— Je ne pense pas qu'elle t'ait été infidèle. Je crois qu'elle avait quelqu'un en réserve. Big Sky est une petite ville. Je soupçonne que, si elle t'avait trompé, tu l'aurais su.

— Merci. Tu me rassures, ironisa-t-il.

— Je n'avais pas compris que c'était le but de mon travail. Je croyais que j'étais censée trouver un meurtrier.

Il lâcha un rire bref.

— Tu es vraiment trop, tu sais ?

— On me l'a déjà dit. J'ai faim. Tu vas m'inviter à déjeuner avant ou après la visite à Carrie ?

— Je ne suis pas sûr de pouvoir affronter ça l'estomac vide, par conséquent je suppose qu'on va prendre le petit déjeuner d'abord, dit-il en démarrant.

— Tu pourras me parler de Carrie en déjeunant.

— Je ne sais pas ce que tu veux que je te dise à son propos, grommela-t-il, regrettant de ne pas avoir congédié Frankie la veille au soir comme il avait été tenté de le faire.

Eût-il dû enfoncer la porte de sa chambre.

— Commence par m'expliquer pourquoi tu ne l'aimais pas.

Il se tourna vers elle, stupéfait.

— Qu'est-ce qui te fait penser que… ?

Il étouffa un juron.

— Tu ne veux pas te faire ta propre opinion ?

— Oh ! si. Mais je suis curieuse de savoir quelles étaient tes relations avec elle.

Hank proféra un nouveau juron en entrant dans le parking d'un café situé un peu à l'écart du centre. L'établissement servait des petits déjeuners mexicains, et il avait l'intuition que Frankie avait un faible pour la cuisine épicée.

Quand ils furent installés et que la serveuse eut pris leur commande – il avait vu juste à propos de la cuisine épicée –, il se cala sur sa chaise et la dévisagea.

— Qu'y a-t-il ? demanda-t-elle, l'air un peu gêné par l'intensité de son regard.

— Juste que tu sais tout de moi…

— Pas tout.

— … et que je ne sais rien de toi, acheva-t-il.

— C'est parce qu'il ne s'agit pas de moi, rétorqua-t-elle en réarrangeant ses couverts.

C'était la première fois qu'il la sentait nerveuse. Peut-être parce qu'il ne lui avait jamais posé de question personnelle avant.

— Tu as sauté sur cette affaire, lui fit-il remarquer, sans cesser de la dévisager.

Elle n'était pas la seule à être observatrice.

— Je soupçonne que c'était pour éviter la personne qui n'arrête pas de t'appeler.

À sa réaction, il comprit qu'il avait touché un nerf sensible.

— Un client mécontent ? Un ex-petit ami ?

Il sourit.

— Un ex-petit ami.

— Tu te fourres le doigt dans l'œil jusqu'au coude.

— Ah bon ? Je ne crois pas.

Pour la première fois depuis qu'il l'avait engagée, il la regarda vraiment. Frankie était une femme séduisante. À cet instant précis, ses longs cheveux bruns étaient rassemblés en une queue-de-cheval à la base de sa nuque. Elle ne portait pas de maquillage, aucun fard à paupières pour souligner l'éclat de ses yeux violets. Et pourtant elle était sexy en diable, voire un soupçon femme fatale.

Naomi ne sortait jamais sans s'être maquillée. Il se souvint soudain d'avoir souvent fait le pied de grue en attendant qu'elle soit prête à sortir.

Ce matin-là, Frankie portait une tenue plus sobre que la veille. Un simple jean et un T-shirt. Rien de trop moulant. Rien de trop révélateur.

Pourtant, la veille au soir, lorsqu'elle s'était nichée contre lui, il avait senti les courbes de son corps. Et rien ne pouvait dissimuler ses longues jambes.

— Pourquoi est-ce qu'une femme aussi jolie que toi n'est pas mariée ? demanda-t-il, sincèrement surpris.

— Qui te dit que je ne le suis pas ?

Il jeta un coup d'œil sur sa main gauche.

— Pas d'alliance.

Elle sourit et détourna les yeux.

— Je pourrais ne pas la porter.

Hank considéra sa réponse pendant que la serveuse apportait leurs assiettes.

— Tu es mariée ? insista-t-il lorsqu'elle se fut éloignée.

— Non. Maintenant, tu vas me dire pourquoi tu n'aimais pas la meilleure amie de Naomi, ou tu vas continuer à essayer de gagner du temps ?

7

Johnny Joe Whitaker, surnommé J.J., composa le numéro de nouveau. Frankie ne répondait toujours pas. Tous ses appels allaient directement sur sa boîte vocale. S'imaginait-elle vraiment qu'il allait cesser d'appeler ? Si oui, elle le connaissait bien mal. Et cela ne faisait qu'aviver sa colère. Elle aurait dû le connaître mieux. Il n'était pas du genre à renoncer.

Il laissa un nouveau message, aussi menaçant que les précédents.

— Frankie, rappelle-moi, sinon tu vas le regretter. Tu sais que ce ne sont pas des paroles en l'air, mon chou. Rappelle-moi, sinon…

Il raccrocha et se mit à arpenter la pièce. Elle avait forcément eu ses messages. Elle devait savoir ce qui se passerait si elle continuait à l'ignorer.

Il abattit son poing sur la table, faisant trembler les canettes de bière vides qu'il avait abandonnées là la veille au soir. L'une d'elles se renversa, roula sur le formica et serait tombée par terre s'il ne l'avait pas rattrapée à temps.

— Frankie, espèce de garce ! rugit-il en la fracassant sur le coin de la table.

Il contempla le col déchiqueté de la bouteille à la lumière, imaginant l'effet que le verre coupant aurait sur la chair d'un être humain. Frankie pensait qu'il était dangereux ?

Il lâcha un rire. Peut-être était-il temps de lui en apporter la preuve.

*
* *

Carrie White s'était mariée peu après la mort de Naomi, avait expliqué Hank en route pour le domicile de celle-ci. Elle avait à peu près l'âge de Naomi, et l'avait rencontrée à l'épicerie. À l'époque, Carrie travaillait dans une galerie en ville, et les deux femmes s'étaient liées d'amitié.

— Elle avait beaucoup d'influence sur Naomi ?

Hank haussa les épaules.

— Je ne sais pas.

— Comment était Carrie avec les hommes ?

— Elle en avait toujours un ou deux à ses basques, dans l'espoir qu'un d'eux la demanderait en mariage.

Frankie se mit à rire.

— C'est pour ça que tu ne l'aimais pas ?

— Je n'ai jamais dit que je ne l'aimais pas. C'est juste que je pensais qu'elle n'était pas une bonne fréquentation pour Naomi. Laisse-moi t'expliquer pourquoi : Naomi a été élevée par sa mère. Son père les a abandonnées quand elle avait six ans. Son départ l'a traumatisée. Lillian a dû travailler et l'élever seule, alors qu'elle n'avait jamais fait d'études.

— Par conséquent, elles n'avaient pas beaucoup d'argent ?

— Non. Naomi voulait vivre mieux, ce qui se comprend.

— Et elle ne voulait pas connaître le sort de sa mère, supposa Frankie.

— Elle voulait un mari, une famille, une certaine sécurité.

— Le ranch me paraît plutôt sûr.

— J'aurais travaillé pour mes parents. Naomi pensait que je n'avais guère de chances de faire fortune, puisque, même s'ils avaient décidé de me léguer le ranch, j'ai trois frères et sœurs avec qui il aurait fallu partager. Je comprenais son point de vue, en un sens. Elle rêvait d'avoir sa propre maison, sa propre vie, d'être indépendante de ma famille.

Frankie tint sa langue. Plus elle en apprenait sur Naomi, plus elle soupçonnait que la jeune femme n'avait pas été assez stable émotionnellement pour s'engager dans une relation à long terme. Et plus elle en apprenait sur Hank, plus il lui était sympathique.

— Et Carrie là-dedans ?

Hank resta un instant songeur alors qu'il se garait devant un petit pavillon situé dans un lotissement de Meadow Village.

— Carrie l'encourageait à rompre avec moi et à trouver quelqu'un de plus… prometteur. Elle a épousé un agent d'assurances qui porte un costume la plupart du temps sauf s'il veut vendre une propriété à des touristes. Là, il met des bottes et un stetson.

Frankie imaginait le personnage. Elle ouvrit sa portière, curieuse de rencontrer Carrie White et de se faire sa propre opinion à son sujet.

Elle pressa la sonnette. Elle entendit les pas précipités d'un enfant, suivis d'un éclat de rire puis d'un sanglot.

— Arrête ! cria une voix d'adulte.

Quelqu'un s'approcha de la porte. Frankie eut l'impression que la personne tirait un des enfants en pleurs derrière elle.

— C'est ça, la vie dont rêvait Naomi ? souffla-t-elle à Hank.

Un bambin dans les bras, un autre cramponné aux jambes de son pantalon, la femme qui leur ouvrit paraissait harassée, au bord des larmes elle-même. Carrie était petite, brune, un peu ronde.

Elle fronça les sourcils.

— Je ne veux rien ache…

Elle s'interrompit brusquement à la vue de Hank, et resta bouche bée.

— Par chance, nous n'avons rien à vendre, lâcha Frankie.

— Nous voudrions seulement te parler, ajouta Hank quand le vacarme se fut un peu atténué.

Le bambin hurlant scotché aux jambes de Carrie les fixait à présent, tout comme celui qui était calé sur sa hanche.

— On peut entrer ?

La femme décocha un regard méfiant à Frankie, puis haussa les épaules et écarta la moustiquaire.

— Je vais juste aller coucher les enfants. Asseyez-vous, proposa-t-elle en enfilant le couloir.

Le salon était jonché de jouets en tous genres, plus ou moins cassés. Ils se frayèrent un chemin jusqu'au canapé. Dans la pièce voisine, Carrie tentait d'apaiser sa progéniture. D'autres pleurs leur parvinrent, mais elle ne tarda pas à revenir.

Elle s'était coiffée et maquillée rapidement, et avait enfilé un T-shirt propre. À l'évidence, elle voulait donner l'impression que tout allait bien.

— Je suis contente de te voir, dit-elle à Hank, encore visiblement surprise. Comment vas-tu ?

— Ça va. Nous aimerions te poser quelques questions.

La femme se raidit. S'était-elle imaginé avoir affaire à une visite de politesse ?

— À quel sujet ?

— J'ai cru comprendre que vous n'aviez pas vu Naomi le soir où elle est morte, intervint Frankie.

Le regard de Carrie se posa sur elle.

— Frankie est détective privé, intervint Hank. Elle m'aide à découvrir ce qui s'est passé ce soir-là.

La femme la dévisagea, les traits empreints de curiosité.

— Je t'ai dit tout ce que je savais, répondit-elle, s'adressant à Hank avant de pivoter vers Frankie. Je ne l'ai pas vue et elle ne m'a pas contactée. J'ai dit la même chose au marshal.

— C'était prévu ?

La question prit Carrie au dépourvu.

— Je ne…

Elle fronça les sourcils.

— Votre meilleure amie ne vous avait pas dit qu'elle allait insister pour se marier ce soir-là, et que, si Hank ne changeait pas d'avis…

La jeune femme écarquilla les yeux.

— Je ne lui aurais pas donné tort d'insister. Ils sortaient ensemble depuis quatre ans ! Combien de temps faut-il à un homme pour se décider ?

Elle coula un regard en direction de Hank et rougit légèrement.

— Combien de temps a-t-il fallu à votre mari ?

— Six mois, répondit Carrie en passant une main dans ses cheveux.

Frankie la fixa.

— Vous étiez enceinte ?

Leur hôtesse se leva d'un bond, furieuse.

— Je ne sais pas ce que vous êtes venus faire ici, mais…

— Naomi était votre meilleure amie. Vous la connaissiez mieux que personne, coupa Frankie en se levant à son tour. Si elle s'intéressait à un autre homme, elle vous l'a forcément dit. Je suppose qu'elle avait prévu de revenir chez vous ce soir-là si les choses se passaient mal. À moins que vous n'ayez pas été aussi proches que vous l'affirmez.

Carrie croisa les bras.

— Elle était ma meilleure amie.

— Dans ce cas, elle vous a parlé de River.

Subitement décontenancée, Carrie cilla et jeta un coup d'œil vers Hank.

— C'était la faute de Hank. Il faisait traîner les choses en longueur.

Frankie acquiesça.

— Elle a dû vous téléphoner pour vous dire qu'elle était en route.

Carrie secoua la tête.

— Je vous dis que non. Je ne l'ai pas vue et elle ne m'a pas appelée. J'ai présumé que tout s'était bien passé. Jusqu'au lendemain matin, quand sa mère m'a contactée.

Frankie songea qu'elle disait la vérité. Pourtant, Naomi avait dû téléphoner à quelqu'un après avoir quitté le ranch. Quelqu'un à qui elle pouvait confier son chagrin.

— Où pouvons-nous trouver River ?

Hank lâcha un juron en remontant dans le pick-up.

— Je ne veux pas aller voir ce type, annonça-t-il alors que Frankie prenait place à côté de lui.

— Quand Naomi t'a quitté, elle avait besoin d'une épaule pour pleurer. Celle de Carrie ou celle de quelqu'un d'autre. Si River Dean attendait son heure, c'est sûrement chez lui qu'elle est allée. Ce qui signifie qu'il a peut-être été la dernière personne à l'avoir vue en vie. S'il l'a rejetée aussi, peut-être qu'elle a perdu tout espoir et qu'elle s'est jetée du haut de la falaise. Tu es prêt à accepter cette hypothèse et à tout arrêter là ?

Hank retira son stetson et fourra une main dans ses cheveux.

— Tu me fais peur.

— Elle voulait se marier, avoir des enfants et un mari qui rentre à cinq heures et demie tous les jours. Un homme qui retire sa cravate pendant qu'elle l'embrasse et lui sert un cocktail et qui rit avec elle des choses amusantes que les enfants ont faites ce jour-là. C'est un rêve que beaucoup de gens partagent.

Il la dévisagea.

— Pas toi.

Elle haussa les épaules.

— Parce que tu sais que la réalité n'est pas comme ça, murmura-t-il.

Une mèche s'était échappée de la queue-de-cheval de Frankie. Il était tenté de tendre la main et de la replacer.

— Je suis pragmatique, mais je crois quand même à l'amour et au mariage.

N'y tenant plus, il se pencha et repoussa la mèche vagabonde. Quand ses doigts effleurèrent la joue de Frankie, il sentit un frisson lui parcourir le bras. Elle captura sa main et la garda un instant avant de la lâcher. Il l'avait prise par surprise et elle était mécontente.

— Tu as dit que tu voulais savoir la vérité, reprit-elle, comme si son geste avait été une diversion. Tu as changé d'avis ?

River Dean gérait une base de rafting située en aval, près de Mad Mile et House Rock, où une série de rapides impressionnants attirait les touristes amateurs d'émotions fortes.

Frankie sentait encore les doigts de Hank sur sa joue. Elle mourait d'envie de toucher l'endroit, mais elle résista, tout comme elle avait réprimé le frisson qu'elle avait ressenti à son contact.

Hank gara le pick-up devant un bâtiment d'allure délabrée et descendit. Par la porte entrouverte, Frankie aperçut des étagères pleines de gilets de sauvetage. Une moto était garée à côté de la cabane et, à l'ombre des pins, une série de rafts attendait, dont seuls quelques-uns étaient cadenassés aux arbres. Quelqu'un était là, prêt à accueillir d'éventuels clients.

Il était encore tôt ; peut-être les affaires seraient-elles florissantes plus tard. Malgré tout, Frankie était perplexe. Naomi avait-elle sérieusement envisagé d'échanger une vie au ranch contre celle-là ? Un commerce saisonnier, tributaire du temps et du nombre de touristes dans la région ? À moins que, voilà trois ans, River Dean n'ait paru avoir de meilleures perspectives d'avenir ?

Hank patientait, le regard rivé sur la rivière qu'on apercevait à travers les pins. Elle tira son téléphone de sa poche et constata qu'elle avait une douzaine d'appels manqués, tous émanant du même numéro. Ce n'était pas vraiment une surprise. Elle n'envisagea même pas d'écouter sa boîte vocale : elle savait déjà ce qu'elle y trouverait. Il irait à son bureau et à son appartement – si ce n'était pas déjà chose faite. Il saurait qu'elle avait quitté la ville. Elle s'était dit qu'il ne pourrait pas la retrouver même s'il essayait. Malheureusement, il allait essayer, c'était certain. Et si la chance lui souriait…

— Prête ? demanda Hank qui s'était rapproché.

Elle empocha son appareil.

— Prête si tu l'es.

Il lâcha un petit rire et se dirigea vers la porte. Elle lui emboîta le pas.

Elle vit River Dean au moment où elle franchissait le seuil. Elle avait connu des hommes tels que lui dans l'Idaho. De beaux gosses adeptes du ski, du rafting ou du vélo tout-terrain. Comme tous les lieux touristiques, Big Sky attirait sa part de jeunes gens en mal d'aventure.

River Dean était bronzé et bien bâti, doté de cheveux blonds bouclés et d'un sourire éclatant. On voyait tout de suite pourquoi il plaisait aux femmes. En s'approchant, cependant, il devenait évident qu'il était plus proche de la quarantaine que de la trentaine. De fines rides sillonnaient la peau autour de ses yeux, fruit des heures passées sur l'eau en plein soleil.

Hank s'était figé à l'entrée du local et le fusillait du regard.

— Vous devez être River, lança-t-elle en s'avançant vers lui.

Il semblait être seul. Peut-être venait-il d'envoyer quelques employés accompagner un ou deux rafts pleins de vacanciers.

— Vous voulez faire une descente ? demanda-t-il en souriant.

Ses yeux se posèrent sur Hank et son sourire s'effaça. À l'évidence, il l'avait reconnu.

— Nous sommes surtout intéressés par vos relations avec Naomi Hill, déclara Frankie.

Il la détailla des pieds à la tête.

— Vous… Vous êtes flic ?

— Quelque chose comme ça. Naomi est venue vous voir le soir de sa mort.

River secoua la tête.

— Je ne sais pas qui vous êtes, mais je refuse de répondre à vos questions.

— Vous préférez répondre à celles du shérif ? riposta Frankie sur un ton cassant.

— Non, mais…

— Nous essayons seulement d'éclaircir les circonstances de sa mort. Je sais qu'elle est venue vous voir. Elle était bouleversée. Elle avait besoin de parler à quelqu'un. Quelqu'un qui lui prêterait une oreille compatissante.

River se massa la nuque un instant, regardant la porte et la route au-delà. Sans doute priait-il pour qu'un client arrive.

Hank fit un pas en avant, menaçant.

— Nous savons que vous la connaissiez.

River secoua la tête de nouveau.

— Ce n'était pas ce que vous pensez. J'étais beaucoup trop âgé pour elle. Nous n'étions que des amis. Et je vous jure que j'ignore tout de ce qui lui est arrivé.

— Mais elle est venue vous voir ce soir-là, insista Frankie.

Le guide poussa un soupir.

— Elle est passée, mais j'étais occupé.

— Occupé ? répéta Hank.

— Avec une autre femme.

Frankie hocha la tête. Elle avait déjà deviné la suite.

— Vous vous êtes querellés ?

— Non.

Il leva les mains comme pour protester de son innocence.

— Je lui ai dit qu'on pourrait parler le lendemain. Elle n'a pas insisté et elle est partie. C'est tout.

Hank émit un juron.

— Mais vous n'avez pas parlé de ça au shérif alors que vous avez peut-être été la dernière personne à l'avoir vue en vie.

— Ce n'est pas à cause de moi qu'elle a sauté, rétorqua River. Si vous cherchez un responsable, regardez-vous dans la glace, mon vieux. C'est vous qui la rendiez malheureuse.

Voyant que Hank semblait sur le point de lui décocher un coup de poing dans la figure, Frankie s'interposa.

— Répétez-moi ce qu'elle vous a dit ce soir-là.

River haussa les épaules.

— C'était il y a trois ans. Je ne m'en souviens pas mot pour mot. Elle m'a pris par surprise. C'était la première fois qu'elle venait sans avoir téléphoné d'abord.

Derrière elle, Hank émit un grognement atterré. River parut inquiet. Les deux hommes étaient en forme, mais Hank était le plus athlétique des deux. En cas de bagarre, elle était sûre que le cow-boy l'emporterait.

— Elle était un peu secouée. Elle pleurait, mais elle n'avait pas l'air au bord du suicide.

— C'était ici ? Ou chez vous ?

— Chez moi. J'habitais dans un vieux chalet près de Soldiers Chapel. Il a été démoli depuis.

— Vous l'avez vue partir ? Aurait-elle pu être suivie ?

River secoua la tête, l'air gêné.

— Comme je disais, je pensais que ça allait s'arranger. Qu'elle allait trouver une épaule pour pleurer, quelqu'un d'autre à qui raconter ses malheurs avec son petit ami.

— Qui aurait-elle pu aller voir, à votre avis ?

Il hésita un instant.

— Sa copine Carrie, peut-être ? Je ne sais pas.

8

— Tu aurais dû me laisser lui flanquer une raclée, grommela Hank en claquant la portière.

— La violence n'est jamais une solution.

Il la foudroya du regard.

— Tu as lu ça dans un paquet de gâteaux ? lança-t-il sans pouvoir s'en empêcher.

Il ne se rappelait pas la dernière fois qu'il avait été furieux à ce point. Face à l'expression de Frankie, il étouffa un juron.

— Oui, je préférerais blâmer River Dean plutôt que la femme dont j'étais amoureux. Ça te pose un problème ?

Elle garda le silence, comme si elle attendait que sa colère passe. Hank songea soudain à son père : ce dernier l'avait averti que remuer le passé réveillerait sa souffrance. Il détestait penser que son père avait eu raison – et Hud ne savait même pas que c'était précisément ce qu'il avait entrepris de faire.

Il reprit la route du ranch, et avait retrouvé son calme lorsqu'il s'engagea dans le chemin.

— Je ne soupçonnais rien de ce qui se passait avec Naomi, avoua-t-il enfin. Tu dois penser que je suis complètement idiot.

Frankie lui décocha un sourire patient.

— Elle était amoureuse de toi, mais vous aviez des aspirations différentes. L'amour ne conquiert pas tout.

— Ne sois pas si gentille avec moi.

Il avait parlé sur un ton bourru qui la fit éclater de rire. Au même moment, son téléphone sonna. Visiblement surprise de l'avoir laissé allumé, elle le sortit de sa poche et se hâta de l'éteindre.

— Il va bien falloir que tu lui parles tôt ou tard, déclara Hank en la regardant.

— Il y a quelqu'un d'autre que tu veux aller voir ?

Il fit non de la tête et se gara au pied du sentier qui serpentait vers leur chalet.

— J'ai besoin d'être seul un moment, Frankie. Ça va ?

— Ne t'en fais pas pour moi.

Il lui sourit.

— Tu peux te débrouiller seule, c'est ça ? Tu n'as jamais besoin d'aide.

— Je n'irais pas jusque-là.

Elle ouvrit sa portière et descendit. Lâchant un juron, il se hâta de serrer le frein à main et l'imita.

— Frankie, attends !

Elle s'arrêta et pivota vers lui.

— Je ne sais rien de ton passé, mais je sais que, pour une raison ou pour une autre, tu t'es repliée sur toi-même. Je reconnais les signes parce que c'est exactement ce que j'ai fait, moi aussi, ces trois dernières années. Dans ton cas, je soupçonne qu'un type est en cause, celui qui t'appelle sans arrêt. J'ai une question à te poser. Il est dangereux ?

Comme elle faisait mine de se détourner, il la retint par le bras, l'obligeant à lui faire face de nouveau.

— Je vais bien, insista-t-elle. Il n'y a aucune raison de s'inquiéter.

Il secoua la tête, mais la libéra.

— Tu es têtue comme une mule.

Malgré tout, il ne put s'empêcher de sourire. Au fond, il admirait la force de Frankie, son indépendance. Jamais il n'avait rencontré de femme comme elle, si différente de Naomi, qui semblait avoir constamment besoin d'attention.

La pensée de Naomi et de ce qu'il venait de découvrir lui fit l'effet d'un jet d'eau glacée. Il recula d'un pas. Il avait besoin d'être seul, en effet.

— À tout à l'heure.

Sur quoi, il retourna au pick-up et démarra. Quand il jeta un regard en arrière, Frankie était toujours immobile, une expression anxieuse sur les traits.

— Aucune raison de s'inquiéter, hein ? grogna-t-il.

En s'engageant sur le sentier, Frankie saisit un mouvement dans la maison principale et devina que quelqu'un avait été témoin de la scène. Hank et elle ne se conduisaient pas comme un couple amoureux. Elle se demanda combien de temps encore ils pourraient jouer la comédie avant que quelqu'un mette les pieds dans le plat.

Cependant, Hank était décidé à continuer. Pour le moment, du moins. Pour sa part, Frankie se sentait coupable, surtout vis-à-vis de Dana. La mère de Hank voulait le voir surmonter la mort de Naomi et trouver le bonheur. Frankie n'était pas sûre que cela arrive un jour.

Il lui était pénible de se l'avouer, mais, dès que Hank avait commencé à lui relater les problèmes que Naomi et lui avaient connus, elle s'était fait une idée précise du genre de femme que celle-ci était.

Son téléphone portable semblait lourd et moqueur dans sa poche. Elle savait comprendre les problèmes d'autrui. En revanche, elle était moins douée lorsqu'il s'agissait de sa propre vie.

— Frankie !

Debout sur la terrasse en bois, Dana l'appelait.

— Vous voulez boire un café ? J'ai fait des cookies.

Amusée, Frankie se dirigea vers la maison.

— Vous vous servez des cookies pour me soudoyer ? plaisanta-t-elle en la rejoignant.

La mère de Hank éclata de rire.

— C'est exactement ça. Je me suis dit qu'on pourrait bavarder un peu.

— C'est bien ce que je pensais, gloussa Frankie.

Elle suivit Dana dans la pièce à vivre adjacente à la cuisine, songeant de nouveau qu'elle aimait ce décor de style western, cette cheminée en pierre et les tapis indiens qui agrémentaient le plancher. Elle se sentait à l'aise dans cette maison, ce qui lui arrivait rarement, même dans son propre logement.

Dana lui fit signe de s'asseoir et remplit deux tasses de café.

— Je n'ai pas pensé à vous le demander l'autre jour, commença-t-elle en déposant une assiette de cookies sur la table, mais comment vous êtes-vous rencontrés, tous les deux ?

Hank m'a engagée pour que je fasse semblant d'être sa petite amie.

— Dans un bar.

C'était la première explication qui lui était venue à l'esprit. Pourquoi Hank et elle n'avaient-ils pas préparé une réponse ? Ils auraient dû deviner que sa mère leur poserait cette question.

— Ah bon ? Ça m'étonne, je l'avoue. Je croyais que Hank allait rarement dans les bars.

Dana lâcha un rire embarrassé.

— Il faut que je me rappelle qu'il est parti depuis trois ans. Peut-être que je ne connais plus vraiment mon fils.

Frankie secoua la tête.

— Hank était venu dîner, c'est tout. Il avait entendu dire que l'établissement servait les meilleurs burgers de l'Idaho. Justement, je travaillais ce soir-là et, comme il n'y avait pas grand monde, nous avons bavardé un peu. Je n'étais là que pour remplacer la propriétaire, qui est une de mes amies. Quelques jours plus tard, Hank s'est débrouillé pour me retrouver et m'a invitée à sortir avec lui. Et voilà.

Tout ce récit était une pure invention, mais Dana parut convaincue. Certes, il aurait été plus facile de dire la vérité, et Frankie n'était pas fière de mentir. Cependant, elle n'avait pas le choix : Hank était son client, et il tenait à garder le secret le plus longtemps possible.

Dana sirota une gorgée de café.

— Et que faites-vous quand vous n'aidez pas votre amie ?

— Je suis la secrétaire d'un homme d'affaires qui m'oblige à faire de longues journées ! Non, sérieusement, j'adore mon travail et mon employeur est plutôt sympathique. Cela dit, je passe beaucoup de temps à remplir des papiers.

— Oh ! je suis sûre que vous êtes très efficace. Moi, je déteste tout ce qui a trait à l'administration. Heureusement, c'est Mary qui se charge de la comptabilité du ranch.

— Ces cookies sont délicieux, commenta Frankie. J'aimerais beaucoup avoir votre recette.

La diversion fonctionna. Dana s'empressa d'aller chercher son cahier et entreprit de noter les ingrédients, expliquant que l'essentiel était de ne pas faire cuire les gâteaux trop longtemps.

— Vous aimez faire la cuisine ?

Frankie acquiesça, et la conversation prit le tour qu'elle avait espéré. Parler cuisine ne lui posait aucun problème : sa grand-mère lui avait enseigné de merveilleuses recettes.

En proie à un mélange de colère et de frustration, Hank quitta le ranch sans savoir où il allait. Il ne savait qu'une chose : il avait envie d'être seul pendant quelque temps.

Cependant, dès qu'il s'engagea sur la route, il sut précisément où il se rendait. Au bord de la rivière. À la falaise et au promontoire rocheux d'où Naomi avait sauté. Il retournait à ce bassin sombre et profond, aux rochers où son corps avait été retrouvé.

Il savait qu'il n'y avait rien à découvrir là, pourtant il ne pouvait s'empêcher de vouloir y aller. C'était une des raisons pour lesquelles il était parti après la mort de Naomi. À cause de son chagrin, de sa souffrance, et de la colère qu'il éprouvait à l'encontre de son père.

Il se gara sur le bas-côté, sous les pins. Pendant un long moment, il resta assis immobile, fixant la falaise au-delà des arbres. Qu'espérait-il trouver ? Secouant la tête, il descendit et traversa le bosquet pour gagner le bord escarpé de la rivière. Le soleil de l'après-midi inondait la forêt, projetant des reflets chatoyants à la surface de l'eau.

Il s'assit sur un gros rocher plat. Une légère brise ébouriffait ses cheveux, des ombres dansaient sur la paroi rocheuse en face de lui. L'espace d'un instant, il crut voir Naomi dans sa robe favorite, le tissu jaune flottant derrière elle alors qu'elle tombait dans le vide.

Il cilla, et des larmes lui picotèrent les yeux. Frankie avait raison. Naomi et lui avaient des aspirations différentes. Ils n'étaient pas assortis. Pourtant, prendre conscience de cette réalité ne semblait pas lui apporter le moindre réconfort. Il ne parvenait pas à se libérer du malaise qui le tourmentait depuis trois ans. C'était comme si la jeune femme essayait de l'atteindre depuis l'au-delà, qu'elle le suppliait de trouver son assassin.

Hank retira son stetson et passa une main dans ses cheveux. Se sentait-il tout simplement coupable de ne pas l'avoir épousée, de ne pas avoir accepté l'emploi que lui proposait son beau-père, de ne pas avoir renoncé au ranch pour elle ? Ou ses soupçons étaient-ils fondés ? Avait-elle bel et bien été assassinée ?

Il se rappela que cette interrogation était précisément la raison de sa présence. La raison pour laquelle il était allé voir Frankie et l'avait persuadée de se prêter à cette mascarade. Il comprit subitement, en remettant son stetson pour se protéger les yeux du soleil, qu'il faisait confiance à Frankie pour découvrir la vérité. Elle avait déjà beaucoup accompli en peu de temps. Tôt ou tard, elle éluciderait l'affaire. Si seulement ils pouvaient garder leur relation… secrète…

Une brindille craqua derrière lui. Surpris et troublé, Hank pivota. Il aperçut un éclair de couleur entre les pins, entendit quelqu'un détaler à toutes jambes.

Il bondit sur ses pieds et tenta de suivre l'inconnu, en vain : contraint de se frayer un chemin entre les rochers, il progressait plus lentement. Quand il atteignit les pins, hors d'haleine, personne n'était en vue. Le fuyard était sans doute un adolescent qui ne s'était pas attendu à voir quelqu'un à cet endroit et qui avait pris peur.

Et pourtant, non. L'inconnu portait des vêtements de couleur pâle. Du jaune clair, comme la robe de Naomi. À moins que l'imagination de Hank ne lui ait joué des tours ? Alors qu'il s'était presque convaincu d'avoir vu un fantôme, un rugissement de moteur brisa le silence, puis se dissipa au loin.

9

Au terme de sa conversation avec Dana, Frankie était parvenue à une conclusion : Hank et elle devaient progresser plus vite. Sa mère n'était pas sotte. À l'évidence, elle s'inquiétait.

— Y a-t-il un véhicule que je pourrais emprunter ? demanda-t-elle au moment où elle prenait congé.

— Bien sûr.

Dana se dirigea vers une série de crochets près de la porte et choisit un trousseau de clés.

— Vous pouvez vous servir de ce pick-up bleu là-bas quand vous voulez, dit-elle en le désignant d'un geste. Hank aurait dû penser à vous le dire. Où est-il passé, à propos ?

— Il avait quelques courses à faire, et je n'avais pas très envie de l'accompagner. Je lui ai dit que je me débrouillerais très bien toute seule. Je crois que je vais aller faire un tour en ville.

Sur quoi, elle adressa à Dana un sourire qu'elle espérait rassurant et empocha les clés.

Elle avait hâte d'en finir avec cette enquête, songea-t-elle en roulant. Non parce que leur mensonge allait être exposé tôt ou tard. Ni parce qu'elle avait laissé un certain nombre de choses en suspens dans l'Idaho.

Plutôt parce qu'elle faisait semblant d'être amoureuse de Hank, semblant de croire qu'elle pourrait un jour faire partie de la famille extraordinaire qu'elle avait rencontrée ici.

Là était le problème. Hank était le genre d'homme qui ne laisse pas une femme indifférente. Et ses parents avaient témoigné à Frankie une affection immédiate, sans réserve. Elle ne voulait pas les tromper plus longtemps. Autrement dit, elle devait élucider l'affaire et s'en aller au plus vite.

Elle se rendit à l'épicerie et demanda à parler au gérant. À son grand soulagement, c'était toujours le même qu'à l'époque où Naomi avait travaillé au magasin.

Grand et maigre, les yeux et les cheveux foncés, Roy Danbrook était âgé d'une cinquantaine d'années. Il se leva à son entrée, et regarda autour de lui d'un air gêné, comme s'il venait seulement de prendre conscience de l'exiguïté de son bureau. Elle accepta la chaise en plastique qu'il lui offrait, avec l'impression que cet endroit était un peu trop intime, en effet. Enfin, leur entretien ne durerait pas longtemps.

— Je voudrais vous poser des questions sur quelqu'un qui a travaillé ici par le passé, dit-elle, prête à mentir sur ses raisons si nécessaire. Naomi Hill.

Roy fronça les sourcils. Peut-être ne se souvenait-il pas de la jeune femme. Dans une station de ski, le personnel devait changer régulièrement.

Cependant, ses craintes étaient infondées.

— Naomi, acquiesça-t-il. Vous dites que vous travaillez pour le compte d'une compagnie d'assurances ?

Elle hocha la tête. Elle avait exhibé rapidement sa carte de détective privé, mais il l'avait à peine regardée.

— J'ai besoin de savoir quel genre d'employée elle était.

Il parut réfléchir un instant.

— Gentille, très polie avec les clients…

Frankie pressentit un « mais », et ne se trompait pas.

— … mais les circonstances m'ont forcé à la congédier.

Elle le dévisagea, stupéfaite. Hank savait-il que Naomi avait été renvoyée ?

— Quelles circonstances ?

Le gérant détourna les yeux, manifestement mal à l'aise. Parce qu'il lui déplaisait de critiquer ses anciens employés, ou les morts ?

— Il y a eu des vols.

— Des vols ? répéta Frankie, abasourdie, songeant à des provisions.

— Malheureusement, elle ne pouvait pas s'empêcher de mettre la main dans la caisse. De plus, elle avait des problèmes d'alcool. Parfois elle était encore ivre en arrivant au travail, d'autres fois elle ne venait pas du tout. Mais j'aimais bien sa mère, et j'ai essayé de l'aider le plus longtemps possible.

Il poussa un soupir.

— En fin de compte, j'ai dû la congédier, vous comprenez.

Frankie cilla. Il ne pouvait pas s'agir de la même personne.

— Nous parlons bien de Naomi Hill, la jeune femme qui…

— … Qui s'est jetée de la falaise ? Oui.

Naomi volait dans la caisse ? S'enivrait ? S'absentait de son travail après des soirées trop arrosées ? Frankie tenta d'intégrer ces informations à la description que Hank lui avait donnée, mais les deux portraits étaient aux antipodes l'un de l'autre.

Une idée s'imposa soudain à son esprit.

— Elle ne faisait pas la fête toute seule, n'est-ce pas ? Elle devait avoir des amis qui pourraient me renseigner davantage sur sa personnalité.

Il acquiesça.

— Tamara Baker.

— Où puis-je la trouver ?

— Elle est serveuse au Silver Spur.

Au ton de sa voix, Frankie devina qu'il n'avait pas une très bonne opinion de la jeune femme.

— Elle devrait commencer son service à l'heure qu'il est, ajouta-t-il en jetant un coup d'œil à l'horloge. Si elle en est capable.

Il secoua la tête.

— J'espère que cette conversation vous a aidée. J'avoue qu'il m'est très pénible d'évoquer tout cela.

— Oui, merci. Ce que vous m'avez dit m'a été très utile.

Elle se leva, encore secouée par ce qu'elle venait d'apprendre. La douce, la timide Naomi avait-elle vraiment existé ? Frankie avait hâte de parler à son amie Tamara.

Quand Hud revint déjeuner, comme à son habitude, Dana avait préparé des sandwichs et du café frais, mais s'était promis de ne rien dire avant qu'il ait terminé.

— Qu'y a-t-il ? demanda-t-il au bout de quelques minutes. Quelque chose te tracasse, c'est évident. Parle-moi.

Elle s'assit à côté de lui, hésitante. Aborder ce sujet était difficile. Quand Hud et elle discutaient de Hank ensemble, cela finissait toujours mal. Parfois son mari pouvait se montrer têtu comme une mule.

— C'est à propos de Hank.

— Évidemment, grogna Hud.

— Quelque chose ne colle pas.

Il secoua la tête et mordit dans son sandwich, avec l'air d'un homme qui a hâte de repartir.

— Cette relation avec Frankie… Elle ne me semble pas… réelle.

— Tu dis constamment que tu espères que Hank va surmonter la mort de Naomi et reconstruire sa vie. Et maintenant qu'il le fait…

— Je ne crois pas qu'il le fasse. Peut-être a-t-il commis une erreur en revenant ici. Ce retour crée des tensions entre

Frankie et lui. Je les ai vus tout à l'heure… Ils ne sont pas aussi affectueux qu'ils devraient l'être l'un avec l'autre.

Hud soupira et tendit la main vers un cookie, qu'il trempa avec agacement dans son café.

— Et que voudrais-tu que j'y fasse ?

— Pourquoi ne pouvons-nous pas parler de Hank sans que tu te mettes en colère ?

Ils se querellaient rarement, mais, quand il s'agissait de leurs enfants, elle était aussi protectrice qu'une maman ourse, même vis-à-vis de Hud.

— Je veux en savoir plus long sur Frankie.

Ça y était. Elle avait prononcé les paroles qui lui brûlaient les lèvres depuis le moment où elle avait rencontré la jeune femme.

— Tu ne l'aimes pas.

— Au contraire. C'est justement le problème. Elle paraît parfaite pour Hank.

Hud passa une main lasse dans ses cheveux avant de poser son regard sur elle.

— Ton raisonnement m'échappe.

— Je l'aime beaucoup. Je veux juste être sûre que ce n'est pas… Qu'elle n'est pas… Est-ce que tu ne peux pas te renseigner un peu pour me tranquilliser…

— Non.

Il se leva si brusquement que les assiettes frémirent sur la table. Dana tressaillit de surprise.

— C'est hors de question. As-tu oublié que les ennuis ont commencé entre Hank et moi quand j'ai fait des recherches sur Naomi ?

— Parce qu'il était fou amoureux d'elle. C'était son premier amour. Je t'ai demandé de vérifier qu'elle était la femme qu'il lui fallait parce qu'il semblait complètement aveugle…

— Aveugle au point de ne pas comprendre qu'elle ne voulait pas de ce qu'il voulait plus que tout au monde.

Qu'elle n'aurait jamais été heureuse avec lui s'il s'était installé ici. Qu'elle était obsédée par l'idée de se marier. Et qu'elle faisait pression sur lui.

Il soupira.

— Nous avions de bonnes raisons, oui. Sans compter que je sentais une faiblesse chez elle. Une fragilité…

— Tu avais peur qu'elle ne soit pas stable psychologiquement. Et puis elle avait été arrêtée pour vol à l'étalage.

Il hocha la tête, le visage défait.

— Je n'ai jamais révélé ça à Hank. J'aurais peut-être dû. J'avais vu juste au sujet de Naomi, mais ça ne m'apporte aucune satisfaction… J'ai perdu mon fils, ajouta-t-il d'une voix assourdie par l'émotion. Après tout ce qui s'est passé, je ne suis pas sûr de le retrouver un jour. Je ne peux pas refaire la même erreur.

Il attrapa son stetson, qu'il accrochait toujours à la patère en entrant.

— Merci pour le déjeuner.

Dana le suivit des yeux alors qu'il s'en allait, luttant contre les larmes. Elle ne pouvait réprimer la peur qui lui nouait l'estomac. Quelque chose n'allait pas, mais elle ne savait pas comment y remédier.

Tamara Baker était derrière le comptoir du Silver Spur. Le bar était désert, quelqu'un achevait de faire le ménage, et l'odeur du désinfectant flottait dans l'air.

— Tamara Baker ? s'enquit Frankie en se perchant sur un tabouret.

— Qui veut le savoir ? rétorqua la brune.

Elle devait avoir une trentaine d'années, mais sa voix rauque de fumeuse et ses traits durcis la faisaient paraître plus vieille que son âge.

— Vous connaissiez Naomi Hill.

Tamara étrécit les yeux.

— Vous êtes journaliste ?

Frankie lâcha un rire.

— Sûrement pas. J'ai entendu dire que Naomi et vous faisiez souvent la fête ensemble.

— Ce n'est pas un secret. Pourquoi est-ce que ça vous intéresse ?

Frankie lui donna la même version qu'à Roy, mais Tamara était moins crédule. Elle s'empara de la carte de Frankie et alla l'examiner à la lumière de la lampe.

— Vous êtes détective privé ? Sans blague ?

— Sans blague. J'espérais que vous pourriez me parler de Naomi. Les autres personnes que j'ai interrogées m'en ont brossé un portrait qui ne cadre pas du tout avec les histoires que j'ai entendues à propos de vous deux.

Tamara se mit à rire.

— Vous voulez boire quelque chose ? demanda-t-elle en se servant un verre.

— Je veux bien un Coca, merci.

— Je connaissais un côté différent de Naomi, déclara la serveuse après avoir bu une gorgée d'alcool. Elle se lâchait quand elle était avec moi.

— Comment vous étiez-vous rencontrées ?

— À l'épicerie. Elle me dépannait de temps à autre, quand je n'avais pas assez d'argent pour nourrir mes gosses.

Tamara haussa les épaules.

— J'essayais de la rembourser en lui faisant passer de bons moments au bar.

Frankie comprenait parfaitement. Naomi se servait dans la caisse pour aider Tamara, en échange de quoi celle-ci lui donnait des boissons gratuites.

— Et en ce qui concerne les hommes ?

— Les hommes ? Que voulez-vous dire ?

— Ce côté rebelle de Naomi incluait-il ses relations avec les hommes ?

Tamara termina son verre et le rinça.

— Les hommes ne l'intéressaient pas. Elle sortait avec

un rancher qu'elle était décidée à épouser. Elle flirtait un peu, mais se réservait pour lui. Elle croyait que le mariage serait le paradis, ajouta la serveuse avec un rire.

— Vous n'étiez pas convaincue ?

— J'ai vu assez de femmes s'imaginer que le mariage serait une panacée pour en douter, rétorqua Tamara. Je suis passée par là. Et vous ? demanda-t-elle en jetant un coup d'œil à la main gauche de Frankie. Vous êtes mariée ?

Elle secoua la tête.

— Vous avez dû être surprise quand vous avez appris qu'elle s'était jetée du haut de la falaise, non ?

La femme émit un ricanement.

— Pas tellement. Je me doutais bien que ça finirait mal tôt ou tard. Elle menait une double vie. Ça allait forcément se savoir un jour.

— Vous voulez parler du bar et du cow-boy ?

Tamara détourna un instant les yeux, comme si elle craignait que quelqu'un ne les entende.

— Naomi était mêlée à des histoires que personne ne soupçonne.

— Ah bon ?

La porte s'ouvrit. Un rai de soleil se dessina sur le plancher tel un laser qui pointait dans leur direction. Un homme entra, puis referma le battant derrière lui, les plongeant de nouveau dans la semi-pénombre.

— Salut, Darrel, lança Tamara alors qu'il gagnait le comptoir en boitant. Qu'est-ce que tu prends ?

Elle le servit, et resta discuter avec lui pendant quelques minutes.

Frankie sentit le regard du nouveau venu sur elle. Les cheveux blond sable, il était assez séduisant et devait avoir à peu près son âge, mais quelque chose chez lui la mettait mal à l'aise. Il paraissait s'intéresser de trop près à elle. Que lui avait dit Tamara ?

Quand celle-ci revint, Frankie avait préparé une nouvelle question.

— Vous n'avez pas vu Naomi le soir où elle est morte, si ?

— Moi ?

La serveuse secoua la tête.

— J'ai travaillé jusqu'à l'heure de la fermeture. C'est mon service habituel. N'importe qui vous le dira.

Nerveuse à présent, elle ne cessait de jeter des coups d'œil vers l'autre bout du comptoir, là où le dénommé Darrel se trouvait.

Tamara lissa les pans de sa jupe.

— Je peux vous servir autre chose ? demanda-t-elle sans enthousiasme.

— Vous avez dit que Naomi était mêlée à des histoires. Lesquelles ?

— C'étaient des paroles en l'air. Ne m'écoutez pas. Bon, si vous ne voulez rien d'autre, il faut que je fasse un peu de rangement.

Elle inclina la tête en direction de l'homme et baissa la voix.

— Vous savez, il faut essayer de faire bonne impression devant les clients.

— Bien sûr.

Frankie comprit qu'elle n'obtiendrait rien de plus de Tamara. Le nouveau venu lui avait-il fait peur ?

Elle s'en alla, réfléchissant à ce qu'elle avait appris au sujet de Naomi Hill. Les pièces ne semblaient pas appartenir au même puzzle. Dans quoi donc Naomi aurait-elle pu être impliquée pour qu'on décide de l'éliminer ? À supposer qu'elle ait été assassinée, bien sûr.

Plus elle y songeait, plus une conviction s'enracinait dans son esprit : Naomi avait perdu pied en voyant s'effondrer la vie qu'elle avait prévue avec Hank. Et elle avait commis un acte qui l'avait terrifiée encore plus que la double vie qu'elle menait.

Hank savait qu'il ne pouvait remettre cet entretien plus longtemps. Il s'arrêta devant le bureau de son père, certain de le trouver là. Le marshal Hudson Savage avait ses habitudes : il rentrait chaque jour déjeuner chez lui, ce qui paraissait touchant à Hank autrefois. Ensuite, il regagnait le poste et, s'il ne se passait rien d'anormal, s'attelait à des tâches administratives avant de ressortir patrouiller dans les rues.

Assis à son bureau, son père parut surpris de le trouver sur le seuil.

— Entre, dit-il, comme s'il savait que cette visite n'avait rien de personnel. Ferme la porte.

Hank s'exécuta, mais ne prit pas la chaise que Hud lui offrait.

— Je voudrais une copie du dossier de Naomi.

Comme le marshal secouait la tête, Hank insista.

— Ne me dis pas que je ne peux pas l'avoir. Elle est morte. L'affaire est classée. Fais comme si j'étais journaliste et donne-moi une copie.

Son père se cala sur son siège avec un soupir, le fixant avec une intensité qui effrayait Hank autrefois, lorsqu'il était enfant et qu'il avait fait une bêtise.

— Ta mère et moi espérions…

— Je sais ce que vous espériez, coupa-t-il. Je veux une copie du dossier, c'est tout. Ne cherchez pas à lire quoi que ce soit là-dedans.

— Que veux-tu que j'en déduise ? Que tu n'as toujours pas surmonté sa disparition ?

Hank garda le silence.

— Qu'y a-t-il entre Frankie et toi ? reprit le marshal, radouci. Tu l'aimes ?

— Tu es sérieux, là ? C'est maman qui t'a dit de me tirer les vers du nez ?

— On est inquiets, c'est tout.

Hank lâcha un rire.

— Comme vous étiez inquiets quand j'étais amoureux de Naomi.

— Tu es amoureux de Frankie ?

— Qui ne le serait pas ? Elle est belle, intelligente, talentueuse. Maintenant, si l'interrogatoire est terminé, je voudrais une copie de ce dossier. Disons que j'en ai besoin pour mettre cette affaire derrière moi.

— Ah bon ? C'est pour ça ?

Agacé, Hank le regarda sans répondre. Le marshal se pencha en avant, prit une enveloppe marron sur son bureau et la lui tendit.

Hank la fixa un instant.

— Qu'est-ce que c'est ?

— Une copie du dossier.

— Comment…

— Comment est-ce que je savais que tu me la réclamerais ? termina son père à sa place.

Il inclina la tête de côté. Hank remarqua que ses cheveux avaient commencé à grisonner sur les tempes.

— Peut-être que je te connais mieux que tu ne le penses.

Hank prit l'enveloppe.

— Tout est là ?

— Tout, y compris mes notes. Désires-tu autre chose ?

Il secoua la tête, hésitant.

— Merci.

Son père acquiesça. Au même moment, le téléphone sonna.

— Marshal Savage.

Hank pivota, sortit et laissa la porte se refermer doucement derrière lui.

10

À son retour au chalet, Frankie trouva Hank plongé dans des papiers. Il leva les yeux à son entrée, l'air surpris, comme s'il avait oublié son existence.

— Où étais-tu passée ?

— Je travaillais. Et toi, ça va ?

— Oui. Je me suis arrêté au bureau du marshal pour obtenir une copie du dossier de Naomi.

— Il te l'a donnée ? s'étonna-t-elle.

— Il l'avait déjà toute prête pour moi, grommela Hank. Il a dit qu'il me connaissait mieux que je ne le pensais. Tu as sans doute raison de penser qu'il nous a percés à jour. Maman m'a dit que tu avais emprunté un pick-up pour aller en ville. Excuse-moi, je n'ai pas songé à te le proposer.

— Ce n'est pas grave, répondit-elle en s'asseyant. J'ai bu un café avec ta mère avant de partir.

Il arqua un sourcil.

— Comment ça s'est passé ?

— Elle m'a posé des questions sur nous deux, sur moi. Elle voulait savoir comment on s'était rencontrés. On aurait dû inventer quelque chose avant. Il a fallu que j'improvise.

Elle lui répéta l'histoire qu'elle avait racontée à sa mère et Hank hocha la tête.

— Désolé de ne pas y avoir pensé, mais j'ai l'impression que tu t'es bien débrouillée.

— Nous avons eu une conversation très agréable. Ça me déplaît de lui mentir, tu sais. Elle va être blessée.

— Je sais.

Il se leva.

— Tu as faim ? Je n'ai pas déjeuné.

— Moi non plus.

— Je connais un restaurant dans le canyon. Leurs burgers étaient fameux autrefois. Tu veux qu'on essaie ?

Frankie acquiesça d'un sourire. Son estomac grondait déjà.

C'était une splendide journée d'été. Frankie inspira l'air à pleins poumons tandis que Hank empruntait la route du canyon. Le soleil filtrait à travers les pins et scintillait sur l'eau verte de la rivière qui serpentait entre les prés et les falaises.

Elle se cala sur son siège, admirant le paysage. Elle avait décidé de remettre le moment de révéler à Hank ce qu'elle avait appris. Inutile de gâcher son déjeuner. De toute façon, les informations pouvaient attendre, et elle savourait ce moment passé à deux par ce magnifique après-midi. Hank lui-même semblait plus détendu qu'elle ne l'avait jamais vu. Il alluma la radio. Quand un air de country remplit l'habitacle, ils se mirent à chanter à l'unisson. À la fin de la chanson, ils éclatèrent de rire et un silence tranquille s'installa entre eux.

— Tu disais que tu avais travaillé en mon absence… ? lança-t-il au bout d'un moment.

— Nous pourrons en parler plus tard.

Il lui décocha un regard soucieux avant de reporter son attention sur la route. Sans doute soupçonnait-il que les nouvelles ne seraient pas bonnes. Un peu plus loin, il s'engagea sur le chemin qui conduisait au Corral. Construit en 1947, l'établissement avait été rénové depuis : les banquettes d'autrefois avaient cédé la place à des meubles en rondins mais Hank s'y sentait toujours chez lui, comme à l'époque où, enfant, il dégustait ses frites en écoutant son grand-père jouer de la guitare.

Ils s'assirent et commandèrent.

— J'aime tes cheveux, murmura soudain Hank.

Il se pencha vers elle et captura une longue mèche entre son pouce et son index.

— Tu les portes toujours attachés ou tu les lâches parfois ?

Elle le dévisagea avec méfiance.

— Qu'est-ce qu'il y a ? Je n'ai pas le droit de te faire des compliments ? Je croyais qu'on devait se conduire comme des amoureux.

— Des amoureux ? sourit-elle. Il est arrivé quelque chose qui m'a échappé ?

Il lâcha ses cheveux et jeta un coup d'œil vers le bar.

— Il est arrivé quelque chose, c'est vrai. Avant d'aller au bureau de mon père, je me suis arrêté au bord de la rivière, à l'endroit où Naomi est morte. Il y avait quelqu'un d'autre là-bas. Quelqu'un qui a pris la fuite quand je l'ai entendu.

À l'évidence, l'incident l'avait troublé. Frankie avait du mal à voir pourquoi. Au fond, il n'y avait rien de sinistre là-dedans.

— Qui cela pouvait-il être, d'après toi ?

Il secoua la tête.

— J'ai cru apercevoir Naomi sur le promontoire, vêtue d'une robe jaune pâle qu'elle adorait.

— Il y avait quelqu'un là-haut ?

— Non. En revanche, il y avait bel et bien quelqu'un derrière moi. Et cette personne portait des vêtements de couleur claire.

— Tu as pensé que c'était Naomi ?

— Naomi est morte. Elle ne peut pas faire craquer une brindille en marchant et me faire sursauter.

Il déplia sa serviette, puis réarrangea la disposition de ses couverts.

— Je ne suis pas en train de devenir fou.

— Je sais bien que non. Tu as vu quelqu'un, mais ça ne signifie pas forcément qu'il y ait un rapport avec Naomi. À moins que tu ne penses avoir été suivi.

Il parut abasourdi.

— Pourquoi m'aurait-on suivi ?

Elle haussa les épaules. Ni l'un ni l'autre n'en avaient aucune idée. Elle avait raison, songea-t-il. Quelqu'un avait dû chercher un endroit tranquille au bord de l'eau et être encore plus effrayé que lui.

— Cela dit, reprit Frankie, si Naomi a bel et bien été assassinée, le meurtrier est encore en liberté quelque part.

— Tu essaies de me faire peur ?

— Ce qu'il faut comprendre, c'est pourquoi quelqu'un aurait voulu éliminer Naomi. J'ai quelques idées dont je te ferai part en rentrant. Mais pour l'instant…

— Une minute. Tu as découvert quelque chose ?

Par chance, la serveuse choisit ce moment pour apporter leurs plats. Ils avaient tous les deux opté pour un burger accompagnés de frites et d'un verre de Coca. Frankie prit une frite et la trempa dans du ketchup.

— Il y a une éternité que je n'ai pas mangé ça, s'écria-t-elle avec enthousiasme.

Elle mordit dans son burger et émit un petit gémissement de plaisir qui fit naître un sourire sur les lèvres de Hank.

Il était évident qu'elle n'avait pas envie de lui parler de ce qu'elle avait appris. Pas maintenant. Il décida de ne pas insister. La journée était belle, et il était en compagnie d'une femme ravissante. Pourquoi ne pas savourer ce moment ?

— J'ai bien vu, là ? Tu mets de la mayonnaise sur ton burger ?

— Oui. Ça te pose un problème ? riposta-t-elle en souriant.

Il tendit la main vers le récipient.

— Pas si tu partages. Je suppose que c'est encore quelque chose que nous avons en commun.

— Encore ? Il y en a d'autres ?

Hank souda son regard au sien.

— Peut-être plus que tu ne t'en rends compte.

Sur quoi il prit une bouchée de son burger, et ils mangèrent tous les deux comme s'ils étaient affamés.

Hank ne se rappelait pas avoir pris autant de plaisir à partager un repas avec quiconque. Le sens de l'humour de Frankie l'avait pris par surprise. Plus il passait de temps en sa compagnie, plus il l'appréciait. Et plus il se félicitait de l'avoir engagée.

Quand il s'était renseigné sur les détectives privés de la région, on lui avait dit que Frankie Brewster était imbattable. Sur le moment, il avait présumé que Frankie était un homme. C'était seulement en la voyant qu'il avait compris son erreur. Et compris comment rentrer au ranch sans révéler à ses parents la véritable raison de son retour. Jusqu'à présent, le stratagème semblait fonctionner, même si ses parents avaient quelques soupçons quant à la solidité de leur relation. Mieux valait qu'ils s'inquiètent à ce sujet plutôt que du motif de leur visite.

— Bon. Je t'écoute, dit-il comme ils prenaient le chemin du retour.

Sur le point de répondre, Frankie jeta un coup d'œil dans le rétroviseur.

— Tu sais qui c'est ?

À son tour, Hank regarda le rétroviseur et vit un gros camion jaune métallisé, qui était encore assez loin derrière eux mais semblait les rattraper.

— Non. Pourquoi ?

— J'ai l'impression de l'avoir vu à l'aller.

— Tu crois qu'il nous suit ?

L'idée lui parut absurde jusqu'au moment où il se souvint de l'incident qui s'était déroulé au bord de l'eau – et de la raison pour laquelle il était au ranch. Frankie avait raison. Si Naomi avait été assassinée, le meurtrier rôdait toujours.

Derrière eux, le camion gagnait rapidement du terrain. Il roulait à toute allure sur la route sinueuse du canyon, comme si le conducteur avait l'intention de les doubler en dépit des virages.

— Hank, je sens mal ce type.

Il partageait l'avis de Frankie. Ils avaient croisé quelques véhicules tout à l'heure, mais à présent ils étaient seuls sur cette section de route. Il chercha du regard un endroit où se garer pour laisser passer l'individu. Peut-être était-ce quelqu'un qui ne connaissait pas la région et ne se rendait pas compte du danger. Ou…

L'avant du camion emplit son rétroviseur.

— Il va nous rentrer dedans, avertit-il. Accroche-toi !

L'instant d'après, un choc violent secoua leur véhicule. Hank batailla pour ne pas quitter la route, bordée d'un côté par la falaise et de l'autre par la Gallatin en contrebas. Par chance, une rambarde était installée de ce côté-là, mais Hank savait qu'un peu plus loin elle avait été endommagée lors d'un récent accident, et pas encore remplacée.

Un frisson le parcourut. Contrairement à ce qu'il avait espéré quelques secondes plus tôt, le conducteur connaissait parfaitement les lieux. Et Hank savait qu'il ne servait à rien d'accélérer. Le camion jaune était plus puissant que son pick-up.

— Il va essayer de nous pousser dans la rivière au prochain virage, avertit-il alors que l'inconnu les percutait de nouveau. Et je ne crois pas qu'on y puisse grand-chose.

Il avait vu juste. Alors qu'il amorçait la courbe, un coup

de bélier ébranla leur voiture. Les mains crispées sur le volant, Hank lutta pour maintenir sa trajectoire, mais le camion était trop puissant, trop rapide. Un nouveau choc sur le côté propulsa la voiture sur le bas-côté. Par chance, la rive n'était pas trop pentue à cet endroit. Plutôt que de courir le risque que le pick-up se renverse, Hank donna un brusque coup de volant vers la Gallatin.

— Cramponne-toi ! lança-t-il alors que le véhicule plongeait dans le vide.

11

— Je sors de l'épicerie, annonça Dana sans préambule lorsque son mari décrocha le téléphone. J'ai entendu le gérant parler de Naomi à un de ses employés.

— Dana, je suis en plein…

— Roy a dit qu'une certaine Francesca Brewster, qui travaille pour le compte d'une compagnie d'assurances, était venue lui poser des questions sur la mort de Naomi. Pourquoi Frankie s'intéresserait-elle à la mort de Naomi, d'après toi ?

— Peut-être qu'elle est curieuse, voilà tout, répondit Hud au bout d'un moment. Après tout, Naomi était la petite amie de Hank. Frankie veut probablement savoir ce qui lui est arrivé et je doute que Hank soit très loquace à ce sujet. Bon sang, il est encore persuadé qu'elle a été assassinée.

— Je suis inquiète. Tu sais ce que je pensais de Naomi et je crains que Hank ne s'en doute aussi. Maintenant, j'ai le sentiment qu'il se méfie de moi. Je n'ai pas la moindre idée de ce qu'il ressent pour Frankie.

— Il l'a amenée ici. Ça devrait te suffire.

— Ce serait le cas s'ils s'entendaient bien. Mais Stacy m'a dit l'autre jour qu'ils faisaient chambre à part et je les ai vus se disputer tout à l'heure. Si elle interroge les gens à propos de Naomi…

— Je crois que tu attaches trop d'importance à tout cela.

— Nous ne savons rien d'elle.

— Dana…

— Hank est notre fils, Hud. Je ne veux pas le voir commettre une terrible erreur…

— Nous n'y pouvons rien. Si toi ou moi disons quoi que ce soit…

Il étouffa un juron.

— Ma chérie, nous devons le laisser faire ses propres erreurs. Nous avons tous les deux essayé de le mettre en garde concernant Naomi et regarde où cela nous a menés.

— Mais si une autre femme lui brise le cœur, il ne s'en remettra peut-être jamais, murmura-t-elle, au bord des larmes.

— C'est un adulte. Il peut se débrouiller seul. Fais-lui confiance. Frankie est peut-être exactement la femme qu'il lui faut.

Tout se passa si vite que Frankie n'eut même pas le temps de réagir. La seconde précédente, ils étaient sur la route. Et puis le pick-up avait plongé dans la rivière et le capot s'était fracassé sur les rochers. Déjà, l'eau bouillonnait autour d'eux et s'immisçait dans l'habitacle. La vitre latérale était presque submergée.

— Il faut qu'on sorte de là, cria Hank par-dessus le vacarme.

Elle le vit essayer d'ouvrir sa portière, en vain : la pression était trop forte. Sa propre portière faisait face à l'amont et au courant, et aucune issue n'était possible de ce côté-là. Elle retira sa ceinture de sécurité, et ce fut seulement alors qu'elle remarqua l'airbag dégonflé sur ses genoux. L'eau montait vite. Hank avait raison : ils devaient affronter la rivière, car s'ils restaient trop longtemps dans le pick-up…

À son tour, Hank défit sa ceinture et tenta d'abaisser sa vitre, mais le mécanisme semblait bloqué. Il recula et se pencha vers Frankie.

— Prépare-toi. Dès que ce sera cassé…

Il n'acheva pas, mais aucune explication n'était nécessaire. Elle voyait le tourbillon formé par les flots de son côté du pick-up.

Hank prit son élan et décocha un violent coup de pied dans la vitre. Celle-ci se fissura aussitôt. On aurait dit une toile d'araignée. Quand il répéta son geste, elle explosa pour de bon. Une pluie d'éclats de verre disparut dans la rivière, tandis qu'une eau glaciale s'engouffrait dans l'habitacle. Il prit Frankie par la main.

— Tiens bon, cria-t-il.

Elle s'accrocha à lui comme si sa vie en dépendait. C'était le cas. L'espace d'un instant, elle crut qu'ils ne réussiraient pas à s'extraire du véhicule. Enfin, Hank parvint à se propulser vers l'ouverture, l'entraînant avec lui. Pendant ce qui lui parut une éternité, elle ne vit et ne sentit que l'eau qui l'entourait. Ses poumons étaient en feu. Elle avait besoin d'air, elle aurait tout donné en échange d'une bouffée d'oxygène.

En dépit de la violence du courant, Hank ne lâcha pas sa main un seul instant. Soudain, comme par miracle, ils firent surface. Frankie aspira à fond, remplissant ses poumons avec la sensation que rien, jamais, ne lui avait procuré autant de plaisir.

Lorsque Hank la hissa sur la rive, elle fut stupéfaite de voir la distance qu'ils avaient parcourue. La cabine du pick-up était complètement submergée à présent. Elle le suivit sur les rochers, chancelante, suffoquant encore à demi.

Hank l'attira à lui et lui frictionna les bras pour la réchauffer. Secouée de tremblements, elle se laissa aller contre son torse puissant, savourant la chaleur qui émanait de lui alors même qu'elle prenait pleinement conscience de ce qui venait d'arriver. On avait tenté de les tuer – et elle avait perdu son sac à main ainsi que son pistolet.

Sur la route, des voitures s'étaient arrêtées. Des gens les appelaient. Quelqu'un cria qu'il avait alerté les secours et que le marshal n'allait pas tarder.

Trempé jusqu'aux os, encore frissonnant, Hank grimpa à l'arrière de la voiture de patrouille avec Frankie. Son père leur avait donné des couvertures dont ils s'étaient enveloppés. Malgré tout, il passa le bras autour des épaules de Frankie. Il avait encore du mal à assimiler ce qui venait de se passer. Et il remerciait la providence qu'ils aient survécu.

C'était lui qui avait entraîné Frankie dans cette affaire, de sorte que, bien sûr, il se sentait responsable. Cependant, il y avait autre chose aussi, songea-t-il en l'attirant plus près. Il n'aurait su dire quand c'était arrivé, mais elle était devenue une amie. Peut-être parce qu'ils avaient frôlé la mort ensemble.

Les vêtements mouillés de Frankie collaient à son corps, révélant des courbes qu'il avait devinées mais jamais vues jusque-là. Envahi par une bouffée de désir, il ne put réprimer un sourire : il était bien vivant, pas de doute.

— Pourquoi aurait-on cherché à vous faire quitter la route ? avait demandé son père après que Hank lui eut relaté l'incident.

L'incrédulité perçait dans sa voix. Hank en était déjà passé par là. Hud avait refusé de croire que Naomi avait été assassinée. Maintenant, il refusait de croire qu'on venait d'attenter à leur vie.

— Crois ce que tu voudras, rétorqua-t-il. Mais ce n'était pas un accident. Le camion nous a poussés par deux fois avant de me forcer à sauter. Ce n'était pas non plus le geste d'un excité. Frankie l'avait remarqué derrière nous à l'aller. Le type a dû nous suivre et attendre qu'on ressorte du restaurant.

Hud acquiesça.

— D'accord, fiston. Je vais appeler un dépanneur et faire remorquer ton pick-up jusqu'au labo. Avec un peu de chance, il y aura des traces de peinture qui nous aideront à identifier la marque et le modèle du camion. J'ai lancé un avis de recherche. Je prendrai vos dépositions tout à l'heure, dès que vous aurez pu vous changer.

S'efforçant de réprimer son agacement, Hank appuya la tête sur celle de Frankie. Pourquoi fallait-il que son père soit toujours marshal avant tout, uniquement préoccupé par les preuves dont il disposait ? Pour une fois au moins, Hank aurait aimé qu'il croie son propre fils sur parole.

Il serra étroitement Frankie contre lui et ferma les yeux, reconnaissant d'être en vie. Reconnaissant qu'elle soit en vie. Et troublé de la sentir dans ses bras.

Dès que le marshal les eut déposés au chalet, Hank guida Frankie à la salle de bains et ouvrit le robinet de la douche. Elle avait l'impression d'être en état de choc. Ou d'hypothermie ? Elle s'était sentie bien dans les bras de Hank, mais, à la seconde où il l'avait lâchée, elle avait recommencé à trembler.

La glace de la salle de bains s'embua rapidement.

— Entre tout habillée, suggéra-t-il.

Frankie le dévisagea, se demandant s'il avait perdu l'esprit.

— Je parle sérieusement.

Il ouvrit la porte vitrée et poussa Frankie vers le jet d'eau chaude.

— Laisse tes vêtements dans la douche. Je m'en occuperai tout à l'heure. Je vais utiliser l'autre salle de bains. Il faut que tu te réchauffes et que tu te sèches le plus vite possible. Fais-moi confiance.

Lui faire confiance ? Elle contempla les traits séduisants de Hank et ne put retenir un sourire. Puis, se surprenant elle-même, elle obéit à ses instructions et entra dans la douche tout habillée. Elle lui faisait confiance, oui. Plus qu'il ne le soupçonnait.

L'eau chaude imbiba rapidement ses vêtements, chassant ses frissons. Les doigts engourdis, elle commença à retirer ses affaires mouillées et sentit un objet lourd dans la poche de son jean. Son téléphone portable. Elle tendit la main pour le poser à côté du lavabo. Au moins, elle n'avait plus à s'inquiéter de recevoir des appels dont elle ne voulait pas : l'écran était tout embué, et l'appareil sans doute définitivement hors d'usage.

Elle songea au pistolet qu'elle avait glissé dans son sac à main avant de partir. Il était probablement au fond de la rivière à l'heure qu'il était.

Un frisson la parcourut. Elle augmenta la température de l'eau, mais elle savait que cela ne suffirait pas à l'empêcher de trembler. On avait essayé de les tuer. Elle revit le camion qui les avait forcés à quitter la route. Elle avait tout juste aperçu le conducteur. Un homme. Un homme imposant, furieux.

Ce n'était pas lui, se dit-elle. C'était impossible. Où aurait-il pu se procurer un camion comme celui-là et comment…

À moins que, d'une manière ou d'une autre, il n'ait découvert où elle se trouvait. L'estomac soudain noué, elle jeta un coup d'œil à son téléphone. Localiser un portable était un jeu d'enfant pour qui savait comment faire.

A fortiori pour un policier.

Frankie s'adossa à la paroi de la douche, chancelante. Pour rien au monde elle ne voulait que son passé la rattrape ici. Elle tenta de se persuader que ses craintes étaient infondées. Non, il ne l'avait pas trouvée. Ce n'était pas lui qui conduisait le camion. L'incident était lié à Naomi – pas à elle.

Résolue à se changer les idées, elle s'efforça de se focaliser sur le jet d'eau chaude qui dégoulinait sur son corps. Le visage tourné vers la pomme de la douche, elle se répéta qu'elle était saine et sauve. Que Hank était sain et sauf. Et mieux encore. Elle songea à la manière dont il l'avait tenue contre lui sur la rive, serrée dans ses bras pour lui communiquer sa chaleur, la protéger, alors même qu'il devait être aussi transi qu'elle.

Frankie sentit ses mamelons se durcir au souvenir du corps musclé de Hank pressé contre le sien. Il y avait si longtemps qu'elle n'avait pas éprouvé d'attirance pour un homme. Mais à cet instant, alors qu'elle imaginait Hank dans l'autre salle de bains, nu sous la douche, une flèche de désir la transperça, déclenchant une vague intense de chaleur au plus profond d'elle.

Elle ferma le robinet et enjamba ses vêtements détrempés pour attraper une serviette. Hank était son employeur. Rien de plus. Sa réaction était due au choc, voilà tout.

Alors même qu'elle tentait de s'en convaincre, Frankie sut qu'elle se mentait. Jamais elle n'avait rencontré un homme tel que Hank. Sa capacité à aimer la stupéfiait. Au bout de trois longues années de deuil, il persistait à vouloir découvrir la vérité sur la disparition de Naomi. Pour sa part, elle ne pouvait s'imaginer aimer un homme à ce point.

Elle se sécha et enfila le peignoir que Hank avait laissé à son intention. Elle s'en enveloppa étroitement et remonta le col, inspirant avec délice l'odeur du linge frais. Soudain, elle se rendit compte qu'elle pleurait doucement. Jamais elle n'avait été aussi heureuse d'être en vie.

Frankie se hâta s'essuyer ses larmes, puis s'activa à tordre ses vêtements et à les étendre dans la douche. Enfin, prenant une profonde inspiration, elle noua fermement la ceinture du peignoir autour d'elle et sortit de la salle de bains.

De retour à son bureau, Hud téléphona pour s'assurer que deux agents faisaient la circulation pendant que le dépanneur sortait le pick-up de Hank de la rivière.

Il était plus secoué qu'il ne voulait l'admettre. D'un côté, il se refusait encore à croire que le conducteur du camion avait délibérément tenté de tuer son fils et Frankie, mais, de l'autre, il devait reconnaître que l'homme les avait percutés à l'endroit précis où la barrière de sécurité était manquante. Cela suggérait, d'une part, qu'il avait prémédité son coup, et, d'autre part, qu'il habitait la région.

Voilà ce qui inquiétait Hud.

Hank était convaincu que l'incident avait un rapport avec la mort de Naomi. Hud, lui, avait vu l'expression de Frankie dans son rétroviseur. Certes, elle venait de traverser une épreuve terrifiante. Cependant, l'effroi avait persisté dans son regard, même lorsqu'elle avait été à l'abri du danger, en sécurité à l'arrière de la voiture de patrouille.

Étouffant un juron, il alluma son ordinateur, ses doigts hésitant brièvement au-dessus du clavier. Il passa en revue ses raisons. Le retour inattendu de Hank. Le fait qu'il avait amené une femme après trois ans d'absence, une certaine Francesca Brewster, surnommée Frankie, dont ils n'avaient jamais entendu parler auparavant. Les deux étaient censés former un couple, mais d'après Dana, qui avait une solide intuition pour ce genre de choses, leur comportement ensemble ne cadrait pas avec ce scénario. Et pour couronner le tout, Frankie avait posé des questions ici et là sur la mort de Naomi. Si on ajoutait à cela « l'accident » qui leur avait valu d'échouer dans la rivière, que fallait-il en conclure ?

Retenant son souffle, il pianota sur les touches : *Francesca « Frankie » Brewster, Lost Creek, Idaho.*

Ce qui apparut à l'écran lui fit exhaler l'air qu'il gardait dans ses poumons. Il se cala sur son siège, interdit, les yeux rivés sur les mots qui s'affichaient. Frankie Brewster, détective privé ? Que se passait-il, bon sang ?

Il ne lui fallut que quelques minutes pour découvrir que Frankie possédait un permis de détective dans l'Idaho et qu'elle dirigeait sa propre agence depuis quatre ans. Son nom était cité dans divers articles du journal local. Elle avait élucidé plusieurs affaires en vue.

Hud se cala de nouveau sur sa chaise. Il s'en voulait d'avoir cherché ces renseignements et se demandait à présent quoi en faire. Le fait que Frankie était détective privé ne signifiait pas forcément que Hank et elle ne formaient pas un couple. À vrai dire, Hud pouvait imaginer que c'était en partie sa profession qui avait attiré Hank au départ.

S'il questionnait Hank, celui-ci serait furieux. Il saurait que Hud s'était renseigné sur Frankie, exactement comme il l'avait fait pour Naomi. La différence, c'était que Frankie n'avait jamais été interpellée pour vol, ni soumise à des tests portant sur sa santé mentale.

— C'est déjà ça, marmonna-t-il en éteignant l'ordinateur.

Ainsi, Frankie enquêtait sur la mort de Naomi. Son fils s'était imaginé qu'il pourrait amener Frankie et la faire passer pour sa petite amie alors qu'ils fouinaient pour élucider l'affaire, le tout sans qu'il ne se doute de rien.

Hud étouffa un juron. Était-il possible que leurs questions aient rendu quelqu'un nerveux ? Était-ce pour cette raison que le chauffeur du camion avait cherché à provoquer un accident ? Histoire de leur donner un avertissement ? Cependant, si tel était le cas…

Hud décrocha son téléphone et appela le labo.

— Je veux toutes les informations que vous pouvez dégoter sur le camion. Le plus vite possible. Appelez chez moi dès que vous les aurez.

Jamais durant toute sa carrière de représentant de la loi il ne s'était senti aussi perturbé. Et si son fils avait raison depuis le début et que Naomi avait bel et bien été assassinée ? L'accident dont Hank et Frankie avaient été victimes ne pouvait pas être une simple coïncidence.

Il poussa un soupir, sachant qu'il n'avait pas le choix. Il devait interdire à Hank et à son amie de poursuivre leur enquête. Tant pis si son fils se mettait en rage. Alors même qu'il y songeait, Hud comprit que ce dernier ne se plierait jamais à sa requête : il n'avait pas confiance en lui.

Il avait commis toute une série d'erreurs avec Hank. En se levant, il pria pour ne pas être sur le point d'en commettre une de plus. De toute façon, il fallait qu'il intervienne avant que Frankie et lui se fassent tuer.

Hank resta un long moment sous le jet d'eau brûlante, en proie à un tumulte d'émotions. L'incident avait prouvé que son intuition était juste depuis le début, pourtant il n'en tirait aucune satisfaction.

Pourquoi pas ? Il avait eu raison. Cependant, debout sous la douche, il n'avait pu penser qu'à Frankie. Il ne cessait de la revoir dans ses vêtements trempés, qui épousaient toutes les courbes de son corps. Et ce souvenir l'emplissait de trouble.

Il abaissa la température de l'eau jusqu'à ce qu'elle soit complètement froide et s'efforça de maîtriser ses sensations. Frissonnant de nouveau, il ferma le robinet et demeura un instant immobile, encore submergé de désir. Il avait aimé Naomi, mais jamais elle n'avait éveillé pareille passion en lui. Était-ce la véritable raison qui l'avait incité à repousser le mariage ?

Hank secoua la tête, sortit de la douche et s'empara d'une serviette. Il ne voulait pas éprouver ce genre de sentiment envers Frankie, pas alors qu'il était revenu au ranch pour faire la paix avec Naomi. Il se promit de garder ses distances. De chasser de son esprit la vision de Frankie blottie contre lui sur la banquette arrière de la voiture de patrouille.

Il enfila un des peignoirs que sa mère laissait dans le chalet à l'intention des invités, s'exhortant à rester focalisé sur l'enquête. Sauf erreur de sa part, ils avaient déstabilisé le meurtrier. Ils approchaient du but. Peut-être même s'en approchaient-ils un peu trop, songea-t-il en quittant la chambre.

À la vue de Frankie, il tressaillit malgré lui. Elle était superbe. Ses longs cheveux bruns retombaient sur ses épaules jusqu'à la pointe de ses seins, qu'il devinait sous le peignoir. Ses joues étaient encore rosies par l'eau chaude, ainsi que son cou et sa gorge. Des gouttelettes s'accrochaient à ses cils, accentuant le violet sombre de ses grands yeux.

Quand leurs regards se rencontrèrent, il lut dans le sien un désir égal à celui qu'il ressentait. En un éclair, toutes ses bonnes résolutions s'évanouirent. Sans un mot, sans une pensée, il combla la distance qui les séparait. Elle resta immobile, les yeux rivés sur lui, une veine palpitant à la naissance de son cou.

Il captura une longue mèche de cheveux soyeux entre ses doigts. Elle ne bougeait toujours pas. Continuait à river son regard au sien. Le cœur cognant dans sa poitrine, il repoussa ses cheveux d'un côté et se pencha pour embrasser l'endroit où sa veine palpitait. Il sentit le pouls de Frankie s'accélérer sous sa caresse, et le sien battre plus vite en retour.

Il y avait si longtemps qu'il n'avait pas connu de telles sensations. Tandis qu'il déposait une traînée de baisers dans son cou, elle s'arqua en arrière, offerte. Il l'entendit retenir son souffle alors qu'il promenait la pointe de la langue dans le creux de son épaule. De là, il était tentant de descendre jusqu'à l'échancrure de son peignoir et entre les globes de ses seins.

Au lieu de quoi il releva la tête et plongea de nouveau les yeux dans les siens avant de l'enlacer et de prendre possession de ses lèvres. Une vague de désir courut dans ses veines, épousant le rythme de son cœur. Frankie noua les bras autour de son cou alors que son baiser se faisait plus intime. Il l'attira plus près encore. Les seins de Frankie étaient tendus sous le peignoir. Il brûlait d'en écarter les pans, d'unir son corps dénudé au sien.

Il tendit la main et tira sur la ceinture de Frankie, puis sur la sienne, repoussant le tissu qui les séparait. Un petit gémissement s'échappa des lèvres de Frankie. Il sentit la pointe de ses seins se durcir contre son torse. Le désir déferla en lui.

Un coup frappé à la porte les fit sursauter en même temps.

— Hank ? Frankie ? Il faut que je vous parle.

On toqua de nouveau, après quoi la porte s'entrouvrit lentement.

Ils se détachèrent d'un bond, renouant frénétiquement leur ceinture juste avant que le marshal passe la tête par l'entrebâillement.

— Excusez-moi. Je…

Il fit mine de refermer la porte.

— Non, entre, dit Hank, d'une voix assourdie par l'émotion, presque étrangère à ses propres oreilles.

Un bref regard à Frankie lui apprit qu'elle était aussi secouée que lui. Si seulement il avait songé à fermer la porte à clé ! Si seulement son père avait choisi un autre moment pour venir !

Pourtant, à mesure qu'il reprenait ses esprits, il se rendait compte que c'était mieux ainsi. Le moment était mal choisi pour entamer une relation avec Frankie – même s'il en avait désespérément envie. La vie était déjà assez compliquée. Une partie de lui était encore amoureuse de Naomi. Il n'était pas certain de pouvoir surmonter sa perte un jour – et il soupçonnait que Frankie le savait.

— Avez-vous du nouveau à propos du camion ? demanda Frankie d'une voix incertaine.

Ils échangèrent un regard. Luttant l'un et l'autre pour ne pas éclater de rire face à l'ironie de la situation. Il se demanda si elle était aussi déçue que lui – et peut-être tout aussi soulagée. Leur relation était assez complexe comme ça. En outre, se rappela-t-il, il y avait cet homme qui ne cessait d'appeler Frankie au téléphone, celui à qui elle ne voulait pas parler. Celui que Hank soupçonnait d'être son amant, actuel ou passé. À l'évidence, elle n'en avait pas terminé avec lui, songea-t-il tandis que son père franchissait le seuil, son stetson à la main et une expression à la fois penaude, amusée et curieuse sur le visage.

Le regard de Hud alla de son fils à Frankie. Tous les deux étaient cramoisis et pas seulement parce qu'ils venaient de prendre une douche. Les paroles qu'il prononça le surprirent lui-même.

— J'ai décidé de rouvrir l'enquête sur la mort de Naomi, annonça-t-il alors que les deux jeunes gens se hâtaient de s'éloigner l'un de l'autre, comme deux adolescents surpris en train de s'embrasser sur un canapé.

Dana pensait qu'ils n'étaient pas amants. S'il n'était pas arrivé à l'instant, ça aurait été chose faite. Peut-être que sa femme se trompait sur eux deux. Peut-être que lui aussi.

— Pourquoi ? demanda Hank.

— Excusez-moi, murmura Frankie. Je vais m'habiller.

Elle pivota et disparut dans la chambre.

— Je suis désolé, s'excusa Hud. Je suis entré au mauvais moment.

Son fils balaya la remarque d'un geste.

— Je pensais que tu ne croyais pas que Naomi avait été assassinée ?

— Je ne suis toujours pas certain d'y croire. Mais

après ce qui s'est passé aujourd'hui, je veux réexaminer le dossier.

Hank secoua la tête et marmonna quelque chose en se dirigeant vers la cuisine.

— Je vais m'habiller et boire une bière. Tu en veux une ?

Il jeta un coup d'œil à sa montre. Son service était terminé. En temps normal, il aurait refusé parce que ce n'était pas dans ses habitudes de boire de l'alcool avant de dîner, mais ce soir il allait faire une exception.

— Avec plaisir.

Apparemment, Hank n'avait pas escompté cette réponse, car il le dévisagea alors qu'il revenait, vêtu d'un jean et d'une chemise western, deux canettes à la main.

— Tu remercieras maman d'avoir stocké notre réfrigérateur.

— Tu connais ta mère. Elle voulait que Frankie et toi soyez bien installés ici.

En montant au chalet, il avait eu l'intention de les mettre au pied du mur, de révéler qu'il savait que Frankie était détective privé et de les accuser de jouer la comédie. Cependant, en les voyant ensemble, il s'était ravisé et s'en félicitait.

D'ailleurs, quel mal pouvait-il y avoir à rouvrir l'affaire officieusement ?

Frankie sortit à son tour de sa chambre. Elle avait enfilé un jean et un T-shirt ample, mais gardé les pieds nus. Sans rien dire, Hank lui offrit la bière encore intacte qu'il avait apportée pour lui-même et alla en chercher une autre.

Hud resta debout, Frankie et lui un peu mal à l'aise l'un avec l'autre. Il était sûr que son fils s'était plaint de lui auprès d'elle. Quant à lui, après avoir perdu le respect de Hank à cause de l'enquête sur Naomi, il s'était dit qu'il n'aurait pas d'autre chance de réparer les ponts.

Peut-être s'était-il trompé.

Il s'installa dans un fauteuil tandis que Frankie se

pelotonnait sur le canapé, laissant le fauteuil face à lui vacant. Hank resta debout, apparemment trop fébrile pour s'asseoir.

— Rien de nouveau sur le chauffeur du camion ? s'enquit Frankie dans le silence gêné qui s'ensuivit.

— Pas encore. J'ai demandé que l'affaire soit traitée en priorité et j'ai des renforts qui recherchent le véhicule. Je suis certain qu'on va le retrouver.

En réalité, il était loin d'être aussi sûr de lui, même s'il désirait ardemment que ce soit le cas. Il était impératif qu'il découvre ce qui s'était passé cet après-midi-là et pourquoi – et pas seulement pour montrer à son fils qu'il était compétent. Si Hank avait raison et que le chauffeur du camion était d'une manière ou d'une autre lié à la mort de Naomi… Eh bien, il devait retrouver le meurtrier de Naomi avant que son fils et Frankie deviennent ses prochaines victimes.

— Si je me suis trompé, je me rachèterai, dit-il à son fils, lequel hocha la tête, encore qu'avec une certaine réticence.

Comme Hud terminait sa bière, son téléphone sonna.

— C'est sûrement ta mère. Ne lui parle pas de ça, avertit-il en montrant la bouteille de bière. On aurait des ennuis tous les deux, plaisanta-t-il. À propos, quand vous viendrez dîner ce soir, mieux vaudrait minimiser la gravité de ce qui s'est passé cet après-midi. Tu connais ta mère.

Hank sourit.

— Oui, bien sûr.

Hud le vit échanger un regard avec Frankie. Un regard qu'il ne sut déchiffrer, mais qui lui parut brûlant. Une fois de plus, il regretta d'être arrivé au mauvais moment.

Frankie était encore ébranlée par les moments qui avaient précédé la visite du marshal. Elle avait été à deux doigts de s'ouvrir complètement à Hank, de mettre à nu non seulement son corps, mais son âme. Il était hors de question qu'elle se laisse aller ainsi de nouveau. Elle devait se rappeler que leur relation était un simulacre. Qu'il était son employeur. Et qu'il était encore amoureux du souvenir de Naomi.

Ce dernier point, en particulier, était crucial. Sans compter qu'elle avait ses propres bagages, dont il ne savait rien. Avec un peu de chance, il n'en saurait jamais rien. Dès qu'elle en aurait terminé avec cette enquête, elle retournerait dans l'Idaho. Quant à lui, qui savait ce qu'il déciderait de faire ?

À l'évidence, il adorait ce ranch et souhaitait faire partie de l'entreprise familiale. Ce qu'ils allaient découvrir pourrait-il le délivrer du passé ? Le délivrer de Naomi suffisamment pour qu'il puisse revenir ici ?

— Nous avons le temps d'aller faire une balade à cheval, déclara Hank dès son père fut parti. Il est temps que tu visites le ranch. Tu sais monter, non ?

— J'ai grandi dans le Montana avant d'aller vivre dans l'Idaho. Il y a des années que je ne suis pas montée à cheval, mais je sais faire la différence entre l'avant et l'arrière.

— Ça suffira. Viens.

Frankie eut l'impression qu'il ne voulait pas rester seul avec elle au chalet de peur de ce qui risquait de se produire entre eux. En un sens, elle était soulagée, mais, d'un autre côté, elle était aussi un peu déçue, et en fut irritée contre elle-même. N'avait-elle donc pas appris sa leçon concernant les hommes ?

Ils descendirent à l'écurie, où Hank sella deux chevaux. Debout au soleil qui illuminait Lone Mountain, elle le regarda faire. Elle aimait la douceur de ses gestes, sa gentillesse avec les animaux. C'était une facette de sa personnalité qu'elle découvrait, songea-t-elle alors qu'il tapotait l'encolure d'une jument.

— Buttercup, tu vas être gentille avec Frankie, hein ?

Il lui tendit les rênes.

— Buttercup m'a promis d'être gentille. Il faut que tu le sois aussi. Ne te mets pas en colère si elle essaie de te faire tomber en passant sous les branches d'un sapin.

— Attends ! Elle ne va pas faire ça, si ? s'inquiéta-t-elle.

Hank haussa les épaules et enfourcha sa monture en riant.

— Espérons que non.

Il était si séduisant à cet instant, sûr de lui, tellement à l'aise. Il éperonna son cheval.

— Buttercup a le béguin pour Romeo, par conséquent elle va sûrement se contenter de le suivre et bien se comporter. Cela dit, avec une fille, on ne sait jamais.

Il sortit de l'écurie au trot, puis attendit qu'elle le rejoigne. Frankie s'apprêtait à éperonner Buttercup, mais la jument la devança.

Ils empruntèrent une piste qui grimpait dans les collines, sous d'immenses pins. Le soleil de la fin d'été réchauffait le dos de Frankie et elle se cala sur sa selle, plus à l'aise qu'elle ne l'avait escompté. En partie, peut-être, parce qu'elle se savait en sécurité avec Hank et Buttercup.

Elle jeta un coup d'œil vers lui à la dérobée, songeant que c'était la première fois qu'elle le voyait vraiment détendu. Il avait la tête légèrement inclinée en arrière, le regard rivé sur les montagnes comme s'il voulait les graver dans sa mémoire. Regrettait-il d'être parti ? Cela n'importait guère, comprit-elle soudain. Il ne pouvait pas revenir – pas alors que le fantôme de Naomi hantait son cœur et son esprit. Tant qu'il continuerait à ne pas savoir ce qui lui était arrivé, Frankie doutait qu'il puisse trouver la paix.

À cet instant, elle résolut de parvenir coûte que coûte à la vérité. Elle voulait délivrer cet homme de son fardeau. Alors même que cette pensée s'imposait à elle, une autre la suivit : serait-il jamais vraiment libéré de Naomi et de ses sentiments envers elle ?

— Viens voir, lança-t-il comme ils atteignaient une vaste clairière.

Elle aperçut des trembles, dont les feuilles se paraient déjà des teintes jaunes, oranges et rouges de l'automne bien que l'été ne soit pas encore terminé. Cette région du Montana n'accordait guère d'importance au calendrier.

En s'avançant dans la clairière, elle inspira l'odeur de l'herbe et des feuilles mortes, et fut envahie par une bouffée de mélancolie. Les saisons avaient une fin, comme tout le reste, mais elle détestait avoir la sensation du temps qui passait. Le moment viendrait vite où ils retourneraient dans l'Idaho et reprendraient la vie qu'ils avaient laissée là-bas. Cette perspective la replongea brusquement dans les ténèbres qui l'avaient tourmentée ces derniers mois. Elle allait devoir affronter son passé. Restait encore à savoir comment !

Hank avait déjà traversé l'espace dégagé et l'attendait à l'extrémité. Buttercup se mit soudain à trotter, puis à galoper vers lui. Prise au dépourvu, Frankie s'étonna de ne pas avoir peur.

Elle s'arrêta à côté de lui. Il souriait et elle se rendit compte qu'elle aussi.

— J'aime bien Buttercup.

Le sourire de Hank s'accentua.

— Je pensais qu'elle te plairait. Elle est adorable. Sauf quand elle essaie de passer sous les branches des pins.

— Tu veux me faire marcher, hein ? demanda-t-elle comme il venait l'aider à mettre pied à terre.

— Tu crois ?

Il la prit par la taille et la déposa à quelques centimètres de lui. Leurs regards se soudèrent.

Frankie sentit une flèche de désir la traverser. Elle avait cru éteindre le brasier tout à l'heure, mais il n'avait fait que couver sous la surface. Elle mourait d'envie que Hank l'embrasse.

Il l'attira plus près.

— Pourquoi est-ce que tu me rends fou ? murmura-t-il d'une voix rauque.

Elle secoua la tête sans détacher une seconde son regard du sien.

— Je pourrais te poser la même question.

Il s'esclaffa.

— J'ai envie de t'embrasser.

Elle inclina la tête de côté.

— Qu'est-ce qui t'en empêche ?

— J'ai déjà eu le cœur brisé une fois. Je ne suis pas sûr d'être prêt à le voir piétiné de nouveau, répondit-il sans la lâcher pour autant, les yeux rivés aux siens.

— Tu crois que je suis du genre à briser les cœurs ? s'étonna-t-elle.

Frankie reconnut à peine sa voix. C'était comme si l'altitude l'avait privée d'oxygène.

Il sourit.

— Je le sais. Et pourtant…

Il l'attira à lui si soudainement qu'elle retint un cri avant que sa bouche capture la sienne pour un baiser profond, passionné. Il la tenait si serrée contre lui qu'elle avait l'impression que leurs corps avaient fusionné.

Il la lâcha tout aussi soudainement et recula, secouant la tête.

— On devrait rentrer, mais d'abord je veux te montrer le panorama. Ma mère va forcément te demander ce que tu en as pensé au dîner.

Elle fixait toujours le séduisant cow-boy, luttant contre une avalanche d'émotions qu'elle n'avait jamais ressenties auparavant.

— Le panorama ? répéta-t-elle, sur un ton absent.

Hank éclata de rire et lui prit la main.

— C'est par là.

Il la guida vers le bord du précipice, sa main au creux de la sienne.

— Qu'en penses-tu ?

Elle songea que, l'espace d'un instant, ils avaient tous les deux oublié Naomi.

— Jamais je n'ai pris autant de plaisir à une promenade à cheval, murmura-t-elle, contemplant les montagnes qui s'étendaient à perte de vue.

Il lui pressa tendrement les doigts.

— C'est magnifique, non ?

12

Le dîner se déroula dans un flou de rires et de conversations. Plusieurs membres de la famille et divers amis étaient rassemblés autour de la grande table de la salle à manger, y compris la meilleure amie de Dana, Hilde, et son mari. Frankie souriait et riait avec les autres, évitant le regard de Hank. Quand il mit la main sur sa cuisse, elle ne put maîtriser un frisson de désir qui la parcourut tout entière. Elle changea de position et s'efforça d'apaiser les battements affolés de son cœur, mais ce n'était pas chose facile.

Le dîner terminé, Hank et elle remontèrent à pied au chalet. Pendant un bon moment, ni l'un ni l'autre ne parla. Il faisait encore jour.

— Ça va ? demanda Hank.

Elle entendait le murmure de la rivière, le babil d'un écureuil au loin, le cri rauque d'un faucon qui planait au-dessus d'eux.

— Oui. Et toi ?

Il s'arrêta brusquement.

— Bon sang, Frankie, tu ne peux pas faire comme si ce baiser n'avait jamais eu lieu. Comme si rien n'avait changé.

Elle s'immobilisa à son tour et pivota vers lui. Parlait-il sérieusement ? Ils faisaient semblant d'être un couple et la fiction avait failli devenir réalité. Pire, elle ne pouvait s'empêcher d'y penser constamment. Et pire encore peut-être, elle désirait désespérément que cette relation soit réelle.

— Rien n'a changé.

Il la dévisagea, visiblement incrédule. Elle brûlait de caresser la barbe naissante sur son menton, se souvenait avec acuité de l'avoir sentie tout à l'heure, quand il l'avait embrassée. Tout comme elle se remémorait leurs corps nus, enlacés l'espace d'un instant.

— Ne te méprends pas. Je te désirais plus que je ne saurais le dire. Je te désire encore. Mais…

— Mais ?

— Mais tu es mon employeur et je suis ici pour faire mon travail. Nous nous sommes autorisés à l'oublier pendant un moment, voilà tout.

— C'est ça que tu veux ?

Il paraissait aussi déçu, aussi bouleversé qu'elle l'était.

— Rappelons-nous la raison de notre présence ici. Tu es toujours amoureux du souvenir de Naomi après l'avoir pleurée pendant trois ans. Commençons par découvrir qui l'a tuée – si elle a réellement été assassinée – et après…

Elle se tut, ne sachant que dire.

— Après ce qui nous est arrivé, tu en doutes encore ?

Elle songea qu'il pouvait y avoir une autre explication à l'incident, mais il était exclu qu'elle évoque cette possibilité avec lui avant d'en avoir le cœur net. Elle voulait encore croire que personne ne savait où elle se trouvait, surtout pas l'homme qui avait laissé des dizaines de messages menaçants sur son répondeur.

Elle choisit ses mots avec soin.

— À en juger par cela et par ce que je sais de Naomi, il y a de grandes chances qu'elle ait été assassinée.

Il la dévisagea longuement.

— C'est vrai. Tu ne m'as pas dit ce que tu avais appris à son sujet aujourd'hui.

Il se remit à marcher comme s'il craignait le pire.
— Vas-y.

Hank écouta, sa colère s'accroissant de minute en minute. Ils avaient atteint le chalet quand Frankie se tut.
— Cette femme, cette Tamara Baker, ment comme elle respire. Naomi détestait l'alcool.
— Tamara a insinué que Naomi était mêlée à quelque chose d'autre. De plus dangereux.
— Comme quoi ? Du blanchiment d'argent ? Du trafic de drogue ?
Il lâcha un juron.
— Cesse de me regarder comme ça. Tu crois que je ne connaissais pas ma copine ?
— Pourquoi Tamara aurait-elle menti ?
— Aucune idée. Mais elle se trompe et Roy aussi. Naomi n'aurait jamais rien volé. Il doit l'avoir confondue avec quelqu'un d'autre. En tout cas, elle n'a pas été renvoyée, c'est sûr. C'était une de ses meilleures employées. Elle m'a montré la prime qu'elle avait eue pour…
Sa voix s'éteignit.
— Je ne sais plus au juste, mais j'ai vu l'argent.
Frankie demeura silencieuse, ce qui ne fit qu'aviver sa fureur. Il ouvrit à la volée la porte du chalet, s'effaça pour la laisser passer et la suivit à grands pas.
— Et si c'était un mensonge pour dissimuler d'autres agissements ? insista-t-il, sachant que sa théorie était tirée par les cheveux.
Elle haussa les épaules.
— Je ne fais que répéter ce qu'on m'a appris. Peut-être qu'elle menait une autre vie quand elle n'était pas avec toi.
Au comble de la frustration, il secoua la tête et se mit à arpenter la pièce.
— Tu ne la connaissais pas. Elle avait peur de tout. Elle était… innocente.

— Eh bien, ça pourrait justement expliquer qu'elle se soit retrouvée mêlée à une affaire dont elle ne savait pas comment se sortir.

Hank s'immobilisa.

— Comme quoi ?

— Elle avait un petit ami avant toi, non ?

— Butch Clark. Je veux dire Randall Clark. Butch était son surnom. Mais elle ne l'avait pas vu depuis des années.

— Je veux lui parler. Seule, ajouta-t-elle avant qu'il ait eu le temps de dire qu'il l'accompagnerait.

— Pourquoi ? Je viens de te dire qu'ils s'étaient perdus de vue.

Elle garda le silence un instant, et Hank jura de nouveau.

— Laisse-moi suivre cette piste, murmura-t-elle enfin. J'irai demain matin. Tu sais où le trouver ?

— Son père est le propriétaire de la quincaillerie. Il pourra sûrement te renseigner.

Une bouffée de nausée l'envahit soudain.

— Il était aux obsèques de Naomi. Je l'ai reconnu.

— Tu le connaissais ?

— Pas vraiment. Naomi me l'a pointé du doigt un jour, au début qu'on sortait ensemble. Il n'avait pas l'air d'être son genre. Je l'ai interrogée à son sujet, mais elle ne voulait pas parler de lui. Elle disait que c'était du passé.

Frankie hocha la tête et Hank saisit une lueur familière dans son regard.

— Je ne veux même pas savoir à quoi tu penses en ce moment, grogna-t-il.

Elle haussa les épaules de nouveau.

— Naomi avait un passé. C'est tout.

Il inclina la tête, attendant la suite.

— Un passé dont elle ne voulait pas parler, précisa-t-elle. Là, tu es content ?

— Tu es tellement sûre qu'elle avait un secret. Je

pourrais te rappeler que, toi aussi, tu as un passé dont tu ne veux pas parler.

— C'est vrai, mais toi et moi ne sommes pas un couple.

— Nous sommes censés en être un, rétorqua-t-il en faisant un pas vers elle. Et compte tenu de ce qui a failli se passer tout à l'heure, je ne trouve pas ça si improbable. Et si je te congédiais, que j'en finisse avec cette relation employeur-employé, et qu'on arrête de faire comme si de rien n'était ?

Frankie plongea les yeux dans ceux de Hank, submergée par une vague de désir. Il aurait été si facile de pousser leur relation plus loin – et sans tarder, à en juger par l'électricité dans l'air. Le bon sens l'avertissait de ne pas céder à la tentation. En revanche, le côté rebelle de sa nature désirait Hank depuis le moment où il avait franchi le seuil de son bureau. L'attraction avait toujours été là, juste sous la surface.

Quelle femme saine d'esprit n'aurait pas été séduite par ce cow-boy aux yeux bleus, aussi viril que sexy ? Hank ne semblait pas se douter de l'intérêt qu'il éveillait chez les femmes. Naomi avait maintenu sa sensualité à bout de bras, s'en servant comme d'une arme pour le pousser vers l'autel. Frankie devinait que la vraie nature de Hank ne demandait qu'à être libérée. Et elle mourait d'envie de la libérer.

Il se plaça directement devant elle, si proche qu'elle respirait son odeur masculine, mélange de musc et de plein air. Le pouls de Frankie s'accéléra. Le cœur tambourinant dans sa poitrine, elle attendit qu'il la prenne dans ses bras.

Au lieu de quoi il tendit la main et lui effleura la joue du bout des doigts. Avec un gémissement de plaisir, elle ferma les yeux, s'abandonnant à la délicieuse sensation de sa peau contre la sienne.

À cet instant, quelqu'un toqua à la porte.

— Si c'est mon père…, grogna Hank.

— Coucou, s'écria Dana. Vous êtes décents ? Je peux entrer ?

Hank étouffa un juron, puis sourit, soudant son regard à celui de Frankie.

— Entre, maman, lança-t-il avant d'attirer brusquement Frankie à lui pour l'embrasser sur la bouche.

Il ne mit fin au baiser que lorsqu'il eut entendu la porte s'ouvrir.

— Bonsoir, maman.

13

Dana avait paru d'humeur à bavarder, et il était évident qu'elle avait envie de passer un peu de temps avec son fils. Frankie s'était rapidement excusée et les avait laissés seuls, mais elle n'était pas parvenue à trouver le sommeil, tourmentée par un désir dont l'intensité la surprenait. Elle ne se souvenait pas d'avoir éprouvé pareille sensation auparavant.

S'efforçant de se changer les idées, elle tenta de faire le point sur ce qu'elle avait découvert concernant Naomi Hill. Une jeune femme douce, timide et silencieuse, qui avait peur de tout ; qui, en apparence, était l'honnêteté incarnée ; et dont le seul rêve était de se marier et de fonder une famille.

Frankie fronça les sourcils. L'ultimatum qu'elle avait donné à Hank était-il uniquement motivé par cette aspiration ? Ou fuyait-elle autre chose ?

Cette pensée refusa de la quitter. Des heures plus tard, elle entendit Dana s'en aller. Étendue sur le dos, les yeux rivés sur le plafond, elle retint son souffle, se demandant si Hank viendrait la rejoindre.

Il n'en fit rien. Au bout d'un moment, elle saisit un grincement dans la chambre voisine et comprit qu'il se tournait et se retournait dans son lit. Il était fébrile, songea-t-elle avec un sourire. Comme elle.

Elle finit par s'endormir et se réveilla au son de la pluie sur les vitres. Il faisait grand jour. Le temps qu'elle prenne sa douche et s'habille, résolue à s'acquitter de la mission pour laquelle elle avait été engagée, la pluie avait cessé et le soleil avait fait son apparition. Des gouttelettes s'accrochaient encore aux branches, scintillant à la lumière.

Quand elle sortit de sa chambre, Hank était debout et habillé.

— Je vais aller parler à Tamara, et peut-être à Roy aussi, annonça-t-il.

À l'évidence, cette perspective ne l'enthousiasmait guère.

Elle hocha la tête. Il s'était rasé et elle regrettait la barbe naissante de la veille, mais il était toujours aussi attirant.

— Je t'aurais appelé quand j'aurai vu Butch Clark, mais mon téléphone…

— Le mien aussi. Si on se donnait rendez-vous ici pour déjeuner ensemble et partager les informations qu'on a apprises ? Sois prudente. Je suis sûr que tu n'as pas oublié ce qui s'est passé hier.

Sûrement pas.

— Entendu. À tout à l'heure.

Elle sentit son regard sur elle et devina que la conversation n'était pas terminée.

— À propos d'hier soir…

— Tu as eu une conversation agréable avec ta mère ?

Il sourit, conscient de sa tentative de diversion.

— Oui, mais je faisais allusion à l'instant d'avant. Nous avons été interrompus juste au moment où les choses devenaient intéressantes. Si je ne suis pas allé te rejoindre cette nuit, ce n'était pas faute d'en avoir envie. Au cas où tu te poserais la question. Tu as dit que tu voulais que nos relations restent strictement professionnelles mais si tu changes d'avis… Tu n'as qu'un signe à me faire.

Elle tenta de ravaler le nœud qui s'était formé dans sa gorge. Il lui passait la main ? Si elle voulait de lui, ce serait à elle de faire le premier pas. Elle ressentit des picotements d'excitation à cette pensée.

— C'est bon à savoir, murmura-t-elle en se dirigeant vers la porte.

— Tu ne prends pas de petit déjeuner ? lança-t-il derrière elle.

L'humour perçait dans sa voix, comme s'il avait deviné qu'elle avait besoin de s'éloigner de lui sur-le-champ, sinon elle risquait de succomber à la tentation.

— Je grignoterai quelque chose en route, rétorqua-t-elle par-dessus son épaule, évitant son regard parce qu'il avait vu juste.

L'idée de se blottir entre ses bras, de sentir ses lèvres sur les siennes, de le laisser l'emporter vers le plaisir, était presque irrésistible. Elle remonta le col de sa veste et sortit sans se retourner.

Étouffant un juron, Hank la suivit des yeux tandis qu'elle s'en allait. Il aurait aimé passer cette journée au creux de son lit – avec elle. Il regrettait presque de ne pas être entré dans sa chambre la veille au soir.

Cependant, pour autant qu'il désire Frankie, il n'avait pas oublié la raison de leur venue au ranch. Il aimerait toujours Naomi, songea-t-il, mais pour la première fois depuis trois ans il se sentait prêt à aller de l'avant. Peut-être la découverte de la vérité lui permettrait-elle enfin de sauter le pas.

Son regard se posa sur son téléphone portable, et il chercha des yeux celui de Frankie. Il était à côté de l'évier, encore mouillé. Hank hésita, puis tenta de l'allumer. Rien. Au moins, elle ne pourrait plus recevoir ces appels qu'elle ignorait.

Qui donc la harcelait ainsi ? Quelqu'un à qui elle ne voulait pas parler. Il avait vu sa réaction chaque fois qu'elle avait reconnu le numéro. Elle se raidissait comme… si elle avait peur de la personne qui était au bout du fil. C'était forcément un homme, songea-t-il, avant de se demander si quelqu'un avait jamais essayé de la tuer avant la veille.

Il entendait presque Frankie lui rétorquer que cela faisait partie des risques du métier.

Cependant, il l'avait sentie trembler près de lui après qu'ils s'étaient échappés du pick-up. Elle avait eu aussi peur que lui, ce qui suggérait qu'elle n'était pas habituée à voir la mort en face. Cela dit, il avait l'intuition qu'on avait bel et bien attenté à sa vie par le passé. Peut-être l'homme qui ne cessait de l'appeler.

En tout cas, même si ce dernier avait suivi Frankie à la trace grâce à son téléphone, il ne pouvait plus la localiser à présent.

Hank soupira. Il était temps de partir, mais il appréhendait la conversation qu'il allait avoir avec Tamara et Roy. Il était sûr qu'ils ne changeraient pas leur version des faits, ce qui signifiait qu'il n'avait pas réellement connu Naomi.

Il soupira de nouveau, attrapa sa veste et sortit dans la fraîcheur du matin.

Randall Clark, dit « Butch », ne fut pas difficile à trouver – il était dans la réserve de la quincaillerie de son père, occupé à réceptionner une livraison. Comme le conducteur de la camionnette s'en allait, il pivota et tressaillit, surpris de constater qu'il avait de la compagnie. Il était petit et blond, les cheveux bouclés et les yeux marron clair, doté de traits réguliers mais quelconques.

— Frankie, dit-elle, la main tendue, en comblant la distance qui les séparait.

Butch hésita.

— Si vous cherchez du travail, c'est à mon père qu'il faut vous adresser. Je suis juste…

Il eut un geste vague, comme s'il n'était pas tout à fait sûr de son poste.

— Je ne suis pas venue pour ça. Je suis ici au sujet de Naomi.

— Naomi ? répéta-t-il, l'air à la fois stupéfait et soudain nerveux.

Ses mains se crispèrent sur le porte-bloc qu'il tenait.

— Il y a du nouveau la concernant ?

Frankie décida d'aller droit au but.

— Je suis détective privé et j'enquête sur sa mort, déclara-t-elle.

S'il demandait la preuve de ses dires, elle était fichue. Par chance, il n'en fit rien.

Ses yeux s'écarquillèrent de surprise. Ou d'effroi ? Elle n'aurait su le dire.

— Pourquoi ? C'était il y a trois ans. Je croyais qu'on avait conclu à un suicide ?

Sa voix se brisa.

Elle s'approcha encore de lui, les yeux rivés à ceux de l'homme. Visiblement, il mourait d'envie de prendre ses jambes à son cou.

— Vous et moi savons que ce n'était pas un suicide, n'est-ce pas, Butch ?

— Je ne vois pas ce que vous voulez dire.

Frankie suivit son instinct. À en juger par la réaction de son interlocuteur, il avait quelque chose à cacher.

— Naomi et vous étiez proches.

Elle le vit déglutir, comme s'il avait deviné où elle voulait en venir.

— Par conséquent, si quelqu'un savait à quoi elle était mêlée, c'était vous.

L'homme ne tenta pas de nier.

— Pourquoi me posez-vous toutes ces questions maintenant ?

— Parce que le marshal vient de rouvrir le dossier.

Il recula d'un pas, posa le porte-bloc sur un des cartons

empilés sur la rampe de livraison et essuya ses paumes sur son pantalon maculé de taches.

— Écoutez, je ne veux pas être mêlé à tout ça.

— Vous l'êtes déjà, Butch. Mais je peux peut-être vous aider. Personne n'a besoin de savoir quel… rôle vous avez joué dans cette affaire si…

Il fit mine d'objecter, mais elle poursuivit.

— … si vous me dites ce que vous savez. Le marshal ne vous a pas questionné à l'époque, si ?

Elle lut la réponse sur son visage. Hud n'était pas au courant du fait qu'il avait été le petit ami de Naomi par le passé.

— Par conséquent, il n'y a aucune raison pour que votre nom soit mentionné maintenant, si ?

Il ouvrit de grands yeux effrayés.

— Je n'ai rien fait.

— Mais Naomi, si.

Il baissa les yeux sur ses baskets usagées.

— On peut s'asseoir ? suggéra-t-elle.

Sans attendre sa réponse, elle se dirigea vers une table pliante et trois chaises qui devaient être utilisées pour les pauses des employés.

— Dites-moi ce que vous savez et laissez-moi vous aider, reprit-elle. Je suis votre meilleure chance.

Il tira une chaise, la retourna et s'assit à califourchon dessus. Le menton reposant sur ses bras, il la regarda, les yeux humides.

— Je ne sais même pas qui vous êtes ni pour qui vous travaillez.

— C'est sans doute préférable pour vous si vous voulez que je laisse votre nom en dehors de l'affaire, mais si vous tenez à le savoir…

Elle tendit la main vers son sac, mais il l'arrêta d'un geste.

— Non, vous avez raison. Je ne veux pas le savoir.

Mais si vous travaillez pour eux, je n'ai rien eu à faire avec tout ça. Je lui ai dit de ne pas garder l'argent. C'était comme si elle n'avait jamais vu un film de sa vie et qu'elle ne savait pas que ces types-là ne lâchent jamais prise.

Frankie masqua sa surprise du mieux qu'elle pouvait.

— Où l'avait-elle trouvé ?

— Au bord de la route. Enfin, c'est ce qu'elle m'a raconté, ajouta-t-il, sur un ton qui laissait entendre qu'il n'en croyait pas un mot.

— La somme était considérable ?

Il détourna les yeux.

— Je lui ai dit de ne pas compter. De ne pas y toucher. De remettre le sac où elle l'avait trouvé et de se taire. Mais il y avait une petite fortune dedans. Jamais elle n'avait vu autant d'argent.

— Que projetait-elle d'en faire ?

Butch lâcha un rire qui ressemblait à un aboiement.

— Elle voulait acheter une grande maison ici dans la vallée, épouser le rancher avec qui elle sortait, élever des enfants, les accompagner aux entraînements de foot. Elle avait tout prévu, sauf…

Il secoua la tête.

— Sauf quoi ?

Il la dévisagea comme si elle ne l'avait pas écouté.

— Sauf que le rancher ne voulait pas l'épouser, qu'elle pensait que quelqu'un la suivait, et qu'elle s'est retrouvée morte.

La réponse de Butch frappa Frankie. Ainsi, il savait que, le soir de la mort de Naomi, Hank lui avait avoué qu'il n'était pas prêt à se marier. Et que quelqu'un l'avait suivie.

— A-t-elle parlé de l'argent au rancher ?

— Sûrement pas. D'après elle, il était trop coincé. Il aurait eu peur de le garder et il aurait insisté pour le remettre à son père.

Tandis que la timide petite Naomi, elle, avait moins de scrupules.

— Vous dites qu'elle était suivie ?

Il baissa les yeux, comme s'il venait seulement de se rendre compte de ce qu'il avait révélé.

— Le soir de sa mort, reprit Frankie. Quand vous lui avez parlé.

Il releva la tête. D'un regard, elle l'avertit de ne pas chercher à mentir.

— Elle a téléphoné au bar où je prenais un verre avec des amis pour me dire que quelqu'un la suivait.

— Que lui avez-vous conseillé de faire ?

Il passa une main sur son visage.

— Je ne savais pas quoi lui dire. Elle était hystérique. J'ai fini par lui suggérer de se garer sur le bas-côté et de rendre l'argent. Elle m'a répondu que c'était impossible, qu'elle avait déjà déposé un acompte pour une maison et qu'elle ne pouvait pas le récupérer.

— Qu'avez-vous dit ?

— Que, peut-être, si elle expliquait la situation…

Frankie gémit intérieurement. Si l'argent que Naomi avait trouvé appartenait à des trafiquants, négocier aurait été hors de question.

— Par conséquent, elle s'est garée et elle a essayé de parlementer ?

Il haussa les épaules.

— Je ne sais pas, avoua-t-il d'une voix rauque. La ligne a été coupée. J'ai tenté de la rappeler mais il n'y a pas eu de réponse.

— Savait-elle à qui cette somme était destinée ?

— Si c'était le cas, elle ne m'a rien dit. Je vous le jure.

Il se leva.

— Je vous en prie… Je croyais que tout ça était fini. Je croyais que vos employeurs… Qui que soient ces gens…

Je croyais qu'ils avaient récupéré l'essentiel de l'argent. Enfin, ce qui restait.

Il fronça les sourcils.

— Je croyais que c'était terminé, répéta-t-il.

Frankie se leva à son tour.

— En ce qui me concerne, ça l'est.

Le soulagement de Butch fut tel qu'il se tassa légèrement, et dut prendre appui sur le dossier de la chaise qu'il avait libérée. Il laissa échapper un soupir saccadé et se redressa.

— Dans ce cas, nous sommes quittes ?

Elle hocha la tête au moment où une voix sonore s'élevait à l'intérieur.

— C'est mon père. Il faut que je…

Il filait déjà vers les portes battantes. L'instant d'après, il avait disparu.

Frankie s'esquiva par l'arrière et regagna le pick-up que Dana lui avait prêté. Elle se glissa au volant, regrettant de ne pas avoir de téléphone portable pour appeler Hank. Un peu plus haut dans la rue, elle vit l'heure à l'horloge d'une banque. Dans quarante minutes, elle serait de retour à Big Sky. Elle raconterait tout à Hank quand elle le verrait. Au moins, à présent, elle connaissait la vérité.

Naomi Hill avait été assassinée – exactement comme il l'avait soupçonné. Et ils savaient pourquoi, même si cela ne leur apprenait rien sur l'identité du tueur.

Hank quitta le ranch et roula vers Meadow Village. Frankie lui avait dit que Tamara travaillait au Silver Spur Bar. Cependant, une fois sur place, il apprit que c'était son jour de congé. Il eut toutes les peines du monde à persuader le barman de lui communiquer son adresse, mais finit par y parvenir, et laissa un billet de vingt dollars sur le comptoir en échange.

Tamara habitait dans une rangée de vieux chalets que Hank connaissait. Comme il s'approchait, il remarqua plusieurs véhicules de police garés devant, et un périmètre d'exclusion délimité par un ruban jaune.

Lâchant un juron, il descendit et se dirigea vers un des adjoints postés à l'extérieur.

— Personne ne passe, avertit ce dernier. Ordre du marshal.

— Dites-lui que j'ai besoin de lui parler, rétorqua Hank. Je suis son fils, Hank. Je vais rester ici jusqu'à ce que vous soyez revenu et je ne laisserai personne entrer. Promis.

L'adjoint disparut dans le chalet et revint presque aussitôt, flanqué de Hud. Père et fils s'éloignèrent un peu afin d'être hors de portée de voix.

— Que se passe-t-il ? demanda Hank tout bas.

— Qu'est-ce que tu fabriques ici ?

— Je suis venu voir Tamara Baker. Frankie l'avait interrogée au sujet de Naomi. Je voulais lui parler.

Il vit son père froncer les sourcils, et comprit immédiatement son erreur.

— Tamara avait dit certaines choses à propos de Naomi qui ne me semblaient pas exactes.

— Telles que ?

Il n'avait pas vraiment envie d'aborder cette question avec son père, encore moins ici. D'ailleurs, Hud n'avait pas répondu à la sienne. Il le lui fit remarquer.

— Tamara est morte.

— Morte ?

Il n'avait pas à demander s'il s'agissait d'un meurtre. L'expression de son père ne laissait aucun doute.

— Quand j'en aurai terminé, je crois que nous devrions avoir une conversation, toi et moi.

Sur quoi, le marshal tourna les talons et retourna à l'intérieur, au moment même où arrivait la camionnette du médecin légiste.

14

De retour au ranch, Frankie alla droit au chalet attendre Hank. Elle se sentait anxieuse. Ce qu'elle avait appris était plus que troublant. Naomi avait apparemment vu ses prières exaucées – du moins l'avait-elle pensé. Où avait-elle découvert le sac plein d'argent ? Frankie avait peine à croire qu'on l'ait abandonné au bord de la route.

Soudain, la porte s'ouvrit derrière elle. Frankie pivota et se figea en voyant l'expression de Hank. Les mots qu'elle s'était apprêtée à prononcer moururent dans sa bouche.

— Qu'est-il arrivé ? demanda-t-elle, l'estomac noué.

— Tamara Baker n'était pas au bar. Je suis allé chez elle. Mon père était déjà là, avec une équipe de l'identité judiciaire et le médecin légiste.

Il souda son regard au sien.

— Elle a été assassinée.

Atterrée, Frankie fit un pas incertain en arrière et se laissa tomber sur le canapé. Son cerveau fonctionnait à toute allure. Elle avait parlé à Tamara, et maintenant la jeune femme était morte. Au prix d'un effort, elle ravala la boule qui s'était formée dans sa gorge.

— Ce n'est pas tout. Je suis presque sûre de savoir pourquoi Naomi a été tuée.

Hank se dirigea vers une chaise et s'assit, comme s'il était soudain trop faible pour rester debout.

— Tu as parlé à Butch.

— D'après lui, elle avait trouvé un sac d'argent.

— Quoi ? se récria-t-il, incrédule.

— De l'argent destiné à des trafiquants de drogue, j'imagine. Une somme assez importante pour lui avoir permis de verser un acompte pour l'achat d'une maison à Bozeman en prévision de votre mariage.

Il enfouit le visage dans ses mains.

— Ce n'est pas possible, marmonna-t-il.

— Elle a appelé Butch ce soir-là, alors qu'il était au bar avec des amis…

Hank se redressa, ses yeux bleus lançant des éclairs.

— Tu veux dire que ce salopard était au courant depuis le début ?

— Elle lui a dit qu'on la suivait. Elle avait peur que ce ne soient les propriétaires de l'argent. D'après lui, elle envisageait de le leur rendre et de promettre de rembourser ce qu'elle avait déjà dépensé.

Il ne put réprimer un gémissement.

— Elle pensait pouvoir conclure un marché avec des trafiquants ?

— Ensuite, la ligne a été coupée. Il a essayé de la rappeler, mais n'a pas obtenu de réponse.

Hank secoua la tête.

— Elle lui a raconté tout ça ? Il savait qu'elle avait des ennuis et il n'a rien fait ?

Frankie savait que, au fond, le plus dur pour lui était d'accepter que Naomi ne lui ait pas révélé son secret. Non seulement elle lui avait caché son renvoi, ses soirées passées à boire avec Tamara, mais aussi les liens qu'elle entretenait avec son ex-petit ami et avec River Dean. Cela faisait beaucoup.

Comment Naomi avait-elle prévu d'expliquer la provenance de cette manne soudaine ? Par un héritage, peut-être ? Hank aurait pu être convaincu – sauf que, bien sûr, il n'avait pas eu envie de se marier ni de vivre à Bozeman.

La jeune femme avait-elle été naïve au point de s'imaginer que des trafiquants n'allaient pas remuer ciel et terre pour découvrir qui les avait spoliés ? Surtout si la somme était considérable.

— Étant donné ce que tu viens de me dire, ajouta Frankie, je soupçonne que Naomi s'était aussi confiée à Tamara.

Hank se leva et passa une main dans ses cheveux en se dirigeant vers la fenêtre.

— Je ne la connaissais pas du tout, murmura-t-il, le dos tourné à Frankie. Je l'aimais tellement et je n'avais pas la moindre idée de qui elle était.

Le choc s'entendait dans sa voix.

— Tu aimais l'idée que tu t'étais faite d'elle. Tu es tombé amoureux de la façade qu'elle voulait que tu voies. Tu aurais sûrement fini par la percer à jour. Avec un peu de chance, avant qu'il soit trop tard pour t'en sortir indemne.

Hank reconnut l'émotion qui perçait dans les paroles de Frankie. Du regret. Il pivota et la dévisagea.

— C'est ce qui t'est arrivé avec cet homme qui t'appelle constamment ?

Il ne s'attendait pas vraiment à recevoir une réponse. Il songeait à Naomi.

— Je ne suis pas sûr que ça ait été de l'amour entre nous, reprit-il avec amertume. De son côté, du moins. La confiance va de pair avec l'amour. Et elle n'avait pas suffisamment confiance en moi pour me parler de l'argent.

— Ton père est le marshal.

Il émit un grognement incrédule.

— Tu crois qu'elle s'imaginait que j'aurais tout rapporté à mon père ?

— Tu ne l'aurais pas fait ?

Hank lâcha un rire et secoua la tête.

— Non, mais je l'aurais convaincue de lui remettre

l'argent. Ça aurait été la seule solution sensée, et elle m'aurait détesté.

Frankie eut un haussement d'épaules éloquent, suggérant que c'était précisément la raison pour laquelle Naomi ne lui avait rien dit.

— Eh bien, il faut qu'on le mette au courant. Il connaît sans doute les principaux trafiquants du coin. Ce sont sans doute eux qui ont éliminé Naomi, et Tamara aussi, murmura-t-elle avec amertume.

Le regard de Hank croisa celui de Frankie et s'adoucit.

— Tu ne peux pas t'accabler de reproches.

— Je l'ai interrogée et elle a été tuée. Qui est à blâmer, à ton avis ?

— L'homme que tu as mentionné, celui qui était assis au bar. Il a été le seul témoin de votre conversation, non ?

Elle acquiesça.

— Oui. Mais il a pu en parler à quelqu'un d'autre par la suite.

Hank secoua la tête, songeur.

— Je savais que Naomi avait été assassinée. Je le savais, bon sang. Mais je n'aurais jamais deviné…

Il soupira.

— Quand j'ai trouvé mon père chez Tamara, je me suis trahi. Je lui ai dit que tu avais interrogé Tamara au sujet de Naomi. Je suis désolé. Ça m'a échappé.

— Tu ne crois pas qu'il est temps qu'on dise la vérité à tes parents ? Il est assez évident que nous enquêtons sur la mort de Naomi.

— Viens. Allons-y, dit-il en se dirigeant vers la porte.

— Tout de suite, là ?

Il secoua la tête.

— Mon père va revenir déjeuner d'un moment à l'autre. Allons grignoter quelque part. Je ne veux pas être soumis à un interrogatoire l'estomac vide. Et je connais un restaurant au milieu de nulle part.

Ils quittèrent le ranch et partirent vers le sud, en direction du parc national de Yellowstone. Absorbé dans ses réflexions, Hank demeura silencieux durant le trajet. Il jetait de temps en temps des coups d'œil à Frankie à la dérobée, devinant qu'elle luttait contre ses propres démons. Une fois de plus, il s'interrogea sur l'homme qui la harcelait au téléphone. Son instinct lui soufflait que cet individu était dangereux.

À l'approche du restaurant, Hank se força à refouler ses pensées négatives. Il était résolu à prendre plaisir à ce déjeuner avec Frankie, à mettre tous leurs soucis derrière eux l'espace d'un moment.

— Mon grand-père venait parfois ici avec mon père en plein hiver rien que pour déguster la tarte à la banane et à la crème, dit-il en s'engageant dans le parking du Cinnamon Lodge. À l'époque, l'endroit s'appelait le Almart. Il était tenu par un couple. Elle s'appelait Alma, lui Art, et elle leur mettait des parts de tarte de côté.

— C'est une belle histoire, commenta Frankie, comme si elle avait compris qu'il voulait parler de tout sauf de Naomi. Hum, ça sent bon, ajouta-t-elle alors qu'ils descendaient du pick-up.

Elle n'avait sans doute pas plus faim que lui, songea Hank. Il avait éprouvé le besoin de quitter le chalet, de s'éloigner de toute l'affaire, ne fût-ce que pour un temps.

Il attendit qu'ils aient déjeuné et qu'ils soient remontés dans le pick-up pour prononcer les paroles qu'il avait à l'esprit depuis le moment où il avait vu le ruban jaune autour du logement de Tamara.

— Le moment est venu pour toi de retourner dans l'Idaho. Tu peux emprunter ma voiture et…

— Je ne veux pas m'en aller, rétorqua-t-elle alors qu'il démarrait.

— Tu ne comprends pas. Tu es renvoyée. Je n'ai plus besoin de tes services.

Frankie se mit à rire.

— Tu penses pouvoir te débarrasser de moi aussi facilement ?

— Je te verserai la prime que je t'ai promise et…

— Arrête ! Tu crois que je ne sais pas ce que tu fais ?

Il jeta un coup d'œil vers elle, le front barré d'un pli.

— C'est trop dangereux. J'aurais dû m'en rendre compte hier, après l'accident. Mais maintenant que nous savons à quoi nous avons affaire…

— Exactement. À quoi « nous » avons affaire. Je veux mener cette enquête à son terme. Avec toi.

Hank soupira et tendit le bras pour l'attirer vers lui sur la banquette. Elle se blottit contre lui, surprise d'être au bord des larmes. Elle ne pouvait pas s'en aller maintenant. Elle ne pouvait pas abandonner Hank.

— Frankie…

Elle lui imposa le silence d'un doigt sur sa lèvre.

— Je ne pars pas.

— Hier était un avertissement, dit-il. Si nous ne cessons pas d'enquêter sur la mort de Naomi…

— Sur son meurtre, rectifia-t-elle, en reculant légèrement pour le regarder en face. Es-tu en train de me dire que tu pourrais tout arrêter maintenant, alors que tu sais la vérité ?

— Nous n'avons pas la moindre idée de l'identité des coupables. À moins que mon père ne puisse remonter la piste du conducteur du camion…

— Et tu crois que ça suffit à garantir notre sécurité ? Que ces gens-là ne vont pas s'inquiéter de ce que nous savons, de ce que nous avons découvert ?

— Je ne veux pas y penser pour le moment.

Il l'attira à lui de nouveau, reposant le menton sur sa tête un instant tout en roulant.

Nichée contre sa poitrine, Frankie entendait le battement calme et régulier de son cœur. Cet homme éveillait en elle des émotions qu'elle n'avait jamais éprouvées auparavant. Auprès de lui, elle se sentait en sécurité, pleine de force… et d'audace.

— Dans ce cas, retournons au chalet et n'y pensons plus du tout.

Hank rencontra son regard et sourit en s'engageant dans la piste qui conduisait au ranch.

— C'est une invitation, mademoiselle Brewster ?

Sur le point de répondre, elle se figea soudain, les yeux rivés sur la route au-delà du pare-brise. Hank suivit la direction de son regard : une grosse berline noire était garée juste avant l'entrée du ranch. Frankie, entre-temps, s'était éloignée de lui pour reprendre sa place de son côté du pick-up. Son visage était livide.

— Frankie ?

Il passa lentement à côté de la voiture. Un homme était assis au volant. Frankie ne le regarda même pas. Parce qu'elle savait déjà qui il était, comprit Hank.

— Frankie ?

Elle continuait à garder les yeux droit devant elle, le corps raidi tel un serpent prêt à attaquer.

— Arrête-toi, ordonna-t-elle, la main sur la poignée.

Il continua à rouler.

— Il n'est pas question que je te laisse faire face à ce type toute seule.

Elle lui lança un regard traqué qui l'effraya.

— Bon sang, Hank, ça n'a rien à voir avec toi. Arrête le pick-up et laisse-moi descendre. Tout de suite !

Frankie avait raison. Rien n'avait changé entre eux. Il avait mis sa vie à nu devant elle, mais elle avait gardé ses distances depuis le début.

Les dents serrées, il s'exécuta. Aussitôt, elle ouvrit sa portière et sauta à terre, la claquant derrière elle avant de repartir vers l'endroit où le type l'attendait.

Hank la suivit des yeux dans le rétroviseur et lâcha un juron. Il se remémorait l'appréhension qu'il avait lue sur ses traits chaque fois que son téléphone sonnait. Il était prêt à parier que l'auteur de ces appels était l'homme qui était assis dans cette voiture au bout du chemin.

Son instinct lui hurlait que cet homme était un vaurien. Le problème, c'était que Frankie avait clairement dit qu'elle ne voulait pas qu'il intervienne.

Jurant de nouveau, il enclencha une vitesse et repartit vers le ranch. Elle n'avait pas besoin de son aide. Elle n'en voulait pas. Elle pensait pouvoir se débrouiller seule. Et elle en était sûrement capable.

Au bout de quelques mètres, il écrasa la pédale de freins. Non, bon sang, il n'allait pas la laisser affronter ce type seule. Que ça lui plaise ou non.

Il passa la marche arrière, recula à toute allure, et s'arrêta dans un nuage de poussière à hauteur de la berline.

Frankie était presque arrivée. Hank vit que le conducteur avait ouvert la portière passager à son intention. Ce goujat n'allait même pas prendre la peine de descendre.

Hank l'entendit ordonner à Frankie de monter. Il attrapa le pied de biche rangé sous son siège et sauta à terre.

— Il est hors de question qu'elle monte avec vous, asséna-t-il en se dirigeant vers l'inconnu.

Il sentit le regard furieux de Frankie sur lui. Elle lui cria quelque chose qu'il ne saisit pas. Il continua à avancer.

— Vous avez un problème avec Frankie ? Adressez-vous à moi.

15

L'homme assis au volant ouvrit sa portière à la volée et descendit. Il était aussi grand que Hank et tout aussi large d'épaules. À en juger par les muscles surdéveloppés de ses bras, il passait des heures au gymnase. Tout chez lui, à commencer par son attitude belligérante, faisait penser à une brute.

— J.J., non ! cria Frankie.

— Qui êtes-vous, bordel ? Et qu'est-ce que vous fabriquez avec ma fiancée ? rugit l'intéressé.

Hank décocha à Frankie un regard stupéfait par-dessus le capot de la voiture.

— Elle a omis de mentionner qu'on était fiancés ? ironisa J.J., visiblement content de lui. Je vois qu'elle ne porte pas sa bague non plus. Mais vous ne m'avez pas répondu. Qui êtes-vous…

Ses paroles furent noyées par le hurlement soudain d'une sirène de police. L'instant d'après, la voiture du marshal s'arrêtait à hauteur du pick-up de Hank.

— Espèce de garce ! lança J.J. à Frankie, figée à côté de la berline.

Elle paraissait menue et vulnérable, mais, même de là où il était, Hank sentit qu'elle était prête à se battre comme une tigresse si besoin était.

— Tu as lancé les flics à mes trousses ? aboya l'homme avant de se retourner vers Frank. Ou c'est vous qui avez appelé les flics, espèce de… ?

Il fit mine de s'avancer vers Hank, qui abattit le pied de biche dans sa main libre, le mettant au défi de l'attaquer.

Le regard de J.J. se posa derrière lui. Du coin de l'œil, Hank vit son père descendre de la voiture de patrouille. À la vue de l'uniforme, J.-J. émit un juron et battit en retraite, puis s'engouffra dans la berline. Le moteur rugit, et Hank dut faire un pas en arrière tandis qu'il démarrait en trombe, ses pneus crachant des gravillons sur la piste.

— Qu'est-ce qui se passe ici ? demanda Hud après avoir éteint la sirène.

Hank se tourna vers Frankie, laquelle s'entoura de ses bras et secoua la tête.

— Ce n'est rien, répondit-il. Juste un touriste un peu agressif.

Son père répondit par un grognement. À l'évidence, il n'en croyait pas un mot.

— Il faut que je vous parle à tous les deux. Au chalet. Tout de suite.

Hank acquiesça sans quitter Frankie des yeux.

— On arrive.

— Je ne voulais pas te mêler à ça, lâcha Frankie avec rancune dès qu'ils furent montés dans le pick-up.

— Tu as été très claire sur ce point. Ce ne sont pas mes affaires, c'est ça ? rétorqua Hank, en lui lançant un regard glacial. Ce n'est pas comme si toi et moi étions proches, n'est-ce pas ? On n'est qu'employeur-employé, après tout. Pourquoi mentionner un fiancé ?

— Je t'ai dit que j'avais rompu avec lui.

Il poursuivit comme s'il ne l'avait pas entendue.

— Ce n'est pas comme si on était en route pour le chalet dans l'intention de… Rappelle-moi ce qu'on avait l'intention de faire, Frankie ?

Elle soupira et détourna les yeux.

— J.J. et moi étions fiancés. J'ai rompu voilà deux mois. Il ne l'a pas bien pris.

— C'est ce que j'ai cru comprendre. Et maintenant, il te harcèle. Pourquoi n'as-tu pas porté plainte ?

— C'est compliqué. Disons que je n'ai pas les meilleures relations qui soient avec la police de Lost Creek.

— Parce que tu es détective privé ?

— Parce que J.J. est l'un d'eux. Il est flic.

— Flic ?

Hank secoua la tête. Il roulait si lentement que son père devait s'arracher les cheveux. Tant pis pour lui. Il n'aurait pas dû insister pour les suivre. S'imaginait-il qu'ils allaient prendre la fuite ?

— Pendant combien de temps es-tu sortie avec lui ?

— Six mois. Il avait l'air sympathique. Les fiançailles ont été trop rapides, mais il m'a demandée en mariage au cours d'un banquet, devant tous ses collègues et amis. Je… J'ai été stupide et j'ai dit oui en sachant que je n'étais pas prête. Que j'avais des doutes.

— Il ne m'a pas fait l'impression d'un homme prêt à accepter qu'on lui dise non.

Comme elle ne disait rien, il ajouta :

— Si je comprends bien, il t'a mis la bague au doigt et il s'est montré moins gentil après ça. Et il n'est pas du genre à renoncer facilement.

Leurs regards se rencontrèrent, puis Frankie détourna les yeux.

— Il a été blessé dans son orgueil, murmura-t-elle. Ses copains l'ont chambré à propos de notre rupture. Ce n'est pas une question d'amour, crois-moi. Il refuse tout simplement de lâcher prise. Quand je lui ai rendu sa bague, il s'est introduit chez moi pour la remettre sur ma table de salle à manger. Cela dit, ce n'est pas ton problème, d'accord ? Je le réglerai moi-même.

Il secoua la tête.

— S'il revient, c'est à moi qu'il aura affaire, déclara-t-il fermement. J'ai vu à quel point tu as peur de lui, et à raison. Je t'ai demandé s'il était dangereux. Maintenant, je sais qu'il l'est. Je ne lui permettrai pas de te faire du mal. Pas tant que tu es… mon employée, acheva-t-il en soudant son regard au sien.

Après s'être garé, il demeura un instant immobile, comme s'il essayait de retrouver son calme. Il avait eu peur pour elle, songea Frankie.

Derrière le pare-brise, elle voyait le marshal debout à côté de sa voiture de patrouille. Les bras croisés, les sourcils froncés, il attendait.

Dans l'habitacle, la colère de Hank était palpable.

— Je ne sais pas quoi te dire, grommela-t-il enfin. Aurais-tu été assez stupide pour monter avec cet homme ?

Il jeta un coup d'œil vers elle.

— J'ai envie de te secouer comme un prunier pour te remettre les idées en place. Comment peux-tu être assez têtue pour t'imaginer pouvoir affronter seule un type comme J.-J. ?

Elle ouvrit la bouche pour lui dire qu'elle était seule depuis longtemps. Qu'elle n'avait pas été habituée à demander de l'aide. Il ne lui en laissa pas le temps.

— Je croyais que tu avais confiance en moi, lâcha-t-il avec amertume, avant de descendre du véhicule.

Un instant, Frankie se laissa aller contre le dossier, luttant contre les larmes. La déception qu'elle avait lue dans les yeux de Hank au moment où il avait claqué la portière lui brisait le cœur. Il avait cru qu'elle était intelligente. Une femme intelligente ne serait pas sortie avec J.-J. Whitaker. Pire, elle avait en effet pensé qu'elle pouvait gérer cette situation toute seule. Hank avait raison. J.-J. était un individu dangereux. S'il se retrouvait seul avec elle, il ne se contenterait pas de la malmener un peu.

Au bout d'un moment, elle s'essuya les yeux, ouvrit

sa portière et suivit les deux hommes qui gravissaient le sentier en direction du chalet. J.-J. l'avait retrouvée au pire moment. Encore quelques heures, et elle aurait été pelotonnée au creux du lit de Hank. Au lieu de quoi, ce dernier était furieux contre elle, et à juste titre.

Elle mourait d'envie de se blottir dans ses bras. Elle aurait dû lui avouer la vérité bien avant. J.-J. était une tête brûlée, un homme au caractère incontrôlable. Que serait-il arrivé si le marshal n'avait pas choisi ce moment précis pour rentrer ? Elle avait été naïve de croire que son ex-fiancé ne la retrouverait pas. Pourquoi n'avait-elle pas deviné qu'il mettrait tout en œuvre pour le faire, au contraire ? Surtout si sa commère de voisine lui avait raconté qu'elle était partie avec un cow-boy.

J.-J. aurait été jaloux même si sa relation avec Hank avait été purement professionnelle : il était convaincu que tout homme convoitait ce qu'il avait, lui. Après la manière dont Hank s'était conduit, J.-J. serait persuadé que Hank et elle étaient amants. Ils avaient failli le devenir, songea-t-elle, un sanglot montant dans sa poitrine.

Toutefois, cela n'aurait rien résolu. Au contraire, la situation n'en aurait été que plus compliquée.

N'empêche qu'elle était submergée de regrets.

16

Le marshal et Hank l'attendaient quand elle atteignit le sommet de la colline. Hank ouvrit la porte et s'effaça pour les laisser entrer. Frankie le dépassa, douloureusement consciente du mélange de rage et d'inquiétude qui l'habitait. Elle lui avait ordonné de ne pas s'en mêler et pourtant il était revenu à son secours. Elle ne l'en appréciait que davantage.

— Quelqu'un veut une bière ? demanda Hank en allant droit à la cuisine.

Son père déclina l'offre et s'installa dans le coin salon. Frankie aurait aimé quelque chose de plus fort, mais tenait à rester en pleine possession de ses moyens, de sorte qu'elle refusa aussi, et alla s'asseoir sur le canapé.

— Vous voulez me dire de quoi il s'agissait, là-bas ? demanda Hud à mi-voix.

— Un ex-petit ami qui refuse d'entendre raison, expliqua-t-elle. Il est policier à Lost Creek, la ville où je vis. Il m'a pistée jusqu'ici.

Le marshal hocha la tête.

— Il va vous poser des problèmes ?

Elle déglutit.

— J'espère que non.

Hank revint dans la pièce, une canette déjà à moitié vide à la main.

— S'il débarque ici de nouveau…

— … Tu m'appelles, coupa Hud. Tu m'appelles et tu me laisses faire. Je ne plaisante pas.

Hank garda le silence, la détermination peinte sur ses traits. Elle n'aurait su dire dans quelle mesure sa colère était dirigée contre elle, que ce soit parce qu'elle ne lui avait pas parlé de J.-J., ou qu'elle ait insisté pour l'affronter sans son aide.

Le marshal s'éclaircit la voix.

— Nous avons trouvé le camion qui vous a forcés à quitter la route. Il avait été laissé près d'un chalet à l'abandon. Les techniciens sont en train de le passer au crible, mais ils ne sont guère optimistes. C'est un modèle ancien, qui a pu être utilisé par une foule de personnes, qui auront toutes laissé des empreintes. À vrai dire, je suis surpris qu'il soit encore en état de marche. Ce qui est sûr, c'est que le conducteur était quelqu'un du coin.

Hank jeta un coup d'œil à Frankie. Elle était visiblement soulagée que l'incident n'ait eu aucun rapport avec J.J. et elle. Secouant la tête, il se retourna vers son père.

— Ce serait logique en effet, compte tenu de ce que nous avons découvert au sujet de la mort de Naomi.

D'un regard, il invita Frankie à lui raconter ce qu'elle avait appris, mais elle lui fit signe de continuer.

Elle était pelotonnée sur le canapé, les jambes repliées, une courtepointe confectionnée par la grand-mère de Hank autour des épaules. Manifestement plus secouée qu'elle ne voulait l'admettre par la confrontation avec son ex.

Pour sa part, il ne décolérait pas. Au contraire, il était taraudé par le sombre pressentiment que J.J. allait revenir à la charge. Comme s'ils n'avaient pas assez de soucis avec les trafiquants qui avaient tenté de les éliminer…

— Naomi avait trouvé un sac contenant une grosse somme d'argent, commença Hank, avant de résumer les révélations de Butch à son père.

Lorsqu'il eut terminé, Hud émit un juron atterré.

— De l'argent provenant du trafic de drogue ?

— C'est ce que nous avons présumé.

— Son ex-petit ami vous a-t-il dit à quel endroit elle avait trouvé l'argent ?

Il s'adressait à Frankie. Elle secoua la tête.

— Et tu ne savais rien de tout cela ? reprit-il, en pivotant vers Hank.

— Rien.

Il mâchonna sa joue un instant, s'efforçant de ravaler sa douleur et sa rage, soudain conscient d'être plus en colère contre Naomi que contre Frankie, bien qu'elles lui aient toutes les deux caché certaines choses. Naomi était sa petite amie, la femme qu'il était censé épouser. Quant à Frankie… Elle était beaucoup plus que son employée – il n'avait aucun doute là-dessus.

— Apparemment, Naomi se méfiait de moi. Il doit y avoir quelque chose chez moi qui dissuade les femmes de me faire confiance.

Frankie lâcha un soupir.

— Laissons notre relation en dehors de tout ça, d'accord ?

Le marshal avait suivi cet échange avec un intérêt non dissimulé.

— Si elle t'en avait parlé, j'espère que tu aurais eu le bon sens de t'adresser à moi ?

Hank acquiesça.

— En tout cas, je ne l'aurais pas laissée garder l'argent, et je suis sûr que c'est précisément pour cette raison qu'elle ne m'a rien dit.

— Si je comprends bien, vous deux avez fouiné ici et là pour en savoir plus sur sa mort, conclut Hud au bout d'un moment.

Un instant, Hank fut tenté de lui avouer toute la vérité sur ses relations avec Frankie. En fin de compte, il choisit de se taire. D'une part, il soupçonnait que son père était déjà au courant, et, de l'autre, leur arrangement ne regardait qu'eux.

— Tamara devait connaître l'identité des trafiquants, reprit-il.

— Peut-être les a-t-elle avertis que vous l'aviez questionnée, suggéra le marshal.

— Ça expliquerait qu'on se soit retrouvés dans la rivière.

— Je suis pratiquement sûre qu'elle était impliquée.

Les deux hommes se tournèrent vers Frankie avec surprise. C'était la première fois qu'elle se mêlait à la conversation.

— C'est vous qui avez parlé à Tamara, murmura Hud, songeur. Avez-vous eu l'impression qu'elle en savait plus long qu'elle ne voulait le dire ?

— Elle a laissé entendre que Naomi avait des secrets et qu'elle menait une double vie. Or, d'après ce que Hank m'avait dit à son sujet, je pense que Tamara parlait d'elle-même.

— Eh bien, quoi qu'elle ait su, elle ne peut plus en parler. Quant à vous deux…

Le marshal prit une inspiration, puis relâcha son souffle.

— J'aurais préféré que vous soyez honnêtes avec moi.

— Tu refusais de croire que Naomi avait été assassinée, lui fit remarquer Hank, agacé.

— Je sais, et j'en suis désolé. Tu avais raison et moi tort. Cela dit, dorénavant, il faut que tu me laisses prendre les choses en main. Que vous me promettiez tous les deux de mettre fin à votre enquête.

— Je te le promets, déclara Hank en regardant Frankie.

— Très bien. Si c'est ce que tu veux, répondit-elle, s'adressant à lui plutôt qu'au marshal.

— Tu as des suspects en tête ? demanda Hank à son père.

— Il y a des rumeurs qui circulent. Le problème, c'est d'obtenir des preuves qui puissent mener à une condamnation. Ce qui est sûr, c'est qu'un trafic de drogue existe à Big Sky.

Il se leva.

— Ça m'ennuie de vous le dire, mais je crois que ce serait peut-être une bonne idée pour vous deux de retourner dans l'Idaho. Pour le moment, du moins. En attendant que l'affaire soit réglée.

Hank regarda Frankie.

— Nous partirons dès demain matin.

— Après le petit déjeuner, proposa son père. Ta mère sera déçue, mais ça lui donnera l'occasion d'avoir un dernier repas avec vous. À propos, ajouta-t-il, les yeux dans ceux de Hank, il vaudrait mieux lui dire la vérité. Je ne voudrais pas qu'elle se mette à préparer un mariage tout de suite.

Hank le raccompagna au-dehors.

— Papa, le type que tu as vu tout à l'heure était l'ex-fiancé de Frankie. Elle a rompu avec lui voilà deux mois, mais il continue à la harceler. Il est flic à Lost Creek.

— Je vais ouvrir l'œil.

— Merci.

Son père le regarda et parut sur le point de dire quelque chose, puis se ravisa.

— À demain matin.

Frankie avait l'impression que son cœur allait se briser. Elle avait honte. Elle aurait dû être plus sensée concernant J.-J. Elle avait ignoré tous les avertissements, et s'en voulait d'autant plus qu'elle avait reproché à Hank d'avoir été aveugle au sujet de Naomi.

Elle s'enorgueillissait de ses talents de détective, se croyait capable de déchiffrer le comportement des gens, de voir ce qui se dissimulait derrière leurs masques. Pourtant, dans sa vie personnelle, elle avait lamentablement échoué. Peu importait que J.J. lui ait caché sa véritable nature.

Elle aurait quand même dû discerner la vérité. À présent, elle ne savait plus comment lui échapper.

Elle repoussa la courtepointe et se dirigea vers la salle de bains. Elle se sentait salie, nauséeuse. Jamais elle n'avait voulu que Hank apprenne l'existence de J.J., sans parler de le rencontrer.

Le lendemain, Hank et elle retourneraient dans l'Idaho. L'idée de laisser son enquête inachevée lui déplaisait, mais au moins avait-elle découvert la raison pour laquelle Naomi était morte.

Elle se glissa sous le jet d'eau brûlante, songeant à l'homme assis au bout du comptoir le jour où elle avait interrogé Tamara. Sans doute avait-il écouté leur conversation. De plus, Tamara lui avait chuchoté quelques mots à l'oreille. Et si…

La porte de la douche s'ouvrit brusquement. Stupéfaite, elle pivota et se trouva nez à nez avec Hank.

— Ça ne t'ennuie pas que je te rejoigne ?

Elle recula d'un pas pour lui faire de la place et le regarda entrer dans la cabine.

— Tu ne veux pas te déshabiller d'abord ?

— Pas encore, répondit-il en refermant la porte derrière lui.

Il se retourna et la contempla.

— Tu es magnifique.

— Je suis tellement désolée, balbutia-t-elle, au bord des larmes. Je ne voulais pas te parler de J.J. C'est la plus grosse erreur de ma vie. J'ai tellement honte…

Il effleura ses lèvres du bout des doigts et secoua la tête.

— On fait tous des erreurs. Regarde, moi avec Naomi. Ne t'inquiète pas. Je ne le laisserai pas te faire souffrir de nouveau. Je te le promets.

— Je ne veux pas que tu…

— Tu ne veux pas que je m'en mêle ? Une fois que je

me serai déshabillé ? À partir de ce moment-là, on fera face ensemble, d'accord ?

Elle parvint à ravaler le nœud qui s'était formé dans sa gorge, mais ne put qu'acquiescer, incapable d'articuler un son.

Quand il se mit à déboutonner sa chemise, Frankie recouvra l'usage de sa voix.

— Laisse-moi t'aider, murmura-t-elle, écartant les pans du vêtement.

Il l'attira à lui. Plaquant les mains sur son torse hâlé, elle lui offrit ses lèvres.

— Dernière chance, avertit-il en mettant fin au baiser pour abaisser la fermeture de son jean. Ensuite, il n'y aura pas de retour en arrière.

Avec un rire, elle l'aida à se débarrasser de son jean, puis contempla son corps superbe, et le désir visible qu'elle lui inspirait.

— Pas de retour en arrière, répéta-t-elle en entrant dans le cercle de ses bras.

Plaquée au mur carrelé de la douche, Frankie ferma les yeux et gémit alors que les lèvres de Hank se posaient sur les siennes. Après un baiser qui la laissa pantelante, il se pencha sur ses seins, lécha une gouttelette sur la pointe durcie d'un mamelon et le captura dans sa bouche.

Rejetant la tête en arrière, Frankie s'arqua contre lui avec un soupir de plaisir. Il glissa la main entre ses cuisses. Elle se cramponna à lui, frémissante, tandis qu'il décrivait de lents cercles sur le centre de sa féminité. Enfin, dans un cri, elle s'abandonna dans ses bras.

Il tendit la main, ferma le robinet et ouvrit la porte de la cabine. Ensuite, il attrapa une serviette et en enveloppa Frankie, avant de la soulever dans ses bras pour l'emmener dans sa chambre. Son cœur cognait à toute allure. Il était sincère quand il avait dit qu'ils feraient face ensemble. Désormais, ils n'auraient plus de secrets l'un pour l'autre.

Elle noua les bras autour de son cou et nicha la tête dans le creux de son épaule. Il ouvrit la porte d'un coup de pied, entra, et prit possession de ses lèvres. Quand il la déposa sur le lit, Frankie lui saisit le bras, l'attirant à elle.

— J'ai envie de toi, Hank Savage, souffla-t-elle, allumant un brasier dans ses veines. Oh ! comme j'ai envie de toi !

Bien plus tard, leurs corps enlacés au creux du lit, Frankie avait l'impression d'être sur un nuage. Jamais elle n'avait éprouvé une telle sensation de bonheur, de plénitude. Cependant, une autre émotion flottait à la surface, difficile à identifier car toute nouvelle : la joie.

Une bouffée d'optimisme l'avait envahie, elle qui, d'ordinaire, était trop rationnelle pour croire aux contes de fées. Dans les bras de Hank, elle s'autorisait même à croire au véritable amour, même s'il était bien trop tôt pour se laisser aller à de telles pensées. Pour s'en convaincre, il lui suffit de se remémorer l'erreur qu'elle avait commise avec J.J. Il lui avait fallu plus de six mois pour enfin ouvrir les yeux.

Et voilà qu'elle avait fait l'amour avec un homme qu'elle connaissait depuis quelques jours à peine.

— Ça va ? demanda Hank alors qu'elle s'asseyait au bord du lit.

Frankie le regarda, subitement dégrisée.

— Je me disais seulement que tout allait un peu trop vite.

Il promena la main sur son dos nu.

— Je comprends que tu aies peur, mais écoute ton cœur.

Elle remonta le drap sur sa poitrine et se tourna vers lui. Elle ne savait que trop bien ce que lui disait son cœur.

Le problème, c'était qu'elle n'était pas sûre de pouvoir s'y fier.

Mieux valait opter pour un terrain plus sûr.

— Un souvenir m'est revenu pendant que j'étais sous la douche. L'homme qui était assis au bar. Ce n'était pas seulement un habitué. Tamara et lui… Il y avait un lien entre eux et je ne parle pas d'un lien sentimental. Et il a forcément entendu notre conversation, ce qui signifie… que, s'il était mêlé au trafic de drogue et Tamara aussi, il a pu ordonner au conducteur de ce camion de nous intimider, voire de nous tuer.

— Tu as changé de sujet.

Frankie lui décocha un regard irrité.

— Un type aux cheveux blonds, à peu près de la même taille que toi, un peu plus corpulent.

Il arqua un sourcil.

— Tu vois qui je veux dire.

— Je sais de qui tu parles, admit-il. Je suis allé à l'école avec lui. Darrel Sanders. Il dirige une entreprise de déblayage en hiver. En revanche, je n'ai aucune idée de ce qu'il fait l'été.

Il tendait déjà la main vers son téléphone quand il se souvint de l'heure.

— J'en parlerai à mon père au petit déjeuner.

Il attira Frankie vers lui de nouveau.

— Nous pouvons prendre tout le temps que tu voudras, murmura-t-il à son oreille. J'attendrai.

En guise de réponse, elle se pressa contre lui et sentit le désir de Hank se réveiller. Elle pivota dans ses bras avec un gloussement amusé et l'embrassa. Il lui rendit son baiser, roulant sur lui-même pour qu'elle soit à califourchon sur lui.

Frankie plongea son regard dans les yeux bleus de Hank, submergée par une émotion si intense qu'elle en était douloureuse.

Elle était déjà folle amoureuse de son cow-boy.

17

Dana remarqua aussitôt qu'un changement s'était produit dans la relation entre son fils et Frankie. Elle jeta un coup d'œil à Hud, lequel se contenta de hausser les épaules. Malgré tout, elle le vit réprimer un sourire en s'asseyant. Un sourire qu'elle reconnut.

— Comment allez-vous tous les deux ce matin ? demanda-t-elle en les regardant tour à tour.

— Très bien, répondirent-ils à l'unisson, avant de se mettre à rire.

Elle constata qu'ils s'asseyaient plus près l'un de l'autre, et que la main de son fils reposait sur la cuisse de Frankie. S'ils avaient eu des problèmes, ils les avaient visiblement surmontés, songea-t-elle avec soulagement. Du moins pour le moment. Elle craignait que le fantôme de Naomi ne rôde toujours à l'arrière-plan.

— J'ai préparé un petit déjeuner de fête, annonça-t-elle. Il y a des gaufres, des œufs au bacon et au jambon, du jus d'orange et des fruits.

— Maman, tu n'aurais pas dû te donner tout ce mal, dit Hank gentiment, mais on apprécie. Je meurs de faim.

Il mit trois gaufres dans son assiette et tendit le plat à Frankie.

— Je ne me souviens pas de la dernière fois que j'ai mangé des gaufres, murmura-t-elle en se servant.

— Essaie le sirop de myrtilles. C'est une recette de ma grand-mère Mary.

Dana sourit, ravie de voir son fils et Frankie de si bonne humeur. Elle échangea un coup d'œil complice avec Hud, songeant que rien ne pouvait gâcher cet instant.

La sonnerie du téléphone s'éleva dans la pièce voisine. Hud s'excusa pour aller répondre. Comme il ne revenait pas, Hank se leva à son tour et alla le rejoindre.

— Vous êtes ravissante ce matin, déclara Dana à Frankie. J'adore votre chemisier.

— Merci.

Frankie baissa les yeux sur le vêtement, comme si elle ne se souvenait plus de ce qu'elle portait. Quand elle releva la tête, son regard s'était voilé.

— Je suis désolée, murmura Dana. J'ai dit quelque chose qui vous a peinée ?

— Non. C'est juste que je me sens si bien ici et…

Hank réapparut, suivi de son père. Tous les deux avaient l'air sombre.

— Que se passe-t-il ? s'inquiéta Dana.

Hud mit la main sur l'épaule de sa femme.

— Rien de grave, mais Hank et Frankie doivent retourner dans l'Idaho aujourd'hui. Ils vont s'en aller après le petit déjeuner.

Consternée, Dana secoua la tête.

— Déjà ? J'ai l'impression que vous venez à peine d'arriver.

— C'est pour le mieux, répondit Hank. Nous avons tous les deux un travail qui nous attend là-bas. Je serai de retour très vite.

Dana jeta un coup d'œil à Frankie, si émue un moment plus tôt. Parce qu'elle savait qu'ils étaient sur le point de partir ? Ou parce qu'elle ne reviendrait pas ?

— Frankie reviendra aussi, se hâta d'ajouter Hank comme s'il avait lu dans ses pensées.

Il reprit sa place à table, enveloppant Frankie d'un

regard si plein d'amour que Dana sentit un nœud se former dans sa poitrine.

— Je l'espère bien, murmura-t-elle, au bord des larmes.

Son mari se pencha et déposa un baiser sur sa joue.

— Il faut que j'y aille.

Elle captura sa main et la pressa sans répondre. Elle avait hâte qu'il prenne sa retraite. Parfois, lorsqu'il quittait la maison, elle se demandait s'il reviendrait vivant. Cette pensée la terrifiait. Elle attendait le moment où ils couleraient ensemble des jours tranquilles au ranch, sans que le téléphone sonne pour le marshal.

— Tu as parlé à ton père de l'homme que j'ai vu au bar ? demanda Frankie comme ils sortaient de la maison.

— Darrel Sanders ? Oui.

Ils gravirent la colline en direction du chalet où ils avaient laissé leurs bagages. Elle sentait combien ce départ était douloureux pour Hank. Sans doute parce qu'il voyait à quel point Dana était peinée.

— Ta mère est adorable.

— Oui. Frankie, il faut que je sois honnête avec toi. Je regrette d'être parti. Le ranch me manque.

Elle acquiesça.

— Je m'en rends compte.

— Pas à cause de Naomi. Peut-être malgré elle, plutôt. Ma famille me manque. Et le travail de rancher.

— Rien ne t'empêche de revenir, murmura-t-elle, sentant son regard sur elle.

— Il faut que tu saches que si, à l'avenir, quand tu auras accepté que nous sommes faits l'un pour l'autre…

— Comment ?

Elle s'arrêta net et pivota pour lui faire face.

— … il faut que tu saches que si revenir ici voulait dire qu'on allait se séparer, je resterais dans l'Idaho et je garderais l'emploi que j'ai.

Elle secoua la tête.

— Je ne t'empêcherais jamais de revenir à ta famille et au travail que tu aimes. Mais il faut qu'on ralentisse. On va trop vite, là.

— Pas pour moi, mais je comprends que ce soit le cas pour toi. Et il faut qu'on règle le cas de ton ex. Je sais. Comme je te l'ai dit, je suis prêt à attendre.

Il se pencha vers elle et lui encadra le visage de ses mains pour l'embrasser.

— Hum. Tu as un goût de myrtilles.

Elle lut l'expression de son regard et ne put réprimer un rire. Pourquoi pas, après tout ? Ils n'étaient pas particulièrement pressés de retourner dans l'Idaho.

Hank franchit le portail du ranch, lançant un ultime regard en arrière. Frankie s'en aperçut et mit la main sur sa cuisse.

— Tu reviendras.

Il acquiesça.

— *Nous* reviendrons.

Elle sourit et se tourna vers la vitre latérale. Hank comprit qu'elle jetait un coup d'œil dans le rétroviseur. Il se hâta de l'imiter. Aucun signe de J.J.

— Avec un peu de chance, il aura laissé tomber et il sera retourné dans l'Idaho.

— Ça m'étonnerait. Mais puisque c'est là qu'on va…

— Que comptes-tu faire à son sujet quand nous serons rentrés ?

— J'ai songé à demander une injonction contre lui mais j'hésite. Je sens que, d'une part, ça ne servira à rien et, de l'autre, ça va le mettre dans une colère noire et aggraver la situation.

Hank la regarda à la dérobée tout en roulant. Il était fou de Frankie. Elle occupait toutes ses pensées, et le problème J.-J. le préoccupait. Ils n'étaient pas sortis d'affaire, loin de là. Tant que ce type demeurait une menace, Frankie et lui ne pourraient pas aller de l'avant.

— Quelle autre option y a-t-il ?

— À part lui tirer dessus ?

Elle écarta une mèche vagabonde. Ce matin-là, elle avait rassemblé sa crinière en une longue queue-de-cheval, et des cheveux s'en échappaient ici et là, encadrant son visage. Elle était plus belle que jamais.

— Je comprends qu'il ne veuille pas te perdre. J'éprouve la même chose. Mais ses méthodes sont si extrêmes…

— … Qu'on peut légitimement s'interroger sur son équilibre mental, acheva-t-elle. Sur ses motifs aussi. Il veut que je revienne à lui pour sauver son amour-propre. S'il m'aimait, il ne ferait pas…

Sa voix se brisa.

— Il a été violent avec toi, murmura-t-il, glacé.

Elle acquiesça sans le regarder.

— S'il te plaît, ne m'oblige pas à en parler. C'est une journée magnifique et je ne veux pas la gâcher.

Le temps était splendide, en effet. Un ciel d'un bleu immaculé dominait les sapins accrochés aux flancs du canyon. À côté d'eux, l'eau verte et limpide de la rivière scintillait au soleil. Il sentit les yeux de Frankie sur lui.

— Ça ne te fait rien de partir ? Je veux dire… Nous sommes venus pour…

— Parce que j'étais convaincu que Naomi avait été assassinée, intervint-il. Nous avons désormais de bonnes raisons de penser que c'est vrai. C'est à mon père d'établir la vérité à présent.

Elle hocha la tête.

— J'ai l'impression de laisser les choses en suspens, c'est tout.

Il jeta un coup d'œil vers elle.

— Maintenant qu'on sait à quoi Naomi était mêlée, il

est trop dangereux de rester. Je te connais. Tu continuerais à enquêter. Je ne pouvais pas te laisser faire.

Frankie le dévisagea, stupéfaite.

— Hank…

— Il était hors de question que je t'expose au danger.

— Ce n'était pas à toi de décider. Je suis détective privé. C'est mon métier.

— Justement, je voulais te demander pourquoi tu avais choisi cette carrière.

Elle comprit qu'il essayait de changer de sujet, mais répondit quand même.

— J'avais un oncle qui était détective privé. J'ai commencé par travailler à son bureau. Il m'a emmenée pendant certaines enquêtes. Je me suis pas mal débrouillée. Quand il a déménagé en Arizona et fermé son agence, j'ai ouvert la mienne.

Frankie haussa les épaules.

— Ça a été une question de hasard, en un sens. Est-ce que je ferais le même choix de nouveau ? Pas forcément.

Elle hésita.

— Tu sais, l'autre jour, quand nous avons fait cette randonnée à cheval dans les montagnes ?

Il acquiesça.

— J'ai éprouvé une sensation de liberté que je n'ai jamais connue dans mon travail. C'était… enivrant. Si je pouvais trouver un poste qui me permette de monter à cheval tous les jours…

— Si tu étais l'épouse d'un rancher, tu pourrais monter à cheval tous les jours.

Frankie le dévisagea, interdite. Sa remarque avait été une boutade, mais Hank, lui, était parfaitement sérieux. Ils ne s'étaient même pas encore avoué qu'ils s'aimaient et voilà qu'il parlait mariage !

Pourtant, les yeux rivés sur lui, elle sut. Elle l'aimait. Elle était tombée amoureuse de lui, du ranch, de sa famille.

Et il lui offrait le tout sur un plateau.

Bouleversée, Frankie détourna la tête, et poussa un cri.

— Hank, attention !

Hank écrasa la pédale de freins. Le pick-up fit une queue de poisson, mais s'immobilisa avant d'avoir percuté l'homme qui venait de s'affaisser au milieu de la chaussée.

Il ouvrit sa portière à la volée, sauta à terre et se rua vers l'inconnu. Le visage maculé de sang, celui-ci respirait avec difficulté.

— Aidez-moi, supplia-t-il. Ma voiture a quitté la route un peu plus haut.

Hank le soutint tandis qu'il se relevait. Quelques automobilistes les dépassèrent au ralenti pour observer la scène, mais aucun ne s'arrêta.

— Venez, montez dans mon pick-up, proposa Hank, le portant à demi.

Devinant son intention, Frankie s'était déjà rapprochée du côté de Hank pour faire de la place au blessé.

Après l'avoir aidé à se hisser dans la cabine, Hank se hâta de faire le tour du véhicule et reprit le volant.

— Je peux vous emmener à l'hôpital de Bozeman.

— Ça ne sera pas nécessaire, déclara l'homme, d'une voix nettement plus ferme.

Hank se tourna à demi et se figea.

L'inconnu pressait un pistolet sur la tempe de Frankie.

— Continuez à rouler, ordonna-t-il. Je ne veux pas la tuer mais, s'il le faut, je n'hésiterai pas.

18

J.-J. s'était garé non loin de la route qui menait au ranch, de manière à voir tous les véhicules qui entraient et sortaient. Il avait l'habitude des planques, et pouvait aisément se passer de sommeil. L'adrénaline suffisait à le maintenir éveillé.

En temps ordinaire, c'était la perspective d'arrêter des malfaiteurs qui le motivait. Cependant, depuis des jours maintenant, il n'avait plus qu'une obsession : retrouver Frankie et lui donner une bonne leçon.

Sa détermination avait été récompensée le matin même, quand il avait vu le pick-up sortir du ranch, avec le cow-boy et Frankie à bord.

Ils s'étaient dirigés vers le nord. J.-J. les avait suivis à distance respectable dans sa berline de location. Il avait dû débourser une somme considérable, mais il était prêt à tout pour récupérer Frankie.

Tout en roulant, il s'avoua qu'il avait commis des erreurs la concernant. Il avait repoussé le moment de se marier, par exemple. L'idée d'avoir la jeune femme tout à lui le séduisait, mais d'un autre côté il n'était pas encore prêt à s'engager.

Quand elle avait voulu rompre, il avait été pris par surprise. Il avait pensé qu'elle lui en voulait de ne pas avoir fixé de date pour le mariage, au lieu de quoi elle avait déclaré qu'elle ne voulait pas l'épouser et que leurs fiançailles avaient été une erreur. Il n'y avait pas eu de larmes, pas de récriminations, rien qu'un : « Je ne veux pas t'épouser. Je suis désolée. » Elle lui avait rendu sa bague. Calmement, sans même la lui jeter à la tête dans un accès de colère.

C'était alors qu'il avait compris qu'elle parlait sérieusement. Le choc avait été plus rude qu'il ne l'aurait escompté. Le fait qu'elle le rejette purement et simplement l'avait rendu furieux. Il s'était juré de ne pas la laisser faire.

Il l'avait frappée. Quel homme aurait réagi autrement dans ces conditions ? Après, elle avait cessé de répondre à ses coups de téléphone, refusé de le voir. En somme, elle avait complètement coupé les ponts.

Au début, il s'était dit que c'était juste une tactique pour l'inciter à se marier plus vite. Bien sûr qu'elle voulait l'épouser. Il était séduisant, il avait un métier qui plaisait aux femmes.

Il avait tenté par tous les moyens de l'inciter à revenir. Assez vite, il était apparu clairement qu'elle n'en avait pas l'intention. Elle ne voulait plus avoir le moindre contact avec lui.

Là, il s'était vraiment énervé.

Il suivit le pick-up qui sortait de la ville, songeant à ses options. Il ne savait pas où Frankie et le cow-boy allaient. En tout cas, ils n'avaient pas l'air d'être pressés.

Il était encore tôt et il y avait peu de circulation, si bien qu'il resta à bonne distance. Tant qu'ils étaient dans le canyon, il ne pouvait pas les perdre. Ensuite, ce serait une autre histoire : il devrait se rapprocher. Il n'avait pas passé toute la nuit en planque pour se laisser semer à présent.

Ils étaient presque au bout du canyon quand J.J. vit le pick-up freiner brusquement devant lui. Il se gara rapidement, cherchant à comprendre ce qui se passait. Aucune intersection n'était en vue, alors que… ?

L'instant d'après, le cow-boy se précipitait sur la chaussée. Quand il réapparut, il soutenait un homme qui paraissait blessé. Il aida ce dernier à grimper dans le pick-up, puis repartit.

J.-J. l'imita. Au bout d'un moment, le cow-boy emprunta une route secondaire qui longeait la rivière. Peut-être ramenait-il le blessé chez lui ?

Songeur, J.-J. suivit le pick-up de loin. Après tout, cette situation imprévue pourrait bien tourner à son avantage. Dès qu'ils auraient déposé l'homme, il passerait à l'action.

— Qu'est-ce que vous voulez ? demanda Hank, redoutant de connaître la réponse.

— Vous le saurez bien assez tôt. Après le prochain virage, prenez à gauche en direction des montagnes.

Hank avait du mal à croire qu'il avait pu tomber dans un piège aussi grossier. Pourtant, dans le Montana, il était de rigueur de secourir les automobilistes tombés en panne sur la route. L'idée de ne pas s'arrêter ne lui avait même pas traversé l'esprit. Il se reprochait amèrement sa gentillesse à présent.

Il jeta un coup d'œil à Frankie. Elle semblait calme, pas du tout inquiète, alors qu'il sentait son cœur cogner contre ses côtes. L'homme avait un pistolet appuyé sur sa tempe ! Il crut ne rien pouvoir imaginer de pire, puis se rendit compte qu'il se trompait.

Au moins Frankie n'était-elle pas debout sur un promontoire surplombant la rivière, les yeux baissés sur les rochers en contrebas, avec la certitude qu'elle allait mourir.

Il ralentit à l'approche de l'intersection, et vérifia son rétroviseur. Il n'aperçut qu'un véhicule, loin derrière eux. Aucun moyen d'indiquer au conducteur qu'ils avaient besoin d'aide.

Ils étaient seuls. Ils devraient improviser. Il ferait tout pour maintenir Frankie en sécurité – dût-il mourir en essayant.

Il s'engagea sur la route qui serpentait à travers les montagnes, s'efforçant de réfléchir. Les trafiquants n'avaient aucune raison logique de les enlever, encore moins de les tuer. Ils n'avaient pas été inquiétés en trois ans. Si Frankie et lui avaient découvert des preuves, ils seraient déjà derrière les barreaux.

Dans ce cas, pourquoi les enlever ? Cela n'avait pas de sens. Et c'était d'autant plus terrifiant. Peut-être les trafiquants voulaient-ils tout simplement faire le ménage.

Comme avec Tamara.

En quittant le ranch après le petit déjeuner, le marshal se rendit droit au domicile de Darrel Sanders. Il était encore tôt, aussi espérait-il le trouver chez lui. Il se souvenait de Darrel enfant, lorsque ce dernier était un camarade de classe de Hank. Il semblait toujours penser que le monde était contre lui.

Après la mort de sa mère, Darrel s'était installé dans la maison qu'elle occupait, au cœur d'un lotissement situé à l'écart de Meadow Village.

Comme il arrivait sur place, le marshal constata d'un coup d'œil que la camionnette de Darrel n'était pas là. Il composa son numéro, en vain. Ce fut la boîte vocale qui se déclencha.

L'absence du jeune homme le mit vaguement mal à l'aise. Pour autant que Hud le sache, il ne travaillait pas pendant les mois d'été. Peut-être gagnait-il assez bien sa vie en hiver pour pouvoir s'octroyer des vacances à la belle saison.

Hud attendit un moment au volant de sa voiture de patrouille, laissant le moteur tourner au ralenti. Finalement, il coupa le contact, descendit et traversa le jardin. Il avait toujours scrupuleusement respecté le règlement. Le problème, c'était qu'il ne pourrait jamais obtenir de mandat de perquisition sur la base de simples soupçons.

Il toqua à la porte, tenta à tout hasard d'actionner la poignée. La maison était fermée à clé. Il fit le tour des lieux, cherchant à regarder à l'intérieur, mais les rideaux étaient tirés.

À l'arrière, il gravit les marches de la terrasse en bois. Un tas de bûches avait été empilé le long de la clôture qui séparait la propriété de la maison voisine, bloquant la vue.

La porte de derrière était elle aussi fermée à clé. Hud donna un coup d'épaule dans le battant, mais il n'était plus aussi vigoureux qu'autrefois. La porte tint bon et son épaule le lança douloureusement. Il s'obstina néanmoins.

Cette fois, la serrure céda. Il se glissa à l'intérieur, se disant qu'il sentait une odeur de fumée et qu'il valait mieux qu'il inspecte les lieux pour vérifier qu'il n'y avait pas de début d'incendie. Un mensonge auquel il se tiendrait si nécessaire.

La maison était moins négligée qu'il ne l'escomptait. Il se demanda si Darrel avait pris la fuite après la mort de Tamara, mais rien ne suggérait que ce soit le cas.

Au contraire, un carton de pizza traînait sur la table, plusieurs parts encore dedans. Quelques assiettes sales se trouvaient dans l'évier, des canettes de bière étaient rangées dans le réfrigérateur. Darrel ne devait pas être allé bien loin.

Il envisagea d'attendre son retour, puis se ravisa et sortit par où il était entré. D'un côté, il se sentait coupable ; de l'autre, ses actions lui paraissaient tout à fait justifiées.

Il composa le numéro du nouveau portable de Hank.

La sonnerie du téléphone fit tressaillir Frankie. Elle n'avait pas remplacé le sien, se disant qu'elle le ferait lorsqu'elle serait rentrée à la maison. Elle voulait un nouveau numéro, même si J.J. avait probablement les ressources nécessaires pour l'obtenir. Cette pensée absurde avait surgi de nulle part. Pourquoi s'inquiéter à propos de J.J. alors qu'un inconnu lui pressait un pistolet sur la tempe ?

— N'y touchez pas, ordonna l'homme, appuyant plus fort sur le canon.

— C'est sûrement mon père, intervint Hank. Si je ne réponds pas, il va s'inquiéter et lancer un avis de recherche.

— Donnez-moi le téléphone.

Hank s'exécuta. L'homme fixa l'écran pendant quelques secondes.

— Bon. Répondez. Dites-lui que tout va bien mais que vous ne pouvez pas lui parler maintenant à cause de la circulation et que vous le rappellerez plus tard. Si vous dites autre chose, je lui fais sauter la cervelle, ajouta-t-il en désignant Frankie. Compris ?

— Compris.

Hank reprit le téléphone et suivit les instructions à la lettre, après quoi l'homme empocha l'appareil.

Frankie s'obligea à prendre des inspirations régulières, se laissant bercer par le mouvement du pick-up alors qu'ils pénétraient plus avant dans les collines. Elle n'allait pas courir le risque d'essayer de désarmer l'homme dans ces conditions. Mieux valait patienter, attendre un moment propice. Elle espéra que Hank partageait son point de vue. Sans doute, puisqu'il n'avait pas tenté d'alerter son père.

Comme ils atteignaient une hauteur, elle aperçut un petit chalet à l'écart de la route, niché entre les pins et les rochers. Plusieurs véhicules étaient garés devant, y compris une camionnette qu'elle avait déjà vue. Il lui fallut un instant pour se rappeler où : devant le Silver Spur Bar à Big Sky. La voiture de Darrel Sanders.

— Garez-vous là. Ensuite, on va descendre très lentement. Ce pistolet a une gâchette très sensible. Si vous tentez quoi que ce soit…

— On a compris, rétorqua Hank, agacé. Mais écoutez-moi. Si vous tirez sur elle, je vous conseille de m'abattre aussi vite que possible parce que sinon…

— J'ai compris, coupa l'homme.

Du coin de l'œil, Frankie le vit sourire.

Pourquoi avaient-ils été amenés ici ? Leur enlèvement avait forcément un rapport avec l'argent volé et la mort de Naomi. Elle doutait qu'on veuille les tuer, mais peut-être se trompait-elle. Cette pensée lui comprima la poitrine. Hank et elle venaient de se trouver. Elle s'était à peine autorisée à croire à cette relation. Elle ne voulait pas que tout finisse si vite… ni si tragiquement.

Elle avait dit qu'elle avait besoin de temps, mais elle savait en son for intérieur que Hank ne ressemblait en rien à J.J. Qu'il était le genre d'homme auprès de qui une femme se sentirait aimée, et protégée. Le genre d'homme qui aimait les chevaux et qui voulait fonder une famille.

Les larmes aux yeux, Frankie s'avoua que c'était ce qu'elle voulait, elle aussi. Revenir au ranch et élever des enfants. Avec Hank.

L'homme ouvrit la portière et la tira au-dehors de sa main libre, le pistolet toujours braqué sur sa tempe. Hank était descendu de son côté et attendait, son regard rivé sur leur ravisseur, comme s'il guettait une occasion de le neutraliser.

Elle le fixa afin d'attirer son attention. Quand ses yeux se posèrent sur elle, Frankie s'efforça de le rassurer d'un sourire. Ils allaient s'en sortir. Il le fallait. Elle avait entrevu leur avenir et n'était pas prête à y renoncer. Si elle devait se battre… Eh bien, elle était prête.

— Quelle poire ! songea J.-J. en les observant de loin.

Il avait du mal à croire que Hank soit aussi accommodant. Non content d'avoir ramassé un inconnu sur la route, voilà qu'il faisait un détour à travers les montagnes pour le ramener chez lui ?

Quand il avait vu le pick-up s'engager sur la piste, J.-J. avait feint de rester sur la route principale, puis s'était garé sur le bas-côté. Là, il avait sorti son pistolet de la boîte à gants, vérifié que celui-ci était chargé, et l'avait glissé dans sa ceinture.

Il devrait peut-être marcher un peu pour arriver à l'endroit où le cow-boy allait déposer son passager, mais, au fond, la situation lui convenait parfaitement. Même si le pick-up redescendait avant qu'il atteigne la maison, il se débrouillerait.

La chance lui avait souri, songea-t-il. Ce lieu isolé était idéal pour ce qu'il avait en tête. Il expliquerait son point de vue au cow-boy, et avec un peu de chance les choses seraient réglées une fois pour toutes.

Frankie était à lui. Point à la ligne. Certes, elle lui causait quelques soucis ces temps-ci, mais il allait se racheter, lui dire des mots doux et la gâter un peu. Si ça ne marchait pas, une gifle ou deux l'encourageraient à revenir à la raison. Il ne voulait pas en arriver là, mais il était hors de question qu'il se laisse humilier devant ses collègues et amis. Il fallait qu'elle se conduise bien. Personne ne respectait un homme incapable de contrôler sa petite amie.

Lorsque les règles auraient été établies, eh bien, peut-être qu'il lui proposerait de fixer une date pour leur mariage. Ce serait sans doute la meilleure solution pour qu'elle se tienne tranquille. S'il n'avait pas d'autre choix, tant pis : il s'y résoudrait. Ce n'était pas comme s'il avait une autre candidate en vue. Il y avait certaines femmes avec qui il espérait coucher un de ces jours, mais il pourrait toujours le faire après le mariage. Elle devait comprendre qu'il avait des besoins. Comme n'importe quel homme digne de ce nom.

Content de lui, J.-J. se mit à gravir la côte. Au bout de quelques centaines de mètres, il s'avisa soudain qu'il n'entendait plus de bruit de moteur. L'instant d'après, il arriva au sommet de la colline et comprit pourquoi.

Il distinguait un petit chalet devant lequel quatre véhicules étaient garés, y compris celui du cow-boy. En revanche, ni ce dernier ni Frankie n'étaient visibles. Le type qu'ils avaient secouru les avait peut-être invités à boire un verre.

Très bien. Il n'était pas pressé. Restant à l'orée du bois, il se rapprocha assez du chalet pour les voir quand ils sortiraient.

Il tira son pistolet de sa ceinture et s'assit sur un rocher pour attendre, songeant à son avenir avec Frankie. Tout irait bien dorénavant. D'ailleurs, son chef l'avait averti : il fallait qu'il se tienne à carreau, sans quoi il aurait des ennuis au boulot.

Il serra les dents à ce souvenir. Tout ça était la faute de Frankie. Mais il allait mettre cette garce au pas – d'une manière ou d'une autre.

Hank franchit le seuil, Frankie et l'homme derrière lui, son pistolet toujours braqué sur elle. Le chalet était plus spacieux qu'il n'y paraissait de l'extérieur. Il parcourut les yeux d'un regard, s'efforçant désespérément de trouver une issue à ce cauchemar qui n'aboutisse pas à les faire tuer tous les deux.

Un pan de mur était occupé par une petite cuisine, un autre par un lit. Une demi-douzaine de chaises dépareillées étaient disposées autour d'une table. Darrel occupait l'une d'elles. Un homme corpulent, que Hank ne reconnut pas, se tenait adossé au mur. La mine patibulaire, il portait un holster sous sa veste.

Résolu à ne pas montrer combien il était inquiet, il passa à l'attaque.

— Qu'est-ce que tout ça veut dire, Darrell, bon sang ?

Son ancien camarade de classe sourit.

— Assieds-toi, Hank. Il n'y a aucune raison de s'énerver. Les, lança-t-il à l'homme qui avait fait semblant d'être blessé, installe-toi là-bas avec Frankie, veux-tu ?

Il désigna le lit.

— Comme ça, on pourra tous se voir.

Hank n'avait pas bougé. D'un coup de pied, Darrel envoya une chaise vers lui.

— Détends-toi et parlons.

— Je ne vois pas de quoi on pourrait parler.

— Hank, nous nous connaissons depuis trop longtemps pour nous raconter des histoires. Tu sais pertinemment pourquoi tu es là. Assieds-toi.

Hank attrapa la chaise, la tourna et s'assit à califourchon dessus, les bras sur le dossier. Ainsi, il pourrait se lever plus vite si besoin était – s'il en avait l'occasion.

Darrel sourit, comprenant parfaitement.

— J'ai entendu dire que ton père était venu fouiner chez moi ce matin. L'idée venait de toi, je suppose. De toi et de ton…

Son regard se posa sur Frankie.

— … amie.

Il la détailla avec intérêt avant de reporter son attention sur Hank.

— Tu t'es dégoté un détective privé ? Pourquoi donc ?

— Je n'ai jamais cru que Naomi se soit suicidée.

Darrel acquiesça avec une grimace.

— Non, c'est vrai.

— Par conséquent, j'ai engagé mademoiselle Brewster pour m'aider à prouver que j'avais raison.

— Et vous y êtes parvenus ?

Hank sentait son regard intense sur lui.

— Non. Avoir des soupçons est une chose. Obtenir des preuves en est une autre. Mademoiselle Brewster et moi étions en train de quitter la ville.

Il préférait ne pas révéler à Darrel que ses relations avec

Frankie allaient au-delà du cadre employeur-employé. Il connaissait suffisamment ce dernier pour deviner qu'il chercherait à s'en servir contre eux.

Visiblement surpris, Darrel arqua un sourcil.

— Vous partiez ? Ça ne te ressemble pas de renoncer si facilement, Hank. Tu te souviens comment tu étais en sport ? Tu ne pouvais pas supporter de me voir gagner. Alors pourquoi renoncer à présent ?

Il parut réfléchir un instant avant de regarder Frankie de nouveau.

— Les choses sont devenues un peu trop compliquées pour toi ?

Hank ne vit aucune raison de mentir.

— Oui. On a décidé de laisser tout ça derrière nous et de retourner dans l'Idaho.

Darrel changea de position sur sa chaise pour se pencher vers lui par-dessus la table.

— Je suis content pour toi. Personnellement, je croyais que tu n'allais jamais surmonter la mort de Naomi, mais apparemment tu as rencontré une femme qui te l'a fait oublier. Dans des circonstances normales, je te souhaiterais bonne chance. Le problème, c'est que je veux récupérer l'argent que ton ex m'a volé. Je l'avais cru définitivement perdu, et puis tu as débarqué et je me suis dit que tu étais venu chercher l'argent. Que tu étais au courant depuis le début. À vrai dire, je t'admire d'avoir attendu trois ans. Alors où est-il ? Dans ton pick-up ? Trent, va jeter un coup d'œil.

— Une minute ! intervint Frankie, tandis que tous les regards convergeaient sur elle. Naomi n'avait pas l'argent sur elle le soir de sa mort ?

19

J.-J. surveillait le chalet, songeant à monter à l'arrière du pick-up. De là où il était assis, il distinguait de vieilles bâches sur le plateau. Il pourrait se dissimuler dessous, et, au moment propice, surgir de sa cachette. Surprise !

L'idée était tentante. Seulement, il n'était pas certain de pouvoir atteindre le pick-up avant que Frankie et le cow-boy ressortent. Sans compter que, à en juger par le nombre de véhicules, il y avait d'autres gens à l'intérieur.

Il fronça les sourcils, hésitant. Ils étaient là depuis un bon moment à présent. Peut-être que leur passager était plus gravement blessé qu'il ne l'avait pensé. Et s'ils avaient appelé une ambulance ? Ou, pire encore, la police ?

À mesure que le temps passait, et que ni l'une ni l'autre n'apparaissait, il commença à s'interroger. Que diable pouvaient-ils bien fabriquer dans ce chalet ? Peut-être devait-il se rapprocher un peu. De toute façon, le rocher qu'il occupait n'était guère confortable. Sa décision prise, il commença à se frayer un chemin entre les pins.

La porte du chalet s'ouvrit soudain. Surpris, J.-J. se cacha en hâte derrière un tronc d'arbre. Enfin ! Il était grand temps qu'ils sortent.

Cependant, ce ne fut pas le cow-boy qui apparut, mais un individu corpulent, à l'air peu amène. Un reflet de soleil fit scintiller le pistolet qu'il portait dans son holster.

Qui diable était ce type ?

Sous le regard perplexe de J.-J., le nouveau venu se

dirigea droit vers le pick-up du cow-boy et se mit à fouiller la cabine. À l'évidence, il ne trouva pas ce qu'il cherchait, même après avoir inspecté les sacs de voyage rangés derrière les sièges. Il claqua la portière, jeta un coup d'œil rapide sous les bâches et repartit, bredouille.

J.-J. le suivit des yeux tandis qu'il retournait vers le chalet, se félicitant de ne pas s'être dissimulé à l'arrière du pick-up après tout.

Quelque chose clochait, pourtant. Et Frankie était à l'intérieur. J.-J. réfléchit. Pas question de faire irruption dans la cabane l'arme au poing. Non, il n'y avait qu'une solution : attendre. À moins qu'il n'entende Frankie crier. Là, il devrait peut-être se raviser.

Puisque l'homme avait fouillé le pick-up de fond en comble, il était logique de penser qu'il n'allait pas le refaire. J.-J. recommença à descendre la colline, la main sur son pistolet et l'œil sur la porte du chalet.

Restant courbé, il se faufila entre les véhicules jusqu'au pick-up du cow-boy. Puis il se hissa à l'arrière, et tira la bâche par-dessus sa tête.

— Rien, grogna Trent en rentrant.

Frankie vit se raidir les muscles de la mâchoire de Darrel. Une tension soudaine avait envahi la pièce, aussi suffocante que la fumée. À côté d'elle, Les lui lâcha le bras, se contentant de garder l'arme pressée contre sa tempe.

— Je croyais qu'on allait être honnêtes les uns avec les autres, murmura Darrel, qui s'efforçait visiblement de maîtriser sa colère.

Hank n'était pas moins furieux que lui.

— C'était toi, l'autre jour, à la rivière, accusa-t-il. C'est toi que j'ai vu courir.

— Je t'ai suivi en pensant que tu allais récupérer l'argent. Au lieu de quoi tu as fait ce que tu faisais toujours : tu es resté assis à fixer la falaise. Ça fait trois ans que j'attends.

Hank secoua la tête.

— Et c'est toi qui as commandité notre accident. Tu aurais pu nous tuer.

— Je commençais à perdre patience.

— Quand vas-tu te mettre dans la tête que nous n'avons pas ton argent ? riposta Hank. Maintenant, laisse-nous partir.

— Je ne crois pas que tu aies bien saisi la situation.

Darrel se leva et se dirigea vers le lit. Il empoigna Frankie par les cheveux et tira violemment, lui exposant le cou en même temps qu'un couteau à cran d'arrêt apparaissait dans sa main libre. Frankie cria de douleur.

— Je pourrais lui trancher la gorge tout de suite, et je le ferai si tu continues à me raconter des bobards.

Hank bondit sur ses pieds et fit un pas en avant. Derrière lui, Trent porta la main à son arme.

— Non ! cria Darrel, trop tard.

Trent avait déjà abattu la crosse de son pistolet sur la tête de Hank.

Frankie hurla et tenta de se lever, aussitôt retenue par Les. Hank s'écroula, un filet de sang sur la joue.

— Aidez-le ! supplia-t-elle.

Lâchant un juron, Darrel s'approcha de lui et vérifia son pouls.

— Il n'est pas mort. Va chercher une serviette, ordonna-t-il à Trent alors que Hank se redressait tant bien que mal. Tout de suite !

L'homme disparut dans la salle de bains.

— Maintenant, tout le monde se calme, reprit Darrel, les dents serrées. Je n'aime pas avoir recours à la violence, mais j'en ai assez qu'on me mente. Je veux mon argent.

— Hank ne sait pas où est votre argent, intervint Frankie d'une voix assourdie par l'émotion.

Hank était vivant. Assommé, étourdi et en sang, mais vivant.

Trent revint avec la serviette et la lança à Hank qui la pressa contre sa tempe avec une grimace de douleur.

— Ligote-le, ordonna Darrel.

— C'est vraiment nécessaire ? protesta Frankie. Il est blessé. Il a besoin d'aller à l'hôpital.

Darrel lui décocha un regard d'avertissement.

— Tout ça est votre propre faute, asséna-t-il. Peut-être que vous n'étiez pas au courant pour l'argent, mais vous l'êtes maintenant. Alors cessez de mentir. Hank et Naomi allaient se marier. Elle avait versé un acompte pour une maison. Ne venez pas me dire qu'il ne sait pas où elle a caché le reste.

Pendant ce temps, Trent était allé chercher un rouleau de bande adhésive. Après avoir aidé Hank à s'asseoir, il se mit en devoir de l'attacher à sa chaise.

— Je t'ai dit que je ne savais rien, marmonna Hank, qui semblait lutter pour ne pas perdre connaissance.

— Je sais qui a l'argent, déclara-t-elle.

Hank leva brusquement la tête et la supplia du regard.

— Frankie…

Darrel avait fait volte-face et la fixait.

— Si vous mentez, vous me le paierez cher. Vous comprenez ?

— Parfaitement. Mais il y a quelque chose que j'ai besoin de savoir d'abord.

— Vous ne m'avez pas l'air d'être en mesure de poser des ultimatums, rétorqua Darrel, d'une voix presque amusée.

— Vous vous trompez. Je suis la seule personne dans cette pièce à pouvoir vous obtenir cet argent.

Darrel jeta un coup d'œil en direction de Hank.

— Il ne sait rien, affirma-t-elle. Ce que je ne comprends pas, c'est pourquoi vous avez tué Naomi avant qu'elle vous révèle où elle avait laissé l'argent.

Il parut hésiter à répondre, puis émit un juron.

— Disons qu'une erreur de jugement a été commise.

— Tu veux dire un meurtre ? explosa Hank, les dents serrées.

— Tamara ne l'a pas tuée, rétorqua Darrel. Elle savait que Naomi avait le vertige et elle l'a emmenée sur le promontoire pour lui faire peur. Naomi n'avait qu'à révéler où était l'argent. Il n'était ni dans sa voiture ni dans son appartement. On la soupçonnait de l'avoir caché au ranch, mais il fallait qu'on sache où précisément. Cette idiote a refusé de parler. Tamara s'est querellée avec elle. Naomi a essayé de la pousser et de s'enfuir, mais elle a fait un faux pas et elle est tombée. On ne voulait pas la tuer.

— Du moins, pas avant d'avoir récupéré l'argent, murmura Frankie.

— Vous vous méprenez sur mon compte tous les deux, protesta Darrel. Les cadavres compliquent les choses. Je préfère ne pas verser de sang si c'est évitable. Malheureusement, certains de mes associés sont moins raisonnables.

Il se leva gauchement, et Frankie se souvint de l'avoir vu boiter lorsqu'il était entré dans le bar.

Il recula d'un pas et souleva la jambe de son pantalon, révélant une énorme cicatrice violacée. Quand il reprit la parole, la rage altérait sa voix.

— Tu ne peux pas savoir ce que ton ex m'a coûté, lança-t-il à Hank, et pas seulement en argent et en douleur. J'ai bien failli avoir la gorge tranchée et, crois-moi, ça aurait été plus rapide et moins cruel. Mes associés avaient des projets bien pires pour moi. Ça fait trois ans que je me débats pour les rembourser. Et que j'attends que tu reviennes chercher le fric que cette femme a caché.

Il se redressa lentement et alla se rasseoir.

— Maintenant, reprit-il en s'adressant à Frankie, vous dites que vous savez qui a mon argent ?

Elle hocha la tête.

— Oui, mais j'ai une autre question.

Darrel laissa échapper un grognement irrité. Elle savait qu'elle mettait sa patience à mal, cependant elle était bien décidée à exploiter au maximum son avantage. Elle devait utiliser toutes les armes à sa disposition pour les sortir de ce mauvais pas.

— Comment Naomi a-t-elle pu voler une telle somme ? Vous ne la gardiez pas en lieu sûr ? À moins qu'elle n'ait été une de vos associées ?

Darrel s'esclaffa.

— Sûrement pas. Tamara et elle s'étaient liées d'amitié. Naomi lui donnait des provisions gratis et piquait même de l'argent dans la caisse parfois, quand Tamara venait et qu'il n'y avait pas d'autres clients au magasin.

Il reporta son attention sur Hank.

— Ta copine était une voleuse. Tu le savais ? Ça l'excitait. Tamara a oublié de mentionner ce détail quand mon fric a disparu.

— Si je comprends bien, vous ne saviez pas qui l'avait pris, au début ?

— Non, admit Darrel. J'ai attendu de voir qui commençait à dépenser gros.

Frankie songea à la maison que Naomi avait voulu acheter, dans l'espoir que Hank l'épouserait.

— De combien d'argent parlons-nous ?

Darrel secoua la tête, refusant de répondre.

— Et vous avez laissé cette somme traîner ?

Il lui décocha un regard d'avertissement.

— Je ne l'ai pas laissée traîner. J'ai apporté l'argent au bar un après-midi où j'avais rendez-vous avec quelqu'un. Cette personne était en retard. Des types sont entrés dans le bar. Leur mine m'a déplu et j'ai flairé des ennuis, par conséquent j'ai filé au bureau. Comme je n'avais pas eu le temps de mettre l'argent dans le coffre-fort, je l'ai caché entre des caisses d'alcool. Deux gars m'ont attaqué au moment où je sortais du bureau. Leur plan a échoué parce que des copains sont venus à mon secours, mais dans la bagarre qui a suivi le sac s'est volatilisé.

— Comment savez-vous que c'est Naomi qui l'a pris ?

Il poussa un soupir.

— Il m'a fallu un petit moment pour arriver à cette conclusion. J'ai passé en revue plusieurs possibilités. En fin de compte, je me suis rappelé avoir vu Naomi au bar. Tamara pensait qu'elle était allée aux toilettes avant le début de la bagarre. Il se trouve que les toilettes des femmes sont juste en face de mon bureau. Et quand j'ai entendu dire qu'elle avait versé un acompte pour l'achat d'une maison à Bozeman… Bon. Assez bavardé. Qui a mon argent ?

Frankie songeait à Randall « Butch » Clark. Quelque chose l'avait taraudée à propos des aveux qu'il lui avait faits. Il avait eu l'air effrayé quand elle l'avait interrogé, mais il n'avait pas mis longtemps à parler. Et il avait voulu lui faire croire que Naomi avait l'argent sur elle le soir de sa mort. Qu'elle songeait à s'arrêter au bord de la route pour le restituer aux trafiquants.

Apparemment, il avait menti. Cela dit, elle ne voulait pas qu'il soit assassiné pour autant.

— Vous dites que vous voulez éviter la violence. Je vais vous prendre au mot, déclara Frankie en se levant.

Les bondit sur ses pieds en même temps qu'elle, s'efforçant de la retenir tout en gardant son pistolet braqué sur elle.

— Dites-lui d'éloigner son arme.

Le regard de Darrel alla de Frankie à Les.

— Rassieds-toi, Les. J'ai un pistolet sous la table. Je peux les descendre tous les deux si nécessaire. Tu peux ranger le tien.

Il toisa Frankie.

— Vous avez du cran. Il aurait pu vous abattre avant que j'aie eu le temps d'intervenir.

Elle soupçonnait Les d'avoir l'esprit un peu moins vif

que son chef ne l'espérait, mais elle garda son opinion pour elle.

— Que les choses soient bien claires. Vous êtes certain que Naomi n'avait pas l'argent sur elle ce soir-là ?

— Il me semble que nous avons déjà couvert ce point.

— Tamara la suivait, c'est ça ? Et si elle avait tué Naomi et gardé…

— Tamara n'avait pas l'argent, coupa Darrel. Croyez-moi. Certains de mes associés l'ont interrogée longuement à ce sujet avant qu'elle… expire. Sa version des faits n'a jamais changé. Elle a emmené Naomi sur le promontoire pour la forcer à parler, mais Naomi a refusé. Et puis elle a glissé et elle est tombée.

Hank avait l'impression de traverser un cauchemar. Un cauchemar dont il était entièrement responsable. S'il n'était pas revenu, s'il n'avait pas amené Frankie, s'il ne s'était pas entêté à découvrir ce qui était arrivé à Naomi… Son crâne le lançait, sa vision était floue.

Blessé, ligoté à sa chaise, que pouvait-il faire pour aider Frankie ?

— Si Naomi était suivie, disait-elle, comment a-t-elle pu se débarrasser du sac avant d'être interceptée ?

Darrel haussa les épaules.

— Bonne question.

— Elle l'avait déjà caché, murmura Frankie, comme si elle s'adressait à elle-même. Elle a téléphoné à quelqu'un pour lui dire où il était au cas où il lui arriverait malheur.

Frankie avait raison, songea-t-il. Naomi avait dissimulé le magot et appelé quelqu'un en qui elle avait confiance : son ex, Butch. C'était la seule hypothèse qui ait du sens. Naomi avait pensé que l'argent était en lieu sûr. Elle ne croyait pas que les trafiquants prendraient le risque de la tuer avant de l'avoir récupéré. Si elle n'avait pas glissé…

Il sentit les yeux de Darrel sur lui.

— C'est exactement ce que je me suis dit. Elle a caché le fric et téléphoné à son petit ami pour lui dire où le trouver. Qu'en dis-tu, Hank ? Ce n'est pas comme ça que tu vois la chose ?

— Elle n'a pas appelé Hank, intervint Naomi.

En revanche, Hank savait qui Naomi avait appelé – et Frankie aussi. Il la dévisagea et sentit son cœur se serrer. Il devinait ce qu'elle avait en tête, mais comment l'en dissuader ?

— Pourquoi Naomi aurait-elle refusé de parler sur le promontoire ? demanda-t-il, s'efforçant de gagner du temps. C'est absurde.

Pourtant, il connaissait la réponse à cette question. Et il n'avait pas besoin de regarder Frankie pour savoir qu'elle aussi. Un nœud se forma dans son estomac.

— Elle ne voulait pas renoncer à l'argent, murmura Frankie, d'une voix empreinte de tristesse. Il comptait trop pour elle.

Hank secoua la tête, bouleversé. Au fond, Naomi avait été une inconnue pour lui. Il savait qu'elle avait toujours souffert de ne pas être riche, et qu'elle voulait désespérément mener la vie dont elle rêvait. Malgré tout, il se refusait à croire qu'elle ait pu faire passer l'argent avant sa propre survie.

— C'est insensé. Elle était debout au bord du vide et elle aurait préféré mourir plutôt que d'y renoncer ?

Personne ne répondit. Darrel fixait Frankie.

Hank avait l'impression d'être à bord d'un train qui roulait de plus en plus vite, sans conducteur pour l'arrêter ; et pas moyen de sauter non plus.

— Je peux vous récupérer cet argent, déclara Frankie à Darrel. Mais il va falloir que vous me laissiez partir.

— Frankie, non ! protesta Hank, étourdi. Tu ne peux pas lui faire confiance.

Il lâcha un juron.

— Ne t'attends pas à ce qu'il tienne parole, Frankie. Il a triché dans tous les sports que j'ai pratiqués avec lui.

Darrel secoua la tête en souriant.

— J'étais obligé de tricher. Tu étais trop bon pour moi. Mais dans l'immédiat, c'est moi qui décide.

— Frankie…

— Bâillonne-le, ordonna Darrel à Trent, lequel s'empressa d'obéir.

Hank eut beau tenter de résister, il savait que la bataille était perdue d'avance. En dépit du fait que sa plaie n'avait pas beaucoup saigné, il se sentait étourdi. Peut-être souffrait-il d'un traumatisme crânien. Peu importait. Il n'avait qu'une seule pensée en tête : Frankie. Pendant qu'il était ligoté et impuissant, elle s'apprêtait à conclure un marché qui pourrait mener à sa mort.

Elle s'était doutée que Hank allait s'opposer à son plan, mais elle n'avait pas le choix.

— Laissez-moi partir et je vous rapporterai l'argent, répéta-t-elle à Darrel.

— Vous me prenez pour un imbécile ? Si je vous laisse partir, vous allez filer droit à la police et, en moins de temps qu'il n'en faut pour le dire, je vais avoir une équipe d'agents spéciaux à ma porte.

— Vous avez une autre solution ? insista-t-elle. Nous ne pouvons pas vous dire où est l'argent parce que nous l'ignorons. Nous venons tout juste d'apprendre son existence. Si vous nous éliminez, vous ne remettrez jamais la main dessus, et le père de Hank ne cessera jamais de vous traquer. Ce serait stupide et votre situation ne ferait qu'empirer. Vous ne comprenez pas qu'on essaie de vous aider ?

Darrel secoua la tête.

— Vous voulez me faire croire que vous rapporteriez l'argent, et qu'on pourrait tous reprendre le cours de notre vie comme s'il ne s'était rien passé. Alors que je vous ai enlevés tous les deux ?

— Vous ne faites que nous garder sous surveillance, rectifia-t-elle. Le temps de récupérer votre bien. Ensuite, vous nous laisserez partir. Il n'y aurait pas de mal, pour ainsi dire, ajouta-t-elle en lançant à Trent un regard éloquent. Mais pas de coup fourré. C'est le marché.

— Trent ira avec vous.

— Pas question. Je pars seule. C'est le seul moyen de faire admettre la vérité à la personne qui a pris votre argent.

— Comment puis-je être sûr que vous reviendrez ?

— Je reviendrai. Vous avez Hank.

— Certes. Je n'étais pas certain que vous soyez attachée à lui à ce point. Si vous ne revenez pas, il meurt. Si vous alertez les flics…

— Vous pouvez économiser votre salive. Je ne vais pas avertir les autorités, mais vous devez me donner votre parole que vous ne lui ferez pas de mal en attendant mon retour. Plus de violence. Le problème, c'est que je ne sais pas combien de temps il me faudra.

— Vous feriez mieux de ne pas jouer au plus malin avec moi.

Frankie soutint son regard.

— Vous voulez cet argent. Hank et moi voulons reprendre le cours de notre vie.

Elle jeta un coup d'œil vers lui. Il secoua imperceptiblement la tête, désignant Trent adossé au mur derrière lui. Elle comprit. Bien sûr, elle savait que ce qu'elle faisait était dangereux, mais elle ne voyait pas d'autre solution. Il était blessé. Leur situation risquait de s'aggraver très vite si elle ne tentait rien.

— Je vous donne jusqu'au coucher du soleil.

Frankie fit non de la tête.

— Il me faudra peut-être plus longtemps.

— Le coucher du soleil, répéta Darrel, inflexible. Sinon, il est mort.

Elle aurait voulu insister, mais elle devina qu'elle n'obtiendrait pas d'autre concession.

— Le coucher du soleil. Mais promettez-moi que je ne serai pas suivie. Vous devez me faire confiance.

— Vous êtes bien exigeante, mon chou.

— Je m'appelle Frankie. Et j'ai beaucoup à perdre, ajouta-t-elle en regardant Hank. Une dernière chose : j'ai besoin d'un pistolet.

20

Les mains de Frankie tremblaient lorsqu'elle grimpa dans le pick-up. Elle posa le pistolet non chargé à côté d'elle sur la banquette. Darrel avait refusé tout net de lui prêter des munitions.

— Je prends déjà un grand risque en vous laissant partir, avait-il grogné. Si je vous donne un pistolet chargé…

Il avait secoué la tête en souriant.

— Le pari est trop gros comme ça.

Il se méfiait d'elle, et c'était réciproque. Elle jouait la vie de Hank sur une simple intuition. Et si elle se trompait ? D'ailleurs, même si elle avait raison, l'argent avait peut-être été dépensé. Ou Butch pourrait refuser de le lui remettre. Pour autant qu'elle le sache, il avait pu quitter le pays après lui avoir parlé.

Hank dépendait d'elle.

Elle roula vers Bozeman, jetant des coups d'œil réguliers dans son rétroviseur afin de s'assurer qu'elle n'était pas suivie et s'efforçant de ne pas dépasser la limite de vitesse. Ce n'était pas le moment d'être interceptée par la police. Un instant, elle envisagea d'appeler le marshal, mais elle ne pouvait courir ce risque. Pas encore, de toute façon.

Une fois en ville, elle se gara derrière la quincaillerie, glissa le pistolet dans la taille de son jean, de manière qu'il soit caché sous la chemise et la veste qu'elle avait mises ce matin-là. Puis, prenant une profonde inspiration, elle descendit du véhicule et pénétra dans le magasin par l'entrée réservée aux livraisons. Dans la pénombre du local désert, elle fit de son mieux pour se ressaisir. Butch n'allait pas être enchanté de la revoir. S'il sentait à quel point elle était résolue, il risquait de s'enfuir.

Il ne se trouvait pas dans le bureau situé à l'arrière. Elle entra dans le magasin, le cherchant des yeux. Elle était presque arrivée à la caisse quand un employé lui demanda s'il pouvait l'aider.

— Je voudrais parler à Butch, expliqua-t-elle, surprise que sa voix soit aussi calme.

— Il est en vacances. Il ne va pas revenir avant deux semaines, répondit le jeune homme.

En vacances ?

— Il faut que je le contacte de toute urgence. Quand est-il parti ?

— Je crois qu'il devait s'en aller aujourd'hui.

— Pouvez-vous me donner son adresse ? J'ai peut-être encore une chance de le trouver chez lui.

Le jeune hésita.

— Je vous en prie. C'est vraiment urgent.

— Eh bien, je suppose qu'il n'y a pas de mal, marmonna-t-il avant de lui indiquer l'adresse.

Frankie repartit en courant par là où elle était venue.

Butch vivait au nord de la ville, dans une petite maison qui, comme la plupart des habitations de Bozeman, semblait avoir été totalement rénovée. Elle se demanda quand les travaux avaient été faits, et combien ils avaient coûté, et pria pour qu'il n'ait pas osé puiser dans l'argent volé.

Elle se gara dans la rue et descendit. La maison semblait déserte. La porte du garage était fermée et un journal plié gisait sur les marches de l'entrée. Elle s'avança néanmoins, ne sachant que faire d'autre.

Soudain, un bruit lui parvint de l'intérieur. Elle se hissa sur la pointe des pieds pour regarder par une des petites fenêtres haut placées de la porte du garage.

Butch Clark s'affairait à mettre des bagages dans sa voiture. Beaucoup trop de bagages pour deux semaines de vacances.

Hank observait Darrel, dont l'anxiété et l'irritation s'accroissaient au fil des heures. Il n'avait guère été surpris de le voir enfreindre la promesse faite à Frankie quelques minutes après son départ.

— File-la, avait-il ordonné à Trent, mais garde tes distances. Il ne faut pas qu'elle te repère. Elle va te guider jusqu'au magot. Tu sais quoi faire.

Le sang de Hank s'était glacé dans ses veines. Il ne devinait que trop bien ce que Trent ferait à Frankie. Il ne pouvait qu'espérer qu'elle se rende compte qu'elle était suivie, ou qu'elle puisse neutraliser Trent si besoin était.

Darrel se remit à arpenter la pièce, ce qui convenait parfaitement à Hank. Son ancien camarade d'école semblait avoir oublié jusqu'à sa présence. Il n'avait prêté aucune attention à lui. Quant à Les, il s'était étendu sur le lit et s'était endormi presque aussitôt.

De son côté, Hank s'évertuait à desserrer ses liens. Profitant d'une vis qui affleurait au dossier de la chaise, il frottait discrètement ses poignets contre la rugosité, dans l'espoir de scier une à une les couches de ruban adhésif. La tâche était fastidieuse, mais il avait du temps devant lui, songeait-il. L'essentiel était d'être libre quand Frankie reviendrait.

Il avait mal à la tête, néanmoins le vertige avait passé, et il sentait ses forces revenir.

Une sonnerie soudaine rompit le silence. Darrel sursauta et se rua vers son téléphone portable. De son côté, Hank s'immobilisa. Trent parlait si fort qu'il entendait toute la conversation.

— Comment ça, tu l'as perdue de vue ? rugit Darrel.

— Elle allait vers le nord de la ville, mais elle a pris

une rue secondaire sans crier gare. Je suis resté à bonne distance, comme tu m'avais dit de le faire. Je l'ai aperçue qui se dirigeait vers la rue principale, et puis elle a disparu.

Darrel lâcha un juron.

— Tu disais qu'elle allait vers le nord de la ville ?

— Oui. Je ne sais pas pourquoi elle a tourné tout d'un coup…

— Elle a vu qu'elle était suivie, coupa Darrel sur un ton cassant. Retourne côté nord et sillonne les rues jusqu'à ce que tu l'aies trouvée. Trouve-la, compris ?

— Bon. Je vais essayer, mais…

— Soit tu la trouves, soit tu continues à rouler et tu espères que, moi, je ne te retrouve jamais. C'est assez clair pour toi ?

— Oui, chef.

J.-J. commençait à en avoir assez d'être allongé sous les bâches. Il n'était pas sûr de pouvoir tenir le coup encore très longtemps. Cela dit, il voulait savoir ce que Frankie mijotait.

La première fois qu'elle était descendue, il avait attendu quelques secondes avant de risquer un coup d'œil au-dehors. Il l'avait vue entrer dans la réserve d'une quincaillerie puis s'était hâté de retourner dans sa cachette. Que se passait-il donc ? Il n'y comprenait plus rien. Elle avait laissé le cow-boy au chalet pendant qu'elle allait faire des emplettes ? Était-il possible que Hank Savage ait connu l'homme qu'il avait secouru sur la route ? Si oui…

Elle était ressortie plus vite qu'il ne l'escomptait. Il avait entendu la portière s'ouvrir, se refermer, le moteur rugir. Le pick-up était reparti. Peut-être était-elle venue chercher un outil. Une hache ? Une pelle ? Il ne put réprimer un frisson à cette pensée.

Le pick-up n'avait fait que quelques centaines de mètres quand J.-J. perçut un brusque changement. Jusqu'alors,

Frankie avait roulé à une vitesse normale, mais voilà qu'elle venait d'accélérer, tournant à droite et à gauche. J.-J. dut se cramponner de son mieux pour ne pas être ballotté comme un fétu de paille d'un côté à l'autre du plateau. Quelle mouche l'avait donc piquée ?

Quand elle ralentit enfin, il eut l'impression qu'elle revenait sur ses pas. Il avait été attentif aux sons qui l'entouraient. La rumeur de la circulation s'était atténuée, suggérant qu'ils s'étaient éloignés du centre.

Elle s'arrêta et coupa le contact. Il l'entendit descendre. Il patienta un peu, l'oreille aux aguets, de plus en plus convaincu qu'ils se trouvaient dans un quartier résidentiel. Une tondeuse à gazon bourdonnait au loin.

Enfin, n'y tenant plus, il se redressa avec précaution et souleva le bord de la bâche pour scruter les environs. Ses yeux s'écarquillèrent face à la scène qui se déroulait devant lui. Pistolet au poing, Frankie s'apprêtait à ouvrir la porte d'un garage, mais elle n'en eut pas le temps. Le battant remontait déjà, actionné par un système automatique.

Un moteur ronronnait à l'intérieur. Stupéfait, J.-J. vit Frankie se planter devant la voiture en marche, le pistolet braqué sur le pare-brise.

— Stop !

Le moteur rugit. Le conducteur avait garé la voiture face à la sortie. Pour s'enfuir plus vite ? En tout cas, Frankie avait des ennuis. Le type n'avait pas l'air impressionné par l'arme qu'elle pointait sur lui.

J.-J. rejeta la bâche et sauta à terre, poussant Frankie à l'écart au moment où le véhicule sortait du garage en trombe. Il avait dégainé son arme, mais comprit qu'il n'aurait pas le temps de s'en servir : l'automobiliste n'allait pas s'arrêter. En désespoir de cause, il se jeta sur le capot et percuta le pare-brise.

Le conducteur écrasa la pédale de freins. J.-J. tâtonna à la recherche de quelque chose à quoi s'accrocher, en vain.

Il glissa et heurta violemment l'allée en ciment. Comme il se relevait, il entendit le moteur gronder de nouveau. Frankie avait ouvert la portière passager et hurlait au conducteur de descendre.

J.-J. roula sur le côté, mais pas assez vite. La portière s'était abattue sur sa nuque.

Tout devint noir.

21

Butch tira sur les menottes qui le maintenaient attaché à la portière.

— Comment est-ce que je peux savoir que vous n'allez pas me tuer ? geignit-il.

Sa voix était suraiguë, comme au moment où Frankie s'était engouffrée dans la voiture pour l'empêcher de s'enfuir. Elle avait pressé le canon du pistolet sur sa tempe, menaçant de tirer s'il ne s'arrêtait pas.

Il s'était arrêté.

— Vous ne pouvez pas.

— Qui était ce type ? demanda Butch alors qu'ils sortaient de l'allée.

— Un flic.

Elle jeta un coup d'œil dans le rétroviseur par-dessus les bagages que Butch avait empilés sur la banquette arrière. Jusqu'à maintenant, personne ne les suivait. J.-J. non plus. Elle avait vérifié son pouls. Il était inconscient, mais il respirait toujours. Elle avait pris son arme de service. Au moins, à présent, elle avait des munitions et un véhicule que l'homme envoyé à ses trousses par Darrel ne connaissait pas. À supposer qu'il trouve la maison, il trouverait aussi le pick-up qu'elle avait abandonné là.

— Un flic ? Vous aviez dit que vous n'alliez pas avertir les flics.

Frankie secoua la tête, son attention focalisée sur la route.

— Je voulais vous tenir à l'écart de l'enquête, Butch. Malheureusement, je ne me rendais pas compte à quel point vous étiez impliqué dans l'affaire. Vous m'avez menti, mais maintenant, dans votre intérêt comme dans le mien, vous feriez mieux de ne plus me raconter d'histoires.

— D'accord.

Sa voix était plaintive. Elle comprenait pourquoi Naomi avait rompu avec lui. Cela dit, il avait dû rester son ami, voire son confident.

— Pourquoi n'avez-vous pas conseillé à Naomi de rendre l'argent immédiatement ?

— Je l'ai fait. Elle n'a rien voulu entendre. Elle pensait vraiment pouvoir s'en tirer comme ça.

Frankie le dévisagea.

— Comme vous, quoi.

— Que vouliez-vous que je fasse ? Les trafiquants n'étaient pas au courant de mon existence. Je ne les connaissais pas. Naomi était morte. Je savais où l'argent était caché. J'ai attendu de voir ce qui se passait. Il ne s'est rien passé. Du mois, rien avant que vous arriviez.

— Vous auriez pu tout dire à la police, rétorqua-t-elle.

S'il l'avait fait, Hank et elle ne seraient pas dans ce pétrin à présent. Hank ne serait pas aux mains de dangereux malfaiteurs au chalet et elle ne serait pas en train de traverser la ville en trombe avec deux armes en sa possession, dont l'une chargée, en compagnie d'un homme menotté à sa portière.

Elle jeta un coup d'œil en direction de Butch. Il avait l'air effrayé. Tant mieux, se dit-elle.

— Il faut que je vous pose une question. Pourquoi avez-vous attendu avant d'aller récupérer l'argent ?

Il se détourna, fixant la vitre latérale. Ils étaient presque arrivés à Big Sky et au ranch des Cardwell, où, d'après lui, Naomi avait enfoui le sac.

— C'est peut-être absurde, mais j'étais convaincu

qu'ils surveillaient le ranch et qu'ils attendaient que je débarque pour m'exécuter, moi aussi.

Frankie songea à ce que Darrel leur avait révélé sur la mort de Naomi. À supposer qu'il ait dit la vérité. S'il avait alerté la police tout de suite, Butch aurait pu la sauver.

Gardant le silence, elle s'engagea sur la piste qui conduisait au ranch. Les pensées se bousculaient dans son esprit. Que ferait-elle quand elle aurait l'argent ? Hank avait raison. Elle ne pouvait se fier à la parole de Darrel. Il avait affirmé qu'elle ne serait pas suivie. Il avait menti. Dès qu'elle lui aurait remis la somme…

Butch lui indiqua un bouquet d'arbres non loin d'un petit ruisseau qui devait se jeter dans la Gallatin. Frankie gémit intérieurement. Elle n'avait plus qu'à espérer que Naomi ait été assez intelligente pour enterrer le sac assez loin du cours d'eau. Sinon, le magot risquait d'avoir atteint le golfe du Mexique à l'heure qu'il était.

— Indiquez-moi l'endroit exact, ordonna-t-elle en se garant.

— D'après ce qu'elle m'a dit, il est sous une statue, ou quelque chose comme ça.

Frankie fronça les sourcils.

— Une statue ?

Elle promena son regard sur les lieux, ne distinguant rien qui corresponde à cette description.

— Peut-être pas une statue, mais…

— Un abreuvoir à oiseaux, lâcha-t-elle, au moment où elle l'apercevait.

Elle empocha les clés de la voiture, ouvrit sa portière et attrapa la pelle qu'elle avait prise dans le garage. En descendant la pente, elle jeta un coup d'œil vers la maison. Personne n'était en vue. Peut-être aurait-elle de la chance. Elle en avait bien besoin à cet instant.

Il ne lui fallut qu'un instant pour atteindre le bosquet, sur une petite hauteur qui dominait le ruisseau. Deux bancs étaient placés non loin de l'abreuvoir, comme si un membre de la famille venait parfois observer les oiseaux au bord de l'eau. Dana, peut-être ? Frankie avait du mal à imaginer le marshal s'adonner à ce passe-temps.

L'abreuvoir était en béton, et se révéla beaucoup plus lourd qu'il n'en avait l'air. Un instant, Frankie envisagea de demander son aide à Butch, mais elle n'avait pas confiance en lui. Elle perdit des minutes précieuses à le déplacer, centimètre par centimètre, puis, au prix d'un effort suprême, parvint à le faire basculer. Cela fait, elle se mit à creuser, en se demandant comment diable Naomi avait réussi à le bouger toute seule. Elle comprit soudain que les choses s'étaient probablement déroulées dans l'ordre inverse. Naomi avait dû enterrer l'argent et, ensuite, faire installer l'abreuvoir.

Le sac n'était pas enfoui très profond. Frankie le sortit du trou, transpirant à cause de l'effort et de la peur qui la rongeait alors qu'elle songeait à Hank, prisonnier au chalet. Il était gros et lourd, en toile solide, semblable à ceux qu'utilisent les banques. Elle l'entrouvrit juste assez pour s'assurer qu'il était rempli de billets, et se hâta de le refermer.

Laissant la pelle sur place, elle se dépêcha de remonter la pente. Quand elle arriva en haut, Dana l'attendait à côté de la voiture.

Lorsque J.-J. reprit connaissance, il était étendu sur l'herbe, le crâne sur le point d'exploser. Son pistolet avait disparu. Ainsi que Frankie et le conducteur de la voiture. Ne restait que le pick-up du cow-boy.

Il se releva tant bien que mal et pénétra dans la maison par la porte du garage. L'endroit était désert. Comme il traversait péniblement le salon, il crut entendre une portière claquer. Était-il possible que Frankie soit revenue ? Il avait peine à croire qu'elle l'avait abandonné sans connaissance sur le ciment, sans même appeler une ambulance. En emportant son arme, par-dessus le marché.

Il se plaqua à un mur hors de vue du couloir et attendit. Des pas résonnèrent dans le garage. Une seule personne, qui s'avançait avec précaution, à sa recherche sans doute. Pourquoi Frankie était-elle revenue ? Peu importait. Il était prêt.

Un sourire sur les lèvres, il se prépara à bondir. Elle ne saurait pas ce qui lui arrivait.

Une silhouette apparut dans le couloir. J.-J. se rua en avant, ne réalisant son erreur que lorsque la personne fit volte-face et lui décocha un coup de poing en pleine figure. Encaissant le choc, J.-J. se rendit compte que la silhouette était bien trop corpulente, et bien trop masculine, pour être Frankie.

— Qui êtes-vous, bon sang ? entendit-il l'homme demander avant de s'écrouler à ses pieds.

Sans lui laisser le temps de répondre, l'inconnu chargea son arme. J.-J. roula sur lui-même et tentait de sortir sa plaque quand le premier coup de feu résonna dans la pièce. Une seconde plus tard, la balle lui transperça la chair.

Il voulut se relever, exhiber sa plaque. La seconde balle se ficha dans sa poitrine, la violence de l'impact le projetant en arrière. L'homme se rapprocha, et J.J. reconnut l'individu qui avait fouillé le pick-up devant le chalet.

— Tu as fait une grosse connerie, mon gars, murmura-t-il tandis qu'il se vidait de son sang. Tu viens de tuer un flic.

— J'aimerais pouvoir vous dire que la situation n'est pas celle que vous croyez, commença Frankie en s'avançant vers Dana.

Celle-ci avait les doigts crispés sur son téléphone. Il était évident qu'elle avait déjà téléphoné au marshal.

— Je pensais que Hank et vous étiez retournés dans

l'Idaho, répondit-elle d'une voix tremblante, les yeux rivés sur le pistolet glissé dans la ceinture de Frankie.

— Dans combien de temps Hud sera-t-il ici ?

— Où est Hank ?

Elle paraissait aussi effrayée que Frankie l'était.

— Il a des ennuis. Il faut que je retourne jusqu'à lui, Dana. Je suis détective privé. Ce serait trop long à expliquer maintenant. Je dois partir avant que Hud arrive.

Dana secoua la tête, les larmes aux yeux.

— Je savais que quelque chose n'allait pas. Mais j'espérais…

Dans la voiture, Butch se mit à crier, suppliant Dana de lui venir en aide.

— Cet homme est menotté et… vous êtes armée.

Frankie n'avait pas le temps de parlementer. Comme elle faisait un pas en avant, elle entendit le hurlement d'une sirène. Une seconde plus tard, la voiture de patrouille surgit dans la cour du ranch, gyrophare allumé.

Un soupir tremblant lui échappa, et elle sentit les larmes lui picoter les yeux. Il restait encore du temps avant le coucher du soleil. Néanmoins, il allait falloir qu'elle explique la situation et, à ce moment précis, les vêtements maculés de boue et un sac d'argent sale à la main, elle n'était pas certaine de pouvoir trouver les mots appropriés.

Tout ce qu'elle savait, c'était qu'elle devait convaincre le marshal.

Et vite.

Hud coupa la sirène et descendit, jaugeant la scène du regard. L'homme menotté dans la voiture se tassa sur son siège. Dana s'avança vers lui, et il passa un bras autour de ses épaules avant de reporter son attention sur la jeune femme dont son fils était tombé amoureux.

— Frankie ?

Elle souleva le sac.

— C'est l'argent des trafiquants. Ils ont enlevé Hank. Si je ne le leur apporte pas avant le coucher du soleil…

Sa voix se brisa.

Il hocha la tête et s'approcha pour prendre le sac.

— Et lui ? s'enquit-il en désignant l'homme attaché.

— C'est Butch Clark, l'ex-petit ami de Naomi. Il sait où est l'argent depuis le début.

Hud baissa les yeux sur sa montre.

— Nous avons un peu de temps devant nous. Quoi qu'il soit arrivé, on s'en occupera. Vous dites qu'ils ont enlevé Hank ?

Elle acquiesça.

— Expliquez-moi tout, dit-il en la guidant vers la maison.

— Et lui ? intervint Dana.

— Il est bien où il est pour le moment, déclara Hud sans un regard en arrière.

Une fois à l'intérieur, Frankie se lava rapidement le visage et les mains à l'évier de la cuisine, tout en relatant les événements qui s'étaient produits depuis leur départ.

Lorsqu'elle évoqua la blessure de Hank, Dana étouffa un cri, et ses yeux s'emplirent de larmes, mais elle ne s'effondra pas. Hud la regarda avec admiration – elle avait toujours été forte et cela n'avait pas changé. Son fils était blessé, retenu par des trafiquants de drogue. Pour sa part, il était terrifié, mais par chance Dana n'était pas femme à céder à la panique en cas de crise. Il ne l'en appréciait que davantage.

— Bien, murmura-t-il quand Frankie eut terminé son récit. Vous dites que Darrel vous a donné un pistolet non chargé.

Il prit le Glock qu'elle lui avait remis.

— Mais celui-ci l'est.

Elle hocha la tête.

— J.-J. a dû nous suivre. Il se cachait à l'arrière du pick-up. Il a essayé d'empêcher Butch de s'enfuir. Il a été heurté par la voiture mais il était vivant quand je suis partie.

Hud la dévisagea, impressionné par son courage et sa force de caractère.

— Vous ne croyez pas que Darrel va vous laisser partir quand vous lui aurez rendu l'argent, c'est ça ?

Elle secoua la tête.

— Il préférerait ne pas nous tuer, mais…

— Que vas-tu faire ? demanda Dana à son mari.

— Pour commencer, je vais appeler un adjoint pour qu'il vienne embarquer Butch Clark.

Cela fait, Hud s'adressa à Frankie.

— Il faut que je vous ramène au pick-up. Ensuite, vous retournerez au chalet avec le sac d'argent.

— Et toi ? insista Dana.

— Je vais me cacher à l'arrière du pick-up. J'avertirai mes collègues de Bozeman pour qu'ils aient des renforts prêts.

Il se leva.

— Allons chercher Hank.

Tout en surveillant Darrel qui tournait en rond dans la pièce, Hank continuait à batailler pour se libérer de ses liens. Il avait fait exprès de se comporter comme s'il était encore étourdi et à demi assommé par le coup qu'il avait reçu, marmonnant des propos incohérents jusqu'à ce que Darrel lui retire son bâillon.

— De l'eau, avait-il articulé. S'il te plaît.

Darrel lui en avait donné un peu, tenant le verre devant sa bouche pour qu'il puisse boire.

— Elle va revenir, affirma-t-il quand il eut terminé. Avec l'argent.

C'était justement ce qui le terrifiait, car il était certain que son ancien camarade de classe ne tiendrait pas parole. Il était impossible que Frankie et lui sortent de là vivants.

— C'est quelqu'un de fiable. Elle fait ce qu'elle dit qu'elle va faire.

Darrel avait recommencé à faire les cent pas. Il s'arrêta devant la vitre, les yeux rivés sur le soleil qui baissait trop vite à l'horizon, puis se tourna vers lui avec un rire.

— Tu es sûr de toi ? À sa place, je prendrais l'argent et je m'en irais aussi loin d'ici que possible.

— Toi oui. Frankie n'est pas comme ça.

À cet instant, il le regrettait. Au moins aurait-elle été en sécurité.

C'était lui qui l'avait entraînée dans cette histoire. Il méritait ce qui lui arrivait. Mais Frankie… Il ne pouvait pas supporter de penser qu'elle puisse être blessée, encore moins…

— J'espère pour toi que tu as raison.

La voix de Darrel était empreinte de tristesse, comme s'il regrettait d'avoir à les tuer.

— Ça me déplaît vraiment qu'on en soit arrivé là, tout ça à cause de ton ex.

Hank haussa les épaules.

— Je suis tombé amoureux d'une femme que je ne connaissais pas. Elle m'a caché une foule de choses, y compris le fait qu'elle avait volé cet argent.

— Et tu t'imagines connaître celle-ci ? s'esclaffa Darrel. Toutes les femmes sont pareilles. Tu n'as vraiment rien appris depuis l'école, hein ? Si elles ont une chance de te rouler…

Il s'interrompit brusquement et jeta un coup d'œil par la fenêtre.

Hank aussi avait entendu. Il reconnut le bruit du moteur de son pick-up qui approchait du chalet. Frankie était revenue. Avec l'argent. Avant le coucher du soleil.

— Chapeau, Hank. Cette femme est vraiment exceptionnelle. Si elle a le fric, je te conseillerai de la garder.

— Tiens ta promesse. Laisse-nous partir. Nous ne voulons pas être mêlés à cette histoire et tu le sais.

— Je t'entends, murmura Darrel. Il va falloir qu'on en discute.

Il se dirigea vers le lit où dormait Les, et donna un coup de pied dans le matelas.

— Réveille-toi. On a de la compagnie. Va t'assurer qu'elle est toute seule.

— Moi ? Pourquoi… ?

— Vas-y !

Encore à demi endormi, Les se leva en titubant et s'avança vers la porte. Darrel se posta à la fenêtre, le dos tourné à Hank qui se remit à cisailler ses liens sur la vis. La bande adhésive était sur le point de lâcher. Encore un effort.

Suivant les instructions de Hud, Frankie se gara à côté de la camionnette, hors de vue du chalet. Elle coupa le moteur et resta assise quelques secondes au volant du pick-up.

Elle avait hâte de voir Hank. De s'assurer qu'il allait bien. Cependant le marshal lui avait affirmé que Hank serait plus en sécurité s'ils procédaient ainsi.

Elle n'avait pas discuté. Elle était reconnaissante de ne pas avoir à affronter cette épreuve toute seule. Parce qu'elle avait le pressentiment que, dès qu'elle aurait mis pied à terre avec l'argent, Hank et elle seraient condamnés à mort.

Les venait de sortir. Fronçant les sourcils, il contourna les autres véhicules et vint se placer devant le pick-up.

— Descendez ! ordonna-t-il.

Il avait l'air à peine réveillé, ce qui ne fit qu'aviver

l'angoisse de Frankie. Si Darrel l'avait laissé dormir, cela signifiait-il qu'il avait éliminé Hank dès qu'elle était partie ?

Comme elle restait à sa place, il fit un pas en avant et tenta d'ouvrir sa portière. En vain, puisqu'elle était fermée à clé. Décontenancé, il jeta un coup d'œil en direction du chalet avant de chercher à dégainer son arme. Hud ne lui en laissa pas le temps. Se redressant d'un bond, il lui abattit le canon de son fusil sur le crâne. L'homme s'écroula comme une masse entre le pick-up et la camionnette.

Pendant que le marshal lui passait les menottes, Frankie ouvrit sa portière.

— Mieux vaut laisser le sac d'argent ici, déclara Hud. Entrez. Dites à Darrel que Les vous l'a pris. Combien d'hommes sont à l'intérieur ?

Elle hocha la tête.

— Trent me suivait. Je ne vois pas son véhicule, par conséquent il n'est pas encore de retour. Darrel devrait être seul.

— Espérons-le.

Frankie s'approcha du chalet, priant pour que Hank soit sain et sauf. Quand elle poussa la porte, ce fut Darrel qu'elle vit tout d'abord. Il avait un revolver à la main, braqué sur elle. Son regard le dépassa pour s'arrêter sur Hank. Un éclair de plaisir traversa les yeux bleus de ce dernier, aussitôt remplacé par une lueur d'inquiétude. Il était toujours assis sur la même chaise, mais il paraissait bien mieux que lorsqu'elle l'avait quitté.

— Où est mon argent ? aboya Darrel, déjà furieux.

La porte était ouverte derrière elle, mais il lui bloquait le passage, l'empêchant d'aller jusqu'à Hank.

— C'est Les qui l'a.

Comme il paraissait sceptique, elle se mit à décrire le sac.

— Il est très lourd. Je l'ai ouvert pour vérifier que

l'argent était dedans, mais je n'y ai pas touché. Maintenant, laissez-nous partir.

Darrel secoua la tête.

— Les ! cria-t-il. Les ! Apporte le fric !

Du coin de l'œil, elle vit Hank ramener lentement ses poignets devant lui et les secouer pour stimuler la circulation du sang. D'un signe imperceptible de la tête, elle lui indiqua de ne pas bouger.

— Il est sûrement en train de compter l'argent, suggéra-t-elle, espérant que Darrel allait sortir. À moins qu'il n'ait déjà filé avec.

— À pied ?

Hank fut rapide comme l'éclair. Darrel avait eu raison sur un point. Il avait toujours été meilleur que ce dernier en sport. Ses qualités athlétiques étaient bienvenues à présent.

Darrel avait empoigné Frankie. Il fit volte-face, et eut une seconde d'hésitation qui lui coûta cher. Voyant qu'il s'apprêtait à pointer son arme sur elle, Hank lui décocha un coup de poing dans la tempe et saisit le pistolet. Darrel chancela sous l'impact, mais resta debout, cramponné à Frankie.

Hank tenta de lui arracher son arme, en vain. Il tenait bon. Les deux hommes luttaient depuis un instant quand Darrel lâcha un cri soudain. Frankie le repoussa violemment, et tira le Glock de sa ceinture, le pointant sur le trafiquant alors qu'il s'effondrait. À côté d'elle, Hank avait réussi à s'emparer du pistolet de Darrel et le braquait sur lui.

La voix du marshal résonna derrière eux.

— Apparemment, vous n'aviez pas besoin de mon aide.

Un sourire s'entendait dans sa voix. Attrapant son téléphone, il appela ses collègues postés en renfort.

— J'ai deux gars à embarquer. Et il va falloir faire

venir une ambulance, ajouta-t-il, en regardant le sang figé sur la tempe de son fils. J'ai aussi besoin qu'on me ramène à Big Sky.

— Nous aurions pu te ramener, déclara Hank alors que son père passait les menottes à Darrel.

Déjà, des sirènes hurlaient au loin. Frankie se laissa aller contre Hank, qui l'entoura de ses bras.

— Je me suis dit que vous auriez peut-être envie d'être un peu seuls, expliqua le marshal. Je suppose que vous savez que vous ne pouvez pas partir pour l'Idaho dans l'immédiat.

Hank jeta un coup d'œil en direction de Frankie.

— Je pense que ça nous va.

Frankie beurra plusieurs petites crêpes, puis les recouvrit de sirop de cerises de Virginie. Jamais de sa vie elle n'avait été aussi affamée.

Il s'était passé tant de choses en si peu de temps, mais ses craintes l'avaient quittée. Désormais, elle se sentait prête à envisager l'avenir. Elle se sentait libre.

Arrêté, Trent avait avoué avoir tué J.-J. D'après lui, ça avait été un acte de légitime défense : il avait affirmé que J.-J. avait essayé de dégainer. Cependant, il s'était avéré que le policier n'était pas armé – et pour cause : Frankie avait emporté son Glock.

En fin de compte, Trent avait décidé de révéler tout ce qu'il savait concernant le réseau de trafiquants et le rôle joué par Darrel en échange d'une condamnation plus clémente.

Dana observait Frankie en souriant.

— Détective privé, murmura-t-elle. Ça me paraît dangereux, comme métier, non ? Je me disais que si vous vous mariez et que vous avez des enfants…

Frankie lui rendit son sourire.

— Hank ne m'a pas encore demandé de l'épouser et vous parlez déjà bébés.

— Il va le faire. Jamais je ne l'ai vu aussi heureux.

Frankie songea à la douche brûlante qu'ils avaient prise la veille au soir, en rentrant au chalet. Hank l'avait rejointe, sans vêtements cette fois. Leurs ébats avaient été si passionnés sous le jet d'eau chaude qu'elle sentit ses joues rosir à ce souvenir.

— Il me rend heureuse aussi, avoua-t-elle en reprenant des crêpes.

— Ça se voit, déclara Dana avec un sourire complice. Vous êtes resplendissante ce matin. S'il n'était pas trop tôt, je penserais que vous êtes enceinte.

Frankie faillit s'étrangler sur sa crêpe. Certes, la veille, sous la douche, ils n'avaient pas utilisé de préservatif. Mais de là à penser…

Elle déglutit.

— Serait-ce si terrible ? plaisanta Dana.

Elle y réfléchit un instant et sourit.

— Non, pas du tout.

L'idée d'élever un enfant au ranch la rendait heureuse, au contraire. Après la douche, Hank et elle avaient parlé de leur avenir. Il lui avait demandé si cela lui plairait de vivre au ranch, si elle allait continuer à exercer en tant que détective privé, si elle voulait des enfants, si elle aimait les chevaux, les chats et les chiens.

Elle avait ri.

— J'adorerais vivre au ranch. Je préférerais sans doute travailler avec toi plutôt que d'être détective privé, je veux des enfants et j'adore les chiens, les chats et les chevaux. Après cette randonnée avec toi, je suis accro.

— C'est la balade qui a eu cet effet-là, ou c'est moi ? avait-il demandé avec un sourire.

La voix de Dana interrompit le fil de ses souvenirs.

— À propos, où est passé Hank ?

Frankie prit une tranche de jambon et encore une crêpe.
— Il est parti dire au revoir à Naomi.

Hank se gara sous les pins qui bordaient la Gallatin, comme il l'avait fait si souvent par le passé. Cette fois, il avait hâte d'atteindre le promontoire. Il descendit de voiture et s'avança sous les arbres. Les plus hautes branches se balançaient légèrement au gré de la brise. Peu à peu le murmure de la rivière devint plus distinct. Hank vit les rayons du soleil percer à travers les frondaisons et inspira profondément, comme s'il prenait pour la première fois conscience du parfum de l'eau et des pins.

Devant lui, il aperçut la falaise. D'abord sombre et menaçante, elle se teinta bientôt d'or à mesure que le soleil montait dans le ciel.

Il lui semblait étrange de revenir ici après tout ce qui s'était passé. Il n'était pas sûr de pouvoir jamais pardonner Naomi pour ce qu'elle avait fait. Frankie et lui avaient failli être tués à cause d'un sac d'argent volé. Il avait encore du mal à croire qu'elle soit morte pour le protéger.

Il sortit du bois de pins et resta un instant immobile. La brise soufflait plus fort à découvert. Elle dessinait des rides à la surface de l'eau, et ébouriffait ses cheveux. Il retira son stetson et offrit son visage au vent, songeant aux doigts de Frankie dans ses mèches mouillées la veille au soir, souriant au souvenir de leurs rires et de leur étreinte sous la douche.

Il s'assit au bord de la rivière et écouta le grondement tranquille de l'eau qui se jetait par-dessus les rochers pour former un bassin à ses pieds. Au-dessus de lui, le rebord en saillie ressemblait à un trait noir en travers de la falaise. Trois années durant, il avait été attiré par cet endroit, en quête de réponses. Désormais, il savait tout.

Il imagina Naomi ce soir-là, avec Tamara. Il l'avait toujours considérée comme étant fragile, délicate et vulnérable, sans défense. Il avait toujours eu le sentiment qu'il devait la protéger – même après sa mort. Il la voyait presque chanceler au bord du vide. Lui aurait-on laissé la vie sauve si elle avait restitué l'argent ? Il ne le saurait jamais. Ce qu'il savait, en revanche, c'était qu'elle était prête à mourir plutôt que de le rendre.

Il s'attarda, s'attendant à sentir la présence de Naomi comme si souvent par le passé. Par le passé, il avait eu l'impression étrange qu'elle guettait sa venue, qu'elle le suppliait de découvrir qui l'avait tuée.

À présent, il ne sentait que la brise qui soufflait sur la rivière. Il fixa le promontoire baigné de soleil, mais rien ne se produisit. Naomi était partie – à supposer qu'elle ait jamais été là.

Comme il remettait son stetson, il comprit que le fantôme de Naomi avait été banni à jamais. Il se sentait plus léger. Plus libre. Il n'était plus prisonnier de la falaise. Ni de Naomi.

— Au revoir, murmura-t-il, jetant un ultime regard à la paroi avant de repartir vers le pick-up.

Désormais, il pouvait s'en aller sans se retourner, et il savait qu'il n'éprouverait jamais le besoin de revenir. Tout allait bien. Il se sentait bien. Il avait hâte de retrouver Frankie. Ils devaient rentrer dans l'Idaho aujourd'hui, mais ils seraient bientôt de retour.

Il prit le chemin du ranch. Pour la première fois depuis trois ans, il était excité à la perspective de l'avenir.

Mais d'abord, il avait quelque chose à faire.

Hud leva les yeux, surpris de voir son fils sur le seuil du bureau.

— Tout va bien ? demanda-t-il, inquiet.

Hank avait une curieuse expression sur le visage.

— Je voudrais te demander un service.

Les deux hommes ne s'étaient guère parlé depuis les

événements. La déposition de Hank concernant ce qui s'était déroulé au chalet avait répondu à beaucoup de questions. Hud se demandait comment son fils avait réagi à ce qu'il avait appris au sujet de Naomi et s'il pourrait enfin aller de l'avant – avec le soutien de Frankie.

— Je t'écoute. Si je peux faire quoi que ce soit…

Hank entra et referma la porte derrière lui. Il paraissait nerveux, comprit Hud avec stupeur. Jamais auparavant il n'avait vu son fils nerveux. En colère, oui. Mais là, c'était différent.

— Tu te souviens du jour où je t'ai demandé la bague de grand-mère…

Hud lâcha un juron. Il avait presque oublié l'incident en question. Depuis qu'il était petit, Hank savait que la bague de sa grand-mère Cardwell était destinée à Mary, mais que celle de sa grand-mère Savage serait pour lui, le jour où il aurait rencontré l'amour de sa vie et qu'il voudrait l'épouser.

Cependant, quand Hank l'avait réclamée, en déclarant qu'il allait épouser Naomi quoi que ses parents en pensent parce qu'ils se trompaient à son sujet, Hud avait refusé de la lui donner.

— Je suis désolé, fiston, avait-il dit. Je ne peux pas te laisser mettre cette bague au doigt de Naomi.

Dana et lui en avaient longuement discuté avant que Hank vienne le voir. Ils sentaient que Naomi poussait leur fils au mariage alors que ce dernier n'y était pas encore prêt. Sans parler des… problèmes, comme disait Dana, qu'avait la jeune femme.

— C'est une voleuse, avait dit Hud. Et pour couronner le tout, elle fait pression sur Hank pour qu'il quitte le ranch et aille travailler pour son beau-père.

— Peut-être que c'est ce qu'il a envie de faire, avait murmuré Dana.

Hud avait été si furieux qu'il était parti sans un mot.

Dana et lui se querellaient rarement, mais ce soir-là il n'avait pu maîtriser sa colère. Il était monté dans sa voiture et était allé chez son père, Brick, à Hebgen Lake.

Les deux hommes avaient souvent été en désaccord, mais ce soir-là c'était vers lui que Hud s'était tourné. C'était l'année qui avait précédé la mort de Brick. Hud se souvenait de l'avoir réveillé cette nuit-là.

Brick lui avait donné de bons conseils.

— Ne cède pas, avait-il dit. C'est ton fils. Tu le connais. Il ne te serait pas reconnaissant de l'avoir laissé faire. Au contraire.

Il avait vu la lueur qui brillait dans le regard du vieil homme et compris que c'était d'eux deux qu'il parlait, des années qu'ils avaient passées à s'affronter.

— Céder uniquement pour avoir la paix serait un mauvais service à lui rendre.

Hud regarda son fils.

— Quand tu m'as demandé cette bague, j'ai pensé que tu faisais une erreur, déclara-t-il. Je ne voulais pas que tu la donnes à une femme qui n'était pas pour toi et que tu le regrettes par la suite, quand tu rencontrerais la femme de ta vie.

Hank secoua la tête.

— La décision t'appartenait puisque, apparemment, grand-mère te l'avait confiée.

— À vrai dire, c'est ton grand-père Brick qui me l'a remise.

— T'a-t-il aussi conseillé de ne pas me la donner ?

— Ta mère et moi nous sommes disputés à ce sujet, avoua Hud, désireux d'être honnête avec son fils. Je suis allé voir ton grand-père pour lui demander conseil.

Hank écarquilla les yeux, visiblement stupéfait.

— C'est vrai ? Tu as demandé conseil à ton père ?

— Ça m'est arrivé, répondit Hud avec un sourire. Même s'il m'a fallu des années pour m'y résoudre.

Son fils sourit jusqu'aux oreilles.

— C'est difficile pour moi d'admettre que tu avais raison.

— Je comprends.

— Mais je suis revenu. Je veux donner la bague de grand-mère à Frankie, et cette fois je n'accepterai pas que tu refuses. Cette bague me revient de droit…

— Je suis tout à fait d'accord, coupa Hud en ouvrant le tiroir où il avait glissé la bague après avoir rencontré Frankie.

— Tu l'as ici ?

— Je me doutais que tu allais la réclamer.

Hank prit le petit étui en velours, secouant la tête.

— Je ne te comprendrai jamais.

— Sans doute que non.

Il regarda son fils soulever le minuscule couvercle. Ses yeux s'illuminèrent à la vue du diamant.

— Tu crois qu'elle lui plaira ? murmura-t-il, sa nervosité de retour.

— Elle l'aimera parce qu'elle t'aime, toi.

On était à la fin du mois d'août, et l'air sentait l'automne. Les saisons étaient capricieuses dans le Montana, surtout si près des montagnes. Dans peu de temps, les chutes de neige allaient commencer.

Frankie guida sa monture vers la clairière, contemplant les feuilles mortes des trembles. Elle inspira l'air pur et frais, tira sur les rênes et mit pied à terre pour attendre Hank. Il avait été étrangement silencieux toute la journée.

Sans doute parce qu'ils devaient s'en aller – temporairement, du moins.

La veille au soir, blottis dans les bras l'un de l'autre après l'amour, ils avaient parlé de leur avenir.

— Tu es sûre de vouloir vivre au ranch ? Sinon, nous pourrions…

Elle lui avait imposé le silence d'un baiser.

— Hank, j'adore le ranch. Je ne peux pas imaginer vivre dans un lieu plus… magique.

Il l'avait regardée d'un air méfiant.

— Tu ne dis pas ça juste parce que tu es folle amoureuse de moi ?

— Je suis folle amoureuse de toi, avait-elle admis en riant, mais non, je ne te mentirais pas.

Il lui avait affirmé qu'il n'était plus tourmenté par le fantôme de Naomi, mais elle se demandait si c'était bien vrai. Il pensait encore que, parce que Naomi n'aurait jamais pu être heureuse au ranch, aucune autre femme ne pourrait l'être. Elle savait qu'il lui faudrait du temps pour comprendre vraiment qu'elle ne ressemblait en rien à son ex.

— Regarde ta mère, Hank. Elle adore ce ranch, comme sa mère avant elle. C'est pour ça que ta grand-mère le lui a légué, non ? Et les femmes que tes oncles ont épousées. Elles sont toutes heureuses ici. Peut-être que je ressemble plus à ta mère que…

Elle avait hésité, ne voulant pas prononcer le nom de Naomi.

— … qu'une autre femme.

Il avait souri en l'embrassant.

— J'ai tellement de chance. J'ose à peine y croire. Je n'avais jamais imaginé…

Il l'avait embrassée de nouveau.

— … pouvoir être aussi heureux.

Elle le regarda s'approcher, le visage à demi dissimulé par son stetson, et sentit l'appréhension la gagner. Il avait à peine parlé ce matin-là, et cela ne lui ressemblait pas de rester en arrière comme il le faisait. Son cœur se mit à battre plus vite. Elle était folle amoureuse de lui, exactement comme elle le lui avait dit. Et pourtant, peut-être tout allait-il trop vite pour eux deux.

L'image de J.-J. s'imposa un instant à son esprit. Elle la repoussa avec force. Hank n'était pas J.-J. Quelle que soit la raison de son comportement…

Un bruissement dans les pins la fit tressaillir. Son regard dépassa Hank pour s'arrêter sur Hud et Dana qui sortaient du bosquet, à cheval eux aussi. Derrière eux venaient Mary, Stacy et les autres membres de la famille.

Frankie cilla, abasourdie.

— Que… ?

Hank leva les yeux et sourit.

— Je ne suis pas doué pour garder les secrets, et celui-ci me tue depuis ce matin, avoua-t-il en mettant pied à terre pour la prendre dans ses bras. J'espère que ça ne t'ennuie pas.

Que voulait-il dire ? Pourquoi aurait-elle été ennuyée qu'il ait invité toute sa famille à faire une randonnée à cheval avec eux ? Elle était perplexe, mais tout le monde souriait. Un des oncles de Hank fermait la marche, tenant à la main un bouquet de ballons gonflés à l'hélium.

— Hank ?

Il la serra plus fort contre lui sans répondre. Elle lut l'émotion sur ses traits et sentit son cœur s'emballer comme un cheval fou.

— Hank ? répéta-t-elle tandis que le petit groupe mettait pied à terre. Tu peux m'expliquer ce qui se passe ?

Sa famille avait formé un cercle autour d'eux, et son oncle distribuait les ballons. À l'instar de Frankie, tout le monde semblait attendre.

Hank se tourna vers elle et captura ses mains dans les siennes.

— Je sais que c'est rapide, mais si j'ai appris quoi que ce soit, c'est que, quand la vie vous sourit, il faut saisir sa chance.

Il s'éclaircit la voix.

— Tu es la femme la plus extraordinaire que j'aie

jamais rencontrée. Tu es intelligente, talentueuse, indépendante jusqu'à l'excès, têtue comme une mule, courageuse – beaucoup trop courageuse, d'ailleurs –, résolue et… belle et affectueuse et tout ce dont je puisse rêver.

— Merci… Je crois, murmura-t-elle, la gorge nouée par l'émotion.

Des rires fusèrent autour d'eux.

— Tu m'as sauvé de tant de manières, reprit Hank. Je ne pourrais jamais te remercier assez. Et tu as apporté dans ma vie un bonheur que je pensais perdu à jamais. Frankie…

Soudain, il parut à court de mots.

— Allez ! Finis-en, quoi ! cria quelqu'un, déclenchant une série d'éclats de rire.

Hank se joignit à eux.

— Je suis comme mon père, plaisanta-t-il. Les discours ne sont pas mon point fort.

Sa boutade provoqua une nouvelle vague de rires.

— Mais au cas où j'oublierais de te dire toutes ces choses-là à l'avenir, je voulais que tu les entendes aujourd'hui. Je t'aime, Francesca Brewster, Frankie, de tout mon cœur.

Sous les applaudissements, il posa un genou à terre et leva vers elle des yeux débordants d'amour.

— Veux-tu me faire l'honneur de m'épouser ?

Les larmes roulaient sur les joues de Frankie. Elle acquiesça, bouleversée.

Il porta la main à sa poche et en tira une petite boîte en velours.

— Cette bague était celle de ma grand-mère.

Il la sortit de l'écrin, et la glissa à l'annulaire gauche de Frankie.

— Elle est magnifique, murmura-t-elle alors qu'il se relevait. Je t'aime, Hank.

Sur quoi elle se jeta dans ses bras. Comme sur un signal,

tout le monde se mit à applaudir et à lâcher les ballons multicolores dans le vaste ciel du Montana. Frankie leva la tête et les contempla avec émerveillement, songeant qu'elle n'avait jamais rien vu d'aussi beau.

Hank l'embrassa, et puis tous les étreignirent tour à tour pour les féliciter.

— Ce n'est que le début, dit-il en riant. Tu voulais une grande famille. Eh bien, tu vas en avoir une.

— Je n'ai jamais osé imaginer…

Elle se tut, au comble de l'émotion, les yeux soudés à ceux du séduisant cow-boy qui lui offrait l'amour, le bonheur et la famille dont elle avait toujours rêvé.

Retrouvez en mai 2020,
dans votre collection

BLACK ROSE

iés par le mensonge, de Carol Ericson - N°589

Tu veux bien être mon alibi ? » Troublé par le regard innocent que Savan-ah pose sur lui, Niles ne sait quel choix adopter : couvrir Savannah, dire u'ils se sont réconciliés et qu'elle était avec lui la nuit où son ex-mari a été ssassiné. Ou refuser de lui servir d'alibi et risquer de la perdre à nouveau. our toujours cette fois…

Jne vérité inavouable, de Nicole Helm

aniquée, Vanessa tente de réunir ses souvenirs. Certes, elle sait u'elle est une Carson. Elle sait aussi que l'homme avec qui elle a té enlevée et enfermée dans ce chalet perdu est un Delaney, le clan nnemi du sien. Mais, aussi confuse soit-elle, elle ne peut croire que ylan et elle ont couché ensemble, quatre mois plus tôt. Et que, plus icroyable encore, elle serait enceinte de lui…

Jne enfant pour enjeu, de Cindy Dees - N°590

Quand Jagger, avec qui elle a passé la plus belle des nuits, deux ans plus ôt, lui demande de l'aider, Emily est face à un terrible dilemme. En effet, elle est prête à secourir Jagger, blessé et poursuivi par de dangereux riminels, elle sait qu'en l'hébergeant elle risque gros : car il ignore qu'elle eu un enfant de lui et, en le faisant à nouveau entrer dans sa vie, c'est sa lle qu'elle met en danger...

amais je ne t'ai oublié, d'Elle James

Cesse de te débattre, bon sang ! » Plaquée contre un torse puis-ant, Tessa s'immobilise. Cette voix, elle la reconnaîtrait entre mille, 'est celle de Sean McNeal, l'homme qu'elle aimait follement et qui st mort deux mois plus tôt. Bientôt la peur en elle cède la place à ne intense fureur. Car Sean lui a menti, c'est une certitude, et elle ttend de lui qu'il s'explique au plus vite.....

Retrouvez en mai 2020,
dans votre collection

BLACK ROSE

Des ombres sur la ville, de Paula Graves - N°591

« C'est vous qui l'avez tuée ? » Surpris, Caïn se tourne vers la femme qui a lancé ce cri. Ainsi, des années après la mort de Renée qu'on a retrouvée noyée dans la rivière, Sara Lindsey le soupçonne encore. Pourtant, il a été blanchi de cette accusation. Quant à Sara, comment se permet-elle de le calomnier, elle qui, trois ans plus tôt, a été jugée responsable de l'accident dans lequel son mari a trouvé la mort ?

Danger et sentiments, de Delores Fossen

Si tu parles, tu es morte… Une lettre de menace. La troisième. Certes son métier de journaliste l'a habituée à ce genre de choses, mais cette fois Caitlyn sent que c'est sérieux. Convaincue que ces tentatives d'intimidation sont liées à l'enquête qu'elle mène sur l'assassinat du directeur de l'orphelinat dans lequel elle a grandi, elle demande son aide à Harlan McKinney, son amour de jeunesse devenu policier…

Composé et édité par HarperCollins France.

Achevé d'imprimer en mars 2020.

CPi
BLACK PRINT

Barcelone

Dépôt légal : avril 2020.

FSC
www.fsc.org
MIXTE
Papier issu de sources responsables
FSC® C108412

Pour limiter l'empreinte environnementale de ses livres, HarperCollins France s'engage à n'utiliser que du papier fabriqué à partir de bois provenant de forêts gérées durablement et de manière responsable.

Imprimé en Espagne.